BASTEI
LÜBBE

Gerald Seymour

DAS TÖDLICHE PATT

Aus dem Englischen von
Renata M. Orth-Guttmann

BASTEI
LÜBBE

BASTEI-LÜBBE-Taschenbuch Nr. 11 134

1. Auflage 1979
2. Auflage 1980
3. Auflage 1981
4. Auflage 1982
5. Auflage 1983

Titel der englischen Originalausgabe: Harry's Game

Lizenzausgabe: Gustav Lübbe Verlag GmbH,
Bergisch Gladbach
Printed in Western Germany 1983
Umschlaggestaltung: Manfred Peters
Photo: Ziegenfeuter
Gesamtherstellung: Ebner Ulm
ISBN 3-404-01132-5

Für William Kean Seymour

1. Kapitel

Der Mann atmete schwer. Nicht weil es ihn Anstrengung kostete, sich durch die gestaltlose, träge Menschenmasse zu drängen, sondern weil es ihn ärgerte, Zeit zu verlieren.
Er rannte gegen den Menschenknäuel an, der wie eine Mauer den Fahrkartenautomaten der U-Bahn umstand, steckte sein Geldstück zwischen den Körpern durch gegen den Einwurfschlitz und wurde sofort wieder zurückgedrängt, während sich aus dem Gewühl eine disziplinierte Schlange bildete. Er brauchte zwei Minuten und fünfzehn Sekunden, um sein Pence-Stück einzuwerfen und die Fahrkarte zu entnehmen; aber das war immer noch Rekordzeit angesichts der endlosen Reihe von Fahrgästen, die nur im Schneckentempo zum Fahrkartenschalter vorrückte.
Jetzt kam das nächste technische Hindernis, die automatische Schranke. Er schob seine Fahrkarte in den Mechanismus, die Sperre hob sich und ließ ihn durch. Endlich hatte er Platz. Er legte Tempo vor. Daß er da drüben vor der Schranke hilflos eingezwängt gewesen war, während kostbare Zeit verstrich, hatte ihn rasend gemacht.
Als er jetzt im Freien war, stieß er einen älteren in seine Zeitung vertieften Mann weg und brachte ihn zum Stolpern. Bei dem Versuch, dem Zusammenstoß auszuweichen, prallte er gegen ein Mädchen, das auf dem Weg zum Waschsalon war, und traf es hart mit seinem linken Ellbogen. Sie schaute ihn bestürzt an, gleichzeitig bemüht, ohne Hilfe ihrer Arme, mit denen sie eine große Plastiktüte an die Brust drückte, das Gleichgewicht zu behalten. Er sah, wie ein Ausdruck der Überraschung in ihr Gesicht trat, er beobachtete sie, als sie vergeblich auf die Erklärung, die Entschuldigung, die hilfsbereite Geste wartete, die auf der Oxford Circus Station morgens um Viertel vor neun zum guten Ton gehörten.
Er verschluckte die Worte, die ihm schon auf der Zunge lagen.

Seine strengen Instruktionen erwiesen sich stärker als instinktive Höflichkeit. Sie hatten ihn angewiesen, auf dem Weg zu seinem Ziel nicht zu sprechen. Spiel den Trottel, spiel den Flegel, mach, was du willst, aber mach dein großes Maul nicht auf, hatten sie gesagt. Man hatte es ihm eingedrillt – niemand den harten, nasalen Akzent von West Belfast hören zu lassen.

Während der Mann sich eilig aus dem Getümmel entfernte, der ältere Herr zwischen vorbeihastenden Füßen nach seiner Zeitung tastete und das junge Mädchen von hilfreichen Händen aufgerichtet wurde, spürte er die Blicke der Zeugen in seinem Rükken. Es war ein Zwischenfall, der ihnen im Gedächtnis bleiben würde. »Nicht reden«, besagten seine Instruktionen. Die Leute hatten Verständnis dafür, wenn jemand es eilig hatte, aber wenn er dabei gegen die ungeschriebenen Benimmregeln der Londoner Hauptverkehrszeit verstieß, war es nur recht und billig, daß er sich entschuldigte. Dieser Verstoß gegen die Etikette wurde von den sechs, acht Umstehenden registriert, während der Mann weiterrannte, zum Tunnel und zur Rolltreppe in Richtung Victoria Line. Sie hatten mindestens drei Sekunden Zeit gehabt, sich sein Gesicht, seine Kleidung und vor allem die Angst und die Spannung in seinem Gesicht einzuprägen.

Auf der Rolltreppe hielt er sich links und bewegte sich geduckt vorwärts, an den stehenden Fahrgästen vorbei, die sich zeitunglesend und die Bikini-Reklamen anstarrend von dem automatischen Stufenband emportragen ließen. Hier sah ihn niemand an. Die Augen waren auf den Wirtschaftsteil, die Sportseite oder die aufreizenden Kurven der Werbeschönen gerichtet.

Er wußte, daß er eben eine Dummheit gemacht, Leute gegen sich aufgebracht hatte, die ihn wiedererkennen würden, und er spürte wieder das leichte Zittern in Händen und Füßen, das er schon ein paarmal bemerkt hatte, seit er von seiner Insel herübergekommen war. Mit der rechten Hand packte er das Geländer, ein wenig ungeschickt, weil er weit auf die andere Seite übergreifen mußte, die Finger krampften sich haltsuchend um den Hartgummistreifen, ließen erst los, als er unten war und mit einem großen Schritt über das Gitter hinweggestiegen war, unter dem die Rolltreppe verschwand. Durch den Schwung und weil ihn ein junger Mann von hinten anstieß, kam er ins Stolpern und hielt sich an der Schulter einer vor ihm stehenden Frau fest. Sie lächelte ihm freundlich zu. Er gab das Lächeln ein wenig zögernd zurück und verschwand in der Menge. Diesmal ist es gutgegangen, dachte er. Kein Ärger, kein Zwischenfall, kein Erkennen. Ruhig Blut, Junge. Die Menschenmasse schob ihn vorwärts auf den Bahnsteig. Sie hatten die Fahrdichte der Züge berechnet, schlimmstenfalls würde er eine Minute warten müssen.

Sein linker Arm, den er gegen die Brust gedrückt hielt, verschwand in dem Spalt zwischen den Knöpfen seines Regenmantels. Die Linke umklammerte den Lauf der Kalaschnikow, die er sich umgeschnallt hatte, ehe er vor zwei Stunden und zwanzig Minuten aus seiner Pension in Nordlondon aufgebrochen war. Nicht ein einziges Mal hatte seine Hand in dieser Zeit den Stahl losgelassen. Das Visier hatte sich so fest in seinen Daumen gedrückt, daß sich die Haut ganz taub anfühlte. Der Lauf und der eigentliche Schießmechanismus waren knapp 50 Zentimeter lang, die Schulterstütze aus Stahlrohr war zurückgeklappt. Das Magazin steckte in seiner Hüfttasche. Der Zug kam aus dem Tunnel gedonnert, bremste, die Türen gingen auf. Der Mann ergatterte einen Sitzplatz, und während sich die Türen wieder schlossen, verlagerte er das Gewicht auf die andere Seite, weg von dem Magazin mit seinen dreißig Schuß scharfer Munition.

Die Zeiger der billigen Uhr an seinem Handgelenk standen auf 8 Uhr 51. Er konnte das Zifferblatt gerade noch erkennen, wenn er das Gewehr nah an die Knopflöcher heranschob. Maximal fünf Minuten bis Victoria, drei Minuten hinauf zur Straße, von dort sieben Minuten – gut gerechnet – bis zu seinem Ziel. 9 Uhr 06 an Ort und Stelle. Der Zug hielt ruckend auf Green Park Station. In weniger als 45 Sekunden war ein Häuflein von Fahrgästen ausgestiegen, neue kamen herein, der große, dunkelhäutige Zugabfertiger gab das Signal, und die Türen schlossen sich wieder.

9 Uhr 06 an Ort und Stelle – das bedeutete zwei, höchstens drei Minuten Luft. Die würde er auch brauchen, um die Waffe zusammenzusetzen und die beste Feuerstellung zu finden. Es würde knapp werden. Jetzt zitterte er wieder. In Rosslare hatte das angefangen, auf der Fähre. Richtig schlimm war es in Fishguard geworden, als er mit der Kalaschnikow von Bord gegangen war, vorbei an den durchdringenden Blicken der Leute vom Special Branch, die die aus Irland kommenden Passagiere inspizier-

ten. Wild einem nicht vorhandenen Verwandten zuwinkend, war er geradewegs an ihnen vorüberspaziert. Es dauerte einen Augenblick, bis er begriff, daß er durch war, daß er es geschafft hatte. Während der Einsatzbesprechung hatten sie ihm gesagt, daß es – von der eigentlichen Tat abgesehen – am schlimmsten in Fishguard sein würde. Als er in der Schlange stand, hatte er schon von weitem gesehen, wie sie die Einreisenden beobachteten, scharf, ausdruckslos, gleichsam sezierend. Soweit er sehen konnte, war von seiner Fähre niemand angehalten worden. Es sei günstig, daß er keine besonderen Kennzeichen habe, hatten sie ihm während der Einsatzbesprechung erklärt. Weder seine Fingerabdrücke noch sein Photo waren aktenkundig, hatten sie gesagt, er war ein unbekanntes Gesicht, wenn er die Nerven behielt, würde er durchkommen. Sympathisantenwohnungen in London wurden nicht benutzt, Kontakte jeder Art waren verboten.

Der Zug bremste heftig, der Wagen leerte sich. Victoria Station. Er zog sich mit der rechten Hand an der Haltestange neben der Tür hoch und trat auf den Bahnsteig. Unwillkürlich setzte er sich in Trab, bremste ab und schlug gemächlich den mit Leuchtschildern bezeichneten Weg zum Ausgang ein.

Als die Neun-Uhr-Nachrichten anfingen, kehrte in das Haus des Ministers wieder so etwas wie Ordnung ein. Drei Kinder waren schon auf dem Weg zur Schule, zwei weitere kämpften in der Diele noch mit Mänteln, Schals, Hockeyschlägern und Schulmappen. Das Au-Pair-Mädchen war bei ihnen. Der Afghane strich um ihre Beine.

Der Minister saß allein an dem langen Tisch im Frühstückszimmer und hatte dort, wo eben noch die Cornflakes-Schüsseln der Kinder gewesen waren, seine Zeitungen ausgebreitet. Zuerst überflog er die Leitartikel, dann die Parlamentsberichte und schließlich die Nachrichten auf den Titelseiten. Er las schnell und fast ohne äußere Anzeichen von Ärger oder Einverständnis. Es hieß, daß nur seine engsten Parlamentskollegen – das waren etwa vier Kabinettsmitglieder – in so einem Augenblick seine Stimmung erraten konnten. Doch die Auswahl der Zeitungen hatte ihm wenig mehr zu bieten als flüchtiges Interesse an den Geschicken seiner Kollegen. Nach eineinhalb Jahren als zweiter

Mann in Belfast mit der dazugehörigen Publicity war er durch seine Ernennung zum Minister für Sozialwesen mit einem Platz im Kabinett etwas aus dem Scheinwerferlicht gerückt. Über seine wichtigsten Reden im Unterhaus wurde ausführlich berichtet, aber der riesige Apparat, dem er vorstand, lief weiter, fast ohne die Hand zu spüren, die am Steuer lag. Heute war er in der Presse nicht erwähnt, sein Amt kam nur in einer Fortsetzungsgeschichte vor: Altes Mütterchen, mittellos und unterernährt ins Krankenhaus eingeliefert, erzählt den Beamten von der Fürsorge, daß sie nie ihre Rente abgeholt hat, und findet, daß jeder selbst sehen muß, wie er fertig wird. Blöde Person, knurrte er vor sich hin.

Die Nachrichten betrafen hauptsächlich das Ausland, Südafrika und den Bergarbeiterstreik, Waffenstillstandsverletzungen im Nahen Osten, Umgruppierungen im Kreml. Dann wurde sein Interesse wach. »In Belfast«, las er, »wurde ein Lokal in der Stadtmitte durch eine Autobombe zerstört. Zwei maskierte Männer hatten die Gäste gewarnt, aber die Bombe explodierte, ehe die Räumung abgeschlossen war. Drei Gäste wurden mit Schockeinwirkungen ins Krankenhaus eingeliefert, aber wie ein Sprecher erklärte, wurde niemand ernsthaft verletzt.« Mit Belfast ist es jetzt weit bergab gegangen, dachte er. Jetzt schnell noch einen Blick auf den neuesten Fußball-Trainerwechsel und den Wetterbericht, und schon war es fünf nach neun. Er schob die Zeitung zusammen und griff nach der Aktentasche unter dem Tisch. In drei Minuten würde der Wagen vor der Tür stehen. »Ich gehe jetzt, Liebes«, rief er seiner Frau zu und betrat die Diele.

Der Afghane hatte sich inzwischen beruhigt und saß ruhig auf dem Türvorleger, die Kinder waren abmarschbereit. Der Minister zog seinen schweren, dunkelblauen Mantel über, sah nach dem Schal am Garderobenständer, ließ ihn hängen, küßte seine Frau auf die Wange und öffnete die Tür zum Belgrave Square. Der Afghane und das Au-Pair-Mädchen gingen als erste die Stufen hinab zum Gehsteig, dann folgten die Kinder, gleich darauf der Minister und seine Frau. Rechts, noch etwa 70 Meter entfernt, kam sein Dienstwagen, ein schwarzer Austin Princess, gerade aus der Halkin Street. Kinder, Hund und Au-Pair-Mädchen liefen nach links zur Chapel Street, und auf der gegen-

überliegenden Straßenseite richtete sich ein dunkelhaariger Mann, der am Parkgitter gelehnt hatte, auf und trat ein paar Schritte vor.
»Macht's gut, Kinder, und paßt auf, daß ihr mit euren Schlägern kein Unheil anrichtet«, rief der Minister seinen Sprößlingen mit dröhnender Stimme nach. Er lächelte noch über die Grimasse, die ihm die ältere Tochter schnitt, als er sah, wie der Mann das Gewehr unter dem Mantel hervorholte und an die Schulter hob. Der Politiker, der jetzt einige Meter vom Haus entfernt war, drehte sich hastig um und blickte zu der schützenden Haustür zurück, in der seine Frau stand und den Kindern nachsah.
Er hatte ein warnendes Wort auf den Lippen – aber da gab der Mann den ersten Schuß ab. Er dröhnte dem Minister in den Ohren, als das 7,62-mm-Geschoß mit der Wucht eines Vorschlaghammers seine Brust traf, die Rippen durchschlug, den Lungenflügel zerriß, Muskel und Knochen der Wirbelsäule zermalmte, durch seine Kleidung wieder austrat und als formloser Bleiklumpen in dem weißen Verputz des Hauses steckenblieb. Die Gewalt dieses ersten Schusses riß den Minister zu Boden, so daß der zweite Schuß fehlging, in der Diele landete und einen Spiegel neben der Wohnzimmertür zerschmetterte. Als der Mann zu seinem dritten Schuß ansetzte – »ruhig bleiben, sorgfältig zielen«, hatten sie ihm gesagt, »nicht sinnlos herumballern und vor allem fix sein« –, hörte er die Schreie. Die Frau des Ministers kroch die Stufen hinunter zu ihrem Mann, der sich im Versuch, dem Schmerz zu entkommen, qualvoll auf dem Pflaster wand. Der Mann schoß noch zweimal. Diesmal nicht daneben. Fasziniert und ohne jede Gemütsbewegung sah er, wie aus dem gepflegten, tadellos frisierten Kopf eine formlose Masse wurde. Es war für ihn die letzte Gelegenheit, einen Blick auf sein Opfer zu werfen, ehe die schreiende Frau sich über den Minister warf und ihm die Sicht verdeckte. Er schaute nach links. Dort stand der große Wagen, mit noch laufendem Motor, mitten auf der Straße. Rechts sah er die Kinder, unbeweglich wie Wachsfiguren. Der Hund, den der Lärm der Schüsse in Angst und Schrekken versetzt hatte, zerrte an der Leine.
Automatisch sicherte der Mann die MP, löste die Arretierung am Schaft, klappte die Schulterstütze an den Lauf und schob die Waffe in die Tasche, die unter seinen Mantel geschnallt war.

Dann fing er an zu rennen, wich einer Frau aus, die ihm im Weg stand, bog in die Chapel Street ein, wandte sich zum Grosvenor Place. Du mußt über die Straße, sagte er sich, mußt den Verkehr zwischen dich und die Verfolger bringen. Neben ihm war die hohe, stachelbewehrte Mauer des Buckingham-Palastes. Die Leute, die ihn kommen sahen, sprangen beiseite. Den aufgeknöpften Mantel preßte er fest an sich. Das Gewehr störte jetzt, das gewölbte Magazin bohrte sich schmerzhaft in seine Rippen. Während er rannte, war er gefährdet, das wußte er. Auf den Gedanken, daß ja niemand einen Anlaß hatte, ihn aufzuhalten, kam er nicht. Er war vollauf damit beschäftigt, ein Loch in dem Strom der Busse, Laster und Taxis zu suchen. Überquere die Buckingham Palace Road und tauch dann in der Sicherheit und Anonymität der U-Bahn in Victoria Station unter. Außer Atem stolperte er in die Bahnhofshalle. Er nahm ein Zehn-Cent-Stück aus der Tasche. Ganz ruhig reihte er sich dann in die Schlange vor dem Fahrkartenautomaten ein. Die Polizei wird einen Fluchtwagen erwarten, hatten sie gesagt. Du fährst besser mit der U-Bahn. Sie hatten eine Strecke für ihn ausgearbeitet, von Victoria zum Oxford Circus mit der Victoria Line, vom Circus nach Notting Hill Gate mit der Central Line, dann die District Line bis zur Edgware Road, die Bakerloo bis Watford. Er stieg ein, der Zug fuhr an. Nach seiner Uhr war es 9.12.

Die Sirenen des Streifenwagens übertönten die Schreie der Frau, die noch immer über der Leiche ihres Mannes lag. Man hatte die Streife vor 90 Sekunden mit der lapidaren Meldung »Mann im Belgrave Square erschossen« dorthin dirigiert. Die beiden Polizisten waren noch immer auf den Verkehrsstau an der Knightsbridge-Unterführung eingestimmt, als sie aus dem Wagen sprangen.

George Davies, 22 Jahre alt und erst drei Jahre bei der Londoner Polizei, war als erster draußen. Er sah die Frau, den Toten unter ihr, Gehirnfetzen auf den Stufen und blieb wie angewurzelt stehen. Ekel würgte ihn. »Bewegung, Junge, Bewegung«, schrie Frank Smith, doppelt so alt wie der Kollege. Er rannte an dem Jüngeren vorbei zu der zusammengesunkenen Gestalt auf den Stufen und riß die Frau von der Leiche ihres Mannes weg. »Sie lassen ihm ja keine Luft!« fuhr er sie an. Erst dann registrierte er den zerschmetterten Schädel, Blut und Knochensplitter auf dem Bürgersteig und den besudelten Morgenrock der Frau. Smith sog scharf die Luft ein, murmelte etwas Unverständliches vor sich hin und drehte sich auf den Knien dem käsebleichen Davies zu, der drei Meter hinter ihm stand. »Krankenwagen! Verstärkung! Es ist eine große Sache, sie sollen Dampf dahintermachen!« Jetzt erkannte Smith die Frau des Ministers. »Mrs. Danby?« Es war eine Feststellung mit einem halben Fragezeichen. Sie nickte. »Ihr Mann?« Sie nickte wieder, jetzt ganz still. Die Kinder hatten sich eng an sie gedrängt.

Smith sah sich um. »Bringen Sie die Mädchen ins Haus«, bestimmte er. Sie gehorchte. Langsam, wie betäubt, verschwand die kleine Gruppe durch die Tür.

Smith richtete sich auf und ging schwerfällig zurück zu dem Streifenwagen.

»Sie lassen niemanden an ihn heran, Davies. Sehen Sie zu, daß Sie eine Beschreibung kriegen.«

Über Funk gab er eine knappe Meldung durch: »Tango George, Belgrave Square. Attentat auf Henry Danby. Soweit ich sehe, ist er tot. Krankenwagen und Verstärkung sind angefordert.«

Auf der Straße wurde es lebhaft. Der Ministerfahrer hatte sich von seinem Schock soweit erholt, daß er den Austin Princess in eine Parkbucht manövrieren konnte. Noch zwei Streifenwagen kamen mit Blaulicht angebraust. Uniformierte und CID-Männer sprangen heraus, noch ehe die Wagen hielten. Der Krankenwagen verkündete mit heulender Sirene seine Ankunft aus dem etwas über einen Kilometer entfernten St. George-Hospital an der Hyde Park Corner. Der ständig in Scotland Yard bereitstehende Land Rover der Special Patrol Group sperrte die Südseite des Platzes ab. Ein Mann der Besatzung faßte daneben Posten, die schwarze, kurzläufige Smith & Wesson, Kaliber 0,38, schußbereit. »Steck das Ding ruhig wieder weg«, meinte sein Kollege. »Da hätten wir früher aufstehen müssen.«

Am Oxford Circus überlegte der Mann, ob er seine Fahrt unterbrechen und auf der Toilette schnell das Magazin der Waffe abnehmen sollte. Aber dann lief er doch ohne Aufenthalt zu der Rolltreppe, die ihn von der Victoria Line zur Central Line brachte. Mit dem Gewehr würde er sich später immer noch beschäftigen können. Jetzt wollte er erst mal möglichst weit weg. Noch wirbelten seine Gedanken wild durcheinander, unfähig, das gewalttätige Geschehen, das hinter ihm lag, richtig zu erfassen. Bisher hatte er nur einen klaren Gedanken: daß es erschreckend einfach gewesen war, daß nach all der mühevollen Vorbereitung die eigentliche Tat hätte schwieriger sein müssen. Er sah die Frau, die sich über den Toten geworfen hatte, die Kinder und den Hund auf dem Bürgersteig, die alte Frau, der er vor dem Haus ausgewichen war. Aber das waren flüchtige Bilder. Jetzt trieb es ihn nur, aus der Stadt herauszukommen.

Die ersten Berichte von dem Attentat landeten um 9 Uhr 25 auf dem eineinhalb Kilometer entfernten Schreibtisch des Commissioners, des Präsidenten von Scotland Yard. Der Fahrer hatte ihn gerade aus Epsom hergebracht, und er war noch nicht ganz aus dem Mantel, als sein Adjutant mit den ersten Funksprüchen kam. Der Commissioner sah unangenehm berührt auf – er hatte es nicht klopfen hören –, aber da stand der junge Beamte schon vor ihm und hielt ihm einen Zettel unter die Nase. Der untere Rand war eingerissen, das Blatt offenbar hastig aus dem Fernschreiber gezerrt. »Ich will C 1, Special Branch und SPG in fünf Minuten bei mir sehen«, bestimmte er. Dann ging er hinüber zu seinem Schreibtisch, drückte den Knopf der Gegensprechanlage und verlangte knapp: »Den Premierminister, bitte.«
Als das gelbe Licht an seinem Telefon aufleuchtete, setzte sich der Commissioner auf seinem Sessel etwas gerader hin, rückte unwillkürlich den Schlips zurecht und griff zum Hörer. Eine distanzierte Stimme mit Eton-Akzent ließ sich vernehmen. »Hallo, Commissioner? Wir suchen ihn gerade, Sekunde bitte.« Ein Klicken, dann: »Ja, schon gut, ich nehme ab. Guten Morgen, Commissioner. Was kann ich für Sie tun?«
Der Commissioner nahm sich Zeit. Erste Berichte... muß Ihnen leider mitteilen... Ihr Kollege Henry Danby... im Krankenhaus konnte nur noch sein Tod festgestellt werden... Nach ersten Ermittlungen Tat eines gedungenen Mörders, intensiver Polizei-Einsatz, bisher noch kaum Einzelheiten. Er sprach ruhig und leise und wurde nicht unterbrochen. Als er fertig war, fragte die Stimme am anderen Ende der Leitung, in dem Büro im ersten Stock mit dem Blick auf Downing Street und den Torbogen des

Außenministeriums: »Ist das alles?« »Ja, Sir. Aber wir fangen ja erst an.« »Wenn Sie Unterstützung brauchen, Armee, Luftwaffe, Geheimdienst, geben Sie Laut, ja?«
Der Commissioner antwortete nicht. »Na, dann lasse ich Sie jetzt erst mal in Ruhe«, fuhr der Premierminister fort. »Rufen Sie mich in einer halben Stunde wieder an. Ich lasse es inzwischen von meinen Leuten an die Presse geben.«
Der Commissioner lächelte bitter. Typisch Politiker – die mußten immer gleich die Presse einschalten. Er verzog das Gesicht und legte den Hörer hin. In diesem Augenblick betraten die drei Mitarbeiter, die er hatte rufen lassen, sein Büro. Es waren die Leiter der wichtigsten Abteilungen: C 1 – die Eliteabteilung zur Aufklärung von Kapitalverbrechen, der Special Branch, Scotland Yards Sonderabteilung für Antiterrorismus und Staatsschutz, und die Special Patrol Group, die Feuerwehr für Großeinsätze. Alle drei hatten den Rang eines Commanders, aber nur der Chef der SPG war in Uniform.
Das Büro des Commissioner war spartanisch einfach eingerichtet. Die Commanders holten sich drei Bürostühle ohne Armlehnen, die an der Wand standen, und rückten sie an den Schreibtisch.
Der Chef wandte sich zuerst an den Leiter der Special Patrol Group und verlangte knapp den bisher bekannten Tatbestand.
»Viel haben wir noch nicht, Sir. Passiert ist es um 9 Uhr 07. Danby kommt zur üblichen Zeit die Stufen herunter und wartet auf den Wagen vom Ministerium. Ein Mann auf der gegenüberliegenden Straßenseite drückt ab und trifft ihn mit mehreren Schüssen. Dann flüchtet er in Richtung Victoria. Bisher kaum Augenzeugenberichte, es war nicht viel Betrieb. Eine Frau, die gerade dort vorbeiging, hat ihn allerdings deutlich gesehen, sie steht aber noch unter Schock. Er soll knapp 1,70 sein, relativ jung, vielleicht um die dreißig, ausgemergeltes Gesicht, wie sie sich ausdrückt. Dunkles Haar. Die Kleidung hilft uns nicht viel weiter: Dunkle Hosen, heller Regenmantel. Ende.«
»Und die Waffe?«
»Steht noch nicht hundertprozentig fest«, schaltete sich der Leiter des Special Branch ein. »Nach der Beschreibung der Zeugin könnte es eine AK 47 sein, besser unter dem Namen Kalaschnikow bekannt. Bevorzugte Waffe der Russen, der Vietcong, der

Aufständischen in Aden, der Terroristen vom Schwarzen September. Es ist ein tschechisches Gewehr, das es schon lange gibt. Hier ist es allerdings noch nie aufgetaucht. Die IRA hat versucht, die Dinger nach Ulster einzuschleusen, bisher erfolglos. Die *Claudia* – das Fischerboot, das randvoll mit Waffen beladen war – hatte sie an Bord, als sie gekapert wurde. Es ist eine klassische MP, halb- oder praktisch vollautomatisch. 400 Schuß pro Minute, wenn man so viel herauskriegt. Anfangsgeschwindigkeit etwa 660 m/Sek. Tötet wirksam auf eine Entfernung von einem dreiviertel Kilometer. Das neueste Modell ist zusammenklappbar. Es geht in eine etwas größere Aktentasche, ist zielgenau und blockiert nicht. Ideale Waffe für ein Attentat. Das Kaliber ist etwas größer als bei uns. Man braucht also Ostblockmunition, notfalls geht allerdings auch unsere. Wir haben vier Patronenhülsen gefunden, das Untersuchungsergebnis liegt noch nicht vor. Das Schußgeräusch ist sehr charakteristisch, wenn man es einmal gehört hat, soll man es angeblich immer wiedererkennen. Die Angaben der Frau passen auf die Kalaschnikow.«
»Und was folgern Sie daraus?«
»Das ist keine Waffe für Amateure. Wir haben sie hier, wie gesagt, noch nie aufgespürt. Wenn wir es wirklich mit einer Kalaschnikow zu tun haben, gehört der Attentäter nicht zur zweiten Garnitur. Wer an diese Kanone herankommt, gehört zu den ganz Großen und weiß, was er will.«
Damit war die Situation klar. Alle vier schwiegen einen Augenblick. Daß sie es mit einem Politkiller zu tun hatten, war kein erfreulicher Gedanke. Der Commissioner überlegte, daß ein Mann, der sich die Mühe gemacht hatte, die ideale Waffe für den Mord, die Lieblingswaffe aller Terroristen, zu beschaffen, wohl auch den zweiten wichtigen Aspekt des Unternehmens gründlich durchdacht haben mußte.
Er zündete sich die erste Zigarette des Tages an, zwei Stunden zu früh nach dem Zeitplan, den er sich nach der letzten ärztlichen Untersuchung selbst verordnet hatte. Dann brach er das Schweigen.
»Er wird einen festen Fluchtplan haben. Einen guten Plan. Wo schlagen wir zu? Wie fangen wir ihn ab?«
Der Chef der Mordkommission nahm den Ball auf. »Das übliche Verfahren, Sir. Häfen, Fähren, Flughäfen, Privatflugplätze, so-

bald das personell durchführbar ist. Telefonische Vorwarnung der Kontrollzentralen. Ich habe möglichst viele Leute zur U-Bahn geschickt, besonders zu den Endstationen in den Außenbezirken. Er ist in Richtung Victoria geflüchtet, das kann Zug oder U-Bahn bedeuten. Wir versuchen, jedes Mauseloch dichtzumachen, aber das dauert natürlich seine Zeit...«
Er brach ab. Mehr brauchte er auch gar nicht zu sagen. Der Commissioner trommelte mit dem Filterende seiner Zigarette auf die Schreibtischplatte. Die anderen warteten ein wenig ungeduldig. Sie wollten die Besprechung möglichst schnell hinter sich bringen, wollten zurück an ihre Schreibtische, zu ihren Leuten, zu den Meldungen, die jetzt allmählich eingingen.
Der Commissioner spürte das. »Gut«, sagte er. »Wir sind uns wohl alle darüber einig, daß Danby wegen seiner Tätigkeit in Nordirland ermordet wurde. Allerdings ist mir schleierhaft, was sie ausgerechnet gegen ihn hatten. Der Mann war ja die reinste Wetterfahne. Ein Psychopath ist der Mörder nicht, denn die laufen nicht mit modernen kommunistischen Maschinenpistolen auf dem Belgrave Square herum. Wir suchen also einen Mann aus der IRA-Spitze. Die Koordinierung soll Charlie übernehmen. Bis heute nachmittag muß die Sache laufen. Hoffen wir auf Belfast, von dort kriegen wir bestimmt was. Viel Glück.«
Die letzten Worte klangen eine Spur bedrückt. Den drei Männern vor ihm konnte er schlecht mit aufmunternden Redensarten kommen. Aber zum ersten Mal, seit er auf diesem Posten saß, hatte er das Gefühl, gefordert zu werden. Blöd, so etwas, dachte er, während die Tür sich hinter dem Leiter der Special Patrol Group schloß.
Das gelbe Lämpchen an seinem Telefon flackerte wieder, und er nahm den Hörer ab. Seine Sekretärin meldete, der Premierminister habe für 14.30 Uhr eine außerordentliche Kabinettssitzung einberufen und erwarte zu Beginn der Sitzung einen Situationsbericht des Commissioners.
»Geben Sie mir Charlie Henderson, Leiter des Dezernats Verbrechensbekämpfung«, verlangte er, nachdem er sich die Nachricht aus Downing Street auf seinem Block notiert hatte.

Um Viertel vor elf unterbrach die BBC das Schulfernsehen. Zwei Sekunden blieb der Bildschirm leer, dann wurde eine Schrifttafel

»Kurzmeldung« eingeschoben, und ein Ansager las mit gesenktem Kopf seinen Text vor:
»Wir bringen eine Kurzmeldung. Heute früh gegen neun griff ein Attentäter den Minister für Sozialwesen, Henry Danby, mit einer Schußwaffe an und verletzte ihn tödlich. Mr. Danby war im Begriff, sein Haus am Belgrave Square zu verlassen, als ein Mann, offenbar von der gegenüberliegenden Straßenseite aus, das Feuer auf ihn eröffnete. Bei der Ankunft im Krankenhaus konnte nur noch der Tod des Ministers festgestellt werden. Unser Kamerateam befindet sich jetzt vor Mr. Danbys Haus. Wir übergeben an unseren Reporter James Lyons.«
Gleich darauf sah und hörte man den Reporter. »Hier am Belgrave Square ist es schwierig, genau festzustellen, was an dieser Stelle heute früh passiert ist, als der Sozialminister Henry Danby vor seiner Haustür einem Attentat zum Opfer fiel. Die Polizei läßt uns zur Zeit nicht näher als 100 Meter an das Haus heran, da die Straße nach Anhaltspunkten und Spuren, insbesondere den Patronenhülsen aus der Mordwaffe, abgesucht wird. Neben uns aber steht jetzt eine Zeugin, die sich mit ihrem Hund gerade an der Ecke des Belgrave Square befand, als der erste Schuß fiel.
Frage: Was haben Sie gesehen?
Antwort: Ja, also ich war mit dem Hund draußen, und plötzlich höre ich den Knall, den ersten Knall, und denke, das hört sich aber nicht an wie ein Wagen. Und wie ich um die Ecke komme, sehe ich den Mann, der seine Flinte oder sein Gewehr an –
F.: Haben Sie den Minister, Mr. Danby, gesehen?
A.: Ja, ich habe ihn gesehen, er hat ganz zusammengekrümmt vor den Stufen gelegen, dann hat er versucht wegzukriechen, und dann kam der zweite Schuß. Ich hab stocksteif dagestanden, und er hat immer wieder geschossen, und die Frau –
F.: Mrs. Danby?
A.: Die Frau an der Haustür hat geschrien. So hab ich noch nie jemanden schreien hören, es war entsetzlich, ganz entsetzlich ... Mehr kann ich nicht sagen, dann ist er weggerannt. Der arme Mann lag da in seinem Blut, und die Frau schrie und schrie. Grauenhaft ...
F.: Haben Sie den Mann gesehen, den Attentäter?
A.: Ja und nein. Er ist an mir vorbeigekommen, aber es ging zu schnell, er ist ja gerannt.

F.: Wie sah er aus?
A.: Überhaupt nicht auffällig. Er war nicht sehr groß. Dunkle Haare hat er gehabt.
F.: Wie alt? Was schätzen Sie?
A.: Noch nicht alt, Ende zwanzig. Aber es ging eben alles zu schnell.
F.: Und was hatte er an? Konnten Sie das erkennen?
A.: Einen braunen Regenmantel, eigentlich mehr beige. Mit Schottenfutter. Ich hab gesehen, wie er die Flinte hineingesteckt hat, in eine Art Beutel. Er ist direkt an mir vorbeigerannt. Ich konnte mich nicht rühren. Das ist eigentlich alles.

Geradlinigkeit, hatten sie dem Mann gesagt, war bei diesem Unternehmen alles. Je weniger Drehs und Kniffs, desto größer die Chance für dich, wieder herauszukommen. Er stieg in Watford Junction aus. Dann ging er auf die Sperre zu; die Augen ließ er in einem Winkel von 180 Grad kreisen. Jetzt hatte er die Kriminalbeamten ausgemacht. Sie standen dicht vor der Sperre, hatten keinen Blick für den Bahnsteig, sondern musterten scharf alle sich nähernden Fahrgäste. Schnell schwenkte er zur Herrentoilette ab, betrat die mit obszönen Zeichnungen verschmierte Kabine, zog den Mantel aus und hängte ihn sorgsam neben die Tür. Er löste den Schultergurt, nahm das Magazin der Kalaschnikow ab, zog sein Jackett aus und legte das improvisierte Halfter wieder an. Unter der Jacke verschwand die Waffe unauffällig in seiner Achselhöhle. Er wirkte jetzt untersetzter, als er war, und die Jacke saß schlecht, aber das schadete ja nichts. Als er sich jetzt der Sperre näherte, spürte er wieder das Zittern in den Händen. Man hatte den CID-Leuten, die beide vom örtlichen Polizeirevier kamen, gesagt, daß der Minister vor seinem Haus am Belgrave Square erschossen worden war. Man hatte ihnen gesagt, daß der Mann möglicherweise mit der U-Bahn geflüchtet war, einen beige-braunen Regenmantel trug und eine Maschinenpistole bei sich hatte. Nicht gesagt hatte man ihnen, daß der Attentäter seine Fahrkarte nicht unbedingt in Victoria gekauft haben mußte, sondern sie unter Umständen irgendwo unterwegs gelöst hatte. Auch daß die Kalaschnikow zusammenklappbar war, wußten sie nicht. Auf der fünf Meter langen Strecke bis zur Sperre schieden sie ihn aus dem Kreis der Verdächtigen aus.

Als er an ihnen vorbei war, ging sein Atem schnell, auf seiner Stirn stand kalter Schweiß. Er erwartete den Befehl stehenzubleiben, eine schwere Hand auf seiner Schulter, aber es kam nichts. Auf dem Parkplatz vor dem Bahnhof wartete der Leihwagen, ein Cortina. Er verstaute das Gewehr unter dem Fahrersitz und machte sich auf den Weg nach Heathrow. Bleib cool, und sie kriegen dich nicht – das hatten sie ihm immer wieder eingehämmert.
In dem dichten Vormittagsverkehr brauchte er eine Stunde bis zum Flughafen. Damit hatte er gerechnet. Es blieben ihm noch eineinhalb Stunden bis zum Abflug, als er den Wagen in dem Parkplatz von Terminal 1 abgestellt und abgeschlossen hatte. Waffe und Magazin ließ er unter dem Sitz zurück.
An allen Ecken des Terminal war Polizei postiert. An den Schulterklappen erkannte der Mann die verschiedenen Gruppen: AP - Flughafenpolizei, T - Transportabteilung der Londoner Polizei, CO - Special Patrol Group. Die CO-Leute, das wußte er, waren bewaffnet, und sein Magen krampfte sich kurz zusammen. Wenn sie ihn anriefen, wenn er flüchtete – ob sie dann wohl schossen? Er ballte die Fäuste und trat an den Ticketschalter der BEA.
»Jones ist mein Name. Ich hatte ein Ticket bestellt. Die Ein-Uhr-Maschine nach Amsterdam. BE 467.«
Die Bodenhostess nickte lächelnd und gab die Daten in den Reservierungscomputer ein. Der Flug wurde bestätigt; während sie den Flugschein ausschrieb, verkündeten die Lautsprecher, daß bei allen Flügen nach Dublin, Cork, Shannon und Belfast mit Verspätungen zu rechnen sei. Auf die werden sie sich konzentrieren, hatten sie gesagt. Alle Maschinen schaffen sie personell einfach nicht.
Der Mann zückte den ihm vom Quartiermeister seiner Einheit ausgestellten neuen britischen Paß und ging durch die Kontrolle.

2. Kapitel

Im allgemeinen fuhr der Commissioner allein, nur von seinem nicht mehr ganz jungen Fahrer begleitet. An diesem Nachmittag saß vorn neben dem Fahrer ein bewaffneter Kriminalbeamter. Der Wagen rollte durch die Absperrgitter, die eine halbe Stunde nach der Meldung über das Attentat aufgestellt worden waren, in die Downing Street. Auf der dunklen, schattigen Straße war kein einziger Dienstwagen zu sehen; für Touristen war sie heute gesperrt.
An der Tür hatten sich zwei Konstabler gegen die Meute der eifrig das Kommen und Gehen der Besucher registrierenden Pressephotographen durchgesetzt: Die Reporter mußten sich brav in einer Reihe aufstellen, die von den Absperrungen über die Gehsteige bis hinaus zu den Parkplätzen reichte. Der Commissioner wurde in der mit ihren Lüstern und roten Teppichen anheimelnd wirkenden Halle in Empfang genommen und zum Lift gebracht. Als er an dem kleinen Raum rechts neben der Tür vorbeiging, stellte er fest, daß dort vier Kriminalbeamte in Zivil saßen. Seine Anordnung, die Leibwache des Premierministers zu verdoppeln, war also befolgt worden. Zwei Stockwerke höher führte man ihn in das Arbeitszimmer des Premiers.
»Ich wollte nur hören, ob Sie mir noch irgend etwas sagen möchten, ehe wir uns unten ins Getümmel stürzen.«
»Im Augenblick kann ich eigentlich nur bekanntgeben, Sir, was wir wissen und was wir unternehmen. Zu Punkt eins: sehr wenig; zu Punkt zwei: eine Menge.«
»Man wird sich besonders dafür interessieren, was für die Sicherheit des Ministers getan worden ist...«
Der Commissioner schwieg. Er fühlte sich nicht wohl in dieser Atmosphäre. In den drei Jahren, seit er Commissioner und damit ranghöchster Polizist des Landes war, hatte er bis heute noch nie das Allerheiligste betreten,– über die Empfangsräume im ersten Stock war er nicht hinausgekommen. Auf dem Weg nach

Whitehall hatte er sich vorgenommen, dafür zu sorgen, daß man nicht die Polizei zum Sündenbock machte. Sechsunddreißig Jahre im Polizeidienst lassen sich nicht verleugnen: Er wäre jetzt sehr viel lieber in Scotland Yard gewesen, möglichst nahe an der Befehlszentrale im fünften Stock. Das war zwar gegen die Vorschriften, aber zumindest hätte er dort das Gefühl gehabt, etwas Nützliches zu tun.
Es gab wenig Berührungspunkte, und beide wußten das. Der Premierminister stand auf und deutete zur Tür. »Dann wollen wir mal«, sagte er halblaut. »Frank Scott von der Royal Ulster Constabulary* und General Fairbairn kommen in etwa einer Stunde aus Belfast. Die hören wir uns nach Ihnen an.«

Der Mann ging mit langen Schritten durch die weitläufigen Gänge des Flughafens Schiphol, Amsterdam, zur Transithalle. Wenn seine Verbindung klappte, hatte er achtundfünfzig Minuten Zeit bis zum Start der Aer Lingus 727 nach Dublin. Er sah die Flughafenpolizei, die mit kurzläufigen, leichten Karabinern am Zugang zu dem Flugsteig patrouillierte, an dem die Passagiere des El Al-Jumbo an Bord gingen; er hatte auch die Panzerwagen auf dem Vorfeld zur Kenntnis genommen. Vorbeugungsmaßnahmen gegen Luftpiraterie... nichts, was ihn betraf. Er trat an den Aer Lingus-Schalter, holte sich das Ticket ab, das dort für ihn bereitlag, und schlenderte zum Duty-Free Shop. Den durfte er sich nicht entgehen lassen, hatten sie ihm gesagt, sollte der beste in Europa sein. Belgrave Square und der Lärm und die Schreie waren weit weg. Zum ersten Mal an diesem Tag empfand er eine gewisse Gelassenheit.

Im Kabinettsraum im ersten Stock stand der Commissioner auf, um seinen Lagebericht zu geben. Er sprach langsam und wählte seine Worte mit Sorgfalt. Es entging ihm nicht, daß die Minister das, was er zu sagen hatte, schockiert, mißtrauisch, ja, feindselig aufnahmen. Er hatte ihnen wenig Tröstliches zu bieten. Neu gegenüber dem, was sie mittags im Fernsehen gehört hatten, war die Mitteilung, daß eine neuere und bessere Beschreibung in Umlauf gesetzt worden war. Endlich hatte der Polizeibeamte die volle Aufmerksamkeit seines Publikums.

* Nordirische Polizei

»Heute früh hat es auf Oxford Circus einen kleinen Zwischenfall gegeben. Ein Mann hat sich rücksichtslos durch die Menge gedrängt, hat Fahrgäste über den Haufen gerannt und ist, was allgemein auffiel, nicht stehengeblieben, um sich zu entschuldigen. Erstaunlich, daß die Leute sich an so was erinnern – aber zwei Frauen haben unabhängig voneinander heute vormittag das Fernsehinterview vom Belgrave Square gesehen und den Yard angerufen, haben ganz richtig kombiniert. Es scheint sich um denselben Mann zu handeln, aber die Beschreibung ist besser. Gegen vier dürfte das Phantombild fertig sein.«
Ein leises Klopfen; die Ankunft von Chief Constable Frank Scott von der RUC, der Royal Ulster Constabulary, General Sir Jocelyn Fairbairn, Oberbefehlshaber der Streitkräfte in Nordirland, unterbrach seinen Vortrag. Als sie Platz genommen hatten, ganz hinten am Tisch eingezwängt, ergriff der Premierminister das Wort.
»Wir gehen alle davon aus, daß es sich hier um ein IRA-Attentat handelt. Wir kennen weder das Motiv noch wissen wir, ob es die erste Tat einer geplanten Serie ist oder ein Einzelverbrechen. Ich verlange intensivste Bemühungen, den Mörder zur Strecke zu bringen – und zwar schnell. Eine Ermittlung, die sich über einen Monat, zwei Monate, ein halbes Jahr hinzieht, nützt uns nichts. Jeder Tag, den diese Gangster auf freiem Fuß bleiben, ist ein dikker Pluspunkt für sie. Wieso der Leibwächter des Ministers schon so bald nach Beendigung von Danbys Amtszeit in Ulster abgezogen wurde, ist mir ein Rätsel. Der Innenminister wird uns morgen darüber berichten und auch auf die Frage eingehen, was noch unternommen wird, um eine Wiederholung derartiger Attentate zu unterbinden.«
Er machte eine Pause. Die Kollegen, denen der erhobene Zeigefinger mißfiel, hüllten sich in Schweigen. Der Commissioner schwankte einen Augenblick: Sollte er erläutern, daß Danby ständig über die Bemühungen des Sergeant, ihn im Auge zu behalten, gelästert und aus eigenem Entschluß auf seinen Leibwächter verzichtet hatte? Aber dann hielt er doch den Mund. Sollte der Premier sich das ruhig von seinem Innenminister erzählen lassen.
Der Premierminister gab dem ersten Mann der RUC ein Zeichen.

»Herr Premierminister, meine Herren.« Scott sprach in dem weichen, ein wenig gutturalen schottischen Tonfall so vieler Ulster-Iren. Er zog das Jackett seiner flaschengrünen Uniform straff und rückte an seinem schweren Eschenstock, den er vor sich auf den Tisch gelegt hatte. »Wenn er in Belfast steckt, kriegen wir ihn. Vielleicht nicht gerade im Handumdrehen, aber Belfast ist das reinste Dorf. Irgendwo schnappen wir was auf, und dann greifen wir ihn uns. Bei einer Operation dieser Größenordnung müssen sie doch eine Reihe von Leuten eingeschaltet haben; da erwischen wir bestimmt wenigstens einen, der umfällt. Heutzutage bekommt man sie viel eher zum Reden. Die harten Burschen sind eingesperrt, und die neue Generation redet. Wenn er in Belfast steckt, kriegen wir ihn.«

Es war nach fünf und dunkelte schon, als die Minister, dann der General und wieder der Premierminister zu Worte gekommen waren. Der Premier hatte alle Anwesenden für übermorgen zu einer weiteren Sitzung gebeten und seine Forderung nach energischem Einsatz und zügigem Tempo wiederholt. In diesem Augenblick betrat eine Sekretärin das Zimmer, flüsterte dem Commissioner etwas ins Ohr und bat ihn hinaus. Die neben ihm Sitzenden hatten das Wort ›dringend‹ aufgeschnappt.

Als zwei Minuten später der Commissioner wieder eintrat, sah der Premierminister ihn an und hielt mitten im Satz inne. Die achtzehn Politiker, der Polizeichef aus Nordirland und der General starrten gebannt auf den Commissioner.

»Wir haben eine schlechte Nachricht«, sagte er. »Die Polizei in Heathrow hat auf dem Parkplatz von Terminal 1 einen Leihwagen gefunden. Unter dem Fahrersitz lag eine Kalaschnikow. Nach der Uhrzeit auf dem Parkschein hatte der Passagier die Möglichkeit, Maschinen nach Wien, Stockholm, Madrid, Rom und Amsterdam zu erreichen. Die Besatzung des BEA-Fluges nach Amsterdam ist bereits wieder in Heathrow eingetroffen. Wir schicken das Phantombild zum Flugplatz. Es ist bereits unterwegs. Eine der Stewardessen glaubt, daß ein Mann, der unserer ersten Beschreibung entspricht – der ungenaueren, die wir zunächst herausgegeben hatten –, in der fünfzehnten Reihe am Fenster gesessen hat. Wir sind auch mit der Polizei in Schiphol in Verbindung und schicken ihnen das Bild über Funk. Man hätte allerdings bequem mit der BEA-Maschine einen Anschluß nach Dublin erreichen können. Die Aer Lingus-Maschine Amsterdam–Dublin ist vor fünfundzwanzig Minuten in Dublin gelandet. Sie halten alle Passagiere in der Gepäckausgabe fest.«

Im Kabinettsraum erhob sich ein hörbarer Seufzer der Erleichterung. Der Commissioner fuhr fort:

»Die Dubliner Flughafenpolizei berichtet allerdings, daß Passagiere ohne Gepäck schon vor unserer Meldung die Zollkontrolle passiert haben.«

»Meinen Sie, daß er Gepäck hatte?« fragte der Premierminister leise.

»Ich bezweifle es, Sir, aber wir sind dabei, das bei der Flugscheinausgabe und am Abfertigungsschalter in Erfahrung zu bringen.«

»Eine schöne Panne!« Der Premierminister war kaum zu verstehen. »Wir brauchen Resultate, und zwar schnellstens.«

Von Heathrow wurde die Kalaschnikow, in Plastikfolie gehüllt, auf dem schellsten Wege von einem Streifenwagen quer durch die Stadt zum Prüfschießstand der Polizei gebracht. Sie war noch weiß von dem Puder der Spurensicherung, die im Revier der Flughafenpolizei vorgenommen worden war, aber der örtliche Fingerabdruck-Experte hatte nichts gefunden. »Sieht nicht nach Handschuhen aus«, sagte er. »Er muß die Abdrücke abgewischt haben, mit einem Tuch oder so. Aber es ist gründlich gemacht: Er hat nichts übersehen.«

In einem Vorort von Dublin, in dem Großraumbüro der Nachrichtenredaktion der RTE, des Fernsehens der Republik Irland, läutete Punkt sechs das mittlere der vor dem Nachrichtenredakteur aufgereihten Telefone.

»Hören Sie gut zu, ich sage das nur einmal. Hier ist ein Sprecher des militärischen Zweiges der Provisorischen IRA. Ein Aktionskommando des Provisorischen IRA hat heute ein Kriegsgerichtsurteil an Henry DeLacey Danby, einem Feind des irischen Volkes und Lakaien der britischen Besatzungsmacht in Irland, vollstreckt. In den achtzehn Monaten seiner Amtszeit in Irland war Danby unter anderem verantwortlich für das Konzentrationslager Long Kesh. Er ist wiederholt gewarnt worden, daß

man – falls sich die Zustände im Lager nicht ändern – etwas gegen ihn unternehmen würde. Das ist alles.«
Es klickte in der Leitung, und der Nachrichtenredakteur begann, sein Stenogramm zu entziffern.

Zehn Stunden später verließen die Saracen-Panzerwagen mit abgeblendeten Scheinwerfern die Belfaster Polizeireviere und rollten aus den mit Sandsäcken, Wellblech und Maschendraht verbarrikadierten Festungen Andersonstown, Hasting Street, Flax Street, Glenravel Street und Mountpottinger heraus. Wachen in Stahlhelmen und kugelsicheren Westen, Maschinenpistolen an die Handgelenke geschnallt, schoben die schweren Barrikaden aus Holz und Stacheldraht an den Eingängen der Bataillons- und Kompaniequartiere beiseite, und die Konvois bewegten sich vorsichtig in die Dunkelheit hinein. Die Männer in den Panzerwagen hockten dicht beisammen, die Gesichter geschwärzt, beladen mit Gasmasken, Schnellverbänden, Gummigeschoß-Gewehren, Gummiknüppeln und den mittelalterlich anmutenden Schutzschilden mit Sehschlitz. Außerdem hatten sie ihre NATO-Schnellfeuergewehre mit. Die meisten hatten kaum mehr als ein paar Stunden geschlafen, und auch das nur im Sitzen, in Uniform; nur die Stiefel hatten sie ausziehen können. Die Offiziere und dienstältesten Unteroffiziere, die an den Einsatzbesprechungen für die Razzien teilgenommen hatten, waren in punkto Schlaf noch schlechter dran. Es gab keine Gespräche, keine Unterhaltungen, alle wußten, daß es ein langer, ermüdender, kalter und wahrscheinlich nasser Tag werden würde. Sehen konnten die Männer nichts.
Jeder Wagen war zum Schutz gegen Heckenschützen hermetisch abgedichtet. Nur der Fahrer, der Scharfschütze neben ihm und der Scharfschütze hinten, dessen Gewehr durch den schmalen Sehschlitz ragte, sahen etwas von den finsteren, regennassen Straßen. Die Häuser lagen im Dunkel, kein Schaufenster war beleuchtet, und nur gelegentlich verbreitete eine hoch angebrachte Straßenlaterne ein trübes Licht. Viele hatten die in den letzten vier Jahren von beiden Seiten unternommenen Versuche, alle Helligkeit auszulöschen, ohnehin nicht überlebt.
Nach wenigen Minuten hatten die Konvois die Hauptstraßen verlassen und verteilten sich in den mit einer Ausnahme auf der

westlichen Seite der Stadt gelegenen Reihenhaus-Siedlungen. Zweitausend Mann aus sechs Bataillonen riegelten die Straßen ab, deren Rückgrat die lange Falls Road ist, die katholische Schlagader, die in westlicher Richtung aus der Stadt hinaus und nach Dublin führt. Während die Panzerwagen sich auf den Straßen querstellten, rissen die Fallschirmjäger, Marineinfanteristen und Angehörigen der alten Grafschafts-Infanterieeinheiten die Panzertüren auf und rannten in Deckung. Ganz im Westen, an der Grenze nach Andersonstown und Suffolk, wo die Häuser neuer und die Sichtverhältnisse daher schwieriger sind, waren Männer eines schweren Artillerieverbandes eingesetzt, die sich besser darauf verstanden, mit ihren Abbot-Gewehren umzugehen, als in Vorgärten und hinter Mülltonnen Deckung zu suchen. Auf der anderen Seite der Stadt verteilten sich weitere Truppen im Ardoynegebiet, und drüben auf der Ostseite des Lagan wurde der Short Strand-Bezirk abgeriegelt.
Als ihre Leute die Stellungen bezogen hatten, warteten die Offiziere auf das erste Tageslicht. Wagen, die versuchten, in die abgesperrten Straßen hineinzufahren oder sie zu verlassen, wurden zurückgeschickt. Unter einem leichten Nieselregen duckten die Männer sich in ihre Deckung, den Daumen an der Sicherung. Die ausgewählten Scharfschützen hielten ihre durch das Starscope, das Nachtsichtgerät, noch schwereren Gewehre im Arm.
Der Lärm begann, als die Soldaten sich die einzelnen Häuser vornahmen. Frauen, unförmig in ihren Morgenröcken, das Haar hoch aufgetürmt in bunten Plastiklockenwickeln, stürzten heraus, betätigten Trillerpfeifen, ließen Schimpfkanonaden los und klapperten mit Mülleimerdeckeln. Durch den Höllenspektakel hindurch hörte man Gewehrläufe gegen Türen donnern und den dumpfen Laut der Äxte und Vorschlaghämmer, wenn nicht sofort geöffnet wurde. Minuten später waren mehr Zivilisten als Soldaten auf der Straße und schleuderten dem Militär ihre Gemeinheiten und Beleidigungen in die unbewegten Gesichter. Im Schutze der Army bewegten sich dazwischen recht unglücklich wirkende Polizisten, an ihrer Seite meist hechelnde Labradorhunde, die auf das Aufspüren von Sprengstoff abgerichtet waren. Gelegentlich kam aus einem der kleinen Reihenhäuser ein aufgeregter Ruf, im North-Country-Dialekt, im walisischen oder Cockney-Tonfall, und ein blinkendes kleines Gewehr oder

eine Pistole wurden herausgebracht, sorgsam eingewickelt, um keine Spuren zu verwischen. Diese Spuren sollten ja den schlaftrunkenen Mann überführen, den sie jetzt über den Gehsteig stießen und in einen der Panzerwagen schubsten. Zahlreich waren diese Funde nicht. Nach vier Jahren ständiger Durchsuchungen, Razzien, Absperrungen und Verhaftungen gab es nicht mehr viel Beute.

Als die Dämmerung kam – und sie kommt spät und langsam in Belfast, das so weit nördlich liegt –, zeigte sich, daß das Ergebnis der nächtlichen Arbeit dürftig war. Ein paar Armalite-Gewehre japanischer Bauart, ein paar Pistolen, ein Sackvoll Munition und eine lange Reihe von Männern, denen ein Verhör beim Special Branch bevorstand, außerdem das übliche Zubehör des Terrorismus: Batterien, Kabel, Wecker, Beutel mit starkem Unkrautvernichter. Alles wurde in Listen aufgenommen und in die Polizeireviere transportiert.

Mit dem Tageslicht kamen die Steinwürfe, und die noch mühsam aufrechterhaltend Ordnung der Durchsuchung brach in einem Hagel von Gummigeschossen zusammen. Tränengasschwaden trieben durch die Straßen, und am Ende der schmalen Häuserzeilen warfen die Kinder mit schartigen Pflastersteinen nach den Soldaten.

Busfahrer, die, ohne von den Razzien zu wissen, die Falls Road entlangfuhren, sahen sich plötzlich, wenn sie an einer Ampel hielten, jungen Burschen gegenüber, die in ihre Fahrerkabinen kletterten und sie mit einer Pistole bedrohten, bis sie die Doppeldecker übergaben. Um neun war die Falls Road an vier Stellen blockiert, und die örtlichen Rundfunksender forderten Autofahrer auf, wieder einmal die Ausweichstrecken zu benutzen.

Während sich die Soldaten aus den Straßen zurückzogen, hörte man hier und da MG-Salven, ohne Nachdruck, und ohne daß es Opfer gab. Nur einmal hatten die britischen Soldaten ein Ziel im Visier, das eine Erwiderung des Feuers lohnte, aber sie hatten keinen Treffer zu verzeichnen.

In der Razzia hatten beide Seiten Pluspunkte für sich buchen können. Armee und Polizei war es darum gegangen, ein paar Wellen zu schlagen, die Anführer der anderen Seite aus ihren Löchern zu locken in der Hoffnung, einer könnte die Nerven verlieren, einen falschen Schritt tun, ein wichtiges Geständnis ablegen. Aber auch die andere Seite konnte mit diesem Morgen zufrieden sein. Nach mehreren ruhigen Wochen waren die Soldaten wieder da, traten Türen ein, nahmen die Männer mit, brachen Zimmer auf, rissen Dielenbretter heraus. Daraus konnte man an der Basis schon einiges Kapital schlagen.

Der Mann hatte den Polizeikonvoi zum Flughafengebäude rasen sehen, als er es, nur die Tüte vom Duty-Free Shop in Schiphol mit zweihundert Zigaretten und einer Flasche Scotch in der Hand, gerade verlassen hatte. Gleich nach dem Zoll war ein junger Mann auf ihn zugegangen, hatte ihn gefragt, ob er Mr. Jones sei. Er hatte genickt, das reichte. Dann war er hinter dem jungen Mann hergegangen, aus dem neuen Terminal heraus und zum Parkplatz.

Sie passierten gerade das Flughafenhotel, als die Streifenwagen und ein Mannschaftswagen der Garda, der irischen Polizei, vorbeifuhren. Weder Fahrer noch Fahrgast sprachen. Dem Mann hatte man gesagt, er würde abgeholt werden; man hatte ihm eingeschärft, er dürfte auf der Reise nicht sprechen, auch nicht auf dem Heimweg. Sprache ist ebenso identifizierbar wie ein Gesicht, hatten sie erklärt. Der Wagen bog auf die Straße nach Dundalk ein. Zwischen Drogheda und Dundalk wandten sie sich nach links, ins Innere, in die Berge.

»Wir gehen bei Forkhill rüber«, sagte der Fahrer halblaut. Der Mann schwieg, während der Wagen über eine Nebenstraße schaukelte. Nach einer Viertelstunde hielt der Fahrer an einer Kreuzung, wo als einziges Haus ein wellblechgedeckter Laden stand, und stieg aus. Nur eine Minute, sagte er. Er müsse mal telefonieren. Der Mann blieb im Wagen sitzen. Die Unbeschwertheit, die er an diesem Nachmittag in Schiphol empfunden hatte, war plötzlich verschwunden. Nicht, daß er allein war, bedrückte ihn, sondern daß er über seine Handlungen und seine unmittelbare Zukunft nicht selbst entscheiden konnte. Schon sah er in seiner Phantasie Bilder von Verrat und Gefangennahme, sah sich unbewaffnet in Grenznähe sitzengelassen – da kam der Fahrer wieder, stieg ein.

»Forkhill ist dicht. Wir gehen weiter unten über die Grenze, an der Straße nach Cullyhanna. Keine Angst, wir lassen dich nicht im Regen stehen.«

Dem Mann war es unangenehm, daß der Fremde sein Mißtrauen, seine Nervosität spürte. Dafür versuchte er jetzt zu schlafen, den Kopf gegen seinen Sicherheitsgurt gelehnt. Er blieb in dieser Stellung, bis der Wagen plötzlich einen Satz machte und sein Kopf hart gegen das Fenster schlug. Er fiel nach vorn.
»Keine Angst!« Wieder dieser selbstsichere, fast herablassende Ton. »Das war der Krater, den wir vor zwei Jahren zugeschüttet haben. Wir sind jetzt im Norden. In zwei Stunden bist du zu Hause.«
Sie fuhren jetzt wieder in östlicher Richtung, durch Bessbrook, nördlich an Newry vorbei und auf die Hauptstraße nach Belfast. Der Mann gestattete sich ein Lächeln. Sie waren auf einer vierspurigen, guten und schnellen Straße. Vor Hillsborough hielt der Fahrer an und deutete auf die Tüte im Fond unter dem Mantel des Mannes.
»Tut mir leid, Junge, das kann ich mir nicht leisten, wenn wir in die Stadt kommen. Wirf das Zeug weg.«
Der Mann kurbelte sein Fenster herunter und schleuderte die Plastiktüte über den Parkplatz hinweg in eine Hecke. Der Wagen fuhr schon wieder. Noch siebeneinhalb Kilometer bis Belfast, sagte der nächste Wegweiser.

Als der Polizeichef am vergangenen Abend aus London zurückgekommen war, hatte er ein ausgesuchtes Team von Kriminalbeamten zum Bereitschaftsdienst an den Apparaten der »Vertraulichen Leitung« eingeteilt, den mit großem Werbeaufwand verbreiteten Belfaster Telefonnummern, über die anonyme Hinweise an die Polizei gegeben werden können. Die Beamten warteten den ganzen Tag in ihrem Dienstraum, aber der erhoffte Anruf blieb aus. Sie registrierten die übliche Kollektion geflüsterter Denunziationen, in denen Namen im Zusammenhang mit Bomben, Schießereien, Waffenverstecken genannt wurden, aber nicht einmal gerüchtweise wurde der Danby-Mord erwähnt. In drei Pubs in der Belfaster Innenstadt trafen sich britische Armee-Geheimdienstler mit ihren V-Leuten, steckten in den von ihnen bevorzugten Nischen die Köpfe zusammen. Alle meldeten in jener Nacht ihren Führungsoffizieren, daß nichts durchgesickert war. Während sie ihren Informanten drohten, ihnen gut zuredeten und sie bestachen, patrouillierten in der Nähe Landrover der Militärpolizei.

Wen sie bewachten, hatte man den »Rotkappen« nicht gesagt. Sie hatten lediglich den Auftrag, die Augen offenzuhalten und zu verhindern, daß plötzlich Männer die Pubs stürmten.
Nachdem ein als Wäschereiwagen getarnter Beobachtungsposten der Abwehr in die Luft geflogen war – Soldaten hatten von einem versteckten Zwischenboden aus einen IRA-Stützpunkt beobachtet, während ihre Kameraden unten Wäschereikunden angeworben hatten –, war den Einsatzleitern klargeworden, daß ihre Leute besser gesichert werden mußten. Das lag dreißig Monate zurück. Vor einem Vierteljahr hatte man dann einen Hauptmann aus dem Royal Tank Regiment tot aufgefunden, gefoltert und verstümmelt; in der Einheit – und zwar ziemlich hoch oben – mußte irgendwo eine undichte Stelle sein. Die öffentliche Empörung in der Heimat darüber, daß Soldaten derartigen Gefahren in Zivil ausgesetzt wurden, hatte zu einer Direktive des Ministers geführt; das Militärpersonal war angewiesen worden, nicht mehr katholisches Gebiet zu infiltrieren, sondern Informanten-Kontakte draußen zu pflegen. Die Geldmittel waren aufgestockt worden, Tickets für einfache Flüge nach Kanada standen verstärkt zur Verfügung.
Unabhängig von den militärischen Abwehrtrupps war auch der Special Branch der RUC in dieser Nacht unterwegs: Männer, die seit drei Jahren nachts ihre gedrungenen Walther-PPK-Pistolen in Griffnähe am Bett hatten und in deren Garagen ein Stapel auswechselbarer Nummernschilder lag; Männer, die bei den oft und gern photographierten Bestattungen von Polizisten beiseite traten. Auch sie meldeten später, daß über das Danby-Attentat nicht geredet worden war.

Im Morgengrauen ließ sich Rennie im ersten Stock des Hauptquartiers in der Stormont Road auf einem harten Holzstuhl nieder und begann mühselig seinen ersten Bericht zu tippen. Einige seiner Kollegen hatten ihm schon gemeldet, daß sie nichts entdeckt hatten und daß ihre Spitzel behaupteten, keine Ahnung zu haben; die anderen würden bald mit der gleichen Geschichte kommen. Selbst die Tonbänder der »Vertraulichen Leitung« hatten sie im Stich gelassen.
Als Chefinspektor hatte Rennie achtzehn Jahre lang Aussagen, strafrechtliche Beurteilungen und Berichte in die Schreibma-

schine gehämmert, aber er tippte nach wie vor im Zwei-Finger-Suchsystem.
Aus seiner Zeit im Special Branch wußte er, was für einen Wirbel es nach einem spektakulären Anschlag der Provisionals in der Stadt geben konnte, wie Gerüchte und Klatsch von Getto zu Getto eilten, die Erfolgsmeldung und damit auch ein gewisses Maß an Indiskretion weitertrugen. Da hakte dann der Branch ein, da begann die Arbeit der Männer, die dank ihrer Ausbildung Fingerspitzengefühl genug hatten, das kaum Greifbare an einer Information zu erspüren. Aber die Ruhmestage des Special Branch in Belfast waren schon lange vorüber.
Rennie dachte an die Fortbildungskurse, die er in der ersten Zeit besucht hatte, ehe die Lage ganz katastrophal wurde und die Truppen einrückten. Da hatten ihnen drüben in England Männer mit verschlossenen Gesichtern, mit von langem Dienst im Fernen Osten und in Afrika gelb gegerbter Tropenhaut gesagt, daß polizeiliche Untergrundarbeit im feindlichen Lager die einzige Hoffnung war, eine Terroristenbewegung im Keim zu ersticken. »Wenn Sie erst die Army am Hals haben, die über Ihren Kopf hinweg regiert und Ihnen Vorschriften macht und alles besser weiß, ist es zu spät. Dann haben Sie es nicht mehr in der Hand. Militär auf den Straßen bedeutet, daß der Feind gewinnt und daß Sie keine Macht mehr sind, mit der die Opposition zu rechnen hat. Die Army ist immer schlecht für den Polizisten, und die Terroristenbekämpfung kann nur Erfolg haben, wenn der Special Branch den Gegner infiltriert und sich Informationen an der Basis besorgt.«
Sie hatten recht gehabt, Rennie begriff das jetzt. Er und seine Kollegen stöberten nicht in den Ecken und Winkeln des Provo-Kernlandes herum. Das überließen sie der Army mit ihren Gewehren und ihren Panzerwagen. Die Kriminalbeamten warteten ab und begnügten sich damit, den Strom der Verhafteten zu verhören. Das war das Nächstbeste, aber es war eben nicht genug.
Er selbst war so wieso nicht so recht für dieses Räuber-und-Gendarm-Spiel geeignet. Zu groß, zu schwer, zu auffällig. Kein Mann, der in der Menge untertaucht, nicht durchschnittlich genug. Aber es gab andere, die sich gut darauf verstanden hatten, bis die Bestattungen zu häufig wurden und der Polizeichef Einhalt gebot.

Einen hatten sie zum Beispiel gehabt, der war ihr Topmann im Special Branch gewesen, bis er oben in der Crumlin Road im Feuerhagel eines MG gestorben war. Er hatte nur den nächtlichen Aufruhr beobachten wollen, und da hatte ihn ein Heckenschütze ausgemacht. Sie hatten ein Karteikarten-Gedächtnis, ein wandelndes Archiv verloren.
Rennies Bericht war ein trostloses Schriftstück geworden. Eine Aufreihung von Fehlanzeigen nach unzähligen Telefongesprächen und einer Suchaktion in den großen Blechschubläden, in denen die gelben Hefter und die Photos und Berichte aufbewahrt wurden. Der Polizeichef kam herein, als Rennie gerade die Schreibmaschine zurückschob.
»Nichts?«
»Nichts, Sir. Nur Sackgassen. Keiner hat was von sich gegeben. Nicht ein Wort.«
»Ich habe denen in London gesagt, daß der Bursche, nach dem sie suchen, früher oder später hier auftauchen wird. Für einen Mann, der in London sitzt, war er zu gut ausgerüstet. Er muß hier sein. Wie viele kennen wir, denen das zuzutrauen wäre, diese Disziplin, dieser Drill?«
»Eine ganze Reihe«, antwortete Rennie, »aber von denen ist keiner auf freiem Fuß. Ich könnte Ihnen ein halbes Dutzend nennen, die in Long Kesh sitzen und nach denen wir fahnden würden, wenn sie frei wären. Aber sonst wüßte ich niemanden. Vor einiger Zeit sah das noch anders aus.«
»Ich erwarte äußerste Anstrengungen.« Der Chief Constable war ans Fenster getreten, sprach halb zu sich selbst, halb zu der Dunkelheit hinter den bruchsicheren Scheiben. »In London haben sie sich früher beklagt, daß sie nicht so unterstützt werden, wie sich das ihrer Meinung nach gehört, wenn sie in England eine große Sache haben und sich an uns um Hilfe wenden. Das darf diesmal nicht passieren. Es ist verdammt ärgerlich. Was das an Personal und an Arbeitskraft kostet, was wir alles hinschmeißen müssen wegen so einer Geschichte. Egal – wir müssen ihn kriegen.«
Er starrte lange in die Finsternis hinter dem angestrahlten Zaun, der das Gelände umgab. Dann drehte er sich auf dem Absatz herum. »Gute Nacht«, sagte er und machte leise die Tür hinter sich zu.

So wird das jetzt wohl eine Weile gehen, dachte Rennie, jede Nacht werde ich hier hocken in den nächsten Wochen, endlos tippen, ohne greifbares Ergebnis. Wenn wir nicht einfach Glück haben... Glück – das hat man nicht oft.
Aber kurz vor Mitternacht kam der erste positive Hinweis darauf, daß der Attentäter wieder in der Stadt war. Der diensthabende Major der Nachrichtenabteilung im Militärhauptquartier Lisburn stieß beim Durchblättern der Lageberichte dieses Abends auf eine Meldung: Eine Patrouille der Lifeguards hatte eine Viertelstunde lang die Straße von Hillsborough nach Banbridge gesperrt, während eine Plastiktüte am Straßenrand untersucht worden war. Die Strecke war wieder freigegeben worden, nachdem der Mann vom Bombenräumkommando eingetroffen war und festgestellt hatte, daß die Tüte eine Stange Zigaretten und eine Flasche Scotch enthielt, zollfrei im Flughafen Schiphol eingekauft.Der Major rief schleunigst seinen Chef unter dessen Privatnummer und die RUC-Zentrale an. Daß sie eine Aktion wie das Danby-Attentat hatten durchziehen können, ohne daß etwas durchgesickert war, wollte ihm einfach nicht in den Kopf.

Der Mann schlief; er lag in dem sonst unbenutzten Hinterzimmer eines kleinen Reihenhauses am Ballymurphy Bull Ring. Um elf Uhr fünfundzwanzig war er von Whiterock gekommen, wo er sich seit seiner Ankunft in Belfast aufgehalten hatte. Das für ihn organisierte Sicherheitssystem sah vor, daß er bis halb sechs schlafen und dann weitergereicht werden sollte, nach New Barnsley. Dem Brigadestab in Belfast ging es darum, ihn nicht zu lange an einer Stelle zu lassen, ihn in Bewegung zu halten. Nur der Brigadekommandant kannte den Wert des Mannes, dem diese Vorsichtsmaßregeln galten; niemand sonst war eingeweiht, und im Haus wurde er stumm aufgenommen. Er kam mit einem Satz über den Zaun, machte einen Bogen um die Fahrräder der Kinder, duckte sich unter der Wäscheleine hindurch und tastete sich durch die feuchte, schmutzige Spülküche ins Hinterzimmer. Die Familie war im Halbdunkel vor dem in voller Lautstärke blökenden Fernseher versammelt – Kanal 9. Sein Begleiter flüsterte dem Familienvater etwas ins Ohr und war verschwunden, ließ den Mann allein. Der Mann war nicht aus diesem Stadtteil; er war sowieso keine bekannte Persönlichkeit.

Nach vier Jahren Krieg waren so ein Besucher und seine Bedürfnisse nichts Besonderes. Im ›Murph‹ konnte wohl sein Name geheimgehalten werden, nicht aber der Grund für seine Flucht, nicht, nachdem in den Spätnachrichten das Fahndungsphoto auf dem Bildschirm erschienen war. Auf Anweisung von London war das Phantombild zurückgehalten worden, um der Abwehr und dem Special Branch Gelegenheit zu geben, den Attentäter zu identifizieren. Als ihnen das nicht gelungen war, hatte man das Bild freigegeben.
Die Familie rückte näher an den Apparat heran, um den Ansager zu hören:
»Scotland Yard hat soeben ein Phantombild des Mannes herausgegeben, der im Zusammenhang mit dem Attentat auf Henry Danby, den Sozialminister, gesucht wird. Danby wurde gestern vormittag vor seinem Haus in der Londoner City ermordet. Das Bild ist aus den Beschreibungen mehrerer Augenzeugen zusammengesetzt. Nach den Angaben von Scotland Yard ist der Mann etwa dreißig, hat kurzes Haar, links gescheitelt, ein schmales Gesicht, eine Zeugin bezeichnet es als ausgemergelt. Der Mann ist schmächtig, etwa 1,75 groß. Als er zuletzt gesehen wurde, trug er graue Hosen und ein dunkelbraunes Jackett. Es ist auch möglich, daß er einen beigefarbenen Regenmantel bei sich hat. Zuschauer, die diesen Mann identifizieren können, werden gebeten, sich sofort über die Vertrauliche Leitung, Belfast 227756 oder 226837, mit der Polizei in Verbindung zu setzen.«
Auf dem Kaminsims stand das geschnitzte und bemalte Modell eines Thompson-Maschinengewehrs. Der älteste Sohn, Eamon, der seit zwei Jahren in Long Kesh saß, hatte es seiner Familie geschenkt. Es trug ein Datum: Weihnachten 1973. Die Familie unter dem MG ließ keine Reaktion auf das Bild erkennen, das über den Bildschirm flimmerte.

Im Morgengrauen schob sich Theresa, Eamons Schwester, auf Zehenspitzen durch die zerschrammte Tür des Hinterzimmers. Sie schlich sich vorsichtig über die Dielenbretter, die locker waren und knarrten, seit die Soldaten hier ihren Bruder gesucht hatten. In der Dunkelheit sah sie das Gesicht des Mannes, das unter der Decke hervorschaute. Die Arme hatte er um sein Kopfkissen gelegt wie ein Kind, das seine Lieblingspuppe festhält. Sie zitterte in dem dünnen, durchsichtigen Nachthemd, das ihr knapp bis zu den Hüften ging. Vor zwei Stunden hatte sie es ausgesucht, angezogen und dann gewartet, bis sie sicher sein konnte, daß ihre Leute wirklich schliefen. Sie rüttelte den Mann an der Schulter, sehr sanft zunächst, bis der Mann mit einem Satz hochfuhr, ihr Handgelenk packte und sie mit einer einzigen Bewegung zu sich herunterzog – aber als Gefangene.

»Wer ist da?« Seine Stimme war hart, gepreßt, Angst schwang darin.

»Ich bin's, Theresa.« Stille, nur das schwere Atmen des Mannes. Noch immer hielt er ihre Hand umklammert wie in einem Schraubstock. Mit der freien Hand schlug sie die Bettdecke zurück und schob ihren Körper neben den seinen. Er war nackt und eiskalt; seine Sachen lagen drüben am Fenster, achtlos über einen Stuhl geworfen.

»Du kannst loslassen«, sagte sie, versuchte, näher an ihn heranzurücken. Aber er wich aus, bis hart an die Kante des schmalen Bettes.

»Warum bist du gekommen?«

»Um dich zu sehen.«

»Warum bist du gekommen?« Noch schroffer, noch lauter.

»Sie haben dein Photo gezeigt... im Fernsehen... gerade eben... in den Spätnachrichten.«

Der harte Griff um ihr Handgelenk löste sich. Der Mann sank zurück auf sein Kissen, seine Spannung fiel zusammen. Theresa preßte sich an ihn, aber sie spürte keine Reaktion, nichts sagte ihr, daß er ihren Körper überhaupt zur Kenntnis genommen hatte.

»Du mußt das doch wissen, für später, wenn sie dich wegbringen. Ich mußte es dir sagen... wir sind nicht deine Feinde, du bist sicher bei uns... Brauchst keine Angst zu haben.«

»Es gibt sechs Männer in der Stadt, die wissen, daß ich hier bin... Und jetzt dich...«

Ein wenig unruhig geworden, flüsterte sie zurück: »Mach dir keine Sorgen, wir haben hier keine Spitzel, nicht bei uns in der Straße, nicht seit sie die kleine McCoy – die haben sie erschossen.« Es war ein nachträglicher Gedanke. Roisin McCoy, Soldatenliebchen, Spitzeldienste als Nebenbeschäftigung, tot aufgefunden am Fuße des Divis-Berges. Große Empörung, keine Verhaftungen.

»Ich sage nichts.«
»Ich bin nicht zum Reden hergekommen, und es ist verdammt kalt hier ohne Decke.«
Jetzt zog er sie nah zu sich heran. Das Nylonnachthemd schob sich hoch, über ihre Hüften, über ihre Brüste. Sie drängte sich an ihn, drückte ihre Brustwarzen an seine schwarz behaarte Brust.
»Nicht viel dran, was?« sagte sie leise. »Bloß zwei kümmerliche Wespenstiche.«
Der Mann lächelte, und die Hand, die ihr Gelenk umklammert hatte, bis ihr fast der Arm abgestorben war, strich und rieb jetzt heftig an der weichen, weißen Innenseite ihrer Schenkel entlang. Sie griff nach unten, spürte, wie er zurückzuckte, als sie nach ihm griff, ihn in die Hand nahm, ihn schlaff und leblos, nachgiebig zwischen ihren Fingern spürte. Langsam, dann krampfhaft, im Einklang mit ihren eigenen Empfindungen, streichelte und knetete sie ihn, aber ohne Erfolg.
Unvermittelt hielt der Mann in seiner Bewegung inne, zog seine Hand aus der feuchten Wärme.
»Raus! Hau ab! Raus, hab ich gesagt!«
Theresa, neunzehn Jahre alt, seit vier Jahren am Fließband einer Textilfabrik, hatte schon einiges in ihrem Leben gehört und gesehen. Und deshalb fragte sie: »War es so schlimm... in London... war es...«
Zu mehr kam sie nicht, ein heftiger Schlag auf die rechte Gesichtshälfte brachte sie zum Schweigen. Sein billiger Trauring ritzte ihr die Haut unter dem Auge. Dann war sie fort, stürzte durch die Tür, über den Gang, in ihr Bett. Dort lag sie, Beine fest zusammengepreßt, fasziniert und geängstigt von dem, was sie erfahren hatte.
Im Halbschlaf hörte sie Flüstern und Schritte auf der Treppe; sie brachten den Mann zu seinem nächsten Versteck.

Im Kabinettsraum zeigte der Premierminister wenig Verständnis für die ausgebliebene prompte Verhaftung. Er hatte sich vom Commissioner sagen lassen müssen, daß der Fall in London unverändert war und daß die Bemühungen der Polizei sich zunächst darauf konzentrierten, festzustellen, wie und wann der Mann nach Großbritannien eingereist war. Die Pension in Eu-

ston, in der er in der Nacht vor dem Attentat übernachtet hatte, war durchsucht worden, aber ohne Ergebnis. Erwartungsgemäß hatte man auf dem Gewehr keine Fingerabdrücke gefunden, das gleiche Spiel der negativen Auslese begann jetzt am Wagen. Hier war zu berücksichtigen, daß die Polizei die Fingerabdrücke sämtlicher Personen identifizieren mußte, die in den letzten sechs Wochen mit dem Fahrzeug in Berührung gekommen waren. Erst dann ließen sich die Fingerabdrücke des Attentäters herauskristallisieren. Das würde lange dauern, erklärte der Commissioner; Fahrer, Angestellte von Avis, Tankstellenpersonal mußten überprüft werden. An wesentlichen Stellen – Lenkrad, Türgriff, Schalthebel – hatten sie überhaupt keine Spuren gefunden. Er berichtete über die neuen Sicherheitsmaßnahmen für die Minister, wies darauf hin, daß sie, wenn die Herren Politiker nicht mitmachten, weitgehend Zeitverschwendung bedeuteten, und erklärte nachdrücklich, daß sich eine Situation, die es dem ermordeten Minister ermöglicht hatte, selbst zu entscheiden, daß er keine Leibwache mehr brauchte, nicht wiederholen dürfe. Anschließend äußerte er die Vermutung, daß der Attentäter keinen V-Mann in Großbritannien gehabt und ganz selbständig gearbeitet hatte. Die Tickets für Dublin, Heathrow und Amsterdam waren telefonisch bestellt worden, die Bestellung folglich nicht mehr rekonstruierbar. Er wiederholte, daß man die Lösung des Falles wohl in Belfast erwarten dürfe. Gestern sei ein Chief Superintendent der Mordkommission nach Belfast geflogen, um Kontakt zur RUC aufzunehmen.
Chief Constable Frank Scott teilte mit, daß über die Vertrauliche Leitung keine Informationen eingegangen waren und bisher auch der Special Branch nicht fündig geworden war. »Nachdem wir jetzt eindeutig wissen, daß er in der Stadt ist, kriegen wir ihn schon, aber unter Umständen geht es nicht so schnell.« Man hatte es ihm überlassen, über den Fund der Tüte aus dem Duty-Free Shop in Amsterdam zu berichten.
»Das haben Sie schon vor zwei Tagen gesagt«, erklärte der Premierminister ungnädig.
»Die Situation ist unverändert.« Der Chief Constable dachte nicht daran einzulenken. Der Nordirland-Minister schaltete sich ein. »Wir sind uns wohl alle einig, Frank, daß es fast ausgeschlossen ist, ein solches Unternehmen zu überstürzen.«

»Aber ich brauche Ergebnisse.« Der Premierminister trommelte mit den Knöcheln auf den Tisch. »Wir können diese Sache nicht einfach hängenlassen.«
»Ich lasse nichts hängen, Sir, und Sie wissen sehr gut, daß auch keiner meiner Leute das tut.« Die scharfe Antwort des Polizeichefs aus Ulster brachte eine gewisse Unruhe unter die Minister am Tisch. Sie hatten ohnehin so langsam das Gefühl, daß für das eigentliche Problem ihre Anwesenheit unerheblich war, daß sie nur durch ihr Kommen und Gehen den Kameras die Aktivität und die feste Hand der Regierung demonstrieren sollten. Der Commissioner bedauerte, daß er seinem Kollegen nicht zuvorgekommen war. Eins zu null für die RUC.
Auch der Premierminister spürte die Abkühlung. Er bat General Fairbairn um seine Meinung. Als Oberbefehlshaber der Streitkräfte in Nordirland mit über fünfzehntausend Mann, die auf seine Befehle hörten, durfte der General Aufmerksamkeit erwarten. Er wählte seine Worte sorgfältig.
»Das Problem ist, in die von der IRA beherrschten Gebiete hineinzukommen. Gute, zuverlässige Informationen zu bekommen, auf die wir schnell reagieren können, solange die Spur noch heiß ist. Natürlich können wir einen Wirbel veranstalten, wie wir es gestern früh und in kleinerem Rahmen auch heute morgen getan haben. Ein bißchen was bekommen wir zwar auf diese Weise – ein paar Leute, ein paar Gewehre, einiges an Bombenmaterial –, aber kaum das, was wir suchen. Ich schätze, daß wir durch das Attentat zu massiven Vergeltungsmaßnahmen getrieben werden sollen. Razzien, Straßensperrungen, Verhaftungen zu Hunderten. Sie legen es darauf an, daß wir auf sie einprügeln, ihnen eine neue Generation von Mini-Märtyrern liefern. Es ist in den letzten Wochen dort ruhig gewesen. Sie brauchten eine publicityträchtige Großaktion und dann unseren Gegenschlag, um die Leute an der Basis, die vielleicht inzwischen ganz gern aussteigen würden, wieder ranzukriegen. Die Razzien, die wir in den letzten sechsunddreißig Stunden durchgeführt haben, sind als erste Reaktion durchaus in Ordnung, aber wenn wir so weitermachen, riskieren wir, daß wir die Bevölkerung reaktivieren, die schon langsam das Interesse an der IRA verloren hatte.«
»Wie steht's mit Ihren Agenten, den Leuten, die Sie im anderen Lager haben?«

»Da läuft im Augenblick nicht viel, die Treffs finden mehr draußen statt, seit vor einem Vierteljahr dieser junge Hauptmann ermordet worden ist, scheußliche Geschichte... das Ministerium war nicht glücklich, deshalb haben wir das weitgehend eingestellt.«
»Eingestellt?« wiederholte der Premierminister, ganz bewußt mit einem Anflug von Entsetzen in der Stimme.
»Wir hatten seit ungefähr einem Jahr kein Unternehmen dieser Größenordnung mehr. Es ist ruhiger geworden dort. Wir brauchten keine Agenten. Jetzt müßten wir ganz neu anfangen. Die Leute, die wir zur Zeit haben, sind zu bekannt. Ich glaube nicht, Herr Premierminister, daß sich das innerhalb Ihrer Zeitvorstellungen schaffen läßt.«
Da kam trocken, mit einer nur ganz leisen Andeutung von Sarkasmus, vorsichtig genug, um es einem Generalleutnant im Kabinettsraum der Downing Street Nummer 10 gerade noch durchgehen zu lassen.
»Ich will, daß ein Mann eingeschleust wird«, bestimmte der Premierminister. »Etwas anderes kommt gar nicht in Frage.«
Schön bedächtig spricht der Alte, dachte der Mann vom Landwirtschaftsministerium, hübsch langsam, gerade richtig für den Protokollführer in der Ecke.
»Ich brauche dort einen erfahrenen Agenten, so schnell wie möglich. Einen guten Mann. Wenn wir inzwischen den Attentäter gefunden haben, ist nichts verloren. Wenn nicht... ich weiß, General, was Sie sagen wollen. Wenn man unseren Mann erwischt, halte ich den Kopf hin. Das ist klar. Nun?«
Der General begriff, daß der Gedankenaustausch seit etlichen Minuten vorbei war. Dies war eine Weisung des Regierungschefs.
»Zunächst würde ich empfehlen, daß der Herr, der dort drüben an der Tür seine Notizen macht, die letzte Seite aus dem Block reißt und sie hier im Kamin verbrennt. Und Sie sollten die Anwesenden an das Kleingedruckte in unserem Gesetz über Staatsgeheimnisse erinnern. Danke.«
Der General stand auf, sehr rot im Gesicht, und verließ eilig den Raum, gefolgt von dem Chief Constable, der mit ihm zusammen die RAF-Maschine zurück nach Belfast nehmen wollte.

Der Premierminister wartete, bis sich die Tür geschlossen hatte, die zornigen Schritte auf dem Gang verhallt waren.

»Wenn sie von uns politische Initiativen verlangen, sind sie schnell bei der Hand mit ihren Ratschlägen. Aber sobald wir mal was anregen... So war das aber immer. Vier Generäle habe ich schon in der Downing Street erlebt, die mir erzählt haben, es sei alles vorbei, die Provisionals seien am Ende, erledigt. Sie überschütten einen mit Zahlen. Soundsoviele Stäbe Dynamit haben sie gefunden, soundsoviele Gewehre, soundsoviele Häuser haben sie durchsucht, der Opposition ist das Rückgrat gebrochen. Ich habe das schon zu oft gehört, es befriedigt mich nicht.«

Er sah an dem glänzenden Mahagonitisch entlang, ließ seinen Blick über die Reihe der verlegenen Gesichter wandern, machte beim Verteidigungsminister halt.

»Ihre Leute wissen, wie man so was macht. Legen Sie los, und steuern Sie alles von hier aus. Wenn es unserem Freund, dem General, nicht schmeckt, sind es wenigstens nicht seine Sorgen.«

Am gleichen Nachmittag kam in einem Raum über einem Zeitungsladen am Marktplatz von Clones, jenseits der Grenze in der Grafschaft Monaghan, die Hälfte des zwölfköpfigen Armeerates der Provisorischen IRA zusammen, um das vor zwei Tagen in London durchgeführte Unternehmen zu besprechen. Zuerst gab es einigen Ärger, daß das Attentat nicht, wie sonst üblich, mit allen Mitgliedern im Plenum beraten worden war. Aber der Generalstabschef, ein unzugänglicher, fanatischer Mann mit tiefliegenden Augen und dem Ruf, die Bewegung mit Erfolg wieder auf Vordermann gebracht zu haben, beruhigte die aufgebrachten Gemüter. Nach diesem Attentat müsse es die Hauptsorge der Bewegung sein, betonte er, die Sicherheit des Mannes weiterhin zu gewährleisten. Unbewußt waren seine Worte ein Echo auf die Erklärung des britischen Premierministers, der 750 km weit weg in Whitehall saß. »Jeder Tag, den der Mann frei ist, bedeutet einen Sieg, klar? Sie wollten nächsten Monat zwei Bataillone abziehen. Wie können sie das, wenn sie es nicht einmal schaffen, einen einzigen Mann aufzuspüren? Wir müssen ihn weiter in Bewegung halten und bewachen. Er ist ein guter Mann, der verrät sich nicht. Aber sie dürfen ihn nicht schnappen, um keinen Preis. Besser ist er tot als in Long Kesh.«

Es wurde schon dunkel, als die RAF Comet mit ihren drei Passagieren vom Flughafen Tempelhof in Berlin startete. Harry, der in der Mitte der Maschine auf einem Platz am Gang saß, war noch immer leicht benommen. Vor zwei Stunden war er in das Büro des Brigadechefs im Hauptquartier gerufen worden, das im Schatten des alten, noch von den Nazis erbauten Olympiastadions lag. Dort hatte er Anweisung bekommen, in einer dringenden militärischen Angelegenheit nach London zu fliegen. Nein, er brauchte nicht nach Hause zu fahren, um seinen Koffer zu holen, das erledigten sie schon für ihn, und anrufen konnte er im Augenblick leider auch nicht, aber man würde seiner Frau sagen, daß er eilig abkommandiert worden sei.
Dreieinhalb Stunden später landete die Maschine in Northolt und rollte zweihundert Meter an der Empfangshalle vorbei zu einer unbezeichneten Stelle auf dem Vorfeld. Dort standen eine einsame Gangway und ein ziviler Morris 1800.
Für einen Hauptmann der Transportbrigade war das eine sehr bemerkenswerte Situation.

3. Kapitel

Harry wurde wach, sobald es hell wurde.
Er befand sich in einem großen Zimmer, die Wände in weichem, pastelligem Gelb getüncht, schöne Stuckarbeiten an der Decke. Von der gegenüberliegenden Wand sah ihn das Bild einer viktorianischen Matrone mit einem Korb voller Äpfel und Birnen an. An der gleichen Wand: ein leeres Bücherregal, ein Waschbecken, darunter ein kleines, dünnes Handtuch, Heereseigentum. Ein Tisch war da, ein Stuhl, darüber seine Uniform. Am Fußende des Bettes sah er den Koffer stehen, den sie ihm gepackt hatten, ohne Kofferanhänger.
In Northolt waren sie nicht kontrolliert worden, niemand hatte Harry seinen Paß oder irgendwelche anderen Reisedokumente abverlangt. Sobald er im Wagen saß, waren die beiden Militärpolizisten, die ihn auf dem Flug begleitet hatten, zurückgetreten und im Schatten verschwunden. Er hatte gehört, wie der Kofferraum zugeklappt wurde – also war sein Gepäck mitgekommen. Dann hatte der Wagen sich in Bewegung gesetzt.
»Mein Name ist Davidson«, verkündete der Mann auf dem Beifahrersitz. »Guten Flug gehabt? Wir haben noch ein Stück zu fahren. Schlafen Sie doch ein bißchen, wenn Sie wollen.«
Harry hatte genickt, sich wohl oder übel mit der Situation abgefunden und war eingedöst.
Sie hatten London in schnellem Tempo verlassen, waren auf die A 3 eingebogen, waren in Richtung Leatherhead abgebogen, nach Süden, nach Dorking, und hatten dann die schmalen, gewundenen Wege am Fuße des Leith Hill eingeschlagen. Davidson saß neben dem Fahrer, und Harry hatte den Fond für sich; erst als sich die Bäume, die sich wie ein Bogengang über dem eingesunkenen Weg wölbten, vor den Nachthimmel schoben, wachte er auf. Der Wagen war mit merklicher Vorsicht noch ein paar Kilometer weitergefahren und dann durch das schmiedeeiserne Tor eines der Herrensitze gerollt, die, von eigenen Wäl-

dern umgeben, in den Hängen versteckt liegen. Die Auffahrt war holprig und reparaturbedürftig. Unvermittelt gaben die Rhododendren den Blick auf Rasenflächen frei, und der Wagen hielt vor einem hohen Säulenportal.

»Bißchen gewaltig, was? Angeblich haben sie nichts anderes gekriegt, sagen die vom Ministerium. Größenwahn. Eine Klosterschule hat pleite gemacht. Wahrscheinlich sind die Kinder alle an Lungenentzündung gestorben. Kommen Sie rein.«

Das war wieder Davidson, der ihm jetzt die Tür aufmachte. Harry registrierte noch einige andere Gestalten, die sich im Hintergrund herumdrückten. Der Koffer wurde herausgeholt, Davidson betrat das Haus, Harry folgte ihm.

»Wir haben morgen einen langen Tag vor uns. Eine Menge zu besprechen. Machen wir für heute Schluß, schlafen Sie gut, Frühstück um sieben. Alles klar?«

Belegte Brote und eine Thermosflasche mit Kaffee erwarteten Harry auf seinem Zimmer.

Der leere Teller und eine schmutzige Tasse standen auf seinem Bettvorleger. Er stieg vorsichtig aus dem Bett und ging an seinen Koffer. Ganz oben, auf seinen sorgsam gefalteten Sachen, lag sein Reisenecessaire. Was mochte bloß Mary denken? Wenn sie diesen unmöglichen Adjutanten beauftragt hatten, ihr zu erzählen, ihr Mann sei zu einer dringenden Sache abkommandiert worden, reichte das vollauf zur Scheidung. Für so etwas brauchte man schon jemanden, der sich in der Welt der Unwahrheiten ein bißchen auskannte.

Gestern abend hatte er keine einzige Uniform gesehen. Nach dem Rasieren zog er ein kariertes Hemd an, band den Schlips der Transportbrigade um und zog seinen grauen Anzug an. Die Uniform legte er in den Kleiderschrank, verteilte seine übrigen Sachen auf die verschiedenen Schubläden und Schränke. Dann setzte er sich ans Fenster und wartete darauf, daß jemand ihn zum Frühstück rief. Von seinem Zimmer im zweiten Stock erkannte er, daß er sich im hinteren Teil des Hauses befand. Überwucherter Tennisplatz. Gemüsegarten. Eine lange Baumreihe vor der Hügelkette Surreys.

Harry war kein grüner Junge, ihm war klar, daß er in einen Geheimdienstauftrag eingewiesen werden sollte. Das beunruhigte ihn nicht weiter. Es war sogar ein wenig schmeichelhaft und sehr willkommen nach dem Transportkommando. Vielleicht waren die Hinweise auf seinen Nervenzusammenbruch in dem Bericht über seinen Aden-Einsatz etwas übertrieben gewesen. Jedenfalls war er seitdem kaum einmal mit Aufgaben betraut worden, die so anspruchsvoll gewesen waren, wie er sie sich zutraute. Wenn sie ihn extra von Deutschland hatten kommen lassen, war anzunehmen, daß sie ihn für einen Auftrag in Berlin einsetzen wollten. Das freute ihn, denn er bildete sich einiges darauf ein, daß er inzwischen leidlich Deutsch gelernt hatte, Berlin fast so gut kannte wie ein Taxifahrer und sich insgeheim über die Entwicklungen in seinem Metier auf dem laufenden gehalten hatte. Seine Gedanken waren beim Reichstag, bei Wachttürmen, der Mauer, den Blumensträußchen an den kleinen Kreuzen davor, als es energisch klopfte und die Tür sich öffnete.

Ernst wurde es dann in dem Raum, der wohl früher der Salon gewesen und jetzt nach Art des Verteidigungsministeriums möbliert war. Schwere Tische, Sofas mit rosageblümtem, großmustrigem Bezug und massige Sessel mit kleinen Leinenrechtecken auf den Rückenlehnen, damit fettiges Haar auf den Polstern keine Spuren hinterließ. Davidson war da, und noch drei andere.

Harry bekam den Sessel rechts vom Kamin, über dem ein Ölbild vom Rückzug aus Kabul über die schneebedeckten Pässe von Afghanistan prangte. Ein Mann saß hinter ihm am Fenster, ein zweiter unauffällig an der Tür. Der dritte saß an einem Tisch in der Mitte und hatte die Akten auf dem Tischtuch ausgebreitet, das über die polierte Eichenplatte gelegt war. Eine dieser Akten war aus steifem blauem Karton, auf dem Deckel ein Kreuz aus rotem Klebeband, in großen Buchstaben die Worte »Geheim«, darunter »BROWN, HARRY JAMES, HAUPTMANN«. In der Mappe lagen vier eng beschriebene Blätter – Harrys Lebensgeschichte und die Beurteilung seiner Leistungen durch die einzelnen Vorgesetzten. Auf der ersten Seite waren die Angaben, auf die es ihnen angekommen war, als sie begonnen hatten, nach einem passenden Offizier zu fahnden.

Name: Brown Harry James.
Derzeitiger Rang: Hauptmann.
Alter: 34 Jahre.
Geboren: Portadown, Nordirland, November 1940.
Besondere Kennzeichen und Beschreibung: 1,80 groß, mittlerer Körperbau, braunes Haar, blaue Augen, keine besonderen Kennzeichen, keine Operationsnarben.
Militärdienst Großbritannien: Catterick, Plymouth, Tidworth, Verteidigungsministerium.
Militärdienst Ausland: Zypern (Leutnant) Borneo (Leutnant), Aden (Oberleutnant), Berlin (Hauptmann).
Auszeichnungen: Zypern – im Kriegsbericht lobend erwähnt.
Aden: Kriegsverdienstkreuz.

Auf dem letzten Viertel dieser Seite stand der Absatz, der den Ausschlag für Harrys Einsatz gegeben hatte:

Auszeichnung Aden: Der Offizier hat drei Monate lang als Eingeborener im arabischen Viertel von Sheik Othman gelebt, sich dort in die Gemeinschaft eingegliedert und äußerst wertvolle nachrichtendienstliche Informationen über Terroristenunternehmen geliefert. Dank seiner Tätigkeit konnte eine Reihe wichtiger Verhaftungen vorgenommen werden. Betont werden muß, daß dieser Auftrag äußerst gefährlich für den Offizier war und er ständig damit rechnen mußte, im Fall einer Entdeckung gefoltert und getötet zu werden.

Das darfst du wohl laut sagen, hätte Harry gedacht, wenn jemand ihn die Akte hätte lesen lassen. Tag für Tag lebte man mit diesen dreckigen Schweinen zusammen, aß mit ihnen, redete mit ihnen, schiß mit ihnen. Beobachtete unbekannte Wagen, verdächtige Bewegungen nach der Sperrstunde, Grüppchen in den Cafés. Und immer die Angst, das Entsetzen, wenn sie einem zu nahe kamen, sich zu interessiert zeigten, zu viel quatschten. Die grauenhafte Angst vor der Entdeckung, vor den Schmerzen, die einem dann drohten. Und dazu diese Klugscheißer von der Abwehr im Hauptquartier, die Partisanen nur sahen, wenn sie sicher in ihren Kellerzellen untergebracht waren, und die einem diskrete Zettelchen schickten: Halt noch ein paar Tage durch, Junge, nur ein bißchen noch... Sie waren anscheinend überrascht gewesen, als er an einem heißen, stinkenden Morgen einfach auf eine Militärpatrouille zugegangen war, sich vorgestellt und dreizehn Wochen nackter Angst hinter sich gelassen hatte. Von seinem Nervenzusammenbruch und dem langen Krankheitsurlaub stand nichts in der Akte. Und was hatte er dafür aufzuweisen? Ein

Kreuz aus Blech und zweieinhalb Quadratzentimeter rotweißgestreiften Stoff, an dem es baumelte.
Davidson umkreiste mit kurzen, abgehackten Schritten die Möbel, die ihm im Weg standen.
»Ich brauche Ihnen nach Ihren früheren Erfahrungen eigentlich nicht zu sagen, daß alles, was heute vormittag in diesem Haus gesprochen wird, streng vertraulich ist. Aber ich will Sie trotzdem noch einmal daran erinnern. Was hier zur Debatte steht, die Leute, die Sie hier sehen, das Haus und seine Lage – all das ist geheim.
Ihr Name wurde erwähnt, als wir uns nach einem neuen Mann für einen Agentenauftrag umsahen. Wir haben die Akten über Ihren Einsatz in Aden gelesen. Was wir brauchen, ist ein Mann, der ohne Verbindung zu den üblichen Stellen in einem sehr heiklen Gebiet operieren soll. Der Auftrag kommt direkt vom Premierminister. Gestern nachmittag hat er den Einsatz genehmigt, soweit ich weiß – das sage ich ganz offen – gegen den Rat seiner engsten militärischen Berater. Klingt vielleicht ein bißchen stark, aber es bestanden gewisse Bedenken... Der Premierminister hatte einen Bruder, der war vor dreißig Jahren in der SOE, dem Amt für Sonderoperationen im britischen Geheimdienst. Von diesem Bruder hat er sonntags beim Mittagessen immer gehört, wie durch die Einschleusung von Agenten ins gegnerische Lager der Krieg gewonnen worden ist, und angeblich hat er in dieser Beziehung seither einen Tick.
Er will, daß ein Mann ins Provo-Kernland geschickt wird, in die Falls Road von Belfast. Der Mann muß völlig sauber sein und für die Gegenseite ein unbeschriebenes Blatt. Er sollte nicht einer unserer bestehenden Nachrichten- oder Agentengruppen unterstellt werden. Er müßte ganz von vorn anfangen, wäre praktisch völlig auf sich selbst gestellt. Wenn man auch nur ein bißchen über das nachdenkt, was der Premier haben will, wird einem klar, daß der Job, den er von uns verlangt, verdammt gefährlich ist. Ich habe nichts beschönigt, Harry. Wir haben den Auftrag nun einmal, und nach dem, was wir über Sie gelesen haben, glauben wir alle, daß Sie der ideale Mann dafür sind. Ganz formell: Sie können jetzt aufstehen und sagen: Ihr könnt mich mal alle... und rausgehen. Dann fliegen wir Sie in drei Stunden nach Berlin zurück. Oder Sie sagen ja. Aber dann bleibt es dabei.«

Der Mann, der am Tisch über den Akten saß, raschelte mit seinen Papieren. Harry war von einer vernünftigen Beurteilung des Jobs – was immer es war, was sie ihm da boten – weit entfernt. Was die schon für eine große Akte über mich haben, dachte er gerade. Da merkte er, wie still es im Zimmer geworden war.
»Ich werd's versuchen«, sagte Harry.
»Sie wissen, was das heißt, Harry. Einmal ja, immer ja. Die Entscheidung ist endgültig.«
»Ja doch, ich sage ja: Ich werd's versuchen.« Harry tat Davidsons Belehrung fast unwirsch ab.
Damit änderte sich die Atmosphäre im Zimmer. Der Mann hinter Harry hustete. Davidson setzte sich wieder in Bewegung, hielt jetzt die aufgeschlagene Akte in der Hand.
»Wir schleusen Sie in das Falls-Getto ein mit dem ausdrücklichen und einzigen Auftrag, sich nach Hinweisen auf den Mann umzuhören, der vor drei Tagen Minister Danby erschossen hat. Warum die das nicht von Belfast aus machen? Hauptsächlich deshalb, weil sie keinen Agentenapparat mehr haben, zu dem wir ja sagen könnten. Sie haben es versucht, sind gescheitert und haben ihre Leute mehr oder weniger abgezogen. Die drücken sich jetzt draußen herum und lassen sich das Material, das sie brauchen, von Spitzeln bringen. Es war in den letzten Monaten ziemlich ruhig da drüben, und weil das Risiko – ich will ganz offen sein, Harry! –, daß ein getarnter Agent erwischt wird, groß ist und weil es danach immer ein Riesentheater gibt, haben sie diese Aktionen reduziert. Man hat so das Gefühl, daß die Abwehr da drüben nicht so dicht ist, wie sie sein sollte. Wir sind gebeten worden, einen neuen Apparat aufzubauen. Sie unterstehen nicht der Abwehr in Belfast, sondern uns. Der Special Branch dort wird überhaupt nichts von Ihnen erfahren. Eine Sorge brauchen Sie sich jedenfalls nicht zu machen – Sie kriegen bestimmt genug andere! –, daß nämlich da drüben jemand Sie fallenläßt, ganz einfach deshalb, weil die von Ihrer Existenz überhaupt nichts ahnen. Ihre Nachrichten geben Sie an uns. Wenn Sie die Army alarmieren wollen, geht das mit einem Anruf bei uns – über die Nummern, die wir Ihnen noch geben – ebenso schnell, als wenn Sie an das Abwehrnetz in Lisburn angeschlossen und von dort gesteuert wären.
Ich betone nochmals: Die Idee stammt vom Premier. Er hat sie ge-

stern auf der Sitzung der Sicherheitskräfte vorgebracht und darauf bestanden, daß wir die Sache einleiten. Die RUC legt keinen gesteigerten Wert auf Sie, und das Militär betrachtet es so halb und halb als Witz. Ich schätze, wir brauchen Sie zwei Wochen hier, ehe Sie abfliegen können, und vielleicht haben sie inzwischen den Mann oder wissen zumindest, wie er heißt. Dann blasen wir die Sache ab, und Sie können in aller Ruhe wieder zurück nach Deutschland. Gar nicht übel, daß die da drüben nichts wissen wollen, da brauchen wir ihnen nichts zu sagen, bis die Sache spruchreif ist, und es bleibt wirklich ganz intern.«
Er hatte überlegt, ob er das Engagement des Premierministers erwähnen sollte, noch gestern abend hatte er lange darüber nachgedacht. Wenn man diesen Mann schnappte und durch Folterung zum Reden brachte, platzte der Ballon, und die Folgen waren nicht auszudenken. Aber die Medaille hatte auch eine Kehrseite. Ein Mann, dem man einen derart gefährlichen Auftrag anbietet, hat das Recht zu erfahren, woher die Befehle kommen; er will sichergehen, daß er nicht nur eine Marionette ist, die man für einen zweitrangigen Einsatz tanzen läßt. Davidson selbst neigte zur Offenheit, und er war der Ansicht, daß ein Mann in einer solchen Situation alles an Rückenstärkung brauchte, was er bekommen konnte.
»Polizei und Militär haben Photos und Aufrufe herausgegeben, Belohnungen ausgesetzt, Razzien durchgeführt, die üblichen Aspekte überprüft, aber gefunden haben sie nichts. Ich weiß nicht, ob Sie mehr Glück haben. Der Premier hat entschieden, daß wir es versuchen sollen, und deshalb sind Sie hier.
Tut mir leid – aber Telefonate mit Ihrer Frau sind dabei nicht drin. Wir haben ihr erzählt, daß Sie zu einem dringenden Auftrag abkommandiert worden sind. Heute früh ist ihr gesagt worden, daß Sie auf dem Weg nach Muscat sind, wegen Ihrer Spezialkenntnisse über Aden. Wir haben ein paar Postkarten besorgt, die können Sie später schreiben, und wir lassen sie von der RAF für Sie abschicken.
Ich habe vorhin gesagt, daß es gefährlich wird. Da dürfen Sie sich nichts vormachen. Wenn die IRA einen von der Abwehr erwischt, wird er erschossen. Nicht bloß zusammengeschlagen und liegengelassen, so daß eine Patrouille ihn finden kann, sondern sofort umgebracht. Den letzten von unseren Leuten, den sie

gefunden haben, hatten sie gefoltert. Katholiken, die für uns gearbeitet haben, sind verprügelt, verbrannt, gequält worden, dann hat man ihnen einen Sack über den Kopf gezogen und hat sie umgebracht. Es sind harte Burschen... aber wir brauchen diesen Mann.«
Davidson hielt in seinem Marsch inne, und Harry fuhr schuldbewußt zusammen. Unruhig rutschte er in seinem Sessel herum. Er haßte diese Durchhalteparolen. Davidsons Rede war fast ein Duplikat des Vortrags, den er in Aden hatte über sich ergehen lassen müssen, allerdings war damals nicht der Premierminister darin vorgekommen, sondern streng geheime Instruktionen vom Oberbefehlshaber der Landstreitkräfte im Nahen Osten.
Davidson schlug eine Kaffeepause vor. Danach würden sie anfangen zu arbeiten.

Der Premierminister hatte sich gerade über die neueste Rede des aufsässigen Premierministers von Rhodesien – »seines illegalen Kollegen«, wie er ihn zu nennen pflegte – vor einer Farmerkonferenz in Bulawayo berichten lassen. Schnell und routiniert überflog er die Seiten, konzentrierte sich auf die Nuancen, die die rhodesischen Redenschreiber für den Leser am anderen Ende der Welt hineingebracht hatten. Die Situation dort war statisch, entschied er, weitere Initiativen zur Zeit nicht ratsam. Als sein Referent das Zimmer verlassen hatte, ging er vom Fenster wieder zum Schreibtisch zurück und wählte eine Geheimnummer im Verteidigungsministerium.
Das Gespräch war kurz und offenbar befriedigend. Es dauerte ungefähr fünfundzwanzig Sekunden. Der Premierminister stellte seine erste Frage, horchte, sagte: »Nein... nein... mehr will ich gar nicht wissen... nur, daß es läuft. Danke, Sie informieren mich also weiter, besten Dank!« und legte auf.

In einer Nebenstraße des Broadway, auf halber Höhe der Falls Road, schlossen der Mann und sein Bewacher den gestohlenen und umgespritzten Cortina ab und gingen durch die Schutzbarrieren aus weiß gestrichenen Benzinfässern zum Eingang des Pub. Der Bewacher war schon seit dem Vormittag da, ohne zu wissen und ohne zu fragen, wer der Mann war, zu dessen Schutz er hergeschickt worden war. Zu dem Job gehörte die Walther PPK, die seine Manteltasche herunterzog. Die Pistole war Beutegut aus früheren Erfolgstagen des örtlichen IRA-Zweiges. Man hatte sie einem toten Konstabler des Special Branch abgenommen, der bei einer späten Streife in der Springfield Road in einen Hinterhalt geraten war. Geschätzt wurde sie jetzt zum Teil wegen ihrer Durchschlagskraft, zum Teil wegen ihres Wertes als Trophäe.

Der Mann ging voraus. Zum ersten Mal seit seiner Rückkehr war er wieder in den Straßen herumgelaufen. Nach zwei Tagen, in denen er von Haus zu Haus geschleppt worden war und nicht eine Nacht hatte durchschlafen können, merkte man ihm das Leben auf der Flucht an. Der Armeerat hatte das vorausgesehen und beschlossen, den Mann zu seiner eigenen Sicherheit so schnell wie möglich in seine alte Umgebung zu integrieren. Je länger er verschwunden blieb, desto eher war es denkbar, daß sein Name mit dem Londoner Attentat in Verbindung gebracht werden konnte.

Der Pub besaß einen einzigen, schäbigen Gastraum. Rauchschwaden hingen von der niedrigen Decke bis zur Schulterhöhe. Auf dem Boden lag abgetretenes, mit Zigarettenbrandstellen übersätes Linoleum. Wie immer gingen fast alle Blicke zur Tür, und die Gespräche verstummten, als der Mann eintrat und eine Ecke ansteuerte. Der Bewacher packte ihn am Arm und flüsterte ihm hastig ins Ohr: »In der Mitte, haben sie gesagt. Los, zeig dich. So ist es abgemacht.«

Der Mann nickte, wandte sich zur Theke und bestellte. Man kannte ihn hier nur flüchtig, aber sein Begleiter war aus dieser Gegend, und das war die Vorbedingung für Vertrauen. Der Mann spürte, wie der Druck von ihm wich, als die Unterhaltung im Gastraum wieder aufgenommen wurde.

Später fragte ihn ein Alter, wieso er so lange nicht dagewesen sei. Während das Bier eine angenehme Wärme in seinem Bauch verbreitete, antwortete er laut, seine Mam in Cork habe sich nicht wohl gefühlt. Da hatte er sie besucht. Jetzt ging's ihr wieder besser, da war er zurückgekommen. Seine Mam war in diesen Straßen besser bekannt als er, ein paar Leute erinnerten sich noch, daß sie drei Jahre nach dem Tod ihres ersten Mannes einen Eisenbahner in Cork geheiratet hatte und von Belfast fort in den Süden gezogen war. Da hab' ich wirklich Schwein gehabt, pflegte sie zu sagen. Auch der Eisenbahner war inzwischen gestorben,

aber sie war im Süden geblieben. Die Erklärung des Mannes war mehr als ausreichend. Es gab ein paar teilnahmsvolle Bemerkungen, damit war das Thema erledigt.
Seine Hauptsorge war das Phantombild gewesen. Er hatte es am zweiten Tag nach seiner Rückkehr auf der Titelseite des Belfaster *Newsletter* gesehen und gelesen, was man auf die Beine gestellt hatte, um ihm auf die Spur zu kommen. Er hatte Photos der Soldaten gesehen, die auf der Suche nach ihm Straßen abriegelten, und eine vom Nordirland-Büro eingesetzte viertelseitige Anzeige gelesen, in der die Bevölkerung dringend aufgefordert wurde, über die Vertrauliche Leitung alles zu melden, was sie über das Attentat wußte. Es gab Berichte, daß auf seine Ergreifung eine riesige Belohnung ausgesetzt werden sollte, aber wenn einer der Gäste an der Theke ihn mit dem Bild in Verbindung brachte, war nichts davon zu merken. Der Mann selbst war der Meinung, daß das Bild ihm gar nicht besonders ähnlich war, das Gesicht war zu schmal – ausgemergelt, wie die Frau gesagt hatte –, und der Scheitel war zu scharf gezogen. Er hatte sein drittes Bier am Wickel, als die Streife das Pub betrat.
Acht Soldaten drängten sich in den engen Raum. Alles stillgestanden, Hände aus den Taschen. Bei dem Gebrüll der Soldaten und dem allgemeinen Lärm ihres Eindringens hörte niemand, wie der Bewacher, über die Theke gelehnt, den Revolver ins Spülbecken gleiten ließ. Sie sahen auch nicht, wie der Wirt, sich umständlich die Hände trocknend, ehe er sie der Streife hinstreckte, das Handtuch über das stumpf glänzende Metall fallen ließ. Mit seiner letzten Bewegung schnippte er Handtuch und Waffe auf den Boden und stieß sie mit einem kräftigen Tritt zur Küchentür. Das Haus war so gebaut, daß keiner der Soldaten sah, wie das junge Mädchen auf einen kurzen Pfiff ihres Vaters hin um den Türpfosten herumgriff, sich die Pistole schnappte, um damit zum Kohlenschuppen zu laufen. Die Gäste wurden in einer Reihe an der Wand neben dem kalten Kamin aufgestellt und durchsucht, der Mann nicht mehr und nicht weniger als die anderen. Bei dem Bewacher waren sie sehr gründlich, vielleicht weil er schwitzte – ein feuchter Schimmer lag auf seiner Stirn, während er auf ihre Entscheidung wartete. Er wußte nicht, was aus der Pistole geworden war, die seine Fingerabdrücke trug und ihm fünf Jahre im Crumlin Road-Gefängnis einbringen

konnte. Dann verschwanden die Soldaten so plötzlich, wie sie gekommen waren, bahnten sich polternd einen Weg an den Tischen vorbei, liefen auf die Straße, setzten ihre normale Patrouillenfahrt fort. Im Gastraum wurden die Stimmen wieder laut. Der Wirt schob das Geschirrtuch, schwarz von Kohlenstaub, dem Bewacher über die hölzerne Theke zu. Der Mann hätte am liebsten laut losgebrüllt. Den ersten Test hatte er mit Glanz und Gloria bestanden.

Am ersten Tag hatte das Team in dem Herrenhaus von Surrey Harry hart herangenommen. Sie hatten mit der Frage seiner Tarnung angefangen, sich schließlich dafür entschieden, einen Matrosen der Handelsmarine aus ihm zu machen, der nach fünf Jahren heimkehrt und dessen Eltern vor ein paar Jahren gestorben sind. »Die Stadt ist zu klein, als daß wir Ihnen eine absolut sichere, zuverlässige Identität aufbauen könnten. Wir müßten noch Außenstehende mit hineinziehen. Aber damit wird die Sache zu groß. Es wäre ein unnötiges Risiko.«
Harry würde – davon ließ sich Davidson nicht abbringen – nur das an Identität mitbekommen, was er auch selber vertreten konnte. Wenn jemand sich wirklich gründlich mit seiner Geschichte beschäftigte, war er selbst mit dem besten Unterbau nicht zu retten. Das meiste von dem, was sie brauchten, lieferte Harry selbst. Er war als Katholik in einem kleinen Reihenhaus einer Nebenstraße der Obin Street in Portadown zur Welt gekommen. Die Häuser waren vor einigen Jahren abgerissen und durch gesichtslose Wohnblöcke und kleine Häuser ersetzt worden, deren Mauern jetzt mit den Schlagworten der Revolution beschmiert waren. Durch den Abriß der Altbauten hatten sich natürlich auch die früheren Bewohner zerstreut.
An Portadown, die Stadt des Orangemannes, mit dem Getto rund um den langen Abhang der Obin Street, hatte Harry noch lebhafte Erinnerungen aus seiner Teenagerzeit. Er hatte seine ganze Kindheit dort verbracht, von seinem fünften Lebensjahr an, nachdem seine Eltern bei einem Verkehrsunfall ums Leben gekommen waren. Sie waren auf der Rückfahrt nach Portadown gewesen, als ein Geschäftsmann aus dem Ort, der spät von Armagh heimkam, sie geschnitten und seinen Vater in einen Graben und gegen einen Telegraphenmast geschleudert hatte. Harry

hatte, ehe er zur Armee ging, zwölf Jahre lang in der katholischen Straße bei einer Tante gewohnt. Durch seine Kindheit in der Stadt wußte er einigermaßen Bescheid. Für seine Tarnung, entschied Davidson, genügte es. Nach dem Mittagessen quetschten sie ihn vier Stunden lang über seine Kenntnisse der verwikkelten irischen Verhältnisse aus, trichterten ihm die Namen der neuen politischen Führer ein. Die wichtigsten Terroristenanschläge seit dem Sommer 1969 waren genauestens auf drei enggetippten Seiten verzeichnet. Sie instruierten ihn besonders über die Anliegen und Forderungen der Minderheit. »Schließlich müssen Sie ja wissen, worüber da drüben gemeckert wird. Eins müssen Sie sich merken: Die haben jeden Schuß, den wir auf sie abgegeben haben, genau im Kopf. Es kommt noch viel mehr, das ist nur eine Wiederholungsstunde.«

Davidson kam jetzt in Schwung, genoß diese ersten Schritte der Vorbereitung, deren Gründlichkeit ausschlaggebend für das Überleben ihres Agenten war. Davidson machte so etwas nicht zum ersten Mal. Noch nie war das Ziel Ulster gewesen, er hatte aber für Aden gearbeitet – vor Harrys Einsatz dort –, und für Zypern, und einmal hatten sie einen tschechischen Flüchtling in seine frühere Heimat geschickt. Bei diesem Einsatz waren sie ohne jede Nachricht geblieben, bis von der tschechischen Presseagentur die Exekution des Agenten gemeldet wurde, eine halbe Stunde nach der Übergabe einer eisigen Protestnote beim britischen Botschafter in Prag. Auch im Nachkriegsalbanien hatte er zu tun gehabt. Jetzt also ein neuer Fall – stimulierend wie die erste Zigarette des Tages für einen Gewohnheitsraucher.

Harry war an den Tisch getreten. Die Papiere wurden vor ihm ausgebreitet, eifrige Finger zeigten ihm die verschiedenen wichtigen Punkte, die er sich einprägen sollte.

Später nahm er einen Teil der Schriftstücke mit auf sein Zimmer, ließ sich belegte Brote und Kaffee bringen, las, vor dem Kamin ausgestreckt, bis zum Morgengrauen, bis der Inhalt ihm in Fleisch und Blut übergegangen war. Jetzt erst konnte er auch abschätzen, wie wichtig diese Vorbereitungsphase für ihn war; hier, im stillen Kämmerlein, erlaubte er sich auch endlich, an die Gefahren des Unternehmens zu denken, das vor ihm lag.

Es war nach zwei, als er sich auszog und zu Bett ging. Die Papiere ließ er auf dem Teppich vor dem Kamin liegen.

4. Kapitel

Im Laufe der nächsten vierzehn Tage gingen die Gewalttätigkeiten der Belfaster Straßenszene wieder auf den Stand vor dem Danby-Attentat zurück. Es war unübersehbar, daß sich als Folge des politischen Mordes die Aktivität des Militärs verstärkt hatte. Das äußerte sich in Großaktionen – Absperrungen und Durchsuchungen –, dann in einer zunehmenden Zahl gezielter Razzien auf die Häuser bekannter Republikaner, von denen man wußte, daß sie im Untergrund waren. Die Aktivität des Militärs wiederum bedeutete, daß häufiger Anklagen erhoben wurden, aber wenn die Beschuldigten vor Gericht erschienen, kam es zu verstärkten Unruhen auf den Straßen, eine Erscheinung, die vorher schon fast ausgemerzt worden war. Die Haltung der Army wurde von den politischen Vertretern der Minderheit scharf verurteilt, die Soldaten wurden beschuldigt, ihre Enttäuschung darüber, daß sie Danbys Mörder noch nicht gefunden hatten, an unschuldigen katholischen Bürgern auszulassen.

Der Secretary of State für Nordirland erklärte sich bereit, sich im ITV, dem kommerziellen Fernsehsender, und im regionalen BBC-Nachrichtenprogramm dem Vorwurf protestantischer Zeitungen zu stellen, es werde nicht genug getan. Ein britischer Kabinettsminister, hieß es, sei kaltblütig vor den Augen seiner Frau und seiner Kinder niedergeschossen worden, aber seine Mörder durften noch frei herumlaufen, weil man Angst hatte, der katholischen Minderheit zu nahezutreten.

Vor seinem Auftritt im Fernsehen berief der Secretary of State eine Sitzung seiner Sicherheitschefs ein und wurde von Frank Scott und General Fairbairn dringend zu Vorsicht und Geduld gemahnt. Besonders der General fürchtete, eine harte Haltung könnte, wenn sie sich über mehrere Wochen hinzog, die allmähliche Rückkehr zu einer einigermaßen normalen Situation verhindern. Die drei Männer trennten sich dann bald – der Politiker

mußte ins Studio, der General nach Lisburn und der Polizeichef in sein neues Hauptquartier –, aber zunächst gingen sie noch eine Weile auf dem Rasen vor dem Stormont, der Residenz des Secretary of State, auf und ab. Dort, wo keine Sekretäre, keine Referenten, keine Leibwachen sie hören konnten, berichtete der General, daß seine Abwehrabteilung nichts über den Attentäter in Belfast hatte in Erfahrung bringen können und daß man jetzt fürchtete, der Mann, den sie suchten, könnte womöglich gar nicht in der Stadt sein. Der Chief Constable gab dem Politiker noch ein Päckchen zu tragen – auch seine Leute hatten keine konkreten Informationen über den Mann zutage fördern können. Der Leiter seines Special Branch, sagte er, sei aber nach wie vor der Meinung, daß der Mörder sich in der Stadt befand und wahrscheinlich inzwischen auch wieder aus dem Untergrund aufgetaucht war. Der Chief Superintendent, Leiter eines hochqualifizierten Teams von Kriminalbeamten, konnte sich ganz gut in die Gedanken seiner Feinde hineinversetzen. Er hatte den Wunsch des IRA-Armeerates, ihren Mann wieder ins Alltagsleben zurückzuführen, richtig erraten.
Drei Minuten lang sprachen sie dort auf dem Rasen miteinander. Dann fragte der Secretary of State leise und merklich zögernd den General:
»Nichts Neues von der Sache, die der Premier erwähnt hat, Jocelyn?«
»Nein, da kommt auch nichts mehr.«
Der General ging zurück zu seinem Wagen, wandte sich noch einmal um, verabschiedete sich mit einem brüsken Gruß.
Während der Militärkonvoi sich in Bewegung setzte, wandte sich der Politiker an seinen Polizeichef: »Wir müssen den Burschen bald bekommen. Sonst haben wir die politische Szene nicht mehr lange in der Hand. Unter den Loyalisten, der protestantischen Arbeiterbewegung, ist eine ziemliche Unruhe entstanden. Wir brauchen ihn schnell, Frank, sonst geht es wieder los mit dem Sektierertum. Wir haben nicht viel Zeit...«
Er ging rasch zu seinem großen braunen Rover mit der gepanzerten Karosserie und den extrastarken Scheiben, in dessen Kofferraum neben seinem Dienstgepäck Maschinengewehre, Verbandspäckchen und Gasmasken lagen. Er nickte seinem Fahrer zu und zuckte peinlich berührt zusammen, als der Kriminalbeamte

im Beifahrersitz den Patronenstreifen in seine 9-Millimeter-Browning einlegte.
Der Wagen bog auf die Straße ein, die Eskorte hielt sich dicht hinter ihm, damit sich kein anderer Wagen dazwischenschieben konnte. »Verdammtes Theater«, bemerkte der Politiker, während sie sich durch den Verkehr einen Weg zum Fernsehstudio bahnten.

Das Interview des Secretary of State war bis 18.01 Uhr gesperrt; der volle Wortlaut wurde vom nordirischen Presse- und Informationsamt an die Belfaster Zeitungen gegeben. Im wesentlichen waren die Sendungen von BBC und ITV identisch, und die PR-Leute gaben nur das BBC-Interview heraus.

Frage: Secretary of State, können Sie über Fortschritte in der Fahndung nach Mr. Danbys Mörder berichten?
Antwort: Ich möchte zunächst einmal betonen, daß die Sicherheitskräfte mit Hochdruck an diesem Fall arbeiten. Ich selbst habe kurz vor dieser Sendung eine Sitzung mit dem Oberbefehlshaber der Armee und mit dem Polizeichef gehabt und bin voll und ganz mit den von ihnen geführten Ermittlungen und den flankierenden Maßnahmen einverstanden. Ich bin überzeugt, daß wir diese Gangsterbande sehr schnell aufstöbern werden.
F.: Aber haben Sie schon irgendwelche Hinweise darauf, wer die Attentäter sind?
A.: Ich glaube, wir wissen, wer die Attentäter sind, nämlich die provisorische IRA. Aber Sie werden sicher nicht von mir erwarten, daß ich im Fernsehen über die Einzelheiten einer polizeilichen Ermittlung spreche.
F.: Es war eine Weile recht ruhig in Belfast, und man hat uns in dem Glauben gelassen, daß die meisten IRA-Anführer im Gefängnis sitzen. Dürften wir dann nicht eigentlich in diesem Stadium schnellere Fortschritte, ja, vielleicht sogar schon Ergebnisse erwarten?
A.: Wenn Sie damit andeuten wollen, wir hätten behauptet, die IRA sei nicht in der Lage, ein solches Unternehmen durchzuführen, muß ich sagen, daß wir eine solche Vermutung sicher nie geäußert haben. Wir glauben, daß hier eine kleine, eine sehr kleine Gruppe am Werk war. Wir werden sie bald haben ... Kein Grund zur Panik. (Panik ... das war ein schlechtes Wort, er merkte es, sobald es heraus war. Der Reporter stieß nach.)
F.: Das Wort Panik habe ich in diesem Zusammenhang bisher noch nicht gehört. Wollen Sie damit sagen, die Öffentlichkeit hätte übertrieben auf die Ermordung eines Kabinettsministers reagiert, der bei hellichtem Tage vor den Augen seiner Kinder niedergeschossen worden ist?
A.: Natürlich ist das ein verwerfliches Verbrechen. Es war ein Kollege von mir. Die Empörung ist durchaus verständlich. Ich will damit sagen, daß das ein letztes Aufbäumen der IRA ist ...
F.: Ein recht erfolgreiches letztes Aufbäumen.

A.: Mr. Danby war unbewaffnet –
F.: In Belfaster Loyalistenkreisen wird der Regierung vorgeworfen, sie zeige bei der Fahndung nach dem Attentäter nicht genug Härte, weil die Ergebnisse die katholische Meinung gegen sie einnehmen könnte.
A.: Das ist unzutreffend, völlig unzutreffend. Wenn wir den Mann identifiziert haben, werden wir ihn uns holen – da gibt es gar nichts.
F.: Herr Minister, wir danken Ihnen für dieses Gespräch.
A.: Ich danke Ihnen.

Die meisten jungen Protestanten, die sich in den Nebenstraßen der Albert Bridge Road zusammenrotteten und die vorüberfahrenden Panzerwagen mit Steinen bewarfen, hatten das Interview nicht gesehen. Aber es hatte sich im loyalistischen Kernland im Osten und Westen der Stadt schnell herumgesprochen, daß die Briten das Attentat irgendwie heruntergespielt hatten. Schienen gar nicht so scharf darauf zu sein, diese Provo-Ratten auszuräuchern, die es fertiggebracht hatten, einen Mann vor den Augen seiner Kleinen abzuknallen. Das Bataillon, das im Mountpottinger-Polizeirevier lag, wurde in Alarmbereitschaft versetzt, und wer mit dem Auto zu den am östlichen Stadtrand von Belfast gelegenen wohlhabenden Vororten unterwegs war, machte lange Umwege. Man wollte ja schließlich nicht den Wagen als Baumaterial für die schnell aus dem Boden wachsenden Barrikaden loswerden, gegen die Saracen-Panzerwagen der Armee anrannten. Drei Soldaten wurden durch Wurfgeschosse verletzt. Die Fernsehrede des Ministers galt allgemein als der Funke, der das danach über eine Woche lang in den Protestantenvierteln schwelende Buschfeuer gezündet hatte.

Inzwischen wurde Harry auf den beklemmenden Tag vorbereitet, an dem er die Wälder von Surrey verlassen und nach Belfast fliegen würde, allein, ohne das Team, das sich jetzt so eifrig um ihn kümmerte wie eine Betreuermannschaft um ihren Schwergewichtschampion.
Schon sehr bald hatte Davidson ihm einen Kassettenrekorder mit vier Neunzig-Minuten-Bändern gebracht. Sie waren bespielt mit Belfast-Dialekt, aufgenommen von Studenten der Queen's Universität, die man in dem Glauben gelassen hatte, es handle sich um eine landesweite Phonetik-Studie. Die jungen Leute waren mit ihren Mikrophonen in Pubs, Waschsalons, Arbeiterklubs und Supermärkte gegangen. Überall, wo Gruppen zusammen-

standen und sich in dem harten, schneidenden Belfaster Dialekt unterhielten, der sich so wesentlich von dem langsameren, weicheren Tonfall des Südens unterschied, hatten sie versucht, die Stimmen aufzufangen und festzuhalten. Die Bänder waren über einen Dozenten der Universität an den Presseoffizier der Armee gegangen, dessen Bruder im Stab des Brigadiers Dienst tat, und dann, an einen erfundenen Major adressiert, ins Verteidigungsministerium geflogen worden. Der Feldwebel aus Davidsons Stab fuhr nach London und holte sie aus dem toten Briefkasten in der Poststelle des Ministeriums ab.

Nacht für Nacht hörte sich Harry die Bänder an, wiederholte die Sätze, versuchte, sich mit seiner Sprache in den Akzent einzuleben, den er hörte. Nach sechzehn Jahren bei der Army kam ihm das meiste ziemlich unwirklich vor. Er lernte die Abkürzungen neu, den Slang, die Flüche. Er hörte, wie Jahre des Konflikts, Jahre ständiger Wachsamkeit normale Unterhaltungen hatten verkümmern lassen; es wurde so wenig wie möglich gesprochen, die Leute verließen fast fluchtartig die Geschäfte, wenn sie ihre Einkäufe erledigt hatten, hielten sich kaum auf, um ein bißchen harmlosen Klatsch auszutauschen. In den Pubs, stellte er fest, hielten sich die Männer gegenseitig lange Reden, hörten sich selten Antworten an, interessierten sich kaum für Meinungen, die von ihrer eigenen abwichen. Sein Akzent war entscheidend für ihn, konnte den ersten leisen Verdacht erregen und zu näherer Überprüfung führen. Und das würde seine Tarnung nicht aushalten.

Die Wände seines Zimmers, bei seiner Ankunft in dem großen Haus fast kahl, waren bald von Luftaufnahmen der Stadt Belfast bedeckt. Etwa eine Stunde am Tag wurde er allein gelassen, um sich die Photos einzuprägen, den Straßenverlauf der geometrisch angelegten Arbeiterviertel auswendig zu lernen, die sich langsam vom Stadtkern aus nach außen vorgeschoben hatten. Die Stadtplaner des 19. Jahrhunderts hatten die schmalen Straßen mit den Reihenhäusern an den Hauptausfallstraßen der Stadt zusammengedrängt. Am wichtigsten für Harry waren die Viertel rechts und links der beiden großen Verkehrsadern, der Falls Road und der Shankill Road. Erstaunlich scharfe Photos, von RAF-Kameras aufgenommen, zeigten die durchgehende »Friedenslinie«, die »Schnittstelle«, wie die Army sie nannte, silbrig schim-

mernde Wellblechplatten, die in diesem Niemandsland zwischen den Straßen Protestanten und Katholiken trennten.
Die Photos zeigten ein Bild völliger Ruhe, gaben nichts von dem Haß, dem Terror, der Brutalität wieder, die dort unten regierten. Die von Bomben verwüsteten Flächen hätte man in jeder anderen britischen Stadt zu Sanierungsgebieten erklärt.
Von Deutschland aus – wo Theoretiker Kriegsspiele mit Divisionen, Panzergefechten, begrenztem Einsatz von Atomwaffen und der Möglichkeit chemischer Kriegsführung in kritischen Situationen austüftelten – hatte Harry nicht mehr so recht einsehen können, warum die zwanzigtausend in die Provinz entsandten britischen Soldaten es nicht fertigbrachten, die Kampagne gegen die Provos in ein paar Monaten erfolgreich zu beenden. Als er das Labyrinth sah, das ihm die Aufklärungsphotos zeigten, begann er die Schwierigkeiten zu begreifen. An seinen Wänden hing der ideale Schauplatz für einen Guerillakrieg: ein Gewirr von Fluchtwegen, Fallen, Hintereingängen, Sackstraßen und an strategisch günstig gelegenen Kreuzungen Hochhaustürme, die den Eingang zu den Terroristen-Hochburgen beherrschten.
Es ist der ideale Abenteuerspielplatz für den Stadtguerilla, pflegte Davidson zu sagen, während er Harry abfragte, bis er ihm die Straßennamen im Schlaf hersagen konnte, von denen so viele an den vergangenen Ruhm britischer Waffen erinnerten – Balkan, Raglan, Alma, Balaclava –, ihre Lage, den schnellsten Weg dorthin. In der zweiten Woche war das Wissen da; bald würde man die Perfektion erreichen. Davidson und seine Leute fanden, daß die Kartei sich bewährt hatte. Dieser Mann würde seine Sache – wenn man seinen unmöglichen Auftrag berücksichtigte – sehr brav machen.
An der Wand in seinem Zimmer – genau gegenüber von seinem Bett – hing auch die »Stammeskarte« der Stadt. So hieß das in der Armee, und Davidson schätzte diese Bezeichnung sehr. Auf fünf Quadratmetern waren die katholischen Straßen in sanftem Grasgrün gezeichnet, die grimmigen Bollwerke der Loyalisten in dem harten Orange, das ihre Tradition symbolisierte, und der Rest in einem senffarbenen Kompromiß. Die können Sie vergessen, hatte Davidson gesagt. Früher einmal, bei Entstehung der Karte, hatte das seine Bedeutung gehabt.

»Heute ist man in dem einen Lager oder in dem anderen. Parteilose gibt es nicht. Gemischte Gebiete sind seit drei Jahren überholt. In manchen sind die Protestanten rausgegangen, in anderen die Gegenseite.«
Wie einfach war das in Sheikh Othman gewesen, als Harry unter den Adeni-Arabern gelebt hatte. Das Geschäft des Überlebens hatte ihn so ausschließlich beansprucht, daß er die Raffinessen, die sie ihm hier beibrachten, nicht gebraucht hatte. Und er war so weit weg gewesen von der Hilfe der britischen Truppen, daß er sich ganz auf seine eigene Kraft verlassen hatte. In Belfast würde er sich vor dem Gedanken hüten müssen, daß er sich jederzeit um die nächste Ecke retten konnte. Davon mußte er sich freimachen; wenn er etwas erreichen wollte, mußte er in ihr Gemeinwesen eindringen.
Außerhalb seines Zimmers entging Harry selten dem Enthusiasmus von Davidson, der persönlich sämtliche Aspekte seiner Vorbereitung überwachte.
In der zweiten Woche ging er mit Harry durch den Gemüsegarten zu dem meterlangen alten Gewächshaus. Ein Teil der Glasscheiben im Dach fehlte, der Rest war dick mit dem moosgrünen Kompost bedeckt, der von den Bäumen fiel. Hier wuchsen keine Prachttomaten mehr und keine verhätschelten Erdbeerstecklinge, nur ein Stoß Sandsäcke stand an der Schmalseite gegenüber der Tür, dagegen lehnte eine runde, farbige Zielscheibe, funkelnagelneu. Hier führten sie Harry wieder in die Kunst des Pistolenschießens ein.
»Sie müssen da drüben eine Kanone haben, Harry. Nicht zum Herumfuchteln«, lachte Davidson. »Aber haben muß man sie. Sie wären das einzige gesunde Mannsbild in der ganzen Provinz Nordirland ohne ein Schießeisen. Da kommen Sie leider nicht drum rum.«
»In Aden hatte ich keine Waffe. Vielleicht lächerlich, aber niemand hat den Vorschlag gemacht.«
Er nahm von dem Ausbilder, einem grauhaarigen Mann mit harten, wettergegerbten Zügen, der einen blauen Overall und eine Feldmütze ohne Truppenbezeichnung trug, die Waffe entgegen. Dann kamen die routinemäßigen, der Vorsicht dienenden Handgriffe:
Revolver öffnen, Trommel rotieren lassen, die leer, schwarz, gut

gefettet war. Der Ausbilder zählte die ersten sechs Patronen ab.
Fünfmal lud er nach, bis die Scheibe schief dastand, schwer angeschlagen und durchlöchert.
»Bei den ersten Schüssen kommt's nicht so sehr auf Treffsicherheit an, Sir«, sagte sein Lehrmeister und nahm den Gehörschutz ab. »Wichtig ist, bei den ersten beiden Tempo vorzulegen. Wenn Sie wenigstens so gut zielen, daß Ihr Gegner die Dinger um die Ohren pfeifen hört, wird er meist schon ein bißchen kürzer treten. Aber rasch muß die erste kommen. Damit kriegen Sie ihn in die Hand. Stillstehen und zielen – das macht kaum einer, wenn Sie als erster abdrücken. Wenn er erst zurückgegangen ist, haben Sie noch Zeit genug, beim dritten und vierten Mal genauer zu zielen. Und möglichst nicht mehr als vier hintereinander! Ganz gut, sich noch zwei in Reserve zu behalten, falls mal was nicht so läuft, wie man denkt. Das da ist 'ne prima kleine Kanone, aber das Laden ist langsam. Das ist ihr Nachteil. Sonst ist sie große Klasse.«
Sie übten die Schießstellungen. Rechter Arm ausgestreckt, seitliche Drehung – eine klassische Haltung. »Das ist nur, wenn Sie massenhaft Zeit haben, Sir, und wenn Sie glauben, daß er nicht bewaffnet ist. Dann eilt's ja nicht, dann können Sie in Ruhe zielen. Passiert nicht oft.« Dann erarbeiteten sie die normale Revolverschießstellung. Beine breit, Körper geduckt, Arme ausgestreckt, in Augenhöhe zusammentreffend, Waffe in beiden Händen, der ganze Oberkörper dem Ziel zugeneigt. »Dann sind Sie selber klein, Sir, und das ganze Körpergewicht steht dahinter und hilft, die Kanone gerade zu halten. Dabei schießen Sie nicht oft daneben, und wenn's doch mal passiert, haben sie ihm einen solchen Heidenschrecken eingejagt, daß ihm so ziemlich alles vergeht.«
»Wie macht er sich, Chief?« fragte Davidson den Ausbilder.
»Wir haben hier schon Bessere gehabt, Sir, und auch schon Schlechtere. Er ist ganz ordentlich, aber bis jetzt noch einbißchen langsam. Ist aber nicht schlimm. Im Ernstfall legt er mehr Tempo vor. Das machen sie alle, wenn's hart auf hart kommt.«
Harry verließ hinter Davidson das Gewächshaus, sie gingen nebeneinander den überwucherten Weg zwischen dem Gemüse

entlang. Es war mild für November. Die hohen Bäume über ihnen hatten ihre Blätterlast schon verloren, weiche graue Wolken zogen darüber hin.

»Ich glaube, es läuft ganz gut, Harry – nein, sehr gut im Augenblick. Aber ich möchte das, was vor Ihnen liegt, nicht verharmlosen. Hier ist ja alles in schönster Ordnung, es ist, wenn Sie so wollen, als wenn Sie für ein Examen büffeln – aber die eigentlichen Prüfungsfragen sind dann ganz schön happig. Entschuldigen Sie das Bild, Harry, aber Sie werden's da drüben nicht leicht haben, trotz allem, was wir hier für Sie tun. Gewisse Dinge lassen sich bei uns einfach nicht ausbügeln. Da ist der Akzent. Den brauchen Sie zum Überleben, kurzfristig und auf lange Zeit gesehen. Ungelogen – das kriegen Sie jetzt schon sehr schön hin. Milieukenntnisse prima, Einzelheiten von Ereignissen, Namen, Sitten und Gebräuchen, alles gut. Aber es gibt da kompliziertere Zusammenhänge, auf die haben wir im Grunde genommen keinen Einfluß, und dabei sind die ganz genauso wichtig.«

Sie blieben 25 Meter vor dem Haus stehen, an dem alten Tennisplatz. Davidson suchte nach Worten. Harry würde ihm nicht helfen, das wußte er. Es war nicht sein Stil.

»Hören Sie zu, Harry. Ebenso wichtig wie der Akzent und die Milieukenntnisse, das Wissen, worum der ganze Zauber überhaupt geht, ist die Frage, wie Sie selbst es durchstehen. Meine Aufgabe ist es, Sie so gut wie möglich vorbereitet hinzuschicken. Wie Sie es verkraften, da drüben zu leben, das kann ich nicht genau abschätzen. Es könnte Isolationsprobleme geben... Einsamkeit. Kein Mensch, dem Sie sich anvertrauen können, keine Mannschaft, zu der Sie gehören, völlig auf sich selbst gestellt. Das könnte schwierig werden. Ich weiß da auch keine Lösung, ich glaube ja nicht, daß Sie allzusehr unter so was leiden – jedenfalls lese ich Ihre Akte so. Pardon, aber wir ackern sie jeden Abend noch einmal durch. Wenn Sie das Problem nicht erkennen, wenn Sie nicht versuchen, damit fertigzuwerden, kommt garantiert mal der Augenblick, da möchten Sie was über sich erzählen, und sei es auch nur in Andeutungen, und sei es auch nur in einem Nebensatz. Niemals, werden Sie jetzt sagen, in alle Ewigkeit nicht, aber glauben Sie mir, das kommt, und da müssen Sie eben aufpassen.«

Harry betrachtete ihn aufmerksam, bemerkte zum ersten Mal,

seit er in das große Haus gekommen war, die Anteilnahme des anderen. Davidson fuhr fort: »Nach Aden sind wir ziemlich sicher, daß Sie auf sich achtgeben können. In der Akte steht eine Menge darüber. Ich habe keinen Grund, das anzuzweifeln. Sie haben mir keinen Anlaß dazu gegeben. Der Alltag wird nicht angenehm sein, aber immerhin erträglich. Dann ist da noch eine Sache, die Sie mal überlegen müßten: Was passiert, wenn man Sie entdeckt? Durchaus möglich, daß wir was läuten hören, wenn man Ihnen auf die Spur kommt, und dann können wir Sie schnell rausholen, während die andere Seite noch ihr Material sammelt. Vielleicht fällt Ihnen was auf, ein Schatten, ein Beobachter, verdächtige Fragen. Wenn das passiert, fackeln Sie nicht lange, kommen Sie zurück. Worauf ich hinaus will, ist verflixt schwierig zu sagen, aber Sie müssen sich damit auseinandersetzen, und Sie werden später vielleicht mal froh darüber sein. Sie müssen sich überlegen, wie Sie sich verhalten, wenn man Sie lebendig schnappt.«
Harry zog ein Gesicht. Der Alte stellte sich wer weiß wie an, um das auszusprechen, was nun wirklich das Selbstverständlichste an dem ganzen Unternehmen war. Hatte wohl Angst, die Kampfmoral anzukratzen, die bei all diesen Jobs doch eben nur Firnis war – mal dicker, mal dünner aufgetragen.
»Ich glaube, da kann ich Ihnen helfen.« Harry lächelte. »Sie wollen wissen, ob ich mich mit der Möglichkeit befaßt habe, daß sie mich gefangennehmen, foltern und erschießen. Die Antwort ist: ja. Sie wollen wissen, ob ich der anderen Seite von dem Haus hier erzählen werde, von Ihnen, von allem anderen. Das weiß ich nicht. Ich glaube nicht, ich hoffe nicht. Aber ich weiß es nicht. So was weiß man nicht im voraus. Ich kann Ihnen da keine großartige Erklärung abgeben, sie würde Ihnen nichts nützen. Aber ich hab' daran gedacht, und ich weiß, was Sie von mir erwarten. Ob ich es schaffe, weiß ich einfach nicht.«
Sie setzten sich wieder in Bewegung. Davidson legte seinen rechten Arm um Harry und klopfte ihm auf die Schulter. Wie ein Vater, dachte Harry, und er hat eine Scheißangst. Hat ja immer einen ruhigen Job gehabt, hat am Schreibtisch gesessen, die namenlosen, numerierten Männer weiß Gott wohin geschickt, aber diesmal geht's ihm doch ein bißchen unter die Haut.
»Danke, Harry, das war sehr fair gesagt. Sehr fair. Über gewisse

Dinge muß man eben sprechen, wenn's professionell bleiben soll. Bin Ihnen sehr dankbar. Und ich glaube, Sie liegen richtig.« Gottseidank, dachte Harry, jetzt hat er seine Pflicht getan. Das Aufklärungsgespräch hätten wir hinter uns, jetzt geh hinaus in die große, böse Welt, mein Junge, und faß nicht den kleinen Mädchen unter die Röcke. Gott, ist der froh, daß er es los ist. Als sie an der Hintertür standen, von der der Lack abblätterte, fing Davidson noch einmal an. »Sie haben mir nicht viel von daheim erzählt, von Ihrer Frau, den Kindern. Zu diesem Aspekt haben wir noch gar keine Zeit gehabt.«

»Da gibt's keine Schwierigkeiten. Ich wüßte jedenfalls nicht. Wahrscheinlich denkt man daran sowieso erst, wenn's zu spät ist. Sie ist sehr vernünftig. Nicht kompliziert. Klingt ein bißchen gönnerhaft, aber so meine ich es gar nicht. Sie ist es gewöhnt, daß ich plötzlich mal verschwinde, jedenfalls war sie's gewöhnt, als wir noch jünger waren. In den letzten paar Jahren ist das nicht so oft vorgekommen, aber ich glaube, daß alles klargeht mit ihr.«

»Hat sie gewußt, was Sie in Aden gemacht haben?«

»Nein«, sagte Harry nachdenklich. »Nicht direkt. Ich hatte keine Zeit und auch keine Gelegenheit zum Schreiben. Natürlich hat sie mitbekommen, daß die kleinen Schweine Granaten in die Quartiere geschmissen und Bomben mit der Verpflegung eingeschmuggelt haben und so weiter. Die Familien waren dann heimgeschickt worden, bevor ich diesen Sonderauftrag bekam. Ich hab' ihr nicht viel davon erzählt, als alles vorbei war. Es gab ja auch nicht viel zu erzählen, nicht so, wie ich es sehe.«

»Tut mir leid, daß Sie sich nicht von ihr haben verabschieden können.«

»So ist das nun mal. Sie ist nicht sehr armeebegeistert. Macht sich nichts aus den Offiziersfeten. Hält sich eigentlich überhaupt 'raus aus dem allen. Mir ist das sogar lieber so. Am liebsten wär' es ihr, wenn ich ganz aussteigen würde, aber ich sag' ihr immer, daß es heute nicht so einfach ist, sich durchzuschlagen, wenn man den bunten Rock auszieht. Und ich glaube, das versteht sie.«

»Die Postkarten werden bald eintrudeln. Die ersten, die Sie geschrieben haben. Bevor Sie fliegen, machen Sie am besten noch ein paar fertig.« Gibt sich ja große Mühe, der Alte, dachte Harry. Aber was hätte er groß über diesen – wie hatte er noch gesagt?

– ja, über diesen ›Aspekt‹ des Auftrages sagen sollen? Natürlich würde sie wissen wollen, wo er war, natürlich würde sie halb verrückt werden vor Sorge, wenn sie es wüßte. Was denn sonst? Und was ließ sich da machen? Nichts.
Sie blieben vor der Tür des großen Zimmers stehen, in dem sie arbeiteten.
»Ich wollte nur sichergehen, daß Sie sich da drüben nicht allzu große Sorgen um Ihre Familie machen«, sagte Davidson. »Ich hab' mal einen Mann gehabt –«
»Kein Problem«, unterbrach ihn Harry. »Jedenfalls nicht im Vergleich mit den anderen. Sie kommt zurecht.«
Sie gingen hinein. Die anderen warteten schon. Er ist kaltschnäuzig genug, um es zu schaffen, dachte Davidson. Sein Ausbilder war entweder sehr gründlich, dachte Harry, oder er war auf dem absteigenden Ast, wurde schon ein bißchen weich. Es war das einzige Mal, daß die beiden Männer ein auch nur annähernd privates Gespräch miteinander führten.

An diesem Nachmittag kam der Vorschlag auf, Harry sollte persönlich mit den Augenzeugen sprechen, mit denen von Belgrave Square und mit denen, die den Zwischenfall mit dem Mann gemeldet hatten, der es auf dem U-Bahnhof Oxford Circus so eilig gehabt hatte. Harry hätte sich als Kriminalbeamter ausgeben können, aber nachdem Davidson sich sechsunddreißig Stunden mit dem Problem herumgeschlagen hatte, fand er, das Risiko sei doch zu groß, und schickte einen der jungen Offiziere mit einer Videokamera aus dem Ministerium zu den Zeugen. Noch einmal sollten sie sich die kurzen Augenblicke vergegenwärtigen, in denen sie dem Attentäter gegenübergestanden hatten. Über ihre Wahrnehmungen berichteten etwa eine Viertelstunde lang der ältere Mann, der das Gesicht des Mörders flüchtig über seine Zeitung hinweg gesehen hatte, das Mädchen mit dem Wäschesack, die Frau, die ihren Hund ausgeführt hatte, der Fahrer des Ministerwagens und die Frau, die unbeweglich stehengeblieben war, während der Attentäter an ihr vorbeistürzte. Wieder und wieder ließ man sie den kurzen Moment wiederholen, quetschte sie aus, bis sie aus ihrem Ärger dem Fragesteller gegenüber kein Hehl mehr machten. Vergeblich fragten sie sich, als der Besucher wieder weg war, weshalb so viel technische Ausrüstung und Zeit darauf verwandt

wurde, um sich eine Aussage geben zu lassen, die sie in der vergangenen Woche schon bei der Polizei gemacht hatten.
Endlos wurden die Bänder abgespielt, um den Gehalt der einzelnen Beschreibungen zu überprüfen. Unsicherheiten hinsichtlich der Frisur, der Augenfarbe, des Schnitts der Wangenknochen, Größe der Nase – all die Einzelheiten, die Gesichter unverwechselbar machen wie Fingerabdrücke, wurden analysiert. Davidson zeichnete ein Diagramm, in dem alle eindeutigen Angaben grün, die nächste Kategorie rot, die zweifelhaften Punkte blau eingetragen wurden. Diese Aufstellung wurde mit dem von der nordirischen Polizei und Scotland Yard herausgegebenen Phantombild verglichen.
Es ergaben sich Abweichungen. Diese Abweichungen machten es verständlich, daß die jungen Soldaten in dem Pub am Broadway vor einer Woche keine Verbindung hergestellt hatten zwischen dem Bild, das sie sich eingeprägt, und dem Mann, den sie gemustert hatten, während er mit erhobenen Händen und gespreizten Beinen an der Wand gestanden hatte.
»Sie müssen ihn erkennen«, sagte Davidson – so oft, daß es sich schließlich anhörte wie eine Schallplatte mit einem Sprung –, »Sie müssen sich bei ihm auskennen, müssen spüren, daß es funkt, wenn er auf der einen Straßenseite ist, und Sie sind auf der anderen. Es ist Alchimie, mein Junge.«
Harry sah es anders. In einem so verrückten Job, dachte er, braucht man alles, was man kriegen kann. Seiner Meinung nach waren seine Chancen, den Mann zu Gesicht zu bekommen, gleich minus Null; Davidson gegenüber gab er sich allerdings optimistischer.
Das Ministerium hatte ein eigenes Phantombild des Mannes zusammengestellt; es basierte auf dem Photo von Scotland Yard, aber aufgrund der Zeugenaussagen änderten sie verschiedene Einzelheiten, besonders das Profil. Dieses Bild hing nun, dreifach vergrößert, in den Räumen, in denen das Team arbeitete, im Salon und hinten in der Eßecke, und es fand auch an Harrys Wand seinen Platz, neben den Karten und Luftaufnahmen.
Am fünfzehnten Tag waren sie so weit, daß sie Harry in Feindesland entlassen, die Nabelschnur durchtrennen konnten, die ihn mit der Geborgenheit des Herrenhauses zwischen den Bäumen verband. Abgesehen vom Schlafen und von den Stunden, die er

in seinem Zimmer mit den Tonbändern und Karten verbracht hatte, war ihm wenig freie Zeit gegönnt worden. Das war Davidsons Idee gewesen. »Daß er bloß nicht ins Grübeln kommt«, hatte er zu den anderen gesagt.

Davidson hatte sich überlegt, ob sie an Harrys letztem Abend eine kleine Feier veranstalten sollten, aber dann ließ er es doch, gab nur nach der Abschlußsitzung ein paar Glas Bier aus, dann ging's wieder früh ins Bett.

»Glauben Sie nicht das Zeug, das der *Daily Telegraph* verzapft, daß sie am Ende sind, ruiniert, in den letzten Zügen. Das ist Blödsinn. Sie brauchen Zeit, um sich neu zu formieren, und sie brauchten wieder mal einen kräftigen Auftrieb. Den haben sie jetzt, nicht durch das Attentat selbst, sondern dadurch, daß wir es nicht geschafft haben, den Mann zu fassen und festzusetzen. Die Protestanten sind unruhig geworden, noch ist es nicht kritisch, aber es beginnt zu brodeln, und genau das wollen die Provos.

Offen gesagt, Harry, haben wir alle gedacht, sie hätten den Attentäter inzwischen, und zumindest in der ersten Woche sind wir bei Ihrer Vorbereitung vielleicht davon ausgegangen. Aber wie ich gestern abend erfahren habe, gibt es überhaupt noch keine konkreten Hinweise. Wenn Sie jetzt rübergehen, hat keiner was verloren. So idiotisch sich das anhört – Sie haben eine bessere Chance als das Militär, das da drüben rumtrampelt, und als die Polizei. Groß ist sie nicht, aber der Versuch lohnt sich.«

Sie wünschten ihm alles Gute, etwas steif. Harry sagte nichts. Er nickte, ging hinaus in die Diele, die Treppe hinauf in sein Zimmer. Sie ließen ihn allein gehen.

Die Feuerstellung war im Dach eines verfallenen Hauses nördlich der Falls Road, hinter der Kreuzung Springfield Road. Vier der Häuser waren zerstört worden, als ein neunzehnjähriger Freiwilliger aus dem First Battaillon gestolpert war und dabei den Arm des Offiziers angestoßen hatte, der gerade eine Siebzig-Pfund-Bombe fertigmachte. Die Finger des Offiziers waren um etwa einen Dreiviertelzentimeter verrutscht, hatten sekundenlang die Anschlußklemmen berührt, die in wenigen Minuten mit dem Zifferblatt eines billigen Weckers hätten verbunden werden sollen.

Die Explosion hatte ein tiefes Loch in der Straßenzeile hinterlassen. Das erste Haus rechts nach der Lücke war nur noch eine leere Hülle, durch die der Wind strich. Das Nebenhaus war in besserem Zustand. Die Tür war noch da, das Dach noch ziemlich intakt. Das Haus stand leer, denn die Wohnungsbaubehörden hatten es als gefährdet erklärt und Gas und Strom sperren lassen. Die fünf Häuser dahinter waren bewohnt.

Der Mann hatte sich in den Winkel zwischen den Balken und den waagerechten Streben des Daches gequetscht. Zeitweise saß er rittlings auf den Streben, die trotz der mitgebrachten Kissen schmerzhaft in seine Schenkel schnitten. Ansonsten kniete er und verteilte sein Gewicht auf zwei der Streben. In dieser Stellung konnte er besser das Gleichgewicht halten, aber es tat auch mehr weh.

Durch ein Loch im Dach – die Druckwelle der Explosion hatte einen Ziegel auf die Straße geschleudert – konnte er hinuntersehen. Der Ziegel war nur wenig oberhalb der Dachrinne gelegen, und von dort, wo er saß, waren seine Augen etwas mehr als einen Meter von der Stelle entfernt. Aus dem Loch hatte er Sicht nach links bis zur Straßenecke, und nach rechts bis zur Frontseite von drei Häusern. Auf der gleichen Straßenseite, auf der sich das Versteck des Mannes befand, wohnte eine Mrs. Mulvenna, deren Mann zur Zeit in Long Kesh saß. Sie ließ immer im Vorderzimmer das Licht brennen und zog die Vorhänge nicht vor. Das Licht fiel auf den Gehsteig, bis dorthin, wo sein Schußfeld begann, und warf Schatten auf die Stelle, die er im Blick hatte. Er hoffte darauf, daß eine Nachtstreife, mit geschwärzten Gesichtern und gummibesohlten Stiefeln, der Helligkeit ausweichen und sich auf die andere Straßenseite schlagen würde. Dort würden die Soldaten in den grauen Schatten eine trügerische Sicherheit finden, ihm aber ins Schußfeld kommen. Er kannte sich einigermaßen in den Gewohnheiten der Soldaten aus: Bestimmt würde irgendeiner der Männer in der Mitte der Streife an der Ecke zögern. Der Soldat brauchte nur zwei, drei Sekunden innezuhalten – dann hatte sich für den Mann die Nachtwache gelohnt.

Streifengänge fanden nie in regelmäßigen Abständen statt. In den drei Tagen, die er dort oben im Dach verbracht hatte, war nur eine Patrouille vorbeigekommen. Das war schon im Morgengrauen gewesen, da hatte Mrs. Mulvennas Licht sie nicht mehr

auf die andere Straßenseite getrieben, und sie waren direkt unter seinem Versteck und praktisch außer Sicht vorbeimarschiert. Einen von ihnen hatte er sekundenlang gesehen, hatte ihre frischen jungen Stimmen gehört, die Stimmen englischer Provinzler, während sie ahnungslos unten vorübergetrabt waren.
Der Mann hatte ein Armalite-Gewehr auf den Knien. Eine kleine, leichte Waffe, mit enorm hoher Treffgeschwindigkeit. Schwarzer Plastikschaft, made in Japan, in Lizenz gebaut als Kopie des amerikanischen Infanteriegewehrs M16. Die Kalaschnikow in London, das war ein Luxus gewesen, eine Extravaganz. Dies hier war doch eher ein Routinejob, da reichte die Armalite allemal.
Und so wartete er in der Dunkelheit, in der eisigen Zugluft dort im Dach, auf die zwanzig Sekunden, die eine Acht-Mann-Streife brauchte, um den Schatten der drei Häuser gegenüber zu passieren. Seine Augen starrten in die Finsternis, seine Ohren versuchten das Geräusch von Schritten, von den andersartigen Schuhen, die Zivilisten trugen, auszumachen. Er hatte tagsüber gedöst, um frisch zu sein für den schnellen, lautlosen Augenblick der Tat, wenn die Soldaten kamen.

5. *Kapitel*

Die Frau, die mit ihrem Hund am Belgrave Square gewesen war, ließ ihn jetzt morgens zu Hause, wenn sie in die Sprechstunde ging. Der praktische Arzt, ein älterer Mann, genehmigte ihr jeden Vormittag mindestens zehn Minuten zum Reden, dann schickte er sie freundlich, aber bestimmt wieder heim – heim in ihre Wohnung, zurück zu der Hysterie, den Depressionen, die sie seit dem Attentat quälten. Die Witwe war seit dreiundzwanzig Jahren seine Patientin, hatte ihn eher beiläufig und nicht häufig in Anspruch genommen, und der Arzt begriff, daß sie jetzt einen Freund brauchte, der Verständnis hatte für das, was sie so peinigend genau beschrieb: die schreiende Frau, den Mann mit dem fürchterlich lauten Gewehr an der Schulter, die versteinert dastehenden Kinder, die heulenden Sirenen, die herumbrüllenden, hilflosen Polizisten.
Er gab ihr milde Beruhigungsmittel, mochte aber wegen der Gefahr der Gewöhnung keine hohen Dosen verschreiben. Die Zeit, hoffte er, würde schließlich die Bilder des Grauens verblassen lassen. Er war überrascht und ärgerlich gewesen, als sie ihm erzählt hatte, daß die Kriminalbeamten wieder bei ihr gewesen waren. Dabei hatte sie doch schon vor einer ganzen Woche ein Protokoll unterschrieben, das, wie es damals geheißen hatte, die endgültig letzte Aussage war, die man von ihr verlangen würde. Sie hatte dem Arzt von den seltsamen Geräten erzählt, die sie mitgebracht hatten, und wie sie immer wieder den Mann mit dem Gewehr hatte beschreiben müssen.
Dieser letzte Besuch war eine Qual für sie gewesen und hatte zu einem ernsten Rückfall geführt. Der Arzt hatte deshalb den Beamten in Scotland Yard angerufen, der in den Zeitungsberichten als Leiter der Ermittlungen genannt worden war. Aber seine große Praxis ließ ihm so wenig Zeit, daß er die Angelegenheit nicht weiterverfolgt hatte, als ihm gesagt worden war, seit neun Tagen sei kein Kriminalbeamter bei seiner Patientin gewesen. Er

hatte ein bißchen geschimpft und ärgerlich auf den offensichtlichen Widerspruch zwischen dieser Auskunft und der Aussage seiner Patientin hingewiesen, aber dann hatte er aufgelegt. Die Sache ging ihm noch immer nach.

Der Verteidigungsminister war zeitig ins Büro gekommen, um vor einem kurzen Urlaub seinen Schreibtisch leer zu arbeiten und um sich mit überzeugenden und fundierten Argumenten zu wappnen, die er für seine Golfrunde mit dem Premier brauchen würde. Der Beamte, der ihn gerade über die Lücken im Raketenabwehrsystem und die sinkende Moral dezimierter Truppen in Deutschland informierte, setzte seinen Bericht in dem gewohnten lehrhaften Ton fort. Seine Ausdrucksweise hatte bereits eine Reihe von Ministern zur Weißglut gebracht, während er selbst sich allmählich soweit hochgearbeitet hatte, daß er jetzt als der ›Mann hinter den Kulissen‹ galt. Seine Rolle in dem riesigen Ministerium war allumfassend, seine Macht und sein Einfluß waren enorm. Eins der kleineren Räder in seiner gut geölten Maschinerie war Davidson, eins der Grundstücke auf seiner Liste, von denen relativ wenig gesprochen wurde, war das Haus bei Dorking.
Der Minister stellte seine Frage vorsichtig. »Dieser Vorschlag des Premiers wegen des Danby-Attentats – Sie wissen, daß wir einen Mann einschleusen sollen... Er wird sich erkundigen... Was hat sich denn getan?«
»Ja, er hat letzte Woche angerufen. Ich würde mir da keine Sorgen machen, Herr Minister. Wir sind noch bei der Überprüfung, Durchführbarkeit und so weiter. So was geht nicht so schnell, läßt sich nicht über Nacht auf die Beine stellen.«
»Also noch nichts Endgültiges? Sie haben schon mit ihm gesprochen? Bißchen merkwürdig, was? Ruft Sie an – über meinen Kopf hinweg? Natürlich ist er für Sicherheitsfragen verantwortlich, aber trotzdem... Was haben Sie ihm gesagt?«
»Daß wir den Fall bearbeiten. Daß er informiert wird, sobald sich etwas Konkretes ergibt, wenn neue Entwicklungen vorliegen.«
»Sie sehen in mir wohl so 'ne Art Sicherheitsrisiko, was?« Der Minister zog ein Gesicht. Der Beamte lächelte großzügig. Das

Thema war erledigt. Das Gespräch wandte sich wieder Raketen und konventionelleren Kriegsschauplätzen zu.

In einer Höhe von 7500 Metern, zwischen Liverpool und der Isle of Man, machte Harry sich so seine Gedanken. Die brutale Wirklichkeit seines Auftrags war ihm unmißverständlich klargeworden, als er in der Schlange am Flugsteig auf die Durchsuchung durch die Sicherheitsbeamten wartete. Daß ein Agent von seinen eigenen Leuten seinen Koffer filzen lassen muß, ist doch wohl das Letzte... Es wurde ihm peinlich klar, warum er die ihm versprochene Smith & Wesson im Belfaster Hauptpostamt abholen mußte. Davidson wollte sie ihm postlagernd dorthin schikken. Er versuchte, sich auf seine Tarnung zu konzentrieren. Matrose will nach vielen Jahren zurück in die Heimat, das Land ist in Aufruhr, die Minderheit wird unterdrückt. Jetzt müssen alle echten Iren zusammenstehen, um den englischen Schweinen Widerstand zu leisten. Dreihundert Jahre nach Cromwell – und nichts hat sich geändert. Wieder Märtyrerblut auf den Straßen. Würde jemand blöd genug sein, in dieses stinkende Loch zurückzukommen, nur weil's da immer schlimmer wurde? Müßten ja verrückt sein. Na ja, die Iren waren vielleicht so blöd, mußten ja blöd sein. Also eins steht fest, die verdammten Engländer würden nicht zurückkommen, die würden alle türmen, nach Australien oder Südafrika. Die tragen doch nicht ihre zarte lilienweiße Haut zu Markte, die nicht.
Ja, die Geschichte saß, soweit so etwas überhaupt sitzen kann.
Er lag in einem Niemandsland zwischen Schlafen und Wachen. Wie war das mit seinem Engagement? Die Motivation war vage, nicht durchdacht. Bestimmt nicht so stark wie die der Gegenseite. Gar nicht zu vergleichen. Motivation war gegen den Verhaltenskodex, den man ihm eingebleut hatte. Offiziere brauchten keine Motivation. So klar war das eben alles gar nicht.
Recht und Unrecht, Plus und Minus, Schwarz und Weiß, das war alles so unbestimmt. Klare Trennung, klare Einheit, das gibt es nicht in Nordirland. Das ist zu einfach. Was hatte jener Politiker gesagt: ›Wer glaubt, die Lösung für Nordirland zu wissen, ist schlecht informiert.‹ Ganz guter Spruch. Danach gab's eine Menge schlecht informierter Typen in den Offizierskasinos in Deutschland. Wenn die aus Nordirland zurückkamen, hatten sie

alle die Lösung fix und fertig in der Tasche. Ein großer Angriff, ein großer Vorstoß, die harte Welle, die weiche Welle, »Bombt sie aus«, »Laßt sie hängen und rückt ab!«... Alles Lösungen, jede anders, aber alle mit dem Brustton der Überzeugung geäußert. Erstaunlich, wie schnell man dreihundert Jahre alte Engstirnigkeit übernimmt, wenn man vier Monate lang für fünf Blocks in einer Slumsiedlung verantwortlich war.
Harry hatte einmal sarkastisch einem Kameraden zu seinem Glück gratuliert, alles so klar zu sehen. Daß er mit solcher Sicherheit Lob und Tadel austeilte, Soll und Haben bestimmen konnte – da war er fein raus. In Mansoura, vor Sheik Othman, wo die Heckenschützen herumgerannt waren, als die wilden Jungs in Ulster noch Lutscher genuckelt und Liedchen geträllert hatten, war das alles einfacher gewesen. Da hatte mal so ein Knabe vom Schweizer Roten Kreuz die Einheit besucht. In einer braven weißen Uniform, und auf der Mütze hatte er ein großes rotes Kreuz gehabt, damit sie ihm nur ja nicht von einem Dach aus eine Handgranate auf den Kopf schmissen. Wie hatte er noch zu dem Oberst gesagt? »Was für den einen ein Terrorist ist, ist für den anderen ein Freiheitskämpfer.« Hatte dem Oberst nicht geschmeckt. Ganz schön verstiegen, hatten sie damals in der Messe gedacht. So'n Quatsch. Es waren eben Terroristen, und schwarze Terroristen noch dazu.
Aber in Aden hatte Harry gedacht, es müsse wohl doch dem Dümmsten klar sein, daß die britische Gesellschaft in keiner Weise durch ihre Bemühungen geschützt wurde... die geschäftlichen Belange vielleicht, aber das war auch alles.
Wofür auch die Männer starben in dem hackenden Stakkato der Handfeuerwaffen – daß sie sich für die Heimat schlugen, daran dachten sie wohl kaum auf Feldwache bei Mansoura, am Checkpoint Golf oder der Chartered Bank in Crater. Als Ulster-Mann war Harry nie zu einem Einsatz in die Heimat versetzt worden; er hatte sich oft gefragt, ob es dort wohl anders war, Soldat zu sein, als in Aden. Bedeuteten die schönen Reden von Pflichterfüllung und Anliegen und Ursachen denn so viel mehr, nur weil die Kämpfe am Supermarkt des Ortes ausgetragen wurden und nicht sechs Flugstunden entfernt? Das Wohl der Gesellschaft als Ganzes interessierte ihn jetzt ebensowenig wie damals. Er hatte einen Auftrag bekommen, und den führte er aus, weil jemand es

ja machen mußte, und weil er durch eine Reihe von Zufällen dafür besser geeignet war als mancher andere.

Aber als die Trident südlich von Strangford Lough den Landeanflug begann war sich Harry darüber klargeworden, daß er sich durch den Auftrag doch recht geschmeichelt fühlte. Immerhin hatten sie ihn für eine Mission bestimmt, die der Premierminister persönlich gefordert hatte. In der stickigen Hitze der Kabine dachte er an seine Frau, ein Gefühl der Wärme und Nähe erfüllte ihn. Schade, daß sie nicht mit ihm stolz sein konnte, dachte er. Der Fluggast auf der anderen Seite des Ganges sah, wie über das Gesicht des Mannes, der tief in seinen Sitz am Fenster gerutscht war, langsam ein Lächeln ging. Noch ein paar Sekunden leistete sich Harry diesen Luxus, der weichen Stimmung sehr bewußt. Er kannte das: Auch schon bei anderen Gelegenheiten, wenn ihm große Gefahr bevorstand, hatte er sich in diese Sentimentalität für seine Familie, für Mary und die Jungen, flüchten können. Es gehörte zu jenem Schutzmechanismus, den Harry begriff und schätzte.

Während die Maschine über die kleinen Felder hinweg Aldergrove ansteuerte, schnallte sich Harry wieder an und ließ seine Gedanken zu dem Mann wandern, dessen Bild ihm so deutlich vor Augen stand. Er sah ihn vor sich, konnte das Schwarzweiß des Photos mit Fleisch und Farbe und Tiefe ausfüllen. Das Ziel. Ein Feind? Eigentlich nicht. Was dann, wenn es kein Feind war? Einfach ein Ziel. Ein Mann, der getötet werden mußte – keine Frage. *Liquidieren* – es zerging Harry lautlos auf der Zunge. Das Wort gefiel ihm.

Er wurde wachgerüttelt, als das ausgefahrene Laufwerk auf die ramponierte Landebahn knallte; die Maschine segelte mit gut 90 Meilen durch die Luft, machte noch einen Hopser, und dann bremste der Umkehrschub die Triebwerke ab.

Terminal 1, Heathrow, Cafeteria im ersten Stock. Davidson und sein Team frühstückten, nachdem sie Harry zum Flughafen gebracht hatten. Es war eine gedrückte Mahlzeit, Konversation kam kaum auf. Es war überhaupt nicht viel gesprochen worden, nachdem Harry hinter den Schranken der Sicherheitskontrolle verschwunden war. Davidson hatte fast hörbar vor sich hingemurmelt: »Mumm hat er, der Junge.«

»Geht auf meine Rechnung«, hatte er noch gesagt, als sie aufstanden, und dann als nachträglichen Gedanken hinzugefügt: »Ich glaube, wir haben ihm alles beigebracht, was in drei Wochen möglich war, aber es ist verdammt kurz. Um so was ordentlich zu machen, braucht man ein halbes Jahr. Und nicht mal dann ist man hundertprozentig sicher. Immer dasselbe, wenn die Politiker die Finger dazwischenhaben. Hetze, Hetze. Wenn er nach drei Wochen Vorbereitung durchkommt, braucht er Glück, verdammt viel Glück.«

Das Anormale einer Situation, die einen in der eigenen Heimat in den Krieg ziehen läßt, entging Harry nicht. Er ging die steilen Stufen der Gangway hinunter, vorbei an dem RAF-Unteroffizier, der sein Gewehr in Bereitschaftsstellung hielt, rechten Zeigefinger am Abzug. Um das Empfangsgebäude herum lagen Stacheldrahtrollen, bedeckten die Blumenbeete, die einst als Abgrenzung der Rollbahn genügt hatten. Die Besuchergalerie, von der aus früher die Leute ihren Freunden und Verwandten zugewinkt hatten, war jetzt mit hohem Maschendraht eingezäunt, um zu verhindern, daß Sprengkörper auf das Vorfeld geworfen werden konnten; für Zivilisten war sie sowieso gesperrt. Harry holte sich seinen Koffer und ging hinaus zur Bushaltestelle, vorbei an einer Allee weißer, mit schweren Planken verbundener Benzinfässer. Dadurch sollten Terroristen daran gehindert werden, ihre Autos mit der Bombenladung an die Mauern des Gebäudes heranzufahren. Er kam an einer Schlange von Passagieren vorbei, die mit der Trident zurück nach Londen fliegen wollten. Sie standen im Freien, schoben sich von Zeit zu Zeit mit ihrem Gepäck ein Stück vor. Die Kontrolle fand vorn in zwei grünen Schuppen statt. Nur selten paßten die Gesichter der Reisenden zu den fröhlich-bunten Reisekleidern: Die Kinder waren still, die Frauen sahen sich unruhig um, die Männer waren damit beschäftigt, die Koffer zur Durchsuchung und schließlich zum Flugzeug zu schleppen. Farblosigkeit, Angst, Erschöpfung.
Harry stieg in den Bus. Er hatte sich beeilt und ergatterte einen Fensterplatz ziemlich weit hinten.
Als der Bus die Felder hinter sich gelassen hatte und in die Crumlin Road einbog, war der Mann direkt hinter Harry in voller Fahrt. Als selbsternannter Reiseleiter übertraf er noch die Bären-

führer, die Touristenschlangen durch den Tower von London und durch Hampton Court lotsen. Er machte sich die Stille im Bus zunutze, um darzutun, wie gut er sich in allen Einzelheiten des Feldzugs auskannte.

»Sehen Sie da unten rechts die kleine Gasse? Direkt um die Ecke, nein, das können Sie nicht sehen – da sind drei schottische Soldaten ermordet worden... das Pub... das da, das gesprengte Haus, an dem wir gerade vorbeikommen – da haben sie sie herausgeholt, und da unten haben sie sie umgebracht. Jetzt sieht man da nichts mehr... früher haben die Leute Blumen hingelegt, aber das machen sie jetzt nicht mehr, rein gar nichts zu sehen, außer daß kein Gras wächst in dem Graben, wo sie's erwischt hat... Die Armee hat alles umgebuddelt, weil sie die Kugeln gesucht haben, und seitdem wächst es nicht mehr. Da links, wo die Straße ansteigt, zum Steinbruch hin, da ist der Senator umgebracht worden... der katholische Senator mit dem Mädchen, die sind da umgebracht worden, erstochen. Das war letztes Jahr, kurz vor den Wahlen. Jetzt sehen Sie mal geradeaus, da ist sie, die tollste Stadt der Welt. Da unten links, nein, noch weiter links, das ist Ardoyne, da drüben ist Ballymurphy... wir kommen jetzt nach Ligniel.«

Nächstens veranstalten sie noch Busfahrten für die Japaner, dachte Harry. Wenn sie mit Vietnam durch sind, könnte man ihnen Belfast verkaufen. Auf besonderen Wunsch, nach dem größten Dschungelkampf der Welt, bieten wir Ihnen den längsten Stadtguerilla-Krieg aller Zeiten zu ermäßigten Preisen. Hereinspaziert, hereinspaziert. Sie zahlen an der Kasse...

»Jetzt wird's gleich holpern.« Der Mann hinter ihm legte schon wieder los, während der Bus jetzt im Schrittempo fuhr. »Da, jetzt geht's schon los. Wir sind vor einer Kaserne, die haben alle Holperschwellen... damit die Provos nicht vorbeirasen und die Wache mit einer MG-Garbe erledigen können. Früher war mal Leuchtfarbe drauf, auf den Schwellen, aber die ist jetzt weg... Wenn man nicht weiß, wo sie sind, gibt's Ihrem Wagen einen ekligen Ruck... Fahren Sie da mal mit achtzig drauf, das merkt man schon... da ist Ardoyne, vor uns links, wo der Polizist steht. Da machen die Engländer Augen, wenn sie das sehen, ein Polizist mit kugelsicherer Weste und Maschinengewehr... sie nehmen nicht die Flakjacken von der Army, sie haben ihre eigenen. Wir machen jetzt 'nen Umweg, sie fahren nicht gern in Ulster-Bussen durch die Crumlin. Wir fahren durch die Shankill. Sieht ganz friedlich aus, nicht? Sehen Sie das Loch rechts? Das ist die Four-Steps-Bar... Da sind 'ne Menge draufgegangen, als die in die Luft geflogen ist. Kein Wort der Warnung. Da, auf derselben Seite, sehen Sie das Loch da? War 'n Möbelladen... zwei Kinder sind da umgekommen... waren so klein, daß sie noch nicht laufen konnten.«

»Halt den Rand, Joe, will doch niemand wissen. Sei bloß still.«

Joe mochte denken, daß er sein Glanzstück geliefert hatte. Er schwieg. Harry sah fasziniert aus dem Fenster. An den Ampeln hielt der Fahrer neben einem Saracen-Panzerwagen. Durch die halboffene hintere Stahltür sah man innen Soldaten mit Gewehren in der Hand sitzen. Auf der anderen Seite der Kreuzung beobachtete er eine Streife, die sich durch die Menge der Einkaufenden schob. Überall statt Glas die braunen Hartholzplatten in den Schaufenstern. Die Polizisten hier hatten keine Maschinenpistolen, hielten aber die rechte Hand unbeweglich in den schweren, dunklen Mänteln.

Überrascht stellte Harry fest, daß vieles hier auch nicht anders war als in jeder anderen britischen Industriestadt – Busse, Autos, Passanten, Kleider, Zeitungskioske –, das Leben ging weiter unter der massiven militärischen Präsenz, die in Belfast eingerückt war.

An der Endhaltestelle stieg Harry in einen anderen einstöckigen Bus um, der die Antrim Road hinauf nach Norden fuhr, an der unruhigen New Lodge-Kreuzung vorbeieilte und dann in Vororte, reine Wohngebiete, kam. Die Häuser dort waren groß, alt, hoch; roter Backstein, ziemlich ausgeblichen. Davidson hatte ihm den Namen einer Pension genannt, wo er sich einmieten konnte, drei Haltestellen nach der New Lodge.

Harry stieg aus, brauchte einen Augenblick, um sich zurechtzufinden. Dann entdeckte er das Haus, das sie für ihn ausgesucht hatten, und ging ein Stück hügelab, bis er etwa 150 Meter von der schäbigen Pension mit dem »Zimmer frei«-Schild entfernt war. Dann wartete er. Etwa fünfundzwanzig Minuten beobachtete er die Haustür, bis er sah, was er so halb und halb schon erwartet hatte. Ein junger Mann kam die Stufen der Straße herunter. Er

hatte nicht ganz die richtigen Sachen an, machte zu lange Schritte, hatte viel zu kurze Haare.
Harry kochte vor Wut. »Idioten! Davidson, du Oberidiot! Schickt ihr mich doch tatsächlich in eine eurer eigenen verdammten Absteigen. Nettes, sicheres Quartier für Rekruten in einer netten Protestanten-Gegend. Rausfinden tut man da nichts, aber dafür wird man auch nicht abgeknallt. Nein, Davidson war das nicht, irgendein Trottel vom Nachrichtendienst in Belfast, der sich rächen wollte, weil's nicht sein Spiel ist. Mistbolzen. Ich mach doch den Tanz nicht mit, um bei den Protestanten Däumchen zu drehen und dann in einem Monat mit leeren Händen heimzufliegen. Nicht mit mir.«
Er fuhr mit dem nächsten Bus wieder in die Innenstadt zurück, ging hinüber zum Taxistand in der Castle Street, sagte, daß er zur Falls Road wollte, etwa auf halber Höhe. Davidsons Schuld war es nicht. Er kannte sich ja in Belfast nicht aus, es mußte einer von hier gewesen sein, irgendein kleiner Geist, der hatte seine Kartei durchgeblättert, ja, das ist richtig, da kann ihm nichts passieren. Mansoura hatte man nicht vom Steamer Point aus infiltrieren können, und ebensowenig kam man vom Proddy-Kernland aus in die Falls rein.
»Ich arbeite ungefähr auf halber Höhe«, sagte er zu dem Taxifahrer, »und ich suche ein Zimmer. Nicht zu teuer. Wissen Sie vielleicht was? Ungefähr auf halber Höhe, am Broadway? Gibt's da was?«
Er wartete einige Minuten, bis die freien Plätze besetzt waren. Ein Taxi-Pendeldienst hatte vielfach die Streckenführung der unzuverlässig gewordenen Busse übernommen. Die Fahrt vom Flughafen in die Stadt, dann die Antrim Road hinauf, dort das Warten, der Fußweg zum Taxistand, die Wartezeit hier im Fond – das alles hatte Zeit gekostet.
Eine graue Dämmerung legte sich über die Stadt, verwischte die scharfen Konturen, als das Taxi endlich voll war und losfuhr.

Der erste Mann der Patrouille war an der Ecke und schon vorbei, ehe der Mann auf die Bewegung hatte reagieren können. Beim zweiten konnte er erkennen, daß es sich um eine Armeestreife handelte. Beim dritten und vierten begann er zu zielen, und für

den nächsten war er bereit. Gewehr an die Schulter. Den oberen Teil des Schattens in den V-förmigen Ausschnitt der Kimme und zerteilt durch das hochragende Korn am äußersten Ende des Laufs. Der fünfte Soldat war schnell um die Ecke gekommen, er war zu nah an seinem Vordermann und blieb einen Augenblick stehen, bis der andere weitergegangen war. Eineinhalb Sekunden stand er so da, dann schoß der Mann. Von der Häuserwand gegenüber fiel ein Schatten in den Lichtstreifen von Mrs. Mulvennas Vorderzimmer.
Der Mann hatte noch Zeit zu registrieren, daß die Gestalt regungslos dalag, halb auf dem Gehsteig, halb auf der Straße, dann kroch und kletterte er bis zur Mitte des Dachstuhls und rannte los. Sein Fluchtweg führte über einen Laufsteg aus Brettern, der die Lücken zwischen den Dachbalken überbrückte und sich über vier Häuser hinzog. Im letzten Haus schien Licht nach oben. Sie hatten die Dachluke für ihn offengelassen. Er hangelte sich hinunter auf den kleinen Korridor, ging zur Treppe, die zum hinteren Teil des Hauses und zur Küche führte. Ein Halbwüchsiger, der auf die Geräusche der Flucht im Dach gelauscht hatte, nahm ihm das Gewehr ab. Drei Minuten würde er brauchen, um es in eine Plastikhülle zu stecken, sie zu verschließen und in den vergitterten Schacht hinter dem Hof zu hängen, mit einer schwarzen dünnen Schnur an die Gitterstäbe gebunden, damit man es später wieder herausholen konnte.
Der Mann ging hinaus in den Hinterhof, kletterte über den eineinhalb Meter hohen Zaun, rannte geduckt zum Hintereingang und an den Hintertüren auf der gegenüberliegenden Seite entlang, bis er die eine fand, die unverschlossen war. Dann brauchte er nur noch durch dieses Haus hindurch, und er war draußen auf der nächsten Straße. Hier rannte er nicht, sondern ging gemächlich die nächsten dreihundert Meter weg vom Tatort, klingelte. Ein junger Mann kam heraus, deutete auf einen wartenden Wagen und fuhr mit ihm fort.
Es hatte keine Verfolgung gegeben. Keiner der Soldaten hatte das sekundenlange Aufblitzen des Laufes gesehen, als der Mann geschossen hatte. Fünf, schreiend und gestikulierend, Angst in den Augen, waren in den Hauseingängen in Feuerstellung gegangen. Zwei hatten sich über ihren toten Kameraden gebeugt. Noch ehe der Sanka kam, war klar, daß ihre Bemühungen zweck-

los waren, aber sie fummelten das Verbandpäckchen aus seinem Gürtel hervor und legten es über die blutige Brustwunde.

Harry hörte den Schuß von weit oben, als das Taxi in einem Stau vor der Ampel hinter dem massigen Krankenhauskomplex stand. Während sie im dichten Fahrzeugstrom eingeklemmt stehenblieben, raste ein Konvoi von Panzerwagen, wild hupend und mit aufgeblendeten Scheinwerfern, auf der Gegenfahrbahn vorbei. Soldaten sprangen von der noch fahrenden Kolonne und postierten sich mit gezogener Waffe auf der Hauptstraße, andere stürzten in die Nebenstraßen. Harry sah einen Sanka mit Blaulicht unvermittelt aus einer etwa 150 Meter rechts von ihnen gelegenen Seitenstraße kommen. Er fuhr auf sie zu. Es war ein Saracen-Panzerfahrzeug, auf den Seitenflächen große rote Kreuze auf weißem Grund. Harry wandte den Kopf. Durch die auf- und zuklappenden hinteren Türen sah er zwei dunkle Gestalten, die sich über eine Trage beugten. Die Griffe der Trage, dazwischen ein Paar Stiefel, ragten über die Ladeklappe des Panzerwagens hinaus.
Es dauerte ein paar Minuten, ehe der Verkehr wieder rollte. Die Fahrgäste – eine alte Dame mit ihren Monatseinkäufen und zwei Büromädchen aus Andersonstown – hatten kein Wort gesagt. Als das Taxi zu der Straße kam, aus der der Sanka aufgetaucht war, hielt ein auf der Straßenmitte postierter Soldat sie an; sie mußten sich an die Wand stellen. Schnell und sachkundig streifte er mit den Händen über Schultern, Körper und Beine von Harry und dem Fahrer. Bei den Frauen begnügte er sich damit, die Einkaufstasche und die Handtaschen zu kontrollieren. Harry fand, daß er noch sehr jung war.
»Was ist passiert?« fragte Harry.
»Halt die Schnauze, Scheiß-Mick!«
Das Taxi setzte ihn 75 Meter weiter oben ab. Er sollte es bei Mrs. Duncan versuchen. Erste Straße links, zwölftes Haus rechts: »Delrosa.«
Harry brauchte nicht lange, um sich in dem kleinen Zimmer einzurichten, das Mrs. Duncan ihm gezeigt hatte, auf der Hinterseite ihres zweistöckigen Hauses. Der kleine Koffer war schnell ausgepackt, sein Inhalt in einer mittelgroßen Kommode und einem Kleiderschrank verstaut. Er sollte sich die Hände waschen und dann in das große Zimmer hinunterkommen, hatte sie ge-

sagt. Dorthin kamen auch die anderen Gäste, erst zum Tee, dann zum Fernsehen. Sie stellte keine persönlichen Fragen. Offenbar wollte sie dem Fremden Zeit lassen, ihm erst dann etwas über sich zu erzählen, wenn es ihm in den Kram paßte.
Aus seinem Fenster sah Harry auf die Falls Road, wo die Landrover und Saracens der Armee noch immer auf und ab fuhren.
Sie waren sechs beim Tee. Alle widmeten sich eifrig und konzentriert ihrem Essen. So vermeidet man Gespräche, dachte Harry. Man stopft sich den Mund voll, knurrt mal eben kurz, wenn man die Milch oder den Zucker oder das frisch geschnittene Brot haben will, und braucht nichts zu sagen. Niemand erwähnte die Schießerei, aber die BBC-Regionalnachrichten lieferten sie ihnen frei Haus. Mrs. Duncan kam in ihrer Schürze aus der Küche, lehnte sich mit übereinandergeschlagenen Armen an den Türrahmen. Ein gezielter Schuß hatte einen Soldaten niedergestreckt, das erste Todesopfer auf seiten der Army seit drei Wochen. Die Bilder zeigten Mannschaften, in Hauseingängen angestrahlt und beim Errichten von Straßensperren. Über die Tonspur, halb übertönt von dem Bericht, kamen die Worte: »Macht das verdammte Licht aus.« Dann sah man nur noch das nichtssagende Bild des Asphalts mit dem dunklen Fleck, etwas für Leute mit Farbfernseher, aber auf Mrs. Duncans Bildschirm nur eine formlose Insel. Aus der Schwärze tauchte das überbelichtete Gesicht des jungen Reporters auf. Die Handscheinwerfer waren nahe herangegangen.
Er hatte wenig zu sagen. Eine routinemäßige Streife im Broadway-Abschnitt der Falls Road war in einen Hinterhalt geraten. Ein einziger Schuß war gefallen und hatte einen Soldaten tödlich getroffen. Es war gerade dunkel geworden. Eine Suchaktion war angelaufen, das Gebiet war abgeriegelt, alle Wagen, die es verlassen wollten, wurden durchsucht. Die Kamera schwenkte zu einem Offizier, der ein unglückliches Gesicht machte.

Frage: Was ist hier geschehen, Herr Oberst?
Antwort: Ein erschütternder Überfall, ein feiger Mord. Einer meiner Soldaten ist kaltblütig und ohne jede Warnung niedergeschossen worden. Ein schreckliches, verwerfliches Verbrechen.
F.: Haben Ihre Männer den Heckenschützen gesehen?

A.: Nein. Erst bei der Suchaktion – von der Sie sich ja selber haben überzeugen können – haben wir sein Versteck gefunden. Er war oben im Dach eines verlassenen Hauses und hat durch ein Loch – ein Ziegel fehlt dort – auf meine Streife gezielt.
F.: Halten Sie das für die Tat eines Experten?
A.: Ja, eines Experten in Sachen Terrorismus, eines Experten in der Kunst des Tötens. Wir haben im Dach achtundsechzig Zigarettenkippen gefunden. Er war demnach schon einige Zeit dort. Er hatte vier Stühle auf die Treppe gestellt – sie ist sowieso sehr eng. Wenn wir ihn verfolgt und das Haus gestürmt hätten, wären uns durch diese Stühle mehrere Sekunden verlorengegangen. Es ist das Werk eines erfahrenen Killers. Er hatte sich ein Haus mit einem Laufgang ausgesucht, der sich über die Dächer sämtlicher Häuser in der Straßenzeile hinzog. So ist er uns entwischt.
F.: Hat jemand auf der Straße etwas beobachtet?
A.: Bestimmt hat die halbe Straße gewußt, was los war. Viele, sehr viele müssen gewußt haben, daß vor ihren Häusern ein junger Mann abgeknallt werden sollte. Aber Sie wollen wahrscheinlich wissen, ob man uns den Namen des Mörders genannt hat. Die Antwort darauf ist ein ganz entschiedenes Nein. Aber viele müssen den Mörder kennen. An sie appelliere ich, die Vertrauliche Leitung der Polizei zu benutzen und ein Ende zu machen mit diesen grausamen, feigen Überfällen.
F.: Vielen Dank, Herr Oberst.

Die nächste Sendung war ein Interview im Studio. Ein protestantischer Politiker und ein katholischer Politiker diskutierten das gleiche Thema – mit unerheblichen Variationen –, das sie im gleichen Sender seit vier Jahren diskutierten. Der Moderator war ein Mann, der ebenfalls seit vier Jahren als ihr Gastgeber fungierte, ihnen ihre Fragen zuspielte und die Zusammenfassung lieferte. Das Gespräch lief knapp eine Minute, da stürzte Mrs. Duncan ins Zimmer wie ein Schlachtschiff, Volldampf voraus, und schaltete das Gerät ab.
»Mir reicht schon die Politik draußen auf der Straße, in meinem Haus brauche ich sie nicht. Worte, immer nur Worte. Dadurch wird der Junge auch nicht mehr lebendig, Heilige Mutter sei ihm gnädig.«
Ein jüngerer Mann gegenüber von Harry sagte: »Wenn sie in den

Kasernen bleiben würden, käm' das nicht vor, daß sie abgeknallt werden. Wenn sie nicht hier wären, gäb's gar keine Schießereien. Sie haben ja erlebt, was hier vor ein paar Tagen los war. Die Häuser haben sie auseinandergenommen, die Männer verhaftet, die Straßen abgesperrt. Und das alles angeblich, weil dieser Knilch in London erschossen worden ist. Aber die Razzien hatten damit überhaupt nichts zu tun. Reine Schikane.«
Niemand reagierte. Der junge Mann sah sich nach einem Sparringspartner um. Harry schlug sich auf seine Seite. »Wenn sie die Protestanten ebenso fleißig jagen würden wie uns, hätten sie's leichter.«
Der andere sah ihn an, überrascht, Unterstützung zu finden, wenn nicht gar ein bißchen enttäuscht, daß es ausgerechnet ein Verbündeter war, der den Handschuh aufnahm. Harry fuhr fort: »Ich bin erst ein paar Stunden wieder im Lande, ich war lange weg, aber man sieht ja sofort, wo die ganzen Truppen sind. Ich bin im Ausland gewesen, aber man liest ja Zeitung, und man sieht die BBC-Berichte, die sie übernehmen. Man kriegt ein Gefühl dafür, wie die Dinge laufen. Die Protestanten piesacken sie nicht, nur uns.«
Der erste Versuch war nicht leicht für Harry. Mit ein bißchen Übung würde er es schon noch lernen, das Loblied der IRA zu singen, aber beim ersten Mal tat er sich schwer. So was hatte er in Mansoura nicht nötig gehabt. Er hatte nie in den Souk gehen und verkünden müssen, was für ein toller Bursche Quahtan As-Shaabi war, Sieg der FNL, raus mit den Imperialisten. Da hatte er nur ruhig dazusitzen brauchen, hatte im Dreck gekratzt, Augen und Ohren offengehalten. Hier sah es anders aus. Hier mußte er mit den Wölfen heulen. Er entschuldigte sich. Er sei müde, sagte er, immerhin den ganzen Tag unterwegs gewesen. Dann ging er auf sein Zimmer.

6. *Kapitel*

Als Harry aufwachte, war es kurz nach sieben. Sehr bald war ihm klar, daß heute die Arbeit und sein aktiver Dienst anfingen. Die Hochstimmung des Abschieds, des Schulterklopfens, der guten Wünsche – das war vorbei. Er war angekommen. Jetzt begann die schwierige Aufgabe, sich nach innen vorzuarbeiten. Er sah auf die Uhr. Noch zwanzig Minuten, dann konnte es losgehen, dann stand er erst mal auf.

Er wußte seit Beginn seines Trainings, daß der erste Abschnitt der Infiltration am schwierigsten sein würde. Und da würden ihm seine Erfahrungen und sein Talent zugute kommen, die nach dem Mansoura-Einsatz in seiner Akte festgehalten worden waren. Sie hatten ihn ausgesucht, nachdem sie sich diese Akten und die Unterlagen von einem Dutzend anderer Kandidaten angesehen hatten, weil sie glaubten, daß er von ihnen allen die besten Chancen haben würde, sich in diesen ersten kritischen Stunden der neuen Umgebung anzupassen.

Er sollte es langsam angehen lassen, hatten sie gesagt, sollte kein Porzellan zerschlagen, nichts tun, um Aufmerksamkeit zu erregen, weil das unweigerlich zu Nachforschungen führen würde. Andererseits – auch darauf hatten sie hingewiesen – arbeitete er gegen die Uhr. Die Gegenseite, hatten sie betont, schlage enormes Kapital aus der Tatsache, daß es dem gewaltigen militärischen Aufgebot nicht gelungen war, den Attentäter zu fangen.

Das Dilemma wurde ihm deutlich gemacht. Wieviel Tempo konnte er vorlegen? Wie rasch konnte er sich Zugang zu jener Randzone verschaffen, die Kontakt zu den Killern hatte? Wie tief mußte er in jene Welt eindringen, um an den harten Kern der Organisation zu kommen, in dem der von ihm Gejagte tätig war? Die Entscheidung lag bei ihm. Seine Ratschläge hatte er bekommen, für die Planung war er jetzt selbst verantwortlich. In Dorking hatten sie immer wieder betont, daß sein Tod eine ganz schlechte Sache wäre, äußerst peinlich für die Regierung Ihrer

Majestät. Kein Risiko, wenn es nicht unumgänglich nötig war. Es war eigentlich ein Witz: Da schickt man einen Mann los, der die erfolgreichste Stadtguerilla-Organisation der letzten fünfundzwanzig Jahre infiltrieren soll, und sagt ihm, er soll sich nicht abknallen lassen, weil das sehr unangenehm wäre. Zum Herumtrödeln blieb ihm nicht viel Zeit. Wenn er es schaffte, hatten sie gesagt, dann in den ersten drei Wochen. Bis dahin erwarteten sie was Konkretes – nicht unbedingt den Namen des Mannes, aber einen Schlupfwinkel, die Adresse eines Freundes. Einen Tip. Irgendein Ziel, auf das sie ihren riesigen, offiziellen Militär- und Polizeiapparat ansetzen konnten. Die Großmacht stand Gewehr bei Fuß und wartete, daß ein kleiner Mann ihr sagte, wo sie zuschlagen sollte. Irgendwie ein gutes Gefühl...

Wenig genug hatte er in der Hand. Das gleiche Material wie alle anderen in der Stadt – oder praktisch das gleiche. Da war das Phantombild, das er sich eingeprägt hatte und von dem er wußte, daß es besser war als das an die Polizeireviere und Armeeposten ausgegebene. Aber das war der einzige Vorteil. Viel war das nicht als Ausgleich für das Handicap, als Fremder in eine von Spitzeln durchsetzte und gegen Spitzel allergische Gemeinschaft zu kommen. Sein erstes Problem würde sein, in die katholische Bevölkerung einzudringen – von der IRA mal ganz zu schweigen. Er mußte bei einer Gruppe bekannt werden, die ohnehin ständig Angst hatte – Angst vor Armee-Einheiten in Zivil, die in Privatfahrzeugen, Wäschewagen und Eiskremautos mit verborgenen Gucklöchern Streife fuhren, Angst vor den Killertrupps der militanten Verbände der Protestanten, der UVF und der UFF. Er mußte in einem kleinen Kreis dieser Bevölkerung ein gewisses Maß an Vertrauen gewinnen – vorher brauchte er sich gar keine Hoffnungen auf erfolgreiche Arbeit zu machen.

Davidson hatte es ganz richtig gesagt: »Einen Außenseiter wittern die geradezu. Dann schließen sich die Reihen prompt. Es ist ein Instinkt – wie bei einem Fuchs, der gelernt hat zu reagieren, sobald ein Feind in der Nähe ist. Weiß der Teufel, wie sie es machen, aber sie haben ein feines Gefühl für die Gefahr. Sie merken es schon daran, wie einer aussieht, wie er geht, wie er die Straße entlangläuft. Viel wird davon abhängen, ob Sie so aussehen können, als gehörten Sie dazu. Sie brauchen Sicherheit. Sie müssen daran glauben, daß Sie nicht die ganze Zeit im Mittelpunkt stehen. Der erste Trick ist, sich eine Basis zu verschaffen. Da fassen Sie erst mal Fuß, dann arbeiten Sie sich langsam nach draußen vor. Sie müssen sich das vorstellen wie eine Pyramide, nur andersherum.«

Die Basis – das war nun wohl die brave Mrs. Duncan. Sie stand in der Küche und wusch die erste Rate des Frühstücksgeschirrs ab, als Harry die Treppe herunterkam.

»Schön, wieder daheim zu sein, Mrs. Duncan. Ich hab das Gefühl, daß ich viel zu lange weggewesen bin. Man sehnt sich nach Irland, wenn man draußen ist, egal, wie's heute hier aussieht. Die Reisen, die Fahrten, das hängt einem zuletzt zum Hals raus. Man möchte einfach wieder heim. Wenn die Britenschweine uns in Ruhe lassen würden, wär' das hier ein Klasseland. Aber für Sie, Mrs. Duncan, ist es bestimmt nicht einfach mit so einer Pension heutzutage, was?«

Am Abend hatte er sich förmlich als Harry McEvoy vorgestellt. Und mit diesem Namen redete sie ihn jetzt an.

»Leicht ist es nicht, Mr. McEvoy, bestimmt nicht. Eben noch ist alles ruhig, und ich habe ein volles Haus. Und dann passiert so was wie letzte Nacht, und wer schläft schon gern hundert Meter von der Stelle entfernt, wo ein Soldat totgeschossen worden ist? Den Vertretern aus dem Süden ist das alles ein bißchen zu hautnah hier, die sind lieber etwas weiter weg vom Schuß. Wenn mal alles ausgebucht ist wie jetzt, das ist direkt das Große Los. Was, sagten Sie, machen Sie beruflich? Ich war gestern abend ein bißchen durcheinander, als Sie gekommen sind, hatte alle Hände voll mit dem Essen zu tun und so weiter.«

»Ich bin zur See gefahren, knapp zehn Jahre lang. In der Handelsmarine, hauptsächlich im Südatlantik und im Indischen Ozean.«

»Na, seit damals hat sich hier viel verändert. Sie werden's ja sehen. Was hier gekämpft worden ist die letzten Jahre – schrecklich, sage ich Ihnen.«

»Unsere Leute hat's schwer erwischt.«

»Die Katholiken hat's schwer erwischt, und jetzt hassen uns die Protestanten wie nie zuvor. Bis das sich mal legt, das dauert seine Zeit.«

»Die Engländer verstehen uns nicht. Die haben uns nie verstanden, werden uns nie verstehen.«

»Natürlich nicht, Mr. McEvoy.« Sie drehte geschickt sein Spiegelei um, legte es auf den Teller neben die halbierte Tomate, die gehäuteten Würstchen, die Champignons und das kroß geröstete Brot. »Denken Sie mal bloß daran, was es für ein Theater gegeben hat, als dieser Danby erschossen worden ist. Einen Aufstand haben sie gemacht, als wär's der erste gewesen, der seit Beginn der Unruhen hat dran glauben müssen. Fast tausend Tote hat's schon gegeben, und wenn sie einen einzigen englischen Politiker totschießen... Na, das hätten Sie erleben sollen. Durchsuchungen, gewimmelt hat's von Soldaten. Natürlich haben sie nichts gefunden.«

»Groß getrauert haben sie hier nicht um ihn«, stellte Harry fest.

»Wieso auch! Der hat doch die Lager eingerichtet. Seine ganzen englischen Gefängniswärter hat er rübergeholt, und die haben dann in Long Kesh das Sagen gehabt. Zu dem hatte hier keiner Vertrauen, dem hat niemand eine Träne nachgeweint.«

»Den Mann, der's getan hat, haben sie noch nicht?«

»Nein, und den kriegen sie auch nicht. Die Jungs halten dicht. Es gibt auch nicht viele, die es wissen. Es ist zu viel denunziert worden. So was halten sie heutzutage geheim. Aber Schluß damit. Wenn Sie politisieren wollen, können Sie das draußen besorgen, Tag und Nacht. Es gibt ja genug Dumme hier, die das Reden nicht lassen können. Ich versuche immer, mein Haus davon freizuhalten. Was wollen Sie jetzt machen, wenn Sie nicht mehr zur See fahren? Haben Sie schon einen Job?«

Harry lobte ihr Frühstück und gab ihr den Teller zurück. »Autofahren kann ich«, sagte er dann. »Ich hab gedacht, daß ich vielleicht in dieser Richtung was finde, mir was verdiene. Wenn ich Glück habe, kann ich Ihnen regelmäßig was zahlen, dann können wir uns auf einen Preis einigen. Ich möchte gern hier irgendwo arbeiten, wenn ich was finde, nicht in der Innenstadt. Irgendwie kommt's mir sicherer vor in unserem eigenen Gebiet. Ich habe gedacht, daß ich mir zuerst was für den Übergang suche, bis ich einen ständigen Job gefunden habe.«

»Hier gibt's genug Leute, die gern 'nen Job hätten, ständig oder nicht.«

»Ich will mich heute mal ein bißchen umsehen. Aber erst mache ich noch mein Bett – alte Seemannsgewohnheit. Morgen geh ich dann auf Arbeitssuche. Prima Frühstück, wirklich. Vielen Dank.«

Mrs. Duncan hatte gemerkt, daß er draußen gewesen war. Und zwar lange, das stand mal fest. Da war etwas, das störte ihr feines Ohr, das seit drei Jahrzehnten darauf eingestellt war, nach der Begrüßung neuer Gäste ihren Geburtsort auf wenige Meilen genau zu bestimmen. Sie war jetzt neugierig geworden, denn sie konnte sich nicht erklären, was mit seinem Akzent passiert war. Er kam, wie die See, von der er gesprochen hatte, gleichsam in Wellen, mal stärker, mal schwächer. Ein paar Worte, einen Satz lang reinster Belfast-Akzent, dann wieder fast Ulster-Tonfall, aber weicher, ohne die Schärfe. Der Gedanke ließ sie nicht los, als sie Staub wischte und in der Diele unten saubermachte, während über ihr Harry in seinem Zimmer herumlief. Sie dachte viel daran im Laufe des Vormittags. Das Komische war, daß er den Akzent mitten im Satz änderte. Natürlich, wenn er so lange draußen gewesen war, war ihm der Belfaster Akzent so ziemlich abhanden gekommen, das war klar. Dagegen sprach, daß er manchmal pures Belfast in der Stimme hatte. Lautlos flüsterte sie die einzelnen Worte vor sich hin, bei denen ihr das besonders aufgefallen war. Sie verstand es einfach nicht.

In Belfast lebt man nicht für den vergangenen Tag. Als Harry die Falls Road erreicht hatte und in Richtung Stadt ging, war nichts mehr davon zu spüren, daß am Vorabend nach dem Mord an einem jungen Soldaten ein militärischer Großeinsatz gelaufen war. Der Verkehr rollte; Frauen, mit ihren Kindern im Schlepptau, waren zu den Geschäften am unteren Ende der Springfield Road unterwegs, und an den Ecken taten sich junge Burschen mit viel Zeit und ohne Arbeit zusammen, um zu sehen, was der Tag ihnen an Ereignissen bieten würde. Harry trug alte Jeans, die er aus Deutschland mitgebracht hatte – in denen hatte er immer in seinem Quartier im Stützpunkt herumgearbeitet – und einen durchlöcherten Pullover, den hatte er zuletzt daheim beim Treppenhaus-Tünchen angehabt. Es waren Sachen, die der Offizier mit eingepackt hatte, als er bei seiner Frau gewesen war und ihr mitgeteilt hatte, ihr Mann sei auf dem Weg in den Nahen Osten.

Die Sachen waren genau richtig: Er wurde auf seinem Weg zwar beobachtet, erregte aber kein besonderes Aufsehen. Es wurde vermerkt, um welche Zeit er aus der Nebenstraße kam, in der Mrs. Duncan ihre Pension hatte, und in die Falls Road einbog. Notiert wurde nichts – aber der junge Mann, der ihn hinter der sauberen Musselin-Gardine in dem Haus an der Kreuzung beobachtete, würde ihn wiedererkennen, wenn er zurückkam, und seine Rückkehr registrieren. Als das einzige unbekannte Gesicht, das an diesem Vormittag auf der Straße auftauchte, fiel er natürlich auf. Gestern abend, bei seiner Ankunft, war es zu spät gewesen, ihn genauer unter die Lupe zu nehmen. Die übrigen Mieter von Mrs. Duncan waren Stammgäste, diskret überprüft und für unverdächtig erklärt, nachdem sich in ihren Besuchen eine gewisse Regelmäßigkeit herausgebildet hatte.
Harry hatte beschlossen, an diesem ersten Vormittag zu Fuß zu gehen, teils, weil er glaubte, es würde ihm guttun, aber auch – und das war wichtiger –, weil er sich mit seiner unmittelbaren Umgebung vertraut machen wollte. Sondierung. Gut genutzte Zeit. Rettet Ihnen vielleicht mal das Leben, hatten sie gesagt. Ortskenntnisse müssen sein. Hier kam das alte Broadway-Kino, in dem seit zwei Jahren, als die Brandbombe neben der Kasse explodiert war, keine Vorstellungen mehr stattfanden, und da war der freie Platz, wo früher mal eine Tankstelle gestanden hatte. Zapfsäulen, Kundenraum, Werkstatt, das war alles längst planiert. Auf der anderen Straßenseite war die Klosterschule. Kinder lachten und kreischten auf dem Spielplatz. Harry hatte diesen Spielplatz, leer und verlassen, im westdeutschen Fernsehen gesehen, als der Nachrichtensprecher über den Anschlag zweier IRA-Motorradfahrer auf William Staunton berichtet hatte. Der katholische Polizeirichter hatte gerade seine beiden Töchter vor der Schule abgesetzt und sah ihnen vom Wagen aus nach, wie sie über den Gehsteig zum Schultor liefen, als die Schüsse ihn trafen. Er hatte sich noch drei Monate gequält, ehe er gestorben war. Danach hatte eine Zeitung ein Gedicht veröffentlicht, das die zwölfjährige Tochter des Toten geschrieben hatte. Harry hatte es im Kasino gelesen, hatte es ungewöhnlich schlicht und schön gefunden und hatte es nicht vergessen.

Mammi sagte: »Weine nicht,
es gibt sie ja nicht wirklich«,
aber Daddy, der war da
und nun ist er fort.

Mammi sagte: »Sei nicht bitter,
sie haben sich viel mehr weh getan.«
Aber sie können noch laufen und rennen,
Daddy nicht.

Mammi sagte: »Vergib, vergiß«,
aber wie kann Daddy das erfahren?
Mammi sagte: »Schau ihn lieb an und küß ihn fest«,
aber kann ich das je?

Er flüsterte die Worte noch vor sich hin, als das Royal Victoria Hospital, das RVH, vor ihm aufragte – teils modern, teils in dem düsteren Backsteinstil des alten Belfast. Staunton und unzählige andere waren über die gebogene, leicht abfallende Anfahrt, die zu den Gummitüren der Unfallstation führte, hierhergeschafft worden.
Harry wandte sich nach links in die Grosvenor Road. Er ging jetzt schneller. Die meisten Fenster rechts und links zeigten Spuren des Kampfes. Mit Brettern vernagelt, zugemauert, gesperrt für Obdachlose, zu gefährlich als Wohnstätten, aber nach wie vor zugänglich und ein idealer Schlupfwinkel für Heckenschützen. Die Pubs auf der rechten Seite, etwa hundert Meter vom Hauptportal des Krankenhauses entfernt, waren in Davidsons Vorbereitungsgesprächen vorgekommen. Nach der Explosion einer Proddy-Bombe hatten die Provos des Bezirks einen jungen Mann am Tatort entdeckt. Er kam von außerhalb und sagte, er habe einem Kameramann die Zerstörungen zeigen wollen. Die Erklärung hatte ihnen nicht genügt. Nach vier Stunden Folterung, Verhör und Verstümmelung hatten sie ihn erschossen und in der Cullingtree Street, etwas weiter stadteinwärts, liegengelassen.
Davidson war auf dieser Geschichte geradezu herumgeritten, hatte sie als ein Beispiel dafür benutzt, was dem Falschen passieren kann, wenn er irgendwo auftaucht, ohne eine überzeugende Erklärung liefern zu können. In der Atmosphäre der Hysterie

und des Mißtrauens der Falls Road in jener Nacht hatte das genügt, um ihm den Tod zu bringen.
Die nächsten 750 Meter hätte Harry im Schlaf zurücklegen können. In der Geschichte der Unruhen seit August 1969 war allein diese Strecke fünfzehnmal vorgekommen.
Harry zückte einen auf den Namen McEvoy ausgestellten Führerschein, und der Schalterbeamte gab ihm das in braunes Packpapier gewickelte Päckchen. Harry erkannte Davidsons gestochene Schrift auf der Adressenseite: Postlagernd. Das Päckchen enthielt einen Smith and Wesson-Revolver, Kaliber 0,38. Zielgenau, umwerfende Wirkung. Einer von neunhunderttausend, die in den ersten beiden Jahren des Zweiten Weltkriegs vom Band gelaufen waren. Absolut anonym. Hätte Harry das Päckchen heftig geschüttelt, hätte er die zweiundvierzig Schuß scharfer Munition klappern hören. Er machte es nicht auf. Seine Anweisungen waren da sehr eindeutig. Er sollte den Revolver eingepackt lassen, bis er wieder in seinem Quartier war, und ihn erst auspacken, wenn er ein gutes Versteck gefunden hatte. Durchaus vernünftig, das sagte einem ja auch der gesunde Menschenverstand. Aber sie hatten sich wer weiß wie angestellt – als ob er sonst auf der Stelle das Packpapier abgerissen und mit der Kanone auf der Royal Avenue herumgefuchtelt hätte! Manchmal behandelte Davidson seine Umgebung wie einen Kindergarten.
»Wenn die Waffe in ihrem Versteck ist«, hatte Davidson ihm eingeschärft, »hat sie dort zu bleiben, bis es zu einer – in Ihren Augen! – echten Krise kommt. Auf keinen Fall schleppen Sie die Kanone mit sich herum, verstanden? Und wenn Sie zur Waffe greifen, müssen Sie Ihrer Sache sicher sein. Denken Sie daran, wenn Sie mit dem verdammten Ding schießen wollen, gilt die gelbe Karte für Sie ebenso, mein Junge, wie für jeden rotznasigen Rekruten!«
Mit dem Päckchen unter dem Arm – wahrhaftig, wie ein Vater, der seinem Kind ein Geburtstagsgeschenk mitbringt! – ging Harry von der Innenstadt zum Broadway zurück. Er brauchte was zu trinken. Das ließ sich auch dienstlich rechtfertigen. Er mußte sich schließlich unters Volk mischen, mußte ein bißchen hineinriechen, mußte eine Halbe durch die trockene Kehle schütten, nach dem, was er in den letzten sechsunddreißig Stunden durchgemacht hatte. Die nächste Kneipe lag von Mrs. Dun-

cans Ecke aus am Ende der Straße. Bei den letzten paar Schritten bis zu der verschrammten Tür kam sein Entschluß gefährlich ins Wanken. Am liebsten wäre er vorbeigelaufen, hätte sich wieder in die Sicherheit seines kleinen Pensionszimmers geflüchtet. Er gab sich einen Ruck. Schwer atmend, mit einem Druck auf dem Magen und jenem Luftmangel, der großer Angst entspringt, machte er die Tür auf und betrat das Pub. Mein Gott, was für eine miese Pinte. Nach der Helligkeit draußen brauchten seine Augen ein paar Sekunden, um sich an die Düsternis zu gewöhnen. Die Gespräche verstummten, er sah, wie die Blicke ihm von der Tür bis zur Theke folgten. Er bestellte eine Flasche Guinness, sorgfältig auf seine Stimme achtend, denn Angst, das wußte er, verrät sich am ehesten im Tonfall. Niemand sprach ihn an, während er sein Bier trank. Tat verdammt gut, aber um hier einen zu heben, mußte man schon ein ausgepichter Säufer sein. Das Glas war zu zwei Dritteln leer, als die abgerissene Unterhaltung wieder begann. Die Stimmen waren gedämpft, als ob hier nur vertrauliche Nachrichten gehandelt wurden. Die Leute, stellte Harry fest, hatten die Kunst entwickelt, aus den Mundwinkeln zu reden. Mit Lauschen war hier nicht viel zu wollen. Da mußte man den Laden schon mit Wanzen spicken. Wie Watergate.

Vom anderen Ende der Kneipe aus beobachteten zwei junge Männer Harry bei seinem Bier. Beide waren Freiwillige in der Kompanie E des First Battalion der Provisorischen IRA, Brigade Belfast. Sie hatten Harrys Tarnungsgeschichte an diesem Vormittag erfahren, kurz nachdem er sich auf den Weg gemacht hatte. Ihre Informationsquelle war, wenn auch unabsichtlich, Mrs. Duncan. Sie hatte sich, wie fast jeden Tag, über die Wäscheleine hinweg mit ihrer Nachbarin unterhalten. Der Sohn der Nachbarin, der jetzt im Gastraum stand und Harry beobachtete, hatte seine Mutter gebeten, aus Mrs. Duncan herauszubekommen, wer ihr neuer Mieter war, wo er herkam und ob er lange blieb. Mrs. Duncan liebte diesen morgendlichen Klönschnack sehr und ließ sich Zeit mit ihren Laken und Wäscheklammern, wenn nicht gerade ein Regenschauer drohte. An diesem Morgen war es kalt und sonnig. Der neue Gast habe gestern abend unerwartet vor der Tür gestanden, erzählte sie, er hoffe, einen Job zu finden und ständig bei ihr wohnen zu bleiben, und er habe schon für drei

Wochen im voraus bezahlt. Seemann war er, bei der englischen Handelsmarine, und war viele Jahre im Ausland gewesen. Aber er war aus dem Norden, und jetzt war er heimgekommen. Aus Portadown stammte er.
»Du, der war wirklich weg«, rief sie über den Zaun ihrer Freundin zu, die hinter dem großen, grüngestreiften Laken in der Mitte der Leine nicht zu sehen war. »Das sieht – oder vielmehr das hört man, sobald er nur den Mund aufmacht. Man merkt, daß er lange draußen war, der Glückliche. Siehst du, so hätten wir zwei beide das auch machen sollen. Jetzt, sagt er, ist er zurückgekommen, weil man in schweren Zeiten eben nach Irland gehört, sagte er.« Sie lachte wieder. Sie und ihre Freundin taten ständig so, als hätten sie die größte Lust, Nordirland für immer zu verlassen. In Wirklichkeit waren beide so fest in Belfast verwurzelt, daß für sie das höchste der Gefühle eine gemeinsame Urlaubswoche in einer Pension nördlich von Dublin war, regelmäßig in der dritten Augustwoche – und diesem Urlaub trauerten sie dann nach, bis sie wieder auf der Belfaster Victoria Street Station gelandet waren.
Dieses Gespräch hatte die Mutter, qualvoll langsam und wortwörtlich, an ihren Sohn weitergegeben. Jetzt beobachtete und lauschte er mit ausdruckslosem Gesicht, während Harry austrank und noch eine Flasche bestellte. In zwei Tagen war ein Routinetreff mit dem Nachrichtenoffizier seiner Kompanie fällig. Inzwischen würde er genau wissen, ob es über den neuen Gast im Nachbarhaus etwas zu berichten gab.
Nach seinem zweiten Glas Guinness ging Harry schnell zur Pension Delroas zurück. Er hatte das Zeug noch nie gemocht. Süßer Kleister, dachte er bei sich. Er klingelte, und ein großes, schlankes Mädchen machte ihm auf.
»Hallo! McEvoy mein Name. Ich wohne hier. Im Hinterzimmer.«
Sie lächelte und gab ihm den Weg frei. Schwarzes, schulterlanges Haar, hohe Wangenknochen, tiefliegende dunkle Augen. Sie stand sehr gerade, Schultern gestrafft. Feste Brüste und eine schmale Taille zeichneten sich unter dem engen Pullover ab, der in den Jeans mit dem durch die Gürtelschlaufen gezogenen breiten Ledergürtel verschwand.
»Ich bin Josephine. Ich helfe Mrs. Duncan, im Haus und so. Sie

hat erzählt, daß sie einen Neuen hat. An den meisten Wochentagen putze ich hier und helfe abends beim Tee.«
Er musterte sie auffällig, ungeniert. »Könnten Sie jetzt einen machen? Eine Tasse Tee?« Nicht sehr gekonnt, dachte er, nicht ideal als Aufhänger für einen Schwatz mit einem bildhübschen Mädchen.
Sie wandte sich zur Küche, er ging dicht hinter ihr, roch das billige Parfüm.
»Was machen Sie sonst noch so?« Beiläufig, blödsinnig, aber irgendwie mußte er das Gespräch in Gang halten.
»Ich arbeite in der Fabrik, in dem großen Kasten da unten in der Falls Road. Wenn ich Frühschicht habe, komme ich hinterher zu Mrs. Duncan. Sie ist eine alte Freundin von meiner Mam. Das mach' ich jetzt schon lange.«
»Na ja, außer der Arbeit gibt's ja hier jetzt nicht viel für die Leute«, wagte sich Harry vor, »und nicht mal davon genug bei diesen Unruhen. Gehen Sie viel aus?«
»Ach, hier und da läuft schon was. Die Welt ist ja nicht untergegangen, und wir haben uns wohl auch dran gewöhnt. In die Stadt gehen wir nicht viel, damit ist es so gut wie vorbei. Es hat auch nicht viel Sinn. Kaum ist man mal im Kino, da kommt schon Bombenalarm, und man muß wieder raus. In der Innenstadt haben sowieso die Tartans das Sagen, da muß man um sein Leben rennen, daß man nur ja schnell wieder in die Falls kommt. Die Army beschützt uns nicht, die sieht weg, wenn die Tartans kommen. Proddy-Gezücht. Wozu soll man auch in die Stadt? Höchstens mal für Kleider, und die sind nicht billig.«
»Ich bin lange weg gewesen«, sagte Harry. »Furchtbar, was die Leute hier durchgemacht haben. Ich hatte das Gefühl, daß es Zeit ist heimzukommen. Als Ire kann man jetzt einfach nicht draußen sein.«
Sie sah ihn aufmerksam an. Das hübsche, junge Gesicht verhärtete sich in einer Weise, die Harry erschreckte. Er sah, wie sich unmerklich Alter und Resignation auf der glatten Mädchenhaut abzeichneten, als hätte jemand eine Linse schärfer gestellt – aber da war es auch schon vorbei, das Gesicht wurde wieder hell. Sie zog ihre Jeans stramm, als sie in die Hüfttasche griff und ein Taschentuch herausangelte. Sie schüttelte es aus und schneuzte

sich. Harry sah die grünen gestickten Kleeblätter in den Ecken, erkannte sekundenlang das Motiv in der Mitte des Vierecks. Gekreuzte Thompson-Maschinengewehre, schwarz und braun. Sie merkte, daß er sie anstarrte.
»Das ist nichts Besonderes. Kein Zeichen, daß ich eine Rebellin bin oder so. Die werden verkauft, um Geld für die Männer zusammenzukriegen, die im Lager sitzen, und für ihre Familien. ›Die Männer hinter dem Draht.‹ Da, sehen Sie mal. Gut, nicht? Ganz zart. Kaum zu glauben, daß ein feiger, mörderischer Gangster zu so was Schwierigem die Geduld hat und die leichte Hand. Die denken, wir sind alle Schweine, einfach Schweine. Fenische Schweine nennen sie uns.«
Sie fauchte die Worte, die Falten standen jetzt scharf und deutlich in ihrem Gesicht – dann war die Spannung vorbei. Sie wurde ruhiger.
»Wir machen uns die Unterhaltung selber. Da gibt's die Klubs, Tanzabende. In der Woche nicht so oft, aber Samstagabend, das ist okay. Nur platzen meist die verdammten Besatzer rein. Die sagen immer, sie suchen den großen IRA-Führer. Dann nehmen sie zehn Jungs mit, nach vierundzwanzig Stunden sind sie alle wieder frei. Aufhetzen, provozieren wollen sie uns. Wir kommen zurecht. Wahrscheinlich hören Sie, seit Sie hier sind, die Leute ständig nur von ihren Problemen reden und wie schrecklich alles ist. Aber wir kommen zurecht.«
»Das Taschentuch da«, meinte Harry, »bedeutet das, daß Sie sich zu den Jungs zählen? Haben Sie einen Mann im Gefängnis sitzen?«
»Ich? Nee, Fehlanzeige. Das bedeutet überhaupt nichts. Man kommt gar nicht drum rum, so'n Ding zu kaufen, das merken Sie auch noch. Kauft man nichts, gibt's Streit und Gemecker. Da ist's schon besser, man zahlt. 'ne Rotzfahne braucht man sowieso, also kann man gleich so einen Lappen nehmen, dann hat man seine Ruhe. Ich gehör nicht zu den heißen Flittchen, die hinter den Cowboys herrennen. Wenn ich mich mal an einen binde, dann muß er mehr an Zukunft aufzuweisen haben als 'nen Internierungsbefehl, also ehrlich. Und ich gehör auch nicht zu denen, die mit 'nem Magazin im Schlüpfer und 'ner Armalite im Hosenbein rumrennen. Es gibt genug, die sich danach reißen.«

»Was machen Sie denn abends jetzt so? Was gibt's da an Vergnügungen?«
»Wir haben die Caelis«, sagte sie. »Nicht so echt wie die Volkstänze auf dem Land oder in der Republik. Aber es wird getanzt, und wir haben 'ne kleine Band und 'nen Sänger und 'ne Bar. Klar, die Besatzer kommen und stören, die Schweine, aber lange bleiben sie nie. Sie sind auf See gewesen, nicht? Na ja, die alten Lieder haben wir ausrangiert, 1916 und 1922, das zieht nicht mehr, das ist nicht mehr drin in der Hitparade. Wir haben die ›Männer hinter dem Draht‹, das ist über die Internierung. Und ›Blutsonntag‹. Dann ›Provo-Birdie‹ – wie sie die drei Jungs mit dem Hubschrauber aus Mountjoy rausgeholt haben. Davon haben Sie vielleicht gehört. Drei ausgewachsene Männer und ein Hubschrauber landen direkt im Gefängnishof und holen sie raus... und die Schließer, die haben bloß gebrüllt: »Tore dichtmachen!« Muß wirklich zum Totlachen gewesen sein. Verstehen Sie, ich würde da nicht mitmachen, bei den Provos. Aber ich bin nicht gegen sie. Ich will die Britenschweine nicht hierhaben.«
»Als das mit dem Hubschrauber passierte, bin ich gerade im Nahen Osten gewesen. Ich hab's in Beirut in einer englischen Zeitung gelesen.«
Das machte ihr Eindruck, jedenfalls schien es ihm so. Nicht, daß er in einer exotisch klingenden Stadt wie Beirut gewesen war, sondern daß der Ruhm von Seamus Twomey, Joe O'Hagen und Kevin Mellon sich so weit herumgesprochen hatte.
»Platzt die Army immer an den Abenden bei euch rein?«
»Fast immer. Sie denken, sie finden die großen Tiere. Dabei wissen sie ja nicht, wen sie suchen. Du brauchst dir nur 'ne Brille aufzusetzen, die Haare zu färben, den Scheitel anders zu ziehen, dich nicht zu rasieren – oder zur Abwechslung mal doch, das ist genug, damit bist du aus dem Schneider.«
Harry hatte versucht, sich über ihre Einstellung klarzuwerden. Leicht engagiert, schätzte er – nicht aus Überzeugung, sondern aus Gewohnheit. Ein bißchen verliebt in den Reiz der Männer mit den Armalites, in die Verlockung der Gefahr, in der sie lebten, aber nicht bereit, zu nah heranzugehen – vielleicht verlor der Flitter ja sonst seinen Glanz.
»Ich würde gern mal mitkommen«, sagte Harry. »Würde mir bestimmt guttun. In Politik bin ich noch ein bißchen hinter dem

Mond, und meine Stimme ist ganz schön eingerostet. Zu meiner Zeit saß noch James Connolly im Kilmainham-Gefängnis, und sie haben alle ihr Grün* getragen. Wird Zeit, daß ich nachziehe, damit ich wieder im Bilde bin. So viele tapfere Jungs haben dran glauben müssen, seit ich zuletzt hier war. Jetzt muß hier jeder Farbe bekennen. Deshalb bin ich heimgekommen.«
»Ich nehm' Sie mit. Am Samstag hol' ich Sie hier ab, gegen halb sieben. Tschüß.«
Sie verschwand in der Küche, und Harry ging hinauf in sein Zimmer.

* Gemeint ist das Shamrock-Zeichen, das Emblem des Hl. Patrick und Symbol der irischen republikanischen Bewegung.

7. Kapitel

Der Mann lief die letzten Meter zu seinem Haus. Es war kurz nach zwei Uhr morgens. Zwei Mann hatten die Straßen rund um sein Haus kontrolliert. Alles klar – keine Streifen unterwegs. Zum ersten Mal, seit er vor fast einem Monat nach London geflogen war, kam er wieder in den Ardoyne-Bezirk, wo er zu Hause war. Seine Abwesenheit war von dem britischen Bataillon registriert worden, das sich in dem großen, halb verfallenen Fabrikkomplex in der Flax Street am Rande des Ardoyne einquartiert hatte. Sie hatten diese Feststellung in der umfangreichen Akte vermerkt, die von der Nachrichtenabteilung über die mehreren tausend Einwohner dieses Abschnitts geführt wurde. Vor einer Woche waren dann zwei Landrover vor dem Haus des Mannes vorgefahren, die Soldaten waren zur halbgeöffneten Haustür marschiert und hatten sich seine Frau vorgenommen. Sie hätte ihnen wenig sagen können, selbst wenn sie gewollt hätte. Aber sie wollte gar nicht.

Die Britenschweine sollten sie mal sonstwo lecken, hatte sie gesagt. Dann hatte sie, vielleicht aus Angst vor den Auswirkungen dieses ersten Ausbruches, hinzugefügt, daß ihr Mann im Süden sei, er habe dort Arbeit gefunden. Die Truppen hatten das Haus durchsucht, ohne Begeisterung, aber das gehörte eben dazu, und hatten – eigentlich erwartungsgemäß – nichts gefunden. Der Nachrichtenoffizier nahm den Bericht des Feldwebels zur Kenntnis, der die Razzia geleitet hatte, notierte auch, daß es gut sein könnte, sich später mal mit dem Bewohner der Ypres Avenue 41 zu unterhalten. Mehr hatten sie nicht unternommen.

Auf Harry war die Wahl gefallen, weil er ein unbeschriebenes Blatt war. Denselben Maßstab hatten die Vorgesetzten des Mannes angelegt, als sie auf der Mitte der Liste von etwa zwanzig Leuten, denen es zuzutrauen war, nach London zu fliegen und Danby umzubringen, seinen Namen angekreuzt hatten.

Ypres Avenue unterschied sich ein wenig von den übrigen Straßen des Bezirks. Die Schlacht, die ihr den Namen gegeben hatte, ließ auf ihr Alter schließen. Sie war deshalb in einem besseren Zustand als die Nebenstraßen der Falls Road, in denen Downs sich in den letzten drei Wochen versteckt gehalten hatte. Diese Straßen waren nach den Schlachten des Krimkrieges und der Orte der indischen Meuterei benannt und nach den britischen Generälen, die ein reichliches Kontingent an Ulster-Männern in jene Kämpfe des ausgehenden 19. Jahrhunderts geführt hatten. Trotzdem sind neunundfünfzig Jahre eine lange Zeit für ein einfaches Reihenhaus, wenn nichts daran gemacht wird – und jedenfalls größere Renovierungsarbeiten waren in der Straße nicht durchgeführt worden, seit man die Häuser als Unterkünfte für die Arbeiter der Fabrik, in der jetzt die Truppen lagen, gebaut hatte. Die Häuser standen in Gruppen zu vieren zusammen mit einem schmalen Durchgang dazwischen. Dieser führte zu dem Hinterausgang in einer hohen Mauer, der hinter den winzigen rückwärtigen Höfen lag.
Die Sprengbomben, Nagelbomben und Molotowcocktails der vierjährigen Unruhen hatten ihren Tribut gefordert. Mehrere Häuser waren zugemauert. Die untersten zweieinhalb Meter einer Mauer am Ende der Straße hatten Hausfrauen eines Nachts, zur Internierungszeit, weiß gekalkt, damit sich in dem fast völlig dunklen Ardoyne-Bezirk die Silhouette eines Soldaten klar abheben und den Gewehren der Heckenschützen ein besseres Ziel bieten sollte. Mit den meisten Häuserecken hatten sie es ebenso gemacht. Eine Woche danach war das Militär in voller Stärke angerückt und hatte die geweißten Wände schwarz gestrichen. Daraufhin hatten sich erst die Frauen, dann die Armee wieder an die Arbeit gemacht. Schließlich schlossen beide Seiten einen gegenseitigen, aber unausgesprochenen Waffenstillstand. Schmutzig und verunstaltet von den verschiedenen Farbschichten stand die Mauer jetzt da.
Das Militär drückte schwer auf das Ardoynegebiet, und die Provos hatte es, wie sie selbst zugaben, hier hart getroffen. Das war günstig für den Mann. Bei einem Kämpfer in vorderster Linie rechnet man nicht damit, daß er in einem vom Militär beherrschten Gebiet wohnt, in dem die IRA-Aktivität praktisch aufgehört hatte. Er hatte bewußt ausschließlich im Falls-Bezirk gearbeitet,

einem katholischen Gebiet, das völlig vom Ardoyne getrennt war.
Die Häuser waren klein, formlos, wie für die Ewigkeit gebaut. Komfort spielte dabei nur eine untergeordnete Rolle. Eine kleine Diele, von der ein Vorderzimmer abging, führte zum Wohntrakt. Küche und Spülküche waren später angebaut und mit Asbestzementplatten überdacht. Die Toilette war die neueste Errungenschaft; sie stand auf dem Hof an der Hinterwand, in einem angebauten Verschlag aus Leichtbauplatten. Oben hatten die Häuser zwei Zimmer und einen winzigen Korridor. Gebadet wurde in der Küche. Das waren Belfaster Wohnverhältnisse, bestens geeignet als ideologischer Startblock für den Terroristen, bestens geeignet auch als Basis für seine Arbeit.
Nach all den Jahren, die der Mann hier wohnte, fand er sich durch Vorwärtstasten und Schrittezählen zurecht, wenn er erst einmal an der eigenen Hoftür angekommen war. Die Tür war frisch geschmiert und öffnete sich lautlos. Er schlich zur Küche, schloß die Hintertür auf und ging hinauf. Diese Hintertür war nie abgeriegelt, nur zugeschlossen, damit er jederzeit hineinkonnte.
So lange war er noch nie fort gewesen. Die Erleichterung war unermeßlich. Er war zu Hause.
Leise wie eine Katze stieg er die Treppe hinauf. Drei Stufen, Warten, Lauschen. Das Haus lag in völliger Dunkelheit. Zum Treppengeländer hatte er sich hingetastet. Da waren die vertrauten Gerüche, die ihm in die Nase stiegen: kalter Tee, kalte Pommes frites, altes Fett, feuchte Wände, muffiges Linoleum, von der Nässe zerfressene Teppichstücke. Auf der Treppe hörte er die Laute seiner in den zwei Zimmern oben zusammengedrängten Familie, den Rhythmus ihres Schlafes, unterbrochen von dem trockenen Husten der einen Tochter.
Licht anmachen? Kam nicht in Frage. Sobald es hinter den dünnen Vorhängen hell wurde, merkte die Army, daß hier jemand ungewöhnlich spät zugange war, entweder das Haus verließ oder gerade gekommen war. Eine Kleinigkeit, aber interessant genug für die Kartei, über der die Geheimdienstler brüteten und der sie ihre Treffer verdankten. Zentimeterweise tastete sich der Mann in der Dunkelheit vorwärts. Sicher hatte niemand seiner Frau gesagt, daß er in dieser Nacht heimkommen würde, und er wollte sie nicht erschrecken.

Leise trat er auf den Korridor, stieß die Tür zum Hinterzimmer auf, in dem er und seine Frau schliefen, und trat ein. Seine Augen hatten sich jetzt an die Dunkelheit gewöhnt. Er erkannte ihr Haar auf dem Kissen, daneben die beiden kleinen Gestalten, wärme- und trostsuchend aneinandergeschmiegt. Er sah sie lange an. Eins der Kinder bewegte sich, wurde von einem Hustenanfall geschüttelt. Mit dem Husten hatte es gerade angefangen, als er weggegangen war. Er fühlte keine innere Bewegung, höchstens ein gewisses Zögern, in ihren Schlaf einzudringen und ihn zu unterbrechen. Jetzt hatte die Frau seine Gegenwart gespürt. Zuerst erschrak sie. Sie machte eine schnelle Bewegung, stieß an den Kopf von einem der schlafenden Kinder. Es war eine Abwehrgeste. Eine Glucke, die ihre Küken schützt. Die Aggressivität verschwand, als sie sah, daß er es war. Mit einem halb erstickten Schluchzen streckte sie die Arme aus und zog ihn aufs Bett.

Unter ihm rutschten die Kinder zur Seite und schliefen ruhig weiter.

»Tag, mein Schatz. Ich bin zurück. Alles okay. Ich bin wieder bei dir.«

Er sprach, die Lippen in ihrer Halsgrube vergraben, die Stimme zwischen ihrer Schulter und ihrem Ohr eingezwängt. Sie hielt ihn ganz fest, zog ihn an sich, als versuchte jemand, ihr den Mann wieder wegzunehmen.

»Ist ja gut, Schatz. Ich bin zu Hause. Alles überstanden.«

Er richtete sich auf, warf die Schuhe ab, zerrte an den Socken, zog Hose, Jacke, Hemd aus. Sie hob eins der schlafenden Kinder über ihren Körper hinweg auf die andere Seite und zog die Bettdecke herunter, damit er sich neben sie legen konnte.

Dann klammerte sie sich an ihn, preßte Härte und Bitterkeit und Kraft aus ihm heraus, riß die Schranken der Kälte und Gefühllosigkeit nieder, die er um sich herum aufgestellt hatte, weckte die im letzten Monat so erbarmungslos zurückgedrängten Emotionen.

»Wo bist du gewesen?«

»Nicht... nicht... Ich hab dich vermißt, hab mich nach dir gesehnt.«

»Nein, wo bist du gewesen?« beharrte sie. »Wir haben gedacht, daß du für immer weg bist, daß du tot bist. Kein Wort von dir.

Nichts. Wo? Sonst hab ich immer was gehört, wenn du weg warst.«
Er klammerte sich an sie, hielt sich fest an dem einzigen Menschen, den er liebte und der sein Rettungsanker war, der ihn gehalten hatte besonders in den letzten Wochen voller Spannung und voller Furcht. Er spürte, wie die Erstarrung von ihm abfiel, während er sich auf sie legte. Erst nach ein paar Sekunden merkte er, daß sie ganz still lag, steif und unnachgiebig. Sein Griff lokkerte sich, er richtete sich ein wenig auf, um ihr ins Gesicht sehen zu können, aber als er hoch genug war, um ihre Augen zu erkennen, wandte sie den Kopf von ihm weg den schlafenden Kindern zu.
»Was ist los? Was beißt dich denn?«
»Wo du gewesen bist, warum du weg warst – das beißt mich. Aber jetzt weiß ich es ja.«
»Was weißt du?« Er zögerte. Blöde Tucke, weshalb plärrte sie denn? Er war doch da. Leibhaftig. Aber was wußte sie? Er war unsicher. Was hatte sie begriffen durch seine wilde Umarmung? Was hatte diese krude, verzweifelte Last des Leids ihr verraten, mit der er sich auf sie gelegt hatte?
»Wirst du mir davon erzählen?«
»Wovon?«
Jetzt wurde er ärgerlich.
»Das hab ich dir doch gesagt. Jetzt sag ich's noch einmal. Dann ist Schluß. Ich war im Süden. Aus.«
»Du willst es mir also nicht erzählen?«
»Ich hab gesagt, daß Schluß ist. Mehr gibt's nicht. Laß es. Ich bin wieder zu Hause. Genügt das nicht? Oder willst du mich nicht haben?«
»In der Zeitung hat gestanden, daß seine Kinder dabei waren. Und seine Frau. Sie haben alles mitgekriegt. Daß der Mann noch geschossen hat, als er schon lange am Boden lag, hat da gestanden. Daß die Kinder geschrien haben, und seine Frau auch. Sie hat ihn decken wollen, haben sie geschrieben. Hat sich über ihn geworfen.«
Sie hatte sich jetzt aufgesetzt, die Hände hinter sich ausgestreckt, mit sehr geradem Rücken; die Brüste, schwer von den Kindern, die sie genährt hatte, wölbten sich unter dem wirren Muster ihres Nachthemdes. Downs Verlangen nach ihr war weg, erstickt

durch ihre Vorwürfe. Der Augenblick, auf den er gewartet hatte, der sein Ziel geworden war in diesen letzten Tagen auf der Flucht, war vorbei.
Sie sprach weiter, sah nicht ihn an, starrte geradeaus in die Dunkelheit. »Und wenn sie fünf Jahre brauchen, haben sie gesagt, sie kriegen den Mann, der's getan hat. Ein Tier muß das sein, haben sie gesagt, daß er so geschossen hat, über die Straße hinweg. Sie jagen ihn, bis sie ihn finden, haben sie gesagt, und dann sperren sie ihn für den Rest seines Lebens ein. Du Idiot, du blöder Idiot!«
Ihr Blick war weit weg, ging über die Wände und Grenzen ihres Schlafzimmers hinaus. Antworten, Gegenangriffe schossen ihm durch den Kopf. Aber er brachte sie nicht heraus. Als er sprach, war er ganz friedlich.
»Jemand mußte es tun. Zufällig war ich es. Danby hat's verdient. Ein kleines Schwein war er. Dem weint niemand eine Träne nach. Sie haben nichts gegen mich in der Hand. Ich bin nicht in den Akten. Das Bild taugt nichts. Die Kinder würden mich darauf nicht erkennen. Haben sie auch nicht – oder?«
»Sei nicht so blöd. Meinst du, ich zeige zwei Vierjährigen ein Photo und frage sie: ›Erkennt ihr euren Papa? Er ist ein Mörder, er hat einen Mann abgeknallt, vor den Augen seiner Kinder...‹ Was denkst du dir eigentlich?«
»Halt den Rand! Schluß jetzt! Mehr gibt's nicht, das hab ich dir ja gesagt. Du hättest es gar nicht wissen sollen. Du hättest es nicht zu wissen brauchen.«
»Fabelhaft kann das werden! Da kommt er zurück, der große Held, und die halbe Armee ist hinter ihm her. Was für ein Leben. ›Wir sollten nichts davon wissen.‹ Was heißt denn das? Wenn dich die Briten erschießen, also wenn sie dich kriegen, gibt's bestimmt bald so'n blödes Lied über dich. Gerade recht für die Samstagabende, wenn sie alle besoffen sind, also kurze Verse bitte und keine langen Worte. So ein Held! Wahrscheinlich soll ich den Kindern noch den Text beibringen, was? Soll so unser Leben aussehen?«
Sie sank zurück auf das Kissen, griff sich das nächstliegende der Kinder und begann zu weinen, lautlos, mit kleinen, krampfhaften Zuckungen.
Er stand auf, zog die Unterwäsche, Hemd und Hose wieder an,

tappte barfuß zur Tür. Er ging die Treppe hinunter ins Vorderzimmer. Die instinktive Bewegung zum Lichtschalter bremsend, tastete er sich zum Sessel am Kamin und setzte sich vorsichtig. Es lagen Zeitungen drauf, die warf er herunter. Dann saß er ganz still, erschöpft von den Emotionen der letzten Minuten. Sie hatte ihn fertiggemacht, hatte ihm in den Bauch getreten, und als es so richtig weh tat, hatte sie noch einmal nachgestoßen. Seit Danby hatte er nur den einen Wunsch gehabt, wieder heimzukommen, zu ihr, zu den Kindern, zu der Geschlossenheit der Familie. Weil er sich da sicher fühlte. Das Aas hatte ihm alles kaputtgemacht.

In der Dunkelheit durchlebte er noch einmal die Augenblicke des Attentats. Den eigentlichen Ablauf bekam er gar nicht mehr richtig zusammen. Das war alles verblaßt, und er wußte nicht recht, ob das Bild, das er vor sich sah, aus seinem Gedächtnis kam oder aus seiner Phantasie. Die unmittelbaren Wahrnehmungen waren noch klar und deutlich. Der Rückschlag der Kalaschnikow, der Stoß gegen seine Schulter – das war so lebendig wie der Tag und die Uhrzeit und das Gefühl des Aufschlags. Ebenso das erstarrte Bild der Frau, wie sie über ihrem Mann lag. Die Kinder. Der riesige, unnütze Hund. Das war alles noch da. Er sah den Vorfall als eine Serie von Zeitlupenbildern, Einzelepisoden. Einige Eindrücke waren Übersichtsbilder: Danby zum Beispiel, der die Stufen hinunterkam, nach rechts zum Wagen sah, nach links den Kindern nachwinkte. Andere waren Nahaufnahmen: das Gesicht der Frau, an der er vorübergerannt war. Furcht, Unglaube, Schock und Entsetzen. Er sah jede Falte, jede Runzel auf dem Gesicht der dummen Kuh, sogar den braunen Leberfleck über ihrer rechten Wange. Er erinnerte sich an das Blut, aber mit Gleichmut. Unvermeidlich. Unwichtig.
Er sehnte sich nach Glückwünschen für einen gut erledigten Auftrag. Er hatte sich das überlegt und fand, daß ihm schon ein bißchen Applaus zustand. Es war ein nach allen Regeln der Kunst ausgeführter Job gewesen. Die Bewegung würde stolz darauf sein. Das wußte er selber, aber er hätte es zu gern auch einmal gehört. Eigentlich hatte er das Lob von ihr erwartet. Natürlich hatte sie es erraten, das war gar nicht anders möglich. Die Daten stimmten, das Photo. Sie hätte nicken sollen, vorsichtig

andeuten. Sie hatte es erraten. Mußte sie ja. Aber sie hatte ihn einen blöden Idioten genannt. Das hatte ihn getroffen und betäubt.
Sie hatten nie über die Provos geredet. Von Anfang an war das ein Grundsatz bei ihnen gewesen. Sie wollte nichts wissen. Es interessierte sie nicht. Kein Wort in den Nächten, in denen er wegging. Dann verschwand sie in der Küche, spielte mit den Kindern, ging ihm aus dem Weg. Aber daß er ihre Stärke, ihre Hilfe brauchte, wenn er heimkam, das akzeptierte sie. Dieses Zugeständnis machte sie ihm. Doch das war nichts Besonderes im Ardoynebezirk.
Die Frauen hörten die Schüsse draußen auf der Straße, auf dem Schlachtfeld direkt vor ihrem Wohnzimmerfenster. Den peitschenden Knall der Armalite, einmal, zweimal, vielleicht dreimal. Sekunden danach dann das Dröhnen der antwortenden Armeegewehre, ein ganz anderer, viel dumpferer Laut. Wenn die Männer bis zum Morgengrauen nicht daheim waren, schalteten die Frauen die Frühnachrichten ein und hörten, was passiert war. Manchmal verstrich eine quälend lange Zeit zwischen der Meldung, daß das Militär das Feuer erwidert und Treffer verzeichnet hatte, und dem unbeschreiblichen Augenblick, wenn der Mann unversehrt heimkam.
Dann gab es keine Worte, dann gab es nur Wärme und Tröstung und den Versuch, die zitternden Hände zur Ruhe zu bringen.
Seine Frau hatte ihm einmal einen Artikel aus einer Londoner Frauenzeitschrift gegeben, in dem die Rede davon war, wie eben diese Frühnachrichten auf die in Deutschland stationierten Soldatenfrauen wirkten. Es sprach sich immer schnell herum, hieß es da, wenn die Einheit im Einsatz gewesen war. Dann standen die Frauen an den Fenstern und warteten, ob der Offizier kam und in welches Haus er ging. Sie wußten es gleich, wenn einer der Männer ums Leben gekommen war, weil dann der Pfarrer oder der Arzt mitkamen, und weil sie dann zuerst bei einer Nachbarin klingelten, schnell ein paar Worte auf der Schwelle wechselten und dann erst zum Nebenhaus gingen und darin verschwanden. Innerhalb von Minuten war die Nachricht in sämtlichen Häusern und Wohnungen herum.
Der Mann war für zwei dieser Besuche verantwortlich gewesen. Beim ersten Mal hatte er sich die Beerdigung im Fernsehen ange-

sehen, hatte den Fünfundvierzig-Sekunden-Ausschnitt gesehen, der den Sarg mit der Fahne zeigte und eine junge Witwe am Arm eines Verwandten, umgeben von Offizieren und Honoratioren des Ortes. Dann das Stakkato des Trauersaluts. Das war alles. Der andere Soldat, den er letzte Woche getötet hatte, war beerdigt worden, ohne daß ein Kamerateam das Ereignis aufgezeichnet hatte. Das Interesse war abgeflaut. Ob er es sah oder nicht, das war ihm nicht wichtig. Es gab ihm keine Befriedigung – so oder so.

Es berührte ihn nicht. Er konnte sich nicht vorstellen, daß ein Soldat weinen würde, wenn es ihn traf. Daß es passieren konnte, damit hatte er sich längst abgefunden, und abgesehen von der Spannung des eigentlichen Einsatzes und der vibrierenden Erregung danach betrachtete er die Risiken, die er einging, jetzt eher fatalistisch.

Er hatte begonnen wie die meisten, als Halbwüchsiger, der die britischen Besatzer mit Steinen und Beschimpfungen bepflastert hatte. Damals fing das alles erst an, und diese britischen Soldaten waren als Zielscheiben geradezu ein Geschenk des Himmels. Ihre gelben Karten verboten ihnen das Schießen in fast jeder Situation, ihre schweren Macron-Schutzschilde machten ihnen eine wirksame Verfolgung unmöglich, und in dem Gewirr von Nebenstraßen kannten sie sich sowieso nicht aus. Alle Jungen in der Ypres Avenue warfen mit Steinen nach den Soldaten, es wäre fast unmöglich gewesen, sich da rauszuhalten. Die Stimmung war umgeschlagen, als ein Junge vom anderen Ende der Straße – er wohnte auf der gegenüberliegenden Straßenseite – erschossen worden war, als er gerade einen Molotowcocktail zünden wollte. Er war in der Oberschule eine Klasse über dem Mann gewesen. Später in jener Nacht waren am anderen Ende der Ypres Avenue, inmitten der Unruhen, vier Männer aufgetaucht. Kinder weg von der Straße, hieß es dann sehr bald – und die Schießerei hatte angefangen. Alles in allem waren es fünfzehn Schüsse gewesen, die auf der leeren Straße widerhallten. Damals war er achtzehn gewesen. Mit anderen Halbwüchsigen hatte er in einem offenen Hauseingang gelegen und Hurra geschrien, als die Soldaten wild durch die Gegend gebrüllt hatten und hinter ihren Fahrzeugen in Deckung gegangen waren. Plötzlich war eine schattenhafte Gestalt eilig auf den Hauseingang zugekrochen,

hatte ihm etwas Schmales, Langes zugeschoben – ein Springfield-Gewehr – und hatte eine Adresse und eine Hausnummer geflüstert.
Er war durch den Hinterausgang hinausgeschlichen, hatte auf der gegenüberliegenden Seite ein anderes Reihenhaus betreten, wo eine Familie vor dem Fernseher saß und keine Miene verzog, während er durch ihr Wohnzimmer und die Küche auf den Hof tappte und die Tür zur Straße hinter sich zumachte. An der angegebenen Adresse hatte er das Gewehr der Frau in die Hand gedrückt, die ihm die Tür aufmachte. Sie hatte nichts gesagt, und er war in die Ypres Avenue zurückgegangen.
Damit hatte es angefangen.
Viele Gleichaltrige aus seiner Straße hatten sich der IRA förmlich aufgedrängt. Sie trafen sich am Samstagabend in den Klubs, standen abseits von den anderen jungen Burschen und redeten geheimnistuerisch über die Erlebnisse der letzten Tage. Manche waren jetzt tot, manche in Erziehungsanstalten oder im Gefängnis, sehr wenige hatten es zu einem unteren Dienstgrad in der IRA gebracht, waren gefangengenommen und auf unbestimmte Zeit in Long Kesh interniert worden. Der Mann hatte sich von ihnen ferngehalten und war jenen älteren, schattenhaften Persönlichkeiten an der Spitze der Bewegung aufgefallen. Man hatte ihn sich gemerkt, als einen Mann, der aus dem Rahmen fiel, der es nicht nötig hatte, mit der Herde zu rennen. Er war sparsam eingesetzt worden, nie zusammen mit dem gemeinen Volk, das – reinstes Kanonenfutter – Bomben in Schuhgeschäfte und Supermärkte schaffte oder um ein paar hundert Pfund ein Postamt überfiel. Er hatte an seinem zwanzigsten Geburtstag geheiratet, da war er gerade Leibwächter bei einem Mitglied des Brigadestabs, zu einer Zeit, als die Beziehungen zwischen den Provisionals und den Officials der IRA einen Nullpunkt erreicht hatten. Nach der Hochzeit hatten sie ihn ein paar Monate lang nicht eingesetzt. Seine Vorgesetzten ließen ihm Zeit zur Reife, in der Überzeugung, daß sich, wie bei einem guten Wein, das Warten lohnen würde. Zum ersten Mal riefen sie ihn wieder kurz vor der Geburt der Zwillinge. Es ging um einen Ausbruchsversuch aus dem Lager Long Kesh. Fast die ganze Nacht wartete er in einem gestohlenen Wagen auf der M1-Schnellstraße auf einen Mann, der durch den Draht und über die Felder hätte kommen sollen.

Sie waren noch sieben Minuten geblieben, nachdem der Höllenlärm der Hunde am Lagerzaun, sechshundert Meter von ihnen entfernt, ihnen gesagt hatte, daß der Versuch gescheitert war. Mit zwei anderen hatte er den Auftrag bekommen, einen Polizisten beim Verlassen seines Hauses im Vorort Glengormley zu ermorden. Es war sein erstes Kommando, er durfte sich selber die Stelle für den Hinterhalt aussuchen, die Waffe vom Brigadezahlmeister abholen und sich seine eigene Fluchtstrecke ausarbeiten. Danach kamen Überfälle auf Polizeireviere, dabei gab er Feuerschutz mit der Armalite, während der Raketenwerfer im Einsatz war.
Damals, am Anfang, hatte er oft den ersten entscheidenden Schuß danebengesetzt, hatte zu hastig geschossen und hatte dann, Lärm und Geschrei der Soldaten in den Ohren, wie verrückt losrennen müssen. Es waren aufregende Minuten gewesen, wenn er sich, verfolgt von dem Gebrüll der Engländer mit ihrem ungewohnten Akzent, geduckt und in wildem Zickzackkurs in Sicherheit gebracht hatte.
In einem kleinen Kreis aber war sein Ansehen gestiegen, und sein künftiger Wert wurde so hoch eingeschätzt, daß er fast ein Jahr lang ein praktisch normales Leben im Ardoyne-Bezirk hatte führen können. Um ihn herum kassierte die Army alle bis auf einen kleinen, harten Kern von Aktivisten. Ihn ließen sie unbehelligt in seinem Haus, sein Name war nicht in den Akten, sein Photo nicht auf den Fahndungslisten.
In den vier Jahren ihrer Ehe hatte seine Frau ihm Zwillinge geboren, zwei Jungen, einige Wochen vor ihrer Heirat gezeugt, und zwei Töchter. Die Vorbereitung für London, der Aufenthalt in der britischen Hauptstadt, die Tage auf der Flucht in Nordirland – das war bisher die längste Abwesenheit von seiner Familie gewesen. Während er im Vorderzimmer saß, in das langsam das Tageslicht durch die dünnen Baumvollvorhänge drang, bedachte er das Ausmaß der Enttäuschung über die Reaktion seiner Frau.
Er saß noch immer zusammengesunken in seinem Sessel, als sie kurz nach sechs herunterkam. Sie betrat auf Zehenspitzen das Zimmer, stellte sich hinter seinen Stuhl, lehnte sich vor und küßte ihn auf die Stirn.
»Wir müssen das alles vergessen«, sagte sie. »Die Kinder wachen

bald auf. Die waren ganz durcheinander, weil du so lange weg warst, und die Kleine hat den Husten. Sie werden sich freuen. Am Samstag ist Tanz im Klub. Laß uns hingehen. Mam kann herkommen und die Kinder hüten. Wir trinken ein bißchen was und vergessen, daß es passiert ist.«
Sie gab ihm noch einen Kuß.
»Wir brauchen Tee, ich hab den Kessel aufgesetzt.«
Er folgte ihr in die Küche.

Für Davidson, der in seinem Büro über einem Farbengeschäft in Covent Garden saß, sollte es ein böser Vormittag werden. Er hatte um ein Gespräch mit dem Staatssekretär im Verteidigungsministerium nachgesucht. Dem Boss. Dem Macher. Gespräche mit Untergebenen nur im Falle einer Katastrophe – oder einer drohenden Katastrophe. Davidson mußte berichten, daß ihr Agent verlorengegangen, daß er an der Adresse, die sie ihm gegeben hatten, nicht aufgetaucht war.
Davidson hatte auf einen Anruf gehofft oder wenigstens einen Brief oder eine Postkarte ans Büro, aus der, wenn schon nichts anderes, hervorgegangen wäre, daß Harry sich eingerichtet, die Arbeit aufgenommen hatte. Das völlige Schweigen begann ihm auf die Nerven zu gehen. Am Tag zuvor hatte er in der Pension in der Antrim Road diskret und telefonisch nach einem Mr. McEvoy fragen lassen. Ein Mann dieses Namens, erfuhr er, war dort nicht erschienen. Es gab keine Möglichkeit, so schnell in Erfahrung zu bringen, ob das Päckchen mit dem Revolver, postlagernd geschickt, überhaupt abgeholt worden war. Es gibt keinen konkreten Grund zur Beunruhigung, sagte er sich – aber die wenn auch noch so schwache Möglichkeit, Harry könnte schon aufgeflogen oder tot sein oder beides, machte Davidson zu schaffen. Machte ihm so zu schaffen, daß er eine der seltenen Audienzen im Ministerium erbat.

Am frühen Nachmittag standen in dem Restaurant des großen Hotels am Stadtrand die Kognakgläser auf dem Tisch. Der Brigadier und der Chief Superintendent waren in Zivil. Der Offizier, bisher zweiter Mann der für Belfast verantwortlichen Brigade, war auf einen neuen Posten in Deutschland versetzt worden, und dieser Beförderung galt die kleine Feier. Beide

wußten über ihre für die Nachrichtenbeschaffung zuständigen Stellen vage von der Entsendung Harrys und der Direktive des Premierministers. Und dann war da diese knappe, kurze Verlautbarung aus dem Hauptquartier gekommen. Sie enthielt wenig mehr als die Erklärung, ein Sonderstab sei eingesetzt worden, um sich speziell der Fahndung nach Danbys Mörder zu widmen, und alle anderen Aktionen in dieser Richtung sollten unverändert weiterlaufen. Während das Essen aufgetragen wurde, hatten beide nicht davon gesprochen, da die Kellner sich in der Nähe herumdrückten. Aber nachdem der Kaffee eingeschenkt und die Kognakgläser nachgefüllt waren, kam das Thema unvermeidlich hoch.
»Von dem Burschen, den der Premier eingeschleust hat, noch keine Spur«, meinte der Brigadier. »Na ja, es ist bestenfalls sowieso nur eine schwache Hoffnung. Kein Wort, wie ich höre, und Frost von der Abwehr ist immer noch sauer. Unerhörte Brüskierung, sagt er. Kann ich verstehen.«
»Vermutlich schon auf Nimmerwiedersehen verschwunden. Die wittern Agenten, riechen sie auf zwei Meilen gegen den Wind. Armer Teufel. Tut mir leid. Wie soll er weiterkommen, wenn weder der Special Branch noch die Abwehr eine heiße Spur haben? Wenn unsere ausgebildeten Leute da nicht 'reinkommen, wie soll er das schaffen?«
»Ausgesprochen lächerlich!«
»Er wird ins Gras beißen – wieder ein Leben verschleudert. Nicht, daß ich es ihm wünsche, aber wenn er am Ball bleibt, kriegen sie ihn.«
»Wahrscheinlich ist es Ihrem Special Branch ebenso gegangen. Die Abwehr jedenfalls war gar nicht begeistert. Was sie besonders geärgert hat: Erst sollten sie überhaupt nichts erfahren, und dann ist es doch durchgesickert. Ich glaube, der Alte hat es selbst in Umlauf gesetzt, und dann diese Verlautbarung, die besagte ja nicht viel. Frost ist nach der Lagebesprechung am letzten Freitag noch dageblieben, wollte wissen, was gespielt wird. Es sei ein Mißtrauensvotum seiner Abteilung gegenüber, hat er gesagt. Drohte, seine Aufgabe niederzulegen mit allen Konsequenzen. Der Alte hat ihn dann besänftigt, aber es hat eine Weile gedauert.«
Die Musik im Speisesaal war laut, und die beiden mußten die

Stimme heben, um sich über die konservierten Streicherklänge hinweg verständigen zu können. Der Polizist sagte:
»Ich finde, Frost hat guten Grund, sich zu ärgern. Wir übrigens auch...« Mitten im Takt und ohne Vorwarnung war das Band zu Ende. »Einen Spezialagenten einzuschleusen, ohne uns ein Wort zu sagen...« Erschrocken merkte er, wie weit seine Stimme in der plötzlichen Stille trug, und unterbrach sich.
In unbehaglichem Schweigen warteten die beiden. Es dauerte knapp eine halbe Minute, bis der Mann am Empfang, vorn in der Hotelhalle, das Drei-Stunden-Band umgelegt hatte. Dann nahmen sie das Gespräch wieder auf.
Der achtzehnjährige Kellner, der am Nebentisch die Courgettes servierte, hatte die zweite Hälfte des Satzes deutlich gehört. Er wiederholte die Worte, während er von einem Gast zum anderen ging. »... Spezialagenten einzuschleusen, ohne uns ein Wort zu sagen...« Er sagte es fünfmal hintereinander beim Umkreisen des Tisches, aus lauter Angst, er könnte die entscheidenden Worte vergessen. Dann eilte er mit der leeren Schüssel in die Küche und schrieb das Satzfragment in großen krakeligen Buchstaben auf die Rückseite seines Bestellblocks.
Um halb vier war sein Dienst zu Ende, und fünfundsiebzig Minuten später war der Satz, den er aufgeschnappt hatte, und ein Bericht über den Zusammenhang, in dem er gefallen war, zu dem Abwehroffizier des Third Battalion der Provisionals unterwegs.

8. Kapitel

Harry nahm sich viel Zeit, um sich für sein Rendezvous am Samstagabend fein zu machen. Er badete, zog saubere Unterwäsche an, wechselte sogar die tagsüber getragenen Socken gegen frische aus, nahm ein sauberes Hemd aus dem Schrank und bürstete den einzigen Anzug, den er mitgebracht hatte. Seit er in Belfast war, versuchte er, die Dinge nicht mehr von der Warte des Offiziers zu sehen, selbst wenn er allein und ganz entspannt war. Er bemühte sich, von Anfang an als abgemusterter Matrose zu reagieren oder als Lastwagenfahrer, was er ja zu werden hoffte. Als er jetzt seinen Schlips zurechtrückte, erlaubte er sich ausnahmsweise den Luxus der Überlegung, daß dieser Abend wohl einen Tick anders verlaufen würde als ein Kasinovergnügen mit den Kameraden im Stützpunkt in Deutschland.

Er hatte eine schwierige und fast ergebnislose erste Woche hinter sich. Unzählige Firmen hatte er auf der Suche nach einem Fahrerjob erfolglos abgeklappert. Schließlich war er am Freitag an einen Schrotthändler am äußersten Ende von Andersonstown geraten. Dort hatte man ihm gesagt, daß sie ihn vielleicht gebrauchen könnten, aber er sollte am Montagmorgen noch einmal wiederkommen und sich einen endgültigen Bescheid holen. Er war ein paarmal in dem Pub an der Ecke gewesen. Dort war er zwar jetzt soweit akzeptiert, daß er sein Bier trinken konnte, ohne daß sämtliche Gäste ihn stumm anstarrten, aber keiner der Stammgäste begann von sich aus eine Unterhaltung mit ihm, und die Versuche, die er selbst gelegentlich unternahm, wurden stets mit unverbindlichen Antworten abgeschmettert.

Es war hart gewesen und enttäuschend, und als einziger Lichtblick hatte ihm dieser Samstagabend vor Augen gestanden. Ein Rendezvous mit Josephine. Benimmst dich wie ein Schuljunge, der in die Diskothek stürzt, du Trottel. Freust dich auf eine Bauernhopserei – in deinem Alter... Während er sich anzog, hob sich seine Stimmung. Einen Abend richtig auf den Putz hauen –

genau das brauchte er vor der Öde der nächsten Woche. Fast sechs Tage war er schon hier, und noch hatte er nirgends einhaken können. In drei Wochen, hatte Davidson gesagt, müßte sich eigentlich was getan haben. Kurz nach sieben ging er hinunter und setzte sich in den Sessel am Kamin im Vorderzimmer, das den Gästen zur Verfügung stand. Er war allein. Die anderen verließen das Haus am Freitagmorgen eilig mit gepackten Koffern, nach einem halben Arbeitstag ging's dann ab nach Hause. Hier in vorderster Linie blieb man nicht länger als nötig.
Als es klingelte, ging er rasch hinaus in die Diele und machte auf. Josephine stand schwer atmend vor der Tür.
»Tut mir leid, daß ich zu spät komme. Hab keinen Bus gekriegt. Die haben die Fahrpläne eingeschränkt, glaube ich. Aber allzu spät bin ich nicht dran, oder?«
»Ich hab das Gefühl, daß die Busse alle auf den Schrottplätzen sind, da stehen sie nämlich massenweise. Ein- und Doppeldekker. Bin auch gerade erst heruntergekommen. Ich schätze, Sie sind mit dem Glockenschlag gekommen. Am besten ziehen wir gleich los.«
Er ginge jetzt, rief er nach hinten in die Küche, ja, seinen Schlüssel habe er, und sie brauche sich keine Sorgen zu machen, falls es etwas später werden sollte.
»Wie kommen wir hin?« fragte er. »Ich tu mich noch ein bißchen schwer, mich in der Stadt zurechtzufinden, besonders nachts.«
»Kein Problem. Wir laufen bis zum Krankenhaus, da nehmen wir ein Taxi in die Stadt, und in der Castle Street steigen wir in ein anderes Taxi, das die Crumlin Road hinauffährt. Von da ist es nicht weit zu gehen. Lange brauchen wir nicht, in einer Dreiviertelstunde sind wir da. Ein bißchen umständlich, aber das macht ja nichts.«

In der Ypres Avenue trafen der Mann und seine Frau letzte Vorbereitungen zum Ausgehen. Seit ihrem Gespräch im Morgengrauen nach seiner Heimkehr herrschte ein befangenes Einvernehmen zwischen ihnen, über das bewußte Thema war kein Wort mehr gewechselt worden. Beide hatten offenbar eingesehen, daß nur die Zeit und Schweigen die Wunden jener Nacht heilen konnten. An den ersten drei Tagen hatte sie frühmorgens im Bett gelegen und auf das Heulen der Saracen-Panzerwagen gewartet, hatte

damit gerechnet, daß die Truppen das Haus stürmen und ihren Mann aus dem Bett zerren würden. Aber sie waren nicht gekommen, und jetzt begann sie zu glauben, was er ihr gesagt hatte. Vielleicht gab es keinen Anhaltspunkt, vielleicht sah ihm das Photo wirklich so wenig ähnlich wie sie, seine Frau, glaubte. Ihre Mutter machte sich hinten im Haus am Herd zu schaffen, auf dem sie ständig einen Topf Tee stehen hatte. Die Kinder lagen jetzt alle im Bett, die Zwillinge hatten gejammert, es sei noch zu früh. Der Mann und die Frau hatten sich beide auf den Abend gefreut, endlich kam man mal heraus aus der bedrückenden Atmosphäre des Hauses, in dem der Mann herumsaß, das zu klein war für eine Privatsphäre, in dem er nicht einmal ein Stück von der Familie abrücken konnte. Seine Vorgesetzten hatten ihn angewiesen, keinen Versuch der Kontaktaufnahme mit seinen Kameraden zu machen und sich auch sonst unter keinen Umständen der Gefahr einer Verhaftung auszusetzen. Das bedeutete lange Stunden, in denen er nur wartete, einfach die Zeit totschlug. Schon wurde er kribbelig, aber es hatte keinen Zweck, etwas zu überstürzen. So wurden sie alle geschnappt, wenn sie zu früh loslegten, ehe die Zeit reif war. In London hatte es das nicht gegeben. Das war perfekte Planung gewesen. Keine Ungeduld, genau zur rechten Zeit, keinen Tag früher. Langeweile war sein großer Feind und Disziplin das Gebot der Stunde. Disziplin, wie sich das für einen Soldaten gehört.
Seine Frau am Arm, die ihren besten Hosenanzug angezogen hatte, ging er die Straße hinauf zum Klub, einer Baracke mit Wellblechdach. Hier waren sie unter sich, hier konnte er sich entspannen. Seine Halben trinken. Sich unterhalten. Der Alltag hatte ihn wieder. Das Leben hatte ihn wieder.

Als Harry und Josephine im Klub ankamen, war die Baracke fast voll, die meisten Tische waren besetzt. Sie würde schon einen Platz finden, meinte das Mädchen, und er drängelte sich zu den langen Tapeziertischen am anderen Ende des Raums durch, wo drei hemdsärmelige Männer fleißig Flaschen aufmachten und Bier ausschenkten. Harry quetschte sich an den dichten Gruppen der Durstigen um die Behelfsbar vorbei, schaffte es bis nach vorn und bestellte eine Halbe Guinness und einen Orangensaft mit Gin.

Als er sich an den Tisch zurückkämpfte, an dem Josephine saß, sah er, wie ein Mann an sie herantrat und auf ihn deutete. Sie wechselten ein paar Worte, der Mann nickte, lächelte dem Mädchen zu und zog sich an die Tür zurück.
»Ein Bekannter?« fragte er, setzte sich und hängte ihren Mantel über die Stuhllehne.
»Sie wollen nur wissen, mit wem sie's hier zu tun haben. Kann ich ihnen nicht verdenken. Er hat bloß gefragt, wer du bist.«
»Was hast du ihm gesagt?«
»Na – wer du bist. Mehr nicht.«
Im Augenblick war es noch recht ruhig, aber Alkohol und die Rhythmen der vierköpfigen Band mit ihren elektronisch verstärkten Instrumenten heizten die Stimmung allmählich auf. Um neun machten sich einige der jüngeren Paare ohne Rücksicht auf die Proteste der Älteren daran, Tische und Stühle zusammenzustellen. Ein primitiver, ungewachster, mit Nägeln gespickter Bretterboden kam zum Vorschein. Die Tanzfläche. Die Band wurde schneller, der Beat heißer. Als Harry merkte, daß die nichtssagende Unterhaltung, die sie geführt hatten, fast unmöglich geworden war, bat er das Mädchen zum Tanz.
Sie ging ihm voraus durch das wilde Durcheinander von Tischen und Stühlen. Neben der Tanzfläche blieb Harry stehen. Josephine schob sich an einer jungen Frau in knallgelbem Hosenanzug vorbei. Die grelle Farbe fiel Harry auf. Als sein Blick zu dem Tisch ging, an dem sie saß, sah er den jungen Mann neben ihr.
Sekundenlang regte sich Erkennen in ihm, instinktiv, unterbewußt – und Harry wußte nicht so recht etwas damit anzufangen. Er sah den Mann an, der ihn seinerseits offen und herausfordernd anstarrte. Josephine stand schon auf der Tanzfläche, wartete darauf, daß er endlich an der Frau in Gelb vorüberging. Er wandte den Blick von dem Gesicht ab, das ihm noch immer zugewandt war, seinen Blick festhielt und zurückgab, murmelte eine Entschuldigung und war vorbei. Noch einmal sah er zurück zu dem Mann, der ihn nach wie vor beobachtete, kalt und ausdruckslos. Dann schob Harry seinen Verdacht beiseite. Das Haar stimmte nicht. Das Gesicht war zu rund, die Augen zu nahe beieinander. Der Mund war richtig. Das war's aber auch schon. Nur der Mund.

Der Tanzboden dröhnte unter den Hufen einer fliehenden Rinderherde – so kam es Harry jedenfalls vor, der vom Stützpunkt her gesitteteres Tanzen gewöhnt war. Zuerst wurde er fast über den Haufen gerannt, aber dann warf er entschlossen alles, was er an Benimmregeln gelernt hatte, über Bord und ließ sich mit Josephine von einem Paar zum anderen boxen und schieben. Schon überdeckte der Geruch von Schweiß und Parfüm den Rauch- und Bierdunst. Als die Band zu einer irischen Ballade überging, atmete er erleichtert auf. Die frenetischen Bewegungen um sie herum verlangsamten sich. Jetzt konnte er sich auf das Mädchen konzentrieren, das sich eng an ihn gelehnt hatte.

Sie tanzte mit zurückgelegtem Kopf, dabei sah sie zu ihm auf und redete. Sah ihn die ganze Zeit an, zog sich nicht in sich selbst zurück. Sie trug einen weiten, schwarzen, schwingenden Rock, in dem sie ungehindert die Hüften im Rhythmus der Musik schwenken konnte, darüber eine enge Pünktchenbluse. Die oberen vier Knöpfe standen offen. In Aden hatte es keine Josephines gegeben, die sich für einen verheirateten Hauptmann aus der Transportbrigade in Deutschland interessierten.

Sie redeten, was man beim Tanzen so redet. Harry gab eine Serie erfundener Anekdoten über die Häfen zum besten, die er als Matrose kennengelernt hatte, und sie lachte viel. Zweimal veranlaßte ihn eine bohrende Ungewißheit, den Blick von ihr abzuwenden und zu dem Mann hinüberzusehen. Er und die Frau im gelben Hosenanzug saßen friedlich am Tisch, sie hatten Gläser vor sich stehen, ließen die Blicke umhergehen, sprachen aber nicht miteinander. Beim zweitenmal kam er zu dem Schluß, daß die Ähnlichkeit oberflächlich war. Nicht aufrechtzuerhalten. Gesicht, Augen, Haare – alles anders. Ehe er sich wieder Josephine zuwandte, sah er noch einmal den Mund. Der stimmte. Es amüsierte ihn. Zufall. Und er wurde wieder abgelenkt, von Josephine, hübsch, wie sie war, und von der unübersehbaren Verheißung, die von ihr ausging.

Auch dem Mann war Harrys Aufmerksamkeit nicht entgangen. Sie war immerhin so betont, daß er ein bißchen auf seinem Stuhl herumrutschte und merkte, wie ihm in dem dicken Tuch seines Sonntagsanzuges heißer Schweiß über die Beine lief. Er hatte gesehen, wie der Türaufseher mit dem Mädchen gesprochen hatte, in dessen Begleitung er gekommen war und das den Fremden offenbar für unverdächtig erklärt hatte. Aber seine Nerven hatten sich beruhigt, als er Harry auf der Tanzfläche gesehen hatte, nicht mehr an ihm interessiert, sondern ganz an das Mädchen gefesselt. Der Mann konnte nicht tanzen, niemand hatte es ihm beigebracht. Er und seine Frau saßen den ganzen Abend an ihrem Tisch, während nacheinander Freunde und Nachbarn für ein paar Minuten vorbeikamen, sich zu ihnen setzten, ein paar Worte redeten und dann weiterzogen. An der Wand rechts von der Tür, nahe dem Tresen, stand eine Gruppe junger Leute, einige waren Freiwillige bei den Provisionals, einige Kuriere und einige Späher. Das waren die Entbehrlichen der Bewegung. Die jungen Mädchen hatten sich um sie geschart, angezogen von dem Glanz des Terroristenstandes, sie himmelten die Jungs mit ihrem überheblichen Grinsen, ihren faulen Witzen, ihren prahlseligen Redensarten an. Von den jungen Burschen würde es keiner weit bringen in der Organisation, aber sie wurden alle gebraucht als Glieder der Nachschubkette, die Planer und Schützen an der Front versorgte. Den Mann kannten sie bestenfalls dem Namen nach. Von seiner Rolle wußte keiner.

Der dicke Feldwebel, ein Stirling-MG in der Rechten, kam als erster. Mit dem Schwung seiner zweihundert Pfund, verstärkt durch einen Zwei-Meter-Anlauf, hatte er sich gegen die Tür geworfen. Ihm folgte ein Leutnant, eine Browning-Automatik in der Hand, dann acht Gemeine. Sie kamen schnell herein und bildeten einen Schutzschild um den Offizier. Einige der Soldaten hatten Gewehre, andere die langläufigen Schußwaffen mit den Gummikugel-Geschossen.

»Schluß mit der Katzenmusik!« brüllte der Offizier zur Band hin. »Augenblicklich! Alle Männer an die Wand da drüben, Gesicht zur Wand. Hände hoch. Die Damen bleiben, wo sie sind, bitte.«

Von der Mitte der Tanzfläche segelte ein Glas durch die Menge, auf die Soldaten zu. Es landete auf einem Nasenrücken, der unter dem schützenden Helmrand hervorragte. Während das Glas auf dem Boden zersplitterte, begann Blut aus der Wunde zu quellen. Ein Gummigeschoß, massiv, unnachgiebig, fünfzehn Zentimeter lang, wurde in die Menge abgeschossen, es gab Geschrei und

eine wilde Flucht weg von der Patrouille. Tische und Stühle flogen zur Seite, damit es Platz gab.
»Schluß jetzt. Keine Mätzchen. Um so schneller haben wir's hinter uns. Die Männer an die Wand. Bißchen plötzlich, ja?«
Die Streife hatte von draußen Verstärkung bekommen. Etwa zwanzig Soldaten waren in der Baracke, als die Männer sich aufgestellt hatten, Beine gespreizt, Finger und Handflächen an der Wand hoch über ihren Köpfen. Harry und der Mann standen ziemlich nahe beieinander, durch drei andere getrennt. Die junge Frau im gelben Hosenanzug saß sehr still an ihrem Tisch. Sie gehörte zu den wenigen, die nicht die Soldaten mit wüsten Obszönitäten und Beleidigungen überschütteten. Die Finger hatte sie fest um den Stiel ihres Glases gelegt, ihre Augen gingen ständig zwischen den Soldaten und ihrem Mann hin und her.
Josephinens Tisch war bei der allgemeinen Flucht vor dem Gummigeschoß umgefallen. Sie stand auf der Tanzfläche, gespannt, was die Armee wohl von ihrem Seemann halten würde.
Sechs der Soldaten, in Zweierteams arbeitend, teilten die Reihe der Männer an der Wand untereinander auf, fragten jeden nach Namen, Alter, Adresse. Der eine Soldat stellte die Fragen, der andere schrieb die Antworten auf. Der Leutnant ging prüfend von einer Gruppe zur anderen, während der Feldwebel seine übrigen Leute im Raum verteilte, um einem plötzlichen Fluchtversuch zu den Ausgängen hin vorzubeugen.
Schütze David Jones, Nummer 278649, der gerade achtzehn Monate seiner neunjährigen freiwilligen Dienstzeit hinter sich hatte, und Obergefreiter Llewellyn, 512387, hatten sich die der Tanzfläche am nächsten stehende Gruppe vorgenommen. Dazu gehörten auch der Mann und Harry. So wie sie jetzt standen, würde der Mann zuerst drankommen. Es ging sehr langsam. Gewissenhaft, schleppend. Die Frau litt Höllenqualen. Ist doch bloß Theater. Katz- und Mausspiel. Sie sind seinetwegen gekommen. Das ist nur die Einleitung, damit's nicht so auffällt. In Wirklichkeit haben sie's nur auf ihn abgesehen. Sie wissen es, bestimmt.
Der Obergefreite tippte dem Mann auf die Schulter.
»Los, Sie sind dran.« Nicht unfreundlich. Es war jetzt ruhig im Ardoynebezirk, und die Soldaten honorierten das.
Der Mann fuhr herum, ließ die Hände sinken, die Fäuste fest ge-

ballt, sah bewußt über das nur ein paar Meter entfernte flehende Gesicht seiner Frau hinweg. Llewellyn stellte die Fragen, Jones notierte die Antworten.
»Name?«
»Billy Downs.«
»Alter?«
»Dreiundzwanzig.«
»Adresse?«
»Ypres Avenue 41.«
Llewellyn hielt inne, während Jones mit dem stumpfen Bleistift, den er mitgebracht hatte, mühsam die Angaben in sein Notizbuch kritzelte. Der Leutnant kam auf sie zu. Er warf einen scharfen Blick auf den Mann, sah in das Notizbuch von Jones, entzifferte die verschmierte Schrift.
»Billy Downs?«
»Jawohl.«
»Wir wollten Sie neulich sprechen. Dachten eigentlich, Sie wären zu Hause, aber Sie waren nicht da.«
Er sah dem jungen Mann ins Gesicht. Es war eine Frage. Er bekam keine Antwort.
»Wo waren Sie, Mr. Downs? Ihre Gattin, die ich da drüben sitzen sehe, schien es auch nicht genau zu wissen.«
»Ich hab meine Mutter im Süden besucht. Es ist in Ihren Akten. Sie können nachsehen.«
»Aber Sie sind ziemlich lange fort gewesen, mein Junge. Hängen wohl an ihr, was?«
»Sie hat sich nicht wohl gefühlt, das wissen Sie. Sie hat ein angeknackstes Herz. Das steht auch in Ihren Akten. Es ist nicht besser geworden, als sich keiner von euch hat sehen lassen, wie die Proddys gekommen sind und sie ausgeräuchert haben. Steht auch in Ihren Akten.«
»Keine Aufregung, Junge. Wo wohnt sie?«
»Dublin Road 40, Cork.« Er sagte es so vernehmlich, daß seine Frau die Adresse hören mußte. Seine Stimme war jetzt laut, und sie horchte auf das, was sie ihr zu verstehen gab. »Sie wird Ihnen bestätigen, daß ich einen Monat dort gewesen bin. Daß ich bis vor vier Tagen bei ihr war.«
Der Leutnant sah noch immer Downs ins Gesicht, suchte nach Schwächen, Unsicherheiten, Widersprüchen. Angst? Den Sol-

daten, der ein knappes Jahr älter war als er selbst, ließ der Mann nichts davon merken.
»Bringt ihn zum Wagen«, bestimmte der Leutnant. Jones und Llewellyn drängten Downs durch die Halle zur Tür. Seine Frau sprang auf und stürzte auf ihn zu.
»Keine Angst, mein Mädchen, wenn die Garda sich bei Mam die Bestätigung geholt hat, komme ich heim. Bis später.« Damit verschwand er in der Nacht, dort, wo der Saracen stand.
Die beiden Soldaten kamen zu der Reihe zurück, und der Leutnant ging hinüber zum anderen Ende. Die jungen Burschen, die sich schon mit der Gewißheit einer Fahrt zur Kaserne und einer Sitzung im Vernehmungsraum abgefunden hatten, gaben mürrische Antworten auf die Fragen.
Llewellyn tippte Harry auf die Schulter.
»Name?«
»Harry McEvoy.«
»Alter?«
»Dreiunddreißig.«
»Adresse?«
Jones hatte in sein Notizbuch gestarrt. Jetzt blickte er auf, in Erwartung der Antwort. Harry sah, wie in sein Gesicht ein Ausdruck der Überraschung, des Mißtrauens, der Verblüffung trat.
»Mann Gottes, was machen Sie –«
Harrys Fuß ging siebzehn Zentimeter hinüber zu dem linken Knöchel von Jones. Während der Soldat, von dem plötzlichen Schmerz überrumpelt, nach vorn kippte, rempelte Harry ihn an.
»Halt die Schnauze«, zischte er ihm ins Ohr.
Jones schaute auf, begegnete Harrys Blick, sah, wie dieser unmerklich den Kopf schüttelte. Eine schnelle Bewegung, von links nach rechts, zweimal.
»Pardon«, sagte Harry. »Vergessen Sie's. Ich hoffe, Sie vergessen's.«
Die letzten Worte waren sehr leise und direkt in Jones' Ohr gesprochen. Die Männer in der Reihe standen noch immer wartend mit dem Gesicht zur Wand. Die Frauen an ihren Tischen waren außer Hörweite. Der Wortwechsel zwischen Harry und Jones schien niemandem aufgefallen zu sein.

Llewellyn war von einer Unruhe am anderen Ende der Baracke abgelenkt worden. Vier junge Burschen wurden dort gerade, halb getragen, halb geschleift, zum Ausgang geschafft. Jetzt konzentrierte er sich wieder.
»Also los, die Adresse.«
»Pension Delrosa. Broadway. Ganz nah an der Beachmount.«
Harry fixierte Jones wie die Schlange das Kaninchen.
»Bißchen weit vom Schuß, was?« meine Llewellyn.
»Meine Freundin ist von hier.«
»Welche?«
»Die in der Pünktchenbluse, die Dunkle.« Harry sah an Llewellyn vorbei, ließ aber Jones dabei nicht aus den Augen. Zweimal sah der junge Soldat von seinem Notizbuch auf, begegnete Harrys Blick und wandte sich hastig wieder seinem Gekritzel zu.
»Mensch, du hast ein Glück«, meinte Llewellyn und ging weiter.
Außer Downs hatte die Armee neun junge Burschen festgenommen. Danach gab der Leutnant seinen Leuten das Signal zum Abmarsch. Sie gingen im Gänsemarsch hinaus, der letzte rückwärts, das Gewehr auf die Menge gerichtet. Als die Tür sich hinter ihm schloß, krachte ein Hagel leerer Flaschen und Gläser in das Holz.
Ein hochgewachsener Mann Harry gegenüber protestierte:
»Nein, Leute, da weiß ich doch was Besseres. Ich habe nichts dagegen, daß wir den Schweinen alles mögliche an den Kopf werfen – aber schließlich geht's hier um *unseren* Boden, den wir mit *unseren* Flaschen und *unseren* Gläsern und *unserem* Bier versauen. Wir werden uns von den Schweinen doch nicht unser Fest verderben lassen. Los, räumen wir auf und stellen wir alles wieder hin. Wär doch gelacht, wenn sich aus dem Abend nichts mehr machen ließe.«
Der Versuch des Klubleiters war gut gemeint, aber vergeblich.
Harry stellte fest, daß, noch ehe die Tanzfläche halbwegs wieder frei war, die Frau in Gelb sich davongemacht hatte. Er rutschte auf seinem Stuhl herum.
»Wir können noch nicht gehen. Es geht ums Prinzip«, erklärte Josephine. »Man kann sich von den Schweinen doch nicht alles kaputtmachen lassen. Was hast du zu dem Soldaten gesagt?«
»Ich bin über ihn gestolpert.«

»Na, da hast du Glück gehabt. Du hättest einen Gewehrkolben ins Gesicht kriegen können. Da haben sie Männer schon wegen weniger mit in die Kaserne genommen.«
Die Band hatte wieder angefangen zu spielen, versuchte aus der zornigen Stimmung der Zurückgebliebenen Kapital zu schlagen:
Panzerwagen, Tanks, Kanonen
nahmen unsre Söhne fort...
»Kommt da noch mal Schwung 'rein, oder ist für heute abend Schluß?« erkundigte sich Harry.
Durch die engen kleinen Straßen...
»Kaum«, sagte sie. »Aber ein paar Minuten müssen wir schon noch warten. Mal sehen.«
... Cromwells Mannen wieder hier...
»Gar nicht so schlecht, was?« meinte Harry. »Ich hab's an der Ostsee gehört, da lagen wir in einem schwedischen Hafen. Bei jeder dritten Platte war's wieder dran. Allmählich fand ich es echt gut. Wir hatten einen Maat an Bord, der hat erzählt, daß sein Sohn hier Dienst macht, in der Army. Der hat richtig geschnaubt, wenn er's nur gehört hat.«
... Die Männer hinter dem Draht...
Die Leute schoben sich zur Tür. Harry spürte, daß ihnen die Stimmung gründlich verdorben war.
»Na komm, gehen wir. Das wird 'ne Beerdigung erster Klasse.«
»Dann will ich mir nur schnell noch die Nase pudern«, sagte Josephine.
»So? Mir scheint, die hat's gar nicht nötig. Trödle nicht rum.«
Sie lächelte, stand auf und ging zu einer Seitentür, wo ein paar Mädchen, alle jünger als Josephine, zusammenstanden. Die Band legte sich noch immer wacker ins Zeug, aber sie mußte gegen einen steigenden Lärmpegel anspielen. Besonders laut ging es in einer großen Gruppe zu, die sich um den Volksschullehrer des Bezirks geschart hatte. Er notierte die Namen der Männer, die von den Soldaten mitgenommen worden waren, und versprach, sich in der Kaserne nach ihnen zu erkundigen.
Die Nacht war kalt und klar, als Harry, mit Josephine am Arm, die Baracke verließ und zu dem rund um die Uhr besetzten Taxistand ging, um zur Castle Street zu fahren. Danach hatten sie

noch eine Strecke per Taxi vor sich, und dann den Fußweg das letzte Stück der Falls hinauf bis zu Mrs. Duncan.

Harry und Josephine schliefen, nackt und eng umschlungen, während vierhundert Kilometer südlich der Streifenwagen der Garda vor dem Reihenhaus in der Dublin Road in Cork vorfuhr. In der Luft dieses frühen Morgens hing der feuchte, dumpfe Geruch von den Docks her, als die beiden Polizisten sich vom Wagen zur Haustür vortasteten.

»Gemein, die arme Oma um diese Zeit aus dem Bett zu holen.«

Der Sergeant klingelte energisch, zweimal, und wartete. Ohne Eile wurde Licht gemacht, erst oben, dann in der Diele, knirschend wurden Riegel zurückgeschoben, knarrend öffnete sich die Tür.

»Hört sich an, als hätte sie die Bank von England da drin«, murrte der Sergeant in seine Handschuhe hinein.

»Morgen, Oma. Tut mir wirklich leid, daß ich Sie zu so nachtschlafender Zeit aufwecken muß. Aber da ist aus Dublin angerufen worden, und ich muß Ihnen ein paar Fragen stellen. Dauert nicht lange. Können wir reinkommen? Zieht nämlich mächtig hier draußen.«

»Was ihr zu sagen habt, könnt ihr hier erledigen. Schämen solltet ihr euch, um diese Zeit –«

»Nicht unsere Schuld, Oma. Also, können wir? Wir müssen Sie fragen, wann Ihr Junge zum letzten Mal hier gewesen ist.«

»Billy meinen Sie?«

»Genau den, Oma. Nach dem haben sie gefragt.«

»Er ist bis Mitte der Woche hier gewesen. Einen ganzen Monat war er hier, ist gerade erst zurückgefahren. Wieso müßt ihr deshalb mitten in der Nacht kommen?«

»Und das wissen Sie ganz genau, Oma? Kein Irrtum möglich?«

»Natürlich weiß ich das genau. Billy war einen Monat hier. Und das sind verdammt blöde Fragen zu so nachtschlafender Zeit.«

Sie schlug ihnen die Tür vor der Nase zu. Die beiden Garda-Männer klopften nebenan, warteten wieder, bis sich eine Tür öffnete. Sie bekamen die gleiche Auskunft. Billy Downs war einen Monat hier gewesen.

Das Alibi war der alten Dame und ihren vier unmittelbaren Nachbarn ungefähr eine Dreiviertelstunde vor Ankunft des Streifenwagens übermittelt worden. Der Anruf der Frau bei einem Freund ihres Mannes in Belfast hatte die Aktion ausgelöst. Der nächste Anruf war nach Dublin gegangen, ein weiterer von dort nach Cork, und ein junger Mann hatte seinen Wagen zwei Straßen von der Dublin Road entfernt abgestellt, um den Rest mündlich zu besorgen. Die Nachrichtenleitungen der Provisionals waren um einiges schneller als die komplizierten amtlichen Verbindungen zwischen Norden und Süden.
Downs war zweimal verhört worden und hatte ruhig und ohne Theater darauf beharrt, daß er bei seiner Mutter im Süden gewesen sei. Er wurde von den anderen Gefangenen getrennt gehalten; die Offiziere, die ihn verhört hatten, wußten nicht so recht, ob sie ihn überhaupt hätten mitnehmen dürfen. Um fünf Uhr dreißig erfuhren sie die Ergebnisse der Überprüfungen in Cork, gaben ihm seinen Mantel, seinen Schlips, seine Schuhe zurück und schickten ihn nach Hause.

9. *Kapitel*

Sie hatten auf Zehenspitzen das Haus betreten, die Schuhe in der Hand. Beide kannten sich soweit in der braven, blitzblank gescheuerten Diele und auf der Treppe aus, daß sie in etwa abschätzen konnten, wo die Bretter knarrten und wo man es riskieren konnte, mit dem ganzen Gewicht aufzutreten. Harry hielt die Hand des Mädchens ganz fest. Zuerst hatten sie versucht, zusammen die Treppe hinaufzugehen, und als das nicht klappte, war er leise vorangegangen. Sie hatten nicht darüber gesprochen, was sie machen, wohin sie gehen würden, als sie aus dem Taxi gestiegen waren, es hatte keine Debatte darüber gegeben, ob sie mitkommen sollte ins Delrosa. Er hatte sie angeschaut, als er mit seiner freien Hand an der Tür nach dem Hausschlüssel gekramt hatte, und da hatte er in diese spottenden, fragenden Augen gesehen, die zu ihm aufblickten, als wollten sie sagen, los, nimm mich mit rein, traust du dich nicht? Er hatte ihre Hand gedrückt, und sie waren zusammen hineingegangen. Das Schweigen war beredt genug.

In seinem Hinterzimmer hatte unter ihrem Fuß protestierend ein Dielenbrett geknarrt, und er hatte sie von der Stelle am Waschbecken, wo sie gerade ihren Mantel auszog, weggezogen. Klar, daß es da knarrte. Da hatte er vor zwei Tagen die Fußbodenbretter aufgestemmt, um ein sicheres Versteck für seine Smith and Wesson zu finden.

Sie warf den Mantel über seinen Sessel am Fenster, wartete, daß er zu ihr kam. Plötzlich spürte er, wie er sich verspannte. Ungeschickt. Linkisch. Gehemmt. Er griff nach dem großen Mädchen, das ihn erwartungsvoll ansah, neugierig, was er ihr wohl zu bieten hatte.

»Bei dir fühl ich mich ein bißchen... wie einer, der das meiste vergessen hat«, flüsterte er ihr ins Ohr. Mit der einen Hand hielt er ihren Nacken, der andere lag auf ihrem verlängerten Rükken.

»Ich fühl bei dir vorläufig noch gar nichts!«
»Du bist frech!«
»'ne Portion Frechheit könnte dir auch nicht schaden. Vielleicht hast du damit Chancen.«
Er holte seine linke Hand nach vorn, trat ein Stück zurück, damit er Platz hatte, die wenigen noch geschlossenen Knöpfe an ihrer Bluse aufzumachen.
»'ne große Hürde sind die nicht«, meinte er leise, während er die kleinen, durchsichtigen Knöpfe durch die straff gespannten Knopflöcher schob.
»Wer sagt denn, daß sie's sein sollen?«
Er hatte jetzt die Hand in ihrer Bluse, begann, den weichen Baumwollstoff über ihre Schulter, an ihren Armen herabzuziehen.
»Das hat mir noch nie so recht gelegen. Blöd, alles so schön ordentlich der Reihe nach! Wie am Fließband, bloß umgekehrt.«
»Und es dauert so viel länger. Komm, wir machen das selber. Treffpunkt unter der Decke, in genau fünfundvierzig Sekunden.«
Strümpfe, Höschen, schwarzer Rock, Schuhe, Büstenhalter wirbelten durch die Luft. Dann war sie ausgezogen und im Bett und wartete auf ihn. Harry kämpfte mit seinem rechten Manschettenknopf. Als er endlich neben ihr in das schmale Bett kletterte, verfolgte sie mit übertriebenem Interesse den Sekundenzeiger ihrer Uhr.
»Dreißig Sekunden Verspätung. Schäm dich, Seemann!«
»Ich hab mir alle Mühe gegeben.«
Er hatte die Arme um sie gelegt, und sie rückte nah an ihn heran. Seine Finger strichen über ihre Haut. Fest, kühl, straff. Schönes Mädchen. Ihre Augen schlossen sich. Sie stöhnte. Rief ihn, drängte ihn. Bei diesem ersten Mal gab es kaum ein Vorspiel, wenig Raffinessen. Er fand sie schnell, tief, leicht. Ergoß sich in sie. Beide jagten sie vorwärts, gehetzt, rücksichtslos. Er erschlaffte. Katastrophal. Verdammtes Belfast. Krude und kopflos – wie alles hier. Keine Zukunft für Zärtlichkeit oder Geduld.
»Hast wohl Angst, der Bus fährt dir weg...«
»Beim nächsten Mal ist's besser«, versprach er. »Es ging einfach zu schnell für mich. Und ich hab dich überhaupt nicht gefragt, ob – na ja, du weißt schon, ob du was nimmst oder so.«

»Hier gibt's Katholiken und gute Katholiken. Ich gehör zur ersten Sorte. Brauchst dir keine Sorgen zu machen.«
Das zweite Mal war besser. Sanfter. Ruhiger. Gelassener. Er nahm sich viel Zeit, die Wege, die Tiefen und Konturen ihres Körpers zu erforschen. Festzustellen, wo sie zuckte und zitterte, wann sie sich ihm entgegendrängte. Hitze an seiner Brust, an seinen Schenkeln. Sie rief ihn, als sie für ihn bereit war, rief es ihm leise ins Ohr. Mit geöffnetem Mund, fast lautlos. Er lächelte zu ihr hinab, merkte, wie er ins Leere glitt. Es war vorbei, und sie lagen zusammen. Ihr Haar schweißnaß auf dem Kissen ausgebreitet, er auf ihrem weichen Körper, während er auf die Erschlaffung wartete. Noch immer ineinander verschlungen.
»Du hast also keine Probleme?« fragte sie.
»Wieso? Nein, ich glaube nicht.«
»Man kann nicht bumsen, wenn man Probleme hat. Hast du das gewußt?«
»Altweibergeschwätz. Wo hast du denn das aufgeschnappt? Wer hat dir das erzählt?«
»Eins der Mädchen hat's heute gesagt, auf dem Klo.«
»Erzähl mal.« Er lag über ihr mit gespreizten Beinen, ihr Mund nur ein paar Zentimeter von seinem Ohr entfernt.
»Sie hat gesagt, daß sie's versucht hat, mit einem von den großen Tieren, aber er hat's nicht geschafft. Er war so verklemmt, hat sie gesagt, daß er nicht konnte. Sie war echt durcheinander.«
Harry verzog ungläubig das Gesicht.
»Wirklich, das hat sie gesagt. Sie war heute abend da. Sie hat's mir auf dem Klo erzählt. Ein bißchen irre ist sie sowieso. Und dann hat die Army noch den Jungen mitgenommen, der sie auf dem Heimweg hätte haben sollen. Da war sie natürlich sauer. Samstagabend und allein – das läuft nicht bei ihr. Ja, das hat sie gesagt. Ein großer Held. Na wenn schon! Also ich halt's hier lieber mit den Feiglingen.«
»Ich glaub dir nicht.« Harry lag jetzt sehr still. »Welches Mädchen war denn das?«
»Denkst du, ich verrate dir den besten Fick in ganz Ballymurphy?«
»Du hast das erfunden, wetten?«
Sie stieß ihn zurück. In dem schmalen Bett war nicht genug Platz, und er klammerte sich an sie, um nicht plötzlich auf dem

Fußboden zu landen. Sie rollte sich auf ihn, stützte sich halb auf seine Hüften, halb auf ihren Ellbogen.
»Es war Theresa. Die in Rosa. Mit dem engen Rock. Erinnerst du dich? Kannst mir glauben. Morgen rennst du nach Ballymurphy und schnüffelst rum. Geiles Schwein.«
»Jemandem, der so schön ist wie du, nehme ich alles ab.«
»Quatsch«, sagte sie.
»Wer war denn der große Mann, bei dem die kleine Theresa nicht satt geworden ist?« Seine Hände wanderten jetzt wieder, schoben sich zwischen ihre Schenkel. Sie bäumte sich auf.
»Ja, so ist's gut. Weiter. So, ja, so. Der große Mann, nach dem sie alle suchen. Der aus London. Der den Politiker in London abgeknallt hat. Nicht aufhören, so. Schneller. Mann, ich hab' keine Zeit mehr. Der Wecker der Alten geht in 'ner halben Stunde. Und dann ist sie auch schon auf wie der Blitz. Das Ding macht einen Krach, der weckt die Toten vom Milltown-Friedhof auf.«
Minuten später war sie aus dem Bett, hatte sich angezogen, schlich leise die Treppe hinunter zur Haustür. Harrys Angebot, sie hinunterzubringen, hatte sie abgelehnt, hatte ihm einen schwesterlichen Kuß auf die Stirn gegeben und war verschwunden. Von seinem Fenster aus sah er sie kurze Zeit später die Hauptstraße unter den Laternen entlanggehen. Als sie an dem Trümmergrundstück vorbei war, verlor er sie aus den Augen.
Nachdem sie fort war, legte sich Harry wieder hin, streckte die Beine, beschäftigte sich mit dem, was er von ihr erfahren hatte. Kein Problem für die Jungs von der Abwehr. Ein Mädchen namens Theresa, etwa achtzehn oder neunzehn, in Ballymurphy, hat's mal mit dem, mal mit jenem. Kein Problem. Damit war die Sache so ziemlich gelaufen. Nicht schlecht: Einmal dienstlich bumsen, und gleich der große Coup. Kaum zu glauben, dieser Dusel – daß er so schnell so weit gekommen war – alles war ihm in den Schoß gefallen – noch dazu auf einer Sause. Und Davidson, diese Memme, dieser Trottel, der ihm kaum Chancen eingeräumt hatte, der ein Riesentheater gemacht hatte und die Ohren hatte hängenlassen, was würde der denken, wenn Harry anrief? Ein Hochgenuß würde das sein. Den möcht ich sehen, dachte Harry.
Da war noch die Sorge, daß dieser blöde, glotzende Soldat ihn

erkannt hatte. Aber in den nächsten achtundvierzig Stunden mußten sie den Mann eigentlich schnappen, und dann spielte das, was der Soldat gesehen hatte, keine Rolle mehr. War dann nur noch am Rande interessant. Aber wo kam der Bursche her? Er überlegte, was er in den letzten zwei Jahren an militärischen Kontakten gehabt hatte, versuchte zu rekonstruieren, wo er den jungen Mann gesehen haben könnte, der, was ihn betraf, seiner Sache so sicher gewesen war. Na, Davidson würde das schon einrenken. Ich ruf ihn gleich früh an. Sag ihm, daß der Fall praktisch vom Tisch ist.
Zum ersten Mal seit seiner Ankunft in Belfast spürte er jene Erregung, die das Unternehmen Sheik Othman gekennzeichnet hatte.
Da hatte er kurze Meldungen gekritzelt, auf englisch, und hatte sie in einer alten Obstkonservendose auf der Straße Sheik Othman-Mansoura deponiert. Telefon? Nein, so vornehm war das da nicht. Manchmal blieb er am nächsten Tag in der Nachmittagshitze, wenn die Stadt schläfrig war und nur auf halben Touren lief, draußen auf der Straße. Dann sah er, wie die Army mit ihren Saladins und Saracens in die Stadt gedonnert kam, wie die Männer mit den braungegerbten, ausdruckslosen Gesichtern grob zu den Panzerwagen gedrängt wurden. Nur ihre verachtungsvollen Blicke wehrten sich gegen die Übermacht, die gekommen war, sie zu holen. Das war der Lohn für seinen seltsamen Job – zu erleben, wie die klobigen Soldatenstiefel in die Spuren traten, die er lautlos für sie vorbereitet hatte.
Es dauerte noch gut zweieinviertel Stunden, bis er Davidson im Büro erreichen konnte. Zumindest in den ersten drei Wochen würde er jeden Tag, auch sonntags, von acht Uhr morgens bis zehn Uhr abends dort auf dem Posten sein, hatte er Harry gesagt. Katastrophal für die Ehe, dachte Harry. Allerdings – verheiratet kann ich mir Davidson eigentlich gar nicht vorstellen.
Er würde in die Stadt gehen, beschloß er, und von einer der anonymen Telefonzellen im Zentrum aus anrufen. Jetzt zwei Stunden schlafen. Dieses Weibsbild! Er war fix und fertig.
Aber sie war doch was Besonderes.
Anders als zu Hause. Klar. Eheleben in einem der braven, sterilen Quartiere an der Kaserne – das war nicht zu vergleichen mit der vibrierenden Spannung einer Stadt im Kriegszustand. Zu viele

Bomben, zu viele Heckenschützen, zu viele Verstümmelungen – da hält man sich nicht lange bei der Vorrede auf. Ein paar Erinnerungen braucht der Mensch, ehe der schwarze Kasten die Falls Road hinauf zum Milltown-Friedhof holpert. So sah die Lebensphilosophie in Belfast aus. Nicht mal schlecht, dachte Harry.

Drüben in Deutschland schliefen sie jetzt. Die Frau und die Kinder, in ihren Betten eingerollt, von den vertrauten Gegenständen umgeben, Kitsch und Trödel, den sie nach und nach in dem zollfreien Laden angeschafft hatten und von den Märkten mitbrachten, auf denen sie einkaufen gingen, wenn er dienstfrei hatte. Machte das Mobiliar von Vater Staat, in dem sie wohnten, ein bißchen freundlicher, dieser Klunkerkram. Josephine paßte da nicht hin, das war eine ganz andere Welt. Bald würden sie aufstehen. Am Sonntag frühstückten sie immer zeitig. Jemand würde die Jungen zum Fußballplatz mitnehmen. Das hatte sich so eingespielt. Und seine Frau – wie würde sie einen kalten Sonntag in Norddeutschland verbringen? Harry lag im Halbschlaf. Noch nicht im Traum, aber dicht davor. Sie würde Besuche machen, würde an der Reihe der von den Offizieren bewohnten Einfamilienhäusern entlangspazieren, in einem davon im Laufe des Vormittags einen Kaffee trinken, zu einem Drink vor dem Essen bleiben, sich dann verabschieden, und alle würden lachen, wenn sie Angst um das Essen in der Röhre hatte. Vielleicht würde man sie auch einladen, in einer der Familien zum Essen zu bleiben. Das wäre schon gut. Und sie würden sagen, wie leid es ihnen tat, daß Harry nicht da war, und wie plötzlich er abkommandiert worden war, und sie würden versuchen, ihr eine Erklärung aus der Nase zu ziehen. Die Fragen würden sie verwirren und in Verlegenheit bringen, denn natürlich erwarteten alle, daß sie zumindest ahnte, wieso er so schnell verschwunden war. Und sie würde nicht antworten können.

Würde sie – selbst wenn sie es wüßte – Verständnis dafür haben? Würde sie diesen schäbigen, lausigen Job begreifen? Könnte sie den gejagten Mann verstehen und die Notwendigkeit, ihn zu töten? Würde sie sich mit dem Gedanken daran abfinden, was Harry dabei passieren konnte? »Ich weiß es nicht«, sagte sich Harry. »Weiß Gott, wir sind doch nun schon lange genug verheiratet, und ich weiß es nicht. Sie würde ganz ruhig bleiben,

kein Theater machen, aber was es für sie bedeuten würde, das ahne ich nicht.«
Aber das würde sich alles ergeben. Und wenn er Rede und Antwort stehen mußte, war Josey längst Legende, aus und vorbei.

Billy Downs lag jetzt in seinem Bett und schlief. Bei seiner Rückkehr hatte er seine Frau in ihr Kissen schluchzend vorgefunden. Sie war davon überzeugt gewesen, daß er nicht freikommen würde, war noch verstört von der Strapaze des Telefongesprächs, das sie vor Stunden geführt hatte. Immer wieder versicherte er ihr, daß es reine Routine gewesen war, daß sie nichts zu fürchten hatten. Reg dich ab, sie wissen nichts. Es ist alles harmlos. Die Spur ist alt und kalt und harmlos. Sie klammerte sich an ihn, als müßte sie sich davon überzeugen, daß er wirklich da war, nachdem sie sich innerlich schon darauf vorbereitet hatte, ihn nicht mehr als freien Mann wiederzusehen. Der Schrecken, ihn zu verlieren, wich nur langsam. Er tat sehr sicher, doch was seine Verhaftung bedeutet hatte, wußte er selbst nicht. Aber Flucht wäre jetzt Selbstmord gewesen. Er würde bleiben, wo er war. Sich geben wie sonst. Und sehr cool bleiben.

Sobald er vom Dienst kam, in den frühen Morgenstunden des Sonntags, bat Jones um ein Gespräch mit seinem Kommandeur. Sein Zugführer wollte wissen, wieso, aber der Soldat, verlegen mit den Füßen scharrend, antwortete nur, es handle sich um eine Sicherheitsfrage, und er müsse den Oberst sprechen, sobald er wach war. Sie brachten ihn über die breite Fabriktreppe hinauf. An den nassen Wänden hingen Plakate mit Warnungen vor Brand- und Briefbomben und Mahnungen an die Truppe, immer wachsam zu sein. Dann stand er im Büro des Oberst, der sich gerade elektrisch rasierte. Er setzte das moderne Ritual fort, während der Soldat seinen Bericht zusammenbaute. Bei der Durchsuchung eines Klubs am Vorabend, sagte Jones, habe er einen Mann gesehen, den er mit hundertprozentiger Sicherheit als den Transportoffizier eines Stützpunkts in Deutschland wiedererkannt hatte, in dem seine Einheit nach einem NATO-Manöver neu ausgerüstet worden war. Der Mann hatte sich McEvoy genannt. Jones erzählte von dem Tritt gegen den Knöchel und dem gezischten Befehl zu vergessen, was er gesehen hatte. Es gab eine lange Pause, während der Offizier mit dem Rasierer in seinem Gesicht herumkratzte, unsicher, was er tun und wie er reagieren sollte. Über diesen Gedanken verging ungefähr eine Minute. Sie kam dem jungen Soldaten vor wie eine Ewigkeit. Dann gab der Kommandeur seine Befehle. Jones sollte den Vorfall keinem seiner Kameraden gegenüber erwähnen und die Kaserne bis auf weiteres nicht verlassen.

»Bitte, Sir, was sage ich dem Oberfeldwebel?«

»Sagen Sie ihm, daß Sie erkältet sind. Das ist alles, und halten Sie den Mund. Das ist wichtig.«

Als der Soldat nach einer zackigen Kehrtwendung aus dem Zimmer gestampft war, bat der Oberst seinen Adjutanten zu sich. Der Sonntagvormittag verlief normalerweise ruhig, da konnte man schon mal ein bißchen länger im Bett bleiben. Der Adjutant war noch im Morgenrock. Für den Oberst war die Lage jetzt klar.

»Hier laufen doch haufenweise diese Burschen in Zivil rum. Ich glaube, wir sind versehentlich auf einen getreten. Wenn wir was davon sagen, gibt es ein Riesentheater, fliegende Fetzen, eine Menge Probleme. Ich lasse Jones heute nachmittag nach Deutschland ausfliegen und die Seite aus seinem Notizbuch vernichten. Wenn wir das auf unsere Art erledigen, gibt's bestimmt weniger Palaver, als wenn Frost oben im Hauptquartier davon erfährt.«

Der Adjutant stimmte zu. Er würde sich das Logbuch geben lassen und sich persönlich um die störende Seite kümmern. Noch vor dem Frühstück.

Sonntagmorgen in Belfast – das ist ein Alptraum. Harry kam sich vor wie in der Szenerie eines jener Filme, in denen ein Nervengas-Angriff stattgefunden hat und es keine Überlebenden gibt. Nichts als graue, klobige Gebäude, einige von den Bombenanschlägen schiefgezogen, einige von dicken Holzbalken gestützt. Vor dem Rathaus, riesig, weitläufig und offenbar menschenleer, hatten sich die Tauben auf dem Rasen versammelt. Auch sie rührten sich nicht, nur hier und da senkten sie die Köpfe auf der Suche nach vermeintlichen Körnern in der Erde. Keine Busse. Keine Taxis. Keine Autos. Keine Menschen. Harry beeilte sich, so viel Stille und Leere hinter sich zu lassen. Fast erleichtert sah er eine Gemeinschaftspatrouille von RUC und Army heranrollen. Das war für ihn der wesentlichste Unterschied zwischen Aden und Belfast: In Mansoura, ganz auf sich gestellt, hatte er sich eingeigelt, fern von jedem militärischen Schutz, und hatte akzeptiert, daß es für den Fall, daß er enttarnt wurde oder sich selber verriet, viel zu weit war zurück zu den eigenen Reihen. Jetzt war er von Armee und Polizei umgeben. Er war gleichsam ihr verlängerter Arm, ein Filialunternehmen.

Trotzdem machte ihn gerade diese Nähe der Sicherheitskräfte nervös. Der auf feindlichem Gebiet arbeitende Agent muß unabhängig und selbständig sein. Das traf genauso auf einen britischen Agenten zu, der in Großbritannien arbeitete. Er kann nicht, wie ein kleiner Junge mit Nasenbluten, heim zu Mammi laufen. In Mansoura war das ganz selbstverständlich gewesen, und man hatte sich deshalb leichter damit abgefunden.

Die Stadt war nicht nur menschenleer. Sie war auch abgeriegelt. Eisengitter, mit spitzen Dreiecken am oberen Rand versehen, blockierten die von der Royal Avenue abgehenden Einkaufsstraßen. Die Drehkreuze in den Sicherheitszonen waren mit Vorhängeschlössern versperrt. Die Geschäfte innerhalb und außerhalb der Absperrung hatten ihre Fenster verbarrikadiert und die Läden vorgelegt.

In der Nähe der Hauptpost fand er eine Reihe leerer Telefonzellen. Er hätte sich eine von sechs aussuchen können, wenn die Rowdys nicht überall so gewütet hätten. Es war kalt in der Zelle. Der Wind pfiff durch die Löcher in der Scheibe, die die Kinder eingeworfen hatten. Das war noch vor der Zeit gewesen, als die Armee in voller Stärke die Innenstadt überwachte.

Er nahm einen Stoß Zehn-Pence-Stücke aus der Tasche, legte sie schuppenförmig auf den Münzkasten und wählte die Londoner Nummer, die er in Dorking auswendig gelernt hatte. Wenn er über eine Vermittlung gegangen wäre, hätte man sein Gespräch abhören können. So war es sicherer. Das Telefon schlug lange Zeit an, ehe sich jemand meldete.

Davidson hörte es läuten, als er auf der untersten Treppenstufe war. Den schrillen, beharrlichen Ton im Ohr, fummelte er an seinem Schlüsselbund herum, um die drei Schlösser an der schweren Tür zu bewältigen. Dann stolperte er durch das dunkle

Zimmer mit der noch heruntergelassenen Jalousie. Er schnappte sich den Hörer.

»Vier-sieben-null-vier-sechs-acht-eins. Ja, bitte?«

»Hier Harry. Wie geht's der Familie?«

»Sehr gut. Wie ich höre, haben sie sich über die Ansichtskarten gefreut.«

Das war die Routine, auf die sie sich geeinigt hatten. Zwei Sätze Nichtssagendes, um dem anderen zu zeigen, daß er ein freier Mann war und unbeeinflußt sprechen konnte.

»Wie geht's denn so, Harry?«

»Mittelprächtig. Am besten werde ich erst mal den Bericht los, dann können wir reden. Start in zehn Sekunden.«

Damit hatte Davidson Zeit genug, die Schublade in seinem Schreibtisch aufzuziehen, den Kassettenrekorder einzuschalten und die Zuleitungsschnur in den Telefon-Empfänger zu stekken.

»Es geht los – okay? Der Mann ist noch in Belfast. Davon bin ich überzeugt. Er steht offenbar unter großem Stress. Kurz nach dem Attentat, als er hier untergetaucht war, ist er mit einem Mädchen namens Theresa zusammengewesen. Den Nachnamen habe ich nicht. Sie ist aus dem Ballymurphy-Bezirk. Er hat versucht, sie zu bumsen, und sie erzählt ihren Freundinnen, daß er es nicht geschafft hat, weil er so aufgedreht war durch das Attentat. Sie ist Anfang zwanzig oder knapp darunter. Sie war gestern bei einer Tanzerei in einer grünen Wellblechbaracke. Im Ardoyne-Bezirk. Sie war in Rosa, hatte einen engen Rock an. Das Militär platzte rein und hat ungefähr ein Dutzend junge Leute mitgenommen, ein paar davon aus Theresas Clique. Die müßten noch in Haft sein, wenn die Army nicht verdammt schnell arbeitet. Einer von ihnen wird sie identifizieren können. Es lohnt also, sich die Kleine mal vorzunehmen. Ich glaube, dann rollt die Sache. Kann eigentlich gar nichts mehr schiefgehen. Soviel zur Habenseite. Jetzt das Negative. In dem Klub haben sie mich kontrolliert. Ein Obergefreiter aus Wales hat die Fragen gestellt, ein junger Bursche hat die Antworten aufgeschrieben. Der Junge hat mich erkannt. Woher, das weiß der liebe Himmel, aber es ist nun mal passiert. Das möchte ich gern geradegebogen haben. Heute rühre ich mich nicht aus dem Haus, aber für morgen hab ich vielleicht einen Job in Aussicht. Das wär's eigentlich.«

»Wir haben uns Sorgen gemacht, Harry, weil wir nichts gehört haben.«
»Ich wollte erst anrufen, wenn's was zu melden gab.«
»Na ja, ich will nicht meckern. Aber ich weiß, daß Sie nicht da wohnen, wo wir es vorgesehen hatten.«
»Allerdings nicht! Das war 'ne richtige Soldatenbleibe. Von den interessanten Gebieten meilenweit entfernt. Wie ich mir den Laden ansehe, kommt gerade ein Rekrut in Zivil raus. Das war vielleicht ein Reinfall. Den Burschen, der Ihnen die Bude aufgeschwatzt hat, sollten Sie einen Kopf kürzer machen.«
»Danke, Harry, den werd' ich tüchtig zusammenstauchen. Da gehe ich bis zu den höchsten Stellen.«
»Ich hab mich selbständig gemacht. Ganz gemütlich, auf der anderen Seite der Stadt. Lassen wir's dabei. Wenn sich wieder was tut, melde ich mich.«
»Also meinetwegen. Es ist nicht üblich, aber okay. Sonst noch was?«
»Sagen Sie den Leuten, die das Mädchen holen, daß sie ein bißchen vorsichtig sein sollen. Fragen Sie mich nicht nach meiner Quelle, aber es sollte möglichst keine Wellen schlagen. Sehen Sie zu, daß Sie die Kleine kriegen, ohne daß es ein Riesengeschrei gibt. Dann können Sie sich unseren Mann schnappen, ehe überhaupt jemand merkt, daß sie weg ist und daß sie was damit zu tun hatte.«
»Gut, gebe ich weiter. Noch was?«
»Nein. Nichts mehr. Wiederhören – und Waidmannsheil.«
Davidson hörte, wie der Hörer aufgelegt wurde. Das Gespräch hatte eine Minute und fünfundfünfzig Sekunden gedauert.

Harry hielt den Hörer noch einen Augenblick in der Hand, nachdem er mit einem Druck auf die beiden Knöpfe den Anruf beendet hatte. Er hätte gern noch mit Davidson geredet, über unwichtige Kleinigkeiten. Aber das wäre unprofessionell gewesen. Gefährlich. Schlapp. Ablenkend. Wenn sie bloß den Kerl jetzt faßten. Er ging zurück zur Pension, einem einsamen Tag entgegen, während das Leben in der Stadt mit halber Kraft anlief.

Davidson hatte sich gewundert, daß Harry so schnell aufgelegt hatte. Er griff in die Schublade, ließ das Band ein paar Umdrehungen zurücklaufen, um zu prüfen, ob die Aufnahme geklappt hatte. Dann spulte er es bis zum Anfang zurück und spielte es einmal von vorn bis hinten ab. Dabei stenografierte er die Unterhaltung mit. Wieder ließ er das Band zurücklaufen, spielte es noch einmal, verglich den Text mit seinem Stenogramm. Erst als er sich überzeugt hatte, daß er jedes von Harry gesprochene Wort korrekt aufgenommen hatte, zog er die Schnur aus dem Stecker am Telefon. Er suchte sich in seinem Notizbuch, hinten in dem Adressen- und Telefonverzeichnis, die Privatnummer des Staatssekretärs heraus.

»Es interessiert Sie vielleicht nach unserem Gespräch neulich. Er ist wieder aufgetaucht. Ein paar ganz brauchbare Sachen. Dürfte ein nützlicher Fingerzeig sein. War ein bißchen bärbeißig. Keine Vergnügungsreise für ihn, schätze ich. Ich rufe Sie morgen im Büro wieder an. Ich mache mir durchaus Hoffnungen, daß wir jetzt ein Stück weiterkommen. Ja, ich gebe es jetzt weiter.«

Sein nächster Anruf galt einer Geheimnummer im Verteidigungsministerium.

Minuten später landete Harrys Mitteilung verschlüsselt über Fernschreiben in dem zweistöckigen roten Backsteinbau in Lisburn, in dem die Abwehrabteilung im Oberkommando des Heeres saß. Das Telex war eilig und wichtig genug, um Oberst George Frost vom Frühstück zu holen; Frost räsonierte heftig über Amateure und mangelnde Koordination. Dann berief er eine dringende Besprechung auf hoher Ebene ein. Er ließ seine eigenen Leute kommen, den Diensthabenden der 39. Brigade, den Special Branch und den Kommandeur der für den Ardoyne-Bezirk zuständigen Einheit. Die Sitzung war für neun Uhr angesetzt. Dem Einheitsführer wurde nicht gesagt, was er im Hauptquartier sollte, man schärfte ihm nur ein, auf keinen Fall dürfte einer der gestern nacht festgenommenen Verdächtigen entlassen werden. Davidson hatte Harrys Meldung leicht gekürzt. Da er jetzt davon überzeugt war, daß eine Verhaftung unmittelbar bevorstand, war auch er zu dem Schluß gekommen, daß es am besten war, die Geschichte von dem Soldaten, der Harry erkannt hatte, unter den Tisch fallen zu lassen und nicht weiterzuverfolgen. Ein ganz blöder Zufall. Würde nicht noch einmal passieren. Vergessen wir's. Gibt nur böses Blut, wenn es amtlich wird.

Während Frost auf die Sitzungsteilnehmer wartete, starrte er auf den von einem der Schreiber vom Dienst entschlüsselten Text. Er war detailliert genug, um ihn zu beeindrucken, unwahrscheinlich genug, um denkbar zu sein, und die Art von Material, an die man nicht herankommt, indem man im Wohnzimmer auf dem Hintern hockt und Däumchen dreht. Nachdem er beim General aufgemuckt hatte, weil er nicht informiert worden war, hatten sie ihm von dem dreiwöchigen Blitzkurs erzählt und ihm den Ankunftstag des Agenten mitgeteilt. Er begann jetzt seine zweite Woche. Fünf Zeilen Text – das konnte, mußte aber nicht der Durchbruch sein.
Unternehmen dieser Art haßte Frost wie die Pest. Schlecht vorbereitet und, was noch schlimmer war, mit dem Zwang schneller Ergebnisse, diktiert von den Herren Politikern. Wenn der Mann in diesem Tempo weitermacht, überlegte Frost, wenn er schon so weit drin ist, daß er solche Informationen kriegt, hat er vielleicht noch eine Woche vor sich. Das wäre Spitze für einen Job dieser Art. So mußte man es machen. Schnell und hart zuschlagen, solange die Spur noch warm war. Wenn man den Bodensatz umrührte, kam vielleicht was hoch. Aber klug war es nicht. Nein, und ungefährlich auch nicht.
Armes Schwein.
Frost hatte die Leiche des Hauptmanns von dem Panzerregiment gesehen, den man erschossen und mit einem Sack über dem Kopf außerhalb von Belfast aufgefunden hatte. Der hatte ein ganzes Team hinter sich gehabt. Unterstützung, soviel er brauchte. Und viel Zeit. Jetzt versuchte dieser namenlose und gesichtslose Typ zu schaffen, was den vereinten Bemühungen von Armee und Polizei nicht gelang. Blöde. Idiotisch. Unverantwortlich. So urteilte Frost. Das mußte ja ein Malheur geben. Und er hatte es dann auszubaden.

Als die von Frost einberufene Sitzung begann, war Harry schon fast in seiner Pension angelangt. Er hatte beschlossen, sich heute einen faulen Tag zu machen. Morgen würde er sich dann um seinen Job kümmern und versuchen, eine gewisse Regelmäßigkeit in sein Leben zu bringen.
Aber heute waren die Kneipen geschlossen. Es blieb ihm also nichts weiter übrig, als sich Mrs. Duncans mächtigem Braten zu

widmen und in seinem Zimmer zu hocken und zu lesen. Und sich die Nachrichten anzuhören.

Der Zugführer hatte den Auftrag, das Mädchen im Straßengewirr des Wohngebiets von Ballymurphy zu verhaften; er war fest geblieben, als sie von ihm verlangt hatten, so wenig Leute wie möglich mitzunehmen.
»Von dieser Straße oder den Nebenstraßen aus ist in den letzten achtzehn Tagen auf vier Patrouillen geschossen worden. Wenn wir nach dem Mädel suchen müssen, sind wir mindestens zwanzig Minuten da drin, und mit zwei Leuten, die draußen Schmiere stehen, ist es nicht getan. Wenn ich einen Saracen und einen Mannschaftswagen mitnehme, kriege ich sechzehn Mann drauf, und dann kann ich genug Leute im Haus postieren und habe noch welche für die Durchsuchung.«
»Es soll unauffällig sein, haben sie gesagt«, erklärte sein Kompaniechef.
»Wie denken die sich das? Soll der Pfarrer in 'nem Cortina vorfahren und sie zu 'nem Picknick einladen? Wer ist das Mädchen überhaupt, Sir?«
»Weiß nicht, weshalb sie gesucht wird. Wir kennen sie kaum. Der Chef mußte früh zur Brigade, und dann hat er angerufen und gesagt, wir sollten sie holen.«
»Wie wir's auch machen, in der Straße ist es sowieso innerhalb von fünf Minuten herum. Es ist Sonntag, wir können sie also nicht auf dem Weg von der Arbeit abpassen. In dieser Gegend brauchen wir einfach Rückenstärkung. Hat es Zeit, bis es dunkel geworden ist?«
»Nein, wir sollen gleich loslegen. Das ist ganz klar. Aber ich verstehe Sie schon. Nehmen Sie so viel Leute mit, wie Sie brauchen, aber machen Sie ein bißchen Dampf dahinter, und sehen Sie um Gottes willen zu, daß es keinen Aufstand gibt.«

Theresa saß mit ihrer Familie beim Mittagessen, als die Army kam: Gepanzerte Truppentransporter vor dem winzigen, verwucherten Vorgarten, Soldaten in Feuerstellung hinter Hecke und Mauer, der Grenze zum Rasen des Nachbargrundstücks. Vier Soldaten gingen ins Haus. Sie riefen den Namen des Mädchens, und als sie aufstand, packten sie Theresa an den Armen.

Der Polizist im Hinterzimmer leierte den Text des Special Powers Act, der Notstandsgesetze, herunter.
Die Familie blieb regungslos sitzen, als Theresa zu dem Panzerwagen gebracht wurde. Er fuhr schon, als ihre Mutter, die sich als erste aufgerafft hatte, an der Haustür war.
Keiner der Soldaten, die in dem verdunkelten, mit Stahlplatten verkleideten Saracen um Theresa herumsaßen, sprach mit ihr, und keiner hätte ihr sagen können, weshalb gerade ihr diese Razzia gegolten hatte. Aus dem Saracen wurde sie durch die Hintertür in ein befestigtes Polizeirevier und die Treppen hinunter zu den Zellen gebracht. Man schloß eine Polizeibeamtin mit ihr ein, um jeden Versuch einer Verständigung mit anderen Gefangenen in der Zelle zu verhindern. Vor etwa einer Stunde waren die neun am Vorabend im Klub festgenommenen jungen Burschen entlassen worden. Sie hatten die Nacht in ebensolchen Zellen am anderen Ende der Stadt verbracht. Einer von ihnen hatte unabsichtlich Theresas Nachnamen und ihre Adresse verraten; er war gedrängt worden, jemanden zu nennen, der schwören konnte, den ganzen Abend über im Klub gewesen zu sein.
Es war schon beschlossene Sache, daß man sie mindestens so lange festhalten würde, bis das Geheimdienstunternehmen, dem man den Tip verdankte, abgeschlossen war.

10. Kapitel

Seamus Duffryn, neuester Abwehroffizier der E Company, Third Battalion der Provisionals, hatte den Sonntag zu seinem Hauptarbeitstag gemacht. Es war sein viertes Wochenende auf seinem neuen Posten. Eine lange Reihe von Vorgängern war in Long Kesh und im Crumlin-Road-Gefängnis gelandet. Duffryn hatte Arbeit – eine Seltenheit in der Bewegung. Er war Lastwagenbeifahrer. Dadurch war er mehrere Tage in der Woche nicht in der Stadt, manchmal gingen die Fahrten bis zur Grenze und gelegentlich auch darüber hinaus in den Süden. Daß er so selten greifbar war, verlängerte seiner Rechnung nach die Chancen, unentdeckt zu bleiben. Im Durchschnitt hielten sich die Abwehroffiziere der Kompanie sonst etwa neun Wochen. Wer Informationen für ihn hatte, gab sie im Lauf der Woche bei ihm zu Hause ab, und seine Mutter steckte die Zettel in einen Wäschesack aus Plastik, der seinen Platz unter dem Rost des fertig aufgeschichteten, aber nicht angezündeten Kaminfeuers im Vorderzimmer hatte. Die dürftigen Akten, die Duffryn zusammengestellt hatte, bewahrte er im Kohlenschuppen auf. Wenn die Army kam, während er über Land war, bestand eine reelle Chance, daß die Soldaten – zumindest bei einer Routine-Durchsuchung – doch davor zurückschrecken würden, das Heizmaterial seiner alten Dame in alle vier Winde zu verstreuen.
An den Sonntagnachmittagen saß also seine Mutter mit dem Radio im Hinterzimmer. Duffryn nahm den Wohnzimmertisch in Beschlag und breitete unter dem verblaßten Madonnendruck an der Wand die Zettel aus, die ihm zugegangen waren. Es war ein erstaunliches Mischmasch. Zuerst mußte mal die Spreu vom Weizen getrennt werden. Da kamen Meldungen, wieviel Geld am Wochenende in kleinen Postämtern lagerte – meist waren das Schätzungen und zu hoch gegriffen; Tips, daß dann und dann ein einigermaßen wichtiger Mann der Gegenseite durch den Abschnitt der Falls Road fuhr, für die seine Kompanie verantwort-

lich war; Hinweise, um welche Zeit die Streifen ihre Kasernen verließen. Dann gab es noch die Meldungen, die sich nicht in irgendeine bestimmte Kategorie einordnen ließen, die aber einem Freiwilligen wichtig genug erschienen waren, um sie festzuhalten und ihm zur Prüfung zuzuschicken.

Diese letzte Gruppe ließ er sich für zuletzt. Den größeren Teil des Nachmittags widmete er dem Aspekt seiner Arbeit, der ihm der liebste war, den Meldungen seiner Kuriere und Späher, durch die er erfuhr, was sich auf den Straßen tat. Die gesichteten Berichte gingen zum Kompaniechef, der ein Jahr jünger war als er und vor dreieinhalb Jahren noch die Schulbank gedrückt hatte. Die besten und interessantesten Informationen wurden dann Stufe für Stufe weitergereicht zum Bataillon.

Der Nachmittag war fast vorbei, als er die letzte Gruppe in Angriff nahm und zu jenem Bericht kam, der ihn viel Zeit kostete. Er las ihn in dem schlecht beleuchteten Zimmer einmal langsam durch, fing noch einmal von vorn an, suchte nach dem, was zwischen den Zeilen der vielschichtigen Meldung steckte. Sie war eineinhalb Seiten lang, mit Bleistift geschrieben und trug keine Unterschrift. Eine Nummer unter dem Text verriet, von welchem der Freiwilligen sie stammte. Er las den etwa hundert Worte langen Bericht noch ein drittes Mal, bis er sicher war, ihn in Beiklang und Bedeutung in vollem Umfang erfaßt zu haben. Dann begann er abzuwägen, wie wichtig er war.

Fremde waren die traditionellen Feinde in den katholischen Gemeinschaften von Belfast, die die Größe von Dörfern hatten. Short Strand, Markets, Ardoyne, Divis, Ballymurphy – das waren alles selbständige, autonome Einheiten. Klein und kein leichtes Ziel für Eindringlinge, denn wenn man nicht hineingehörte, hatte man weder das Recht noch einen triftigen Grund, sich dort sehen zu lassen. Ab- oder zuwandernde Gruppen, Schmarotzer, die sich festsetzten, gab es dort nicht. Diejenigen, die man hineinließ, wenn sie ausgebombt oder durch massiven Druck aus ihren Häusern vertrieben worden waren, kamen zu Verwandten, die ihnen ein Dach über dem Kopf bieten konnten. Es waren keine Fremden. Man war bekannt, oder man kam gar nicht erst hinein.

Vor Duffryn lag die Meldung über den Fremden im Beachmount-Broadway-Gebiet. War angeblich auf Arbeitssuche, bekam einen Preisnachlaß als Dauermieter bei Mrs. Duncan im Delrosa. Es ging um seine Sprechweise. Nachname McEvoy, hieß es in dem gekrakelten Bericht. Vorname Harry. Seemann bei der Handelsmarine, verwaist und in Portadown aufgewachsen. Klang harmlos und war vermutlich nachprüfbar. Das Interessante an diesem Bericht kam später. Der Haken, der falsche Zungenschlag an seiner Geschichte. Der Akzent, irgendwas stimmte nicht mit seinem Akzent. Irgendwas war daran aufgefallen. Es war ungelenk ausgedrückt, deshalb hatte Duffryn es so oft gelesen, um dahinterzukommen, was der Absender meinte:

»Spricht soweit okay, dann verliert er es einen Augenblick oder ein Wort lang, oder manchmal mitten im Wort, und dann ist es wieder da... meist redet er wie wir, aber es kommt und geht... nicht bloß so, als wenn er lange draußen gewesen ist, wie er sagt. Dann wär ja alles weg, der ganze Akzent, aber es passiert bloß bei einzelnen Worten.«

Es war nicht viel, aber es beunruhigte ihn doch, und er verwendete eine halbe Stunde darauf, einen ausführlichen Bericht für seine Vorgesetzten zu verfassen, in den er alle verfügbaren Informationen über den Mann packte, der sich McEvoy nannte. Ob weitere Schritte unternommen werden sollten, mußte an höherer Stelle entschieden werden. Er würde den Mann zunächst weiter beobachten lassen, wenn er genug Leute dafür hatte.

Die Nachrichtenübermittlung war problematisch in der Stadt, und es würde deshalb einige Tage dauern, bis seine Meldung weitergegeben werden konnte.

Schütze Jones flog mit der Trident One um 15 Uhr 30 nach Heathrow. Er war nicht in Uniform, fiel aber auf mit seinem kurz geschnittenen Haar und den sauber gebügelten Flanellhosen. Ihm war gesagt worden, daß er mit einem Dienstfahrzeug in Heathrow abgeholt und nach Northolt gebracht werden würde. Dort würde man ihn in die nächste Maschine nach Berlin setzen, wo ihn sein neuer Posten erwartete. Man hatte ihm eingeschärft, über seine Begegnung an jenem Abend mit niemandem zu sprechen. Der Vorfall war getilgt.

Verhörtechnik war eine Kunst, in der Howard Rennie sich zum Meister und zu einer Autorität ausgebildet hatte. Kaum einer verstand es so wie er, die Halbwahrheiten herauszulocken und Kapital daraus zu schlagen, bis die Schleusen der Beredsamkeit sich öffneten. Er beherrschte die ganze Skala der Methoden – Schikane, Freundschaftlichkeit, ruhige Sachlichkeit –, mit denen sich die unterschiedlichen Typen weichklopfen ließen, die ihm an dem kahlen Tisch gegenübersaßen. Die erste Sitzung mit dem Mädchen war freundlich gewesen, höflich und väterlich. Sie hatte ihn nicht weitergebracht. Ehe sie das Vernehmungszimmer zum zweiten Mal betraten, erläuterte Rennie dem Abwehroffizier der Army seine neue Taktik. Rennie würde angreifen, der Engländer sollte sich das zunutze machen. Zwei Männer, zwei Temperamente, mit vereinten Kräften bemüht, die Verdächtige aus dem Gleichgewicht zu bringen.
Der Kriminalbeamte merkte, wie gereizt er war. Ein schlechtes Zeichen. Es verriet die unzähligen Überstunden dieser Woche, den Schlafmangel. Und das Mädchen ließ sich nicht fangen. Sie hatten es ihr leicht machen wollen. Wenn sie allerdings hier die Heldin spielen wollte – herzlichen Glückwunsch! Aber jetzt war sie müde, verwirrt von ihrer Umgebung und von dem hellen Licht – und hungrig. Die belegten Brote, die ihr vorhin gebracht worden waren, hatte sie störrisch zurückgewiesen.
»Wir fangen noch mal von vorn an, ja? Du warst gestern abend tanzen?«
»Ja.«
»Was hattest du an? Das wollen wir noch einmal hören.«
»Mein rosa Kleid.«
Das war nur noch einmal eine Bestätigung für den Kriminalbeamten. Bis zu diesem Punkt waren sie schon beim ersten Mal gekommen. Da hatte nur er geredet. Der Hauptmann von der Army hatte schweigend hinter dem Mädchen gesessen. Auch eine Polizeibeamtin war im Vernehmungszimmer, sie saß an der Schmalseite des Schreibtischs und beteiligte sich nicht aktiv an dem Verhör. Die Fragen stellte der Große, Bullige, der Theresa auf der anderen Seite des Tisches gegenübersaß.
»Euer Haus in Ballymurphy ist ein Unterschlupf, nicht?«
»Nein.«
»Es wird als Unterschlupf benutzt. Das wissen wir. Wir wollen

mehr wissen. Aber dort verstecken sich eure Jungs, stimmt's?«
»Nein.«
»Wir wissen es, dumme Gans. Wir wissen, daß sie sich dort verstecken.«
»Warum fragen Sie mich dann?« schrie sie zurück.
»Es wird als Unterschlupf benutzt?«
»Ich denke, das wissen Sie schon?«
»Wie oft?«
»Nicht oft.«
»Wie oft im letzten Monat? Zehnmal?«
»Ach wo, bei weitem nicht.«
»Fünfmal vielleicht? Fünfmal im letzten Monat, Theresa?«
»So oft nicht.«
»Vielleicht nur einmal, Theresa? Dieses eine Mal interessiert uns nämlich.«
Der Offizier hinter ihr hatte sich eingeschaltet. Engländer. Sanfte Stimme, anders als dieses Schwein von der RUC. Sie saß regungslos auf dem harten Stuhl. Die Hände hatte sie um ein durchweichtes fleckiges Taschentuch gekrampft.
»Ich glaube, wir wissen, daß ein Mann zu euch gekommen ist.«
»Wie kann ich Ihnen sagen...«
»Wir wissen, daß er gekommen ist, Mädchen, dieser eine Mann.« Das war wieder der Große vom Special Branch. »Ein Mann, nicht wahr, ein einziger. Vor ungefähr drei Wochen. Für etwa eine Nacht. Ein Mann – ja oder nein?«
Sie schwieg.
»Ein Mann, Mädchen. Wir wissen, daß er da war.«
Sie starrte unentwegt auf ihre Hände. Die Lampe war sehr hell, die Müdigkeit schwemmte in großen Wogen über sie hinweg, saugte sie auf.
»Ein Mann, dummes Luder, ein Mann war da, wir wissen es.«
Keine Antwort. Immer noch das Schweigen. Die Polizistin bewegte sich unruhig auf ihrem Stuhl.
»Du hast zugegeben, daß manchmal Leute gekommen sind, ja? Nicht fünf, darüber waren wir uns einig. Nicht zehn, soweit sind wir gekommen. Jetzt hör gut zu. Wir sagen, daß vor etwa drei

Wochen ein Mann da war. Ein einziger. Ein wichtiger Mann. Er hat bei euch im Haus geschlafen – ja oder nein? Sieh mich an.«
Langsam hob sie den Kopf, sah den Polizisten vor sich an. Rennie sprach weiter. Es war gleich soweit, das spürte er. Das arme Ding konnte nicht mehr. Noch ein kleiner Schubs, dann kullerte alles heraus.
»Du bildest dir doch nicht ein, daß wir für eine einzige dumme kleine Person wie dich so viele Leute losschicken, wenn wir nicht ganz genau wissen, warum wir mit dir reden wollen. Sei mal ein bißchen vernünftig. Wie war das mit dem Mann? Laß dir Zeit. Ja oder nein?«
»Ja.« Es war kaum hörbar, die Lippen formten die Worte mit einem winzigen Zittern des Kinns. Der Army-Mann hinter ihr hörte die Antwort nicht, so leise war sie. Er las sie dem erleichtert seufzenden Kriminalbeamten vom Gesicht ab.
»Sag's noch einmal«, verlangte Rennie. Immer drauf aufs Schlimme, soll sie sich nur singen hören. Dann redet sie auch weiter. Nicht nachlassen, wenn sie erst angefangen haben.
»Ja.«
Das Gesicht des Kriminalbeamten wurde etwas weniger feindselig. Er lehnte sich vor. »Wie hieß er? Wie habt ihr ihn genannt?«
Sie lachte. Zu laut, hysterisch.
»Was wollen Sie eigentlich von mir? Wollen Sie mir was anhängen? Ich kann – ich könnte gar nichts sagen. Ich weiß es nicht.«
»Wir brauchen seinen Namen.« Zum Teufel mit der weichen Welle. Das war die Krise. Jetzt muß sie weiterreden. Aber das kleine Aas war widerspenstig.
»Ich weiß seinen Namen nicht. Er war ja kaum da. Er ist gekommen und war gleich wieder weg. Es waren bloß sechs Stunden, mitten in der Nacht.«
»Er war in eurem Haus. Hat geschlafen – wo hat er geschlafen... im Hinterzimmer?... Ja, das wissen wir. Er ist auf der Flucht, und du weißt seinen Namen nicht? Weißt du überhaupt nichts über ihn? Komm, komm, Theresa, das nimmt dir doch keiner ab.«
»Ich weiß es nicht. Ich weiß es wirklich nicht. Ehrlich wahr... ich schwör's Ihnen. Er ist reingekommen und raufgegangen.

Früh war er schon weg. Wir haben ihn nicht noch einmal gesehen. Niemand hat uns was gesagt. Den Namen brauchten wir ja nicht zu wissen, und als er gekommen ist, haben wir nicht mit ihm gesprochen. Das ist die Wahrheit.«
Hinter Theresa, von ihr unbemerkt, hob der Offizier die Hand, gab Rennie einen Wink, einen Augenblick innezuhalten. Seine Stimme war dunkel und angenehm, dem erschöpften Mädchen auf dem Stuhl einen Meter vor ihm kam sie nachsichtiger, verständnisvoller vor.
»Aber dein Vater, Theresa, der weiß sicher, wie der Mann heißt. Wir wollen ihn da nicht mit reinziehen. Wir wissen, was in dieser Nacht geschehen ist, da oben im Zimmer des Mannes. Ja, wir wissen das alles. Wir würden es erwähnen müssen. Sie würden es alle erfahren daheim. Was glaubst du wohl, wie dein Dad damit fertig werden würde, in seinem Alter. Und dann dein Bruder, an den mußt du ja auch denken. Er ist schon lange im Lager... es könnte günstig für ihn sein.«
»Ich weiß es nicht, wirklich nicht. Sie müssen mir glauben. Er hat nicht gesagt, wie er heißt. Er ist ja gekommen, weil er nicht bekannt war, verstehen Sie? Das war am sichersten. Dad weiß nicht, wer er war. Keiner von uns weiß es.«
»Weißt du, warum wir ihn suchen?« fuhr der Kriminalbeamte scharf dazwischen. Er zwang sie, aus dem tröstlichen Schatten um den Army-Mann herum wieder in die gleißende Helle zu sehen.
»Ich weiß.«
»Aha. Du weißt, was er getan hat?«
»Ich weiß.«
»Hat er dir erzählt, was er getan hat?«
»Nein.«
»Woher weißt du es dann?«
»Das war ganz klar. Ich hab noch nie so was bei einem Mann erlebt. Er hat eine Hand gehabt wie ein Mummelgreis. Ganz verkrampft. Wie eine Kralle. Ich kann gar nicht sagen, wie er war... es war gräßlich.«
»Wie heißt er? Wir brauchen seinen Namen.«
»Sie können mich umbringen... Heilige Mutter Gottes, er hat nicht gesagt, wie er heißt.«
Der Inspektor holte das Phantombild des Mannes aus einem

braunen Umschlag und schob es dem Mädchen zu. Sie warf einen flüchtigen Blick darauf und nickte. Dann gab sie es ihm wieder zurück.
»Bringen Sie sie runter«, sagte er zu der Polizistin. Die beiden verließen das Vernehmungszimmer und gingen zu den Zellen hinunter.
»Mist«, schimpfte Rennie. »Ich hab gedacht, jetzt hätten wir sie. Ich hab gedacht, jetzt kommt alles nur so geströmt. Ich hab das scheußliche Gefühl, daß das Luder die Wahrheit gesagt hat. In zwei, drei Stunden versuchen wir es nochmal, aber ich glaube, sie weiß nicht mehr als das, was sie gesagt hat. Es klingt einleuchtend. Fremdes Haus, fremde Leute. Eine kurze Nachricht, daß jemand kommt. Sie starren in die Glotze, tun, als wenn sie nichts sehen, und er hat ein Bett für die Nacht. Na, kommen Sie, wir legen uns mal kurz hin. Und dann nehmen wir sie uns ein letztes Mal vor.«

Als sie fort waren, saß Theresa lange Zeit ganz still in ihrer Zelle. Allein; die Polizistin war gegangen. Für das Mädchen war alles klar. Die Army hatte sie aufs Revier gebracht, um sie über den Mann zu vernehmen, der in ihrem Haus übernachtet hatte. Über den Mann, zu dem sie in der Nacht gegangen war. Den Mann, der in London getötet hatte, auf der Flucht, gejagt war – und der nicht bumsen konnte. Die Army hatte sie geholt, weil sie glaubte, sie könnte mit Hilfe ihrer Aussage den Mann finden, verhaften, anklagen, verurteilen und einsperren. Im Getto würden sie einen Volkshelden aus ihm machen, während er in einer Zelle wie dieser hier modern würde. Wenn sie nicht eine Schlüsselfigur in dem Fall war, hätten sie dann Panzerwagen losgeschickt, um sie zu holen? Das hatten sie ja selber gesagt. Was würden die Leute sagen, wenn man ihn verhaftete und verurteilte und ganz Ballymurphy wußte, daß sie zwei Tage auf dem Revier verbracht hatte, verhört worden war? Wer würde hinhören, wenn sie beteuerte, daß sie nicht einmal wußte, wie er hieß, wer sich mit ihrer Behauptung zufriedengeben, sie hätte nichts verraten, was zu seiner Gefangennahme hätte führen können? Wer würde ihr glauben?
Mit seiner Legende würden sie ihren Namen verknüpfen. Sie versuchte sich an alles zu erinnern, was sie diesem Polizisten-

schwein erzählt hatte. Dem Kerl vor ihr, der sie so angebrüllt hatte. Nein – sie hatte bestimmt nichts gesagt, womit sie etwas anfangen konnten. Schön, sie hatte sich das Photo angesehen, aber sie wußten ja, daß es der Mann war. Jetzt brauchten sie bloß noch seinen Namen, den kannte sie nicht, den hatte sie ihnen nicht verraten. Aber wie hatten sie überhaupt von der Nacht erfahren? Sie hatte hier und da einem der Mädchen davon erzählt, einigen, nicht vielen. Hatten die gesungen? Die Freundinnen, mit denen sie mal im Klo geschwatzt hatte oder während der Kaffeepause in der Fabrik, würden die es fertigbringen, sie bei der Army zu verpfeifen? Wer würde ihr denn jetzt noch glauben?

Sie hatte gehört, was die IRA mit Denunzianten macht. Ganz Ballymurphy wußte das. Es war Usus, nicht nur hier, sondern überall in der Stadt, wo die Provos am Werk waren. Die jungen Männer rächten sich gemein und gründlich an Verrätern aus den Reihen der eigenen Leute. Ein Mädchen hatten sie an einen Laternenpfahl gebunden. Geteert und gefedert, so nannten sie das. Schwarze Farbe, Federn aus einem alten, stinkenden Federbett. Haare abgeschnitten. Die Kleine hatte mit einem Soldaten geredet. Sie hatte nicht mit ihm geschlafen, sie hatte nicht mal mit ihm geschmust oder ihn geküßt. Einfach nur geredet, draußen vor der Kaserne, in der Dunkelheit. Einem Jungen aus Theresas Straße hatten sie die Kniescheibe kaputtgeschossen. Nicht mal ein Spitzel war der gewesen. »Dieb« hatte auf dem Schild vor dem Torpfosten gestanden, vor dem sie ihn hatten liegenlassen. Provo-Justiz. Sie hatte ihn nicht gekannt, nur vom Sehen. Hatte ihn getroffen, wie er auf Krücken aus dem Krankenhaus gekommen war. Geächtet und voller Furcht. Sie brachten Mädchen um und Männer, das wußte sie, die sie für Spitzel hielten. Die wurden erschossen und irgendwo deponiert, manchmal mit Drähten und Batterien bestückt. Eine Leiche als blinder Bombenalarm. Dann legten sie sich im Straßengraben auf die Lauer, bis der Bombenexperte sein nächtliches Pensum durchgearbeitet und den Toten für ungefährlich erklärt hatte. Und die Reporter und Photographen waren dabei, scharenweise.

Sie sah es ganz deutlich vor sich. Ein Scheingericht in einer Garage. Junge Männer mit Sonnenbrillen an einem Tisch. Als Beleuchtung eine Sturmlampe. Arme auf den Rücken gebunden, Unschuldsbeteuerungen, die ungehört verhallen. Aus der Ga-

rage herausgezerrt, süßlicher Gestank des Sacks über ihrem Kopf. In ein Auto gestoßen, die Fahrt zu der vorher bestimmten Stelle, der Schuß.
Sie hätte schreien mögen, aber kein Laut kam. Sie saß zitternd auf dem Bett. Die nackte Glühbirne in ihrem Drahtgitter zeichnete ihren Schatten scharf auf die hellbraune Gefängnisdecke. Hätte sie in diesem Augenblick geschrien, wäre sie wahrscheinlich am Leben geblieben. Die Polizistin wäre gekommen und hätte bis zum nächsten Verhör bei ihr gesessen. Aber in ihrem Entsetzen versagte ihr die Stimme. Sie würden wiederkommen und sie weitervernehmen, das wußte sie, vielleicht in einer Stunde, vielleicht später. Die Uhr hatten sie ihr weggenommen, sie hatte jetzt überhaupt keinen Zeitbegriff. Dann würden sie fragen, ob sie den Mann sonst irgendwann einmal gesehen hatte. Sie würden die Frage wiederholen, immer wieder, und wenn sie tausendmal beteuerte, sie hätte ihn seit jener Nacht in ihrem Haus nicht mehr zu Gesicht bekommen. Sie würden fragen, bis sie ihre Antwort hatten. Sie würden es merken, wenn sie log, besonders der Stille hinter ihr, der Engländer. Sie war müde, so müde. Fix und fertig. Wie lange würde sie noch leugnen können? Sie würden es merken, und sie würde alles sagen. Noch vor dem Morgen würden sie von der Tanzerei wissen, daß der Mann dagewesen war mit seiner Frau. Sie hatten ihn doch mitgenommen. Wozu brauchten sie denn jetzt noch seinen Namen. Konfusion und kompliziertes Für und Wider verknäulten sich für das Mädchen zu einem unentwirrbaren Gedankenwirrwarr. Sie hatten ihn mitgenommen, aber sie kannten ihn nicht. Vielleicht hatten sie den Zusammenhang nicht kapiert, und dann kostete ihn das, was sie in ihrer Erschöpfung vielleicht sagte, den Kopf. Dann hatte sie ihn verraten. Den Judas gespielt. Wenn sie es dem Engländer sagte, war das Verrat an ihren eigenen Leuten. Die Panzerwagen würden losfahren, ihn holen, auch auf ein Revier bringen, und sie war gebrandmarkt. Spitzel, Denunziantin. Der Verachtung preisgegeben.
Sie ließ den Blick an den Backsteinwänden mit dem Kachelstreifen entlangwandern, bis er an der schweren Eisenstange am Zellenfestern hängenblieb, mit deren Hilfe das Fenster zur Entlüftung fünf Zentimeter weit geöffnet werden konnte. Es war Winter, das Fenster daher fest geschlossen. Die Stange stand ein

Stück vor. Wenn sie sich aufs Bett stellte und sich hochreckte, kam sie knapp heran. Sehr bedächtig setzte sie sich auf. Sie hob den Rock über die Hüften und begann ihre dicken, warmen Strumpfhosen abzustreifen.

Als die Polizistin in die Zelle kam, um Theresa für die nächste Vernehmungsrunde zu wecken, war sie schon tot. Ihr Mund stand offen, ihre Augen quollen hervor, als hätten sie versucht, vor den qualvollen letzten Zuckungen zu fliehen. Der Nylonstoff hatte sich tief in ihren Hals gegraben, ein roter Rand stand um das Braun der Strümpfe. Die Füße hingen zwischen der Bettkante und der Wand, etwa siebzehn Zentimeter über dem Boden.

Frost wurde ohne nähere Erklärung von dem Diensthabenden geweckt. Es hieß nur, er sollte zum Oberkommando kommen, und »die Hölle sei dort los«. Als er ankam, wartete ein Bericht vom Polizeirevier auf ihn. Er umfaßte nur eine Seite, war auf das absolute Minimum gekürzt und von seinem eigenen Mann, der dem Verhör beigewohnt hatte, unterschrieben.

Theresa... wurde in Polizeigewahrsam zweimal verhört. Anwesend waren ich selbst sowie Detective Inspector Howard Rennie, Detective Sergeant Herbert McDonald und Polizistin Gwen Myerscough. Während der Befragung erkannte sie in dem Phantombild eines im Zusammenhang mit dem Danby-Attentat Gesuchten einen Mann wieder, der vor etwa drei Wochen in dem Haus ihres Vaters übernachtet hatte. Nach der zweiten Vernehmung wurde sie wieder in ihre Zelle gebracht. Später wurde sie in ihrer Zelle erhängt aufgefunden. Als ärztliche Hilfe eintraf, war sie tot.
Gez. Fairclough, Arthur. Hauptmann, Nachrichtencorps.

Grammatik ungenügend, dachte Frost. »Wo ist Fairclough?« fuhr er den Diensthabenden an.
»Auf dem Weg hierher, Sir.« Wenn der Chef in einer solchen Stimmung war, empfahlen sich knappe, direkte Antworten.
»Wann kann er hier sein?«
»So in etwa zehn Minuten, Sir.« Und dann knallt's, dachte der Diensthabende. Armer Fairclough. Möchte nicht in seiner Haut stecken.
Der Oberst trat an den Aktenschrank hinter seinem Schreibtisch, schloß das oberste Fach auf, zog es heraus und kramte nach dem abgegriffenen Telefonverzeichnis mit den Durchwahl-

nummern des Verteidigungsministeriums. Das Geheimdokument enthielt auch die Privatnummern der höheren Beamten des Ministeriums, und zwar sowohl der Militärs als auch der Zivilisten. Er suchte sich die Nummer des Staatssekretärs heraus, dem Davidson unterstand, drehte die Vorwahlnummer von Surrey und dann die sechsstellige Nummer.
»Mein Name ist Frost, Militärische Abwehr Lisburn. Unmenschliche Zeit für einen Anruf, ich weiß – aber es hat sich etwas ergeben, was Sie wissen müssen. Es ist keine sichere Leitung, aber ich werde Ihnen sagen, was ich kann. Wir haben von einer Ihrer Stellen einen Tip über ein Mädchen bekommen. Das war gestern früh. Gestern nachmittag ist sie verhaftet und zweimal verhört worden. Sie wissen, weswegen. Sie kannte den Mann, den wir suchen, hat das Photo identifiziert und zugegeben, daß er im letzten Monat einmal in ihrem Haus übernachtet hat. Wir haben sie vor einer Dreiviertelstunde in ihrer Zelle erhängt aufgefunden. Mausetot. Soviel für jetzt. Aber ich möchte nicht in der Haut Ihres Mannes stecken, wenn die andere Seite Wind davon kriegt. Wollte Ihnen nur Bescheid sagen. Scheint mir 'ne schöne Panne zu sein. Wiederhören.«
Der Staatssekretär bedankte sich tonlos für den Anruf und legte auf.
Frost schloß das Telefonverzeichnis weg und steckte gerade die Schlüssel ein, als nach kurzem Klopfen Fairclough hereinkam.
»Schießen Sie los, Arthur.«
»Wir haben aus ihr herausgeholt, daß der Mann in dem Haus von ihrem Alten gewesen ist. Sie behauptet, daß ihnen sein Name nicht genannt worden ist und daß sie nicht weiß, wie er heißt. Ich glaube, das stimmt. Wir haben sie zwei Stunden in Ruhe gelassen, und als man sie wieder heraufholen wollte, hatte sie sich an ihren Strümpfen aufgeknüpft. Eins vorab, Sir: Sie ist völlig korrekt behandelt worden. Niemand hat sie angerührt, und eine Polizistin war die ganze Zeit dabei.«
»Gut. Machen Sie's schriftlich, und zwar rasch. Mir liegt daran, unsere Version schnell vorzulegen. Diese Information aus London, durch die wir auf die gekommen sind, die war doch echt? Brauchbar?«
»Zweifellos. Sie war tatsächlich bei ihm im Zimmer. Klarer Fall.«
Fairclough verließ das Büro des Obersten, um seinen Bericht zu

tippen. Frost hängte sich wieder ans Telefon, um mit dem Public-Relations-Mann der Army zu sprechen. Wieder weckte ein Telefon am Bett einen Mann aus morgendlichem Tiefschlaf. Bei Anfragen von der Presse, schlug Frost vor, sollten die Männer an der Information den Fall als Polizeisache darstellen und sagen, die Army habe im Auftrag der Polizei das Mädchen zu einem routinemäßigen Verhör geholt. Dann rief er den Leiter des Special Branch an. Als er es bei ihm daheim versuchte, erfuhr er, daß er schon in seinem Büro in der Knock Street sei. Dort erreichte er ihn dann. Seine eigenen Leute hatten ihn schon unterrichtet. Frost gab – nicht übertrieben diplomatisch – zur Haltung der Presse gegenüber die gleiche Anregung, die er auch schon seinen Leuten gegeben hatte.

»Da sollen unsere Männer also den Kopf hinhalten?« meinte der Kriminalbeamte.

»Was wollen Sie sonst machen? Ihr Polizeirevier, Ihre Vernehmung. Wüßte nicht, wie wir da rauskommen sollen...«

»Die Sache ist doch durch Ihren verdammten Tip erst ins Rollen gekommen.«

»Der Tip war gut. In dem verdammten Revier sollte untersucht werden, wie so was überhaupt passieren konnte.«

»Das hat der oberste Boss in seiner Weisheit bereits festgestellt. Ich glaube, wir sollten uns gegebenenfalls bald über den nächsten Schritt abstimmen, sonst ist die Spur im Umsehen kalt.«

»Ich rufe Sie wieder an«, sagte Frost und legte auf.

Verfahrene Kiste, von Anfang an. Da stößt uns dieser arme Kerl – wie heißt er eigentlich – mit der Nase auf die Lösung, und wir vermasseln alles. Armer Teufel. Und zu allem Überfluß erhängt sich jetzt noch das Mädchen, praktisch unter unseren Augen. Der Strick um den Hals und der Sack über dem Kopf sind ihm sicher. Schöne Suppe haben wir ihm heute eingebrockt. Hätte ganz recht, wenn er sich jetzt irgendwie schadlos halten würde. Desertion wäre noch das wenigste.

Harry hörte es – zusammen mit den übrigen Einwohnern der Provinz – in den Frühnachrichten. Die Meldung kam gleich nach dem Bericht über die EWG-Gespräche, die wieder mal die ganze Nacht gedauert hatten. Sie war kurz und kommentarlos.

»In Belfast ist ein Mädchen in einem Polizeirevier im Falls-

Road-Gebiet ums Leben gekommen. In den frühen Morgenstunden wurde sie in ihrer Zelle erhängt aufgefunden. Im Krankenhaus konnte nur noch der Tod festgestellt werden. Nach Angaben der Polizei handelt es sich um die neunzehnjährige Theresa McCorrigan aus Ballymurphy. Eine Untersuchung soll die näheren Umstände des Vorfalls klären. Die nordirische Bürgerrechtsbewegung hat eine Erklärung herausgegeben, in der eine gründliche und unabhängige Ermittlung des Todesfalles gefordert wird. Die Bürgerrechtsbewegung behauptet, zur Verhaftung der Toten in ihrer Wohnung gestern nachmittag seien zwei Panzerwagen und Truppen aufgeboten worden.«
Harry schaltete das Radio aus. Er war wie betäubt. Jetzt war Schluß mit der Spielerei. Schluß mit dem Kindergarten. Die Gewalt hatte gesprochen. Ein einfaches, ganz gewöhnliches, anständiges Mädchen. Will sich von einem Kerl bumsen lassen, der nicht kann. Das erzählt sie den Mädels auf dem Klo, es wird ein bißchen gekichert, man will ja auch mal seinen Spaß haben. Dreißig Stunden später hat sie solche Angst, daß sie sich was um den Hals legt und sich abstößt. Erdrosselt. Ein bißchen scharf und redet zu viel... und jetzt ist sie tot. Harry erinnerte sich an sie. Drüben an der Wand hatte sie gestanden, bei den Halbstarken, den Jungs an der Theke. Sie war nicht ganz sicher auf den Beinen gewesen. Zu viel Gin, zu wenig Chips dazu.
Er war schuld an ihrer Angst. Er war verantwortlich für die Qualen, die sie gelitten hatte, ehe sie sich die Schlinge unters Kinn gelegt und sich abgestoßen hatte, ins Leere. War sie da überhaupt schon verhört worden? Hatte sie irgendwas sagen können? Oder war alles nur Prahlerei gewesen?
Sie hören alle die Nachrichten, überlegte Harry, wirklich alle. Registrieren die Katastrophen der Nacht, versorgen sich mit Gesprächsstoff für den Tag. Alle – auch Josephine. Vielleicht hatte sie gerade Make-up aufgelegt oder gefrühstückt oder ihre Unterwäsche ausgespült. Irgendwo im Haus lief bestimmt das Transistorradio. Sie hatte es gehört und sich ihr Teil gedacht. War sie so schnell im Denken, so clever? Was denn sonst, es war ja deutlich genug. Und was dann?
Harry konnte nur abwarten. Diese Woche half sie nicht in der Pension, sie hatte eine andere Schicht in der Fabrik. Er würde bis zum Wochenende warten müssen, bis zu ihrem nächsten

Treffen. Abwarten und Tee trinken, Harry, und ein bißchen schwitzen. Du wirst ja sehen, wie smart sie ist, und wenn sie smart ist, was sie unternimmt.
Er ging die Treppe hinunter, durch die Diele, trat hinaus auf die Straße. Er hörte, wie Mrs. Duncan ihm etwas nachrief, wegen seines Frühstücks, aber er stellte sich taub und lief weiter, nach links, in Richtung Andersonstown. Er brauchte gute hundert Meter, bis er seiner Emotionen Herr geworden war und sich wieder einigermaßen in der Hand hatte. Beim Weitergehen machte er Bestandsaufnahme, versuchte seinen Job als Schachspiel zu sehen. Sie zählte zu den Bauern, ja, da gehörte sie hin, und die waren entbehrlich. Bei Läufern und Springern wurde es schon unangenehmer, aber auch deren Verlust ließ sich verschmerzen. Er und der Mann, den er jagte, das waren die Damen. Die Superstars, über denen nur noch die Könige standen, heilig und unverletzlich. Daß die Bauern dran glauben mußten, wenn die Damen davonzogen, gehörte zu dem Spiel, das er und der Mann spielten. Es war Zeitverschwendung, über den Verlust von Bauern zu jammern.
Das alte Lied. In Aden war es anders gewesen. Da hatte es kein Engagement gegeben, nichts Persönliches. Ein klares Feindbild, – alles auf dem Brett war schwarz gewesen oder weiß, ganz eindeutig. Jetzt waren alle Felder grau und die Figuren auch. Selbst die beiden Damen. Wer sich nicht auskannte, tat sich schwer, die Steine der beiden Spieler überhaupt auseinanderzuhalten.

11. Kapitel

Vier Stunden nach der ersten Meldung über Theresas Tod war ein Soldat getötet worden, und in Ballymurphy, Whiterock, Turf Lodge und New Barnsley waren schwere Unruhen ausgebrochen.

Den Soldaten hatte aus nächster Nähe die Geschoßgarbe eines Thompson-MG getroffen. Er war der Schlußmann einer Streife in Ballymurphy gewesen, und der Schütze hatte offenbar im obersten Stockwerk eines leerstehenden Sozialhauses auf der Lauer gelegen. Einige der Photographen, die sich vor Theresas Haus versammelt hatten, um ihre Eltern zu knipsen und ein Urlaubsphoto des Mädchens abzuholen, rannten in Richtung der Schüsse. Die Flinksten ergatterten noch ein paar Aufnahmen von den Soldaten, die ihren toten Kameraden in einen Saracen hoben.

In der Falls und der Springfield Road hatten Gruppen von Jugendlichen Busse gekapert, sie in die Mitte der Straße gefahren und angezündet. Danach griff die Army ein. Panzerwagen und Landrover wurden von der Menge, die sich auf dem Gehsteig zusammengerottet hatte, mit Milchflaschen und Steinen beworfen. Die Army fuhr daraufhin auf die Menschenansammlung los und schoß mit den neben dem Fahrer montierten Geschützen Gummikugeln in die Menge. An einer Baustelle war schon eine Barrikade aus Steinen und Benzinfässern entstanden, als die Saracens eintrafen. Die Panzerwagen durchbrachen mühelos das lächerliche Hindernis. Die Fässer kollerten auf die Straße. Ein junger Bursche am Steuer eines knallgelben Baggers stellte sich der Army im Alleingang entgegen. Die Soldaten, die im Schutz der Panzerwagen vorgerückt waren, wichen zurück, als der rollende Dinosaurier in immer schnellerer Fahrt einen kleinen Abhang hinunter auf die krötenartigen Panzerwagen zukam. Einen knappen Meter vor dem Zusammenprall sprang der Junge ab. Der wildgewordene Bagger mußte jeden Augenblick frontal auf die Panzerwagen treffen. Aber diese drängten ihn, überraschend wendig für so große Fahrzeuge, gegen eine Mauer ab, wo er seine Kraft in wildem, vergeblichem Geknatter verausgabte.

Der Steinhagel setzte sich lange fort. Die Kompaniechefs unterstrichen in ihren Berichten an das Hauptquartier, daß in der Bevölkerung echter Zorn zu spüren war. Während bei vielen in den letzten Monaten die Neigung abgenommen hatte, die Army mit Steinen zu bewerfen und den Soldaten Beschimpfungen nachzugrölen, mischten jetzt alle wieder tüchtig mit. Es waren Gerüchte im Umlauf, berichteten die Soldaten nach ihren Streifengängen in den katholischen Gebieten, daß das Mädchen, das sich im Polizeirevier das Leben genommen hatte, gefoltert worden war, bis sie es nicht mehr hatte ertragen können, und daß sie deshalb den Tod gewählt hatte. Sympathisanten der Provos waren – sorgfältig die Hauptstraßen meidend, wo die Army patrouillierte – in den Nebenstraßen und hinter den Menschenansammlungen unterwegs und gaben ihre Anweisungen.

Theresas Eltern erschienen mittags auf dem Bildschirm und beteuerten, ihre Tochter habe niemals einer republikanischen Organisation angehört. Sie beschrieben anschaulich, wie sie am Vortag vom Mittagstisch weg verhaftet worden war. Bei der Presse-Informationsstelle der Army hagelte es Anrufe. Die Anrufer wurden mit der Auskunft hingehalten, es handle sich um eine Polizeisache, die Army habe nichts damit zu tun. Das Mädchen sei ja schließlich auf dem Polizeirevier gestorben. Der unglückliche Beamte, der im Polizeipräsidium Telefondienst hatte, erklärte den Reportern, eine Untersuchung sei noch im Gange und die damit betrauten Kollegen hätten sich noch nicht gemeldet.

Im Oberkommando und im Sekretariat des Secretary of State setzte sich die Erkenntnis durch, daß man sich wohl eine wesentlich überzeugendere Erklärung würde einfallen lassen müssen, und zwar noch heute.

Für die Bewältigung von Krisen hatte der Premierminister ein bewährtes Rezept: Man erkenne das Problem. Richte alle Aufmerksamkeit darauf. Löse es und lege es zu den Akten. Seine Referenten wußten: Wenn er sich wirklich einmal ganz auf ein

Thema konzentrierte, entwickelte er beachtliche Fähigkeiten, den politischen Eiterherd, der schuld an der Entzündung war, zu lokalisieren und zu beseitigen. Aber sie wußten auch, daß sein Interesse ebenso schnell erlahmte, wenn seiner Meinung nach die Situation gerettet war. Nordirland, seit Monaten verhältnismäßig ruhig, stand jetzt auf der Liste der abgehakten Probleme. Die Provinz näherte sich einem, wie es einmal ein Politiker ausgedrückt hatte, »gerade noch annehmbaren Maß an Gewalttätigkeit«. Deshalb empfand der Premier, als man ihm die Bandaufnahmen der Mittagsnachrichten brachte, die Meldung als ärgerliche Störung. Erneute Gewalt. Straßensperren. Verwundete. Der abscheuliche Tod eines jungen Mädchens in einer Gefängniszelle. Er war immer für den direkten Weg.
Aus seinem Büro im hinteren Teil des Hauses mit dem Blick auf die Downing Street-Gärten, fade im Novemberlicht, mit zu viel herumliegendem Laub, telefonierte er mit dem Oberbefehlshaber in Lisburn. Er hörte sich, ohne ein Wort der Unterbrechung, eine Zusammenfassung der Ereignisse dieses Vormittags an und äußerte sich auch nicht, als der General die Hintergründe von Theresas Verhaftung schilderte. Zum ersten Mal hörte der Premier von dem Geheimdienst-Tip aus London, von dem Verhör, von Theresas dürftigem Geständnis und dann von der Entdekkung der Leiche.
»Ist das die erste Nachricht, die wir von unserem Mann haben?«
»Soweit ich weiß, ja. Auf jeden Fall hatten wir bisher nichts, woraufhin wir etwas hätten unternehmen können.«
»Es war gutes Material. Exakt. Etwas, was wir vorher noch nicht hatten, stimmt's?«
»Die Information war zutreffend. Sie hat uns nicht so weit gebracht, wie wir ursprünglich gehofft hatten. Soweit ich weiß, war das tatsächlich der erste konkrete Hinweis auf den Burschen, den wir suchen.«
»Sieht aus, als ob die Falle über dem Falschen zugeschnappt ist. Wir werden uns überlegen müssen, ob unser Mann den Teich damit leergefischt hat. Die Frage ist, wann wir ihn rausholen sollen, ob wir ihn schon kompromittiert haben.« Er genoß das, es war wie damals im Krieg, Amt für Sonderoperationen... Der General fuhr dazwischen.

»Es ist nicht so einfach, Sir. Ich weiß, es hört sich ziemlich lächerlich an, aber wie ich höre, wissen seine Führungsoffiziere nicht, wo er steckt; sie wissen nicht mal, wo sie ihn erreichen können. Der Mann wird nicht von hier gesteuert. Ihre Anweisungen in dieser Hinsicht sind sehr streng interpretiert worden. Die Verantwortung liegt bei London. Er ruft dort an, sie können ihn nicht anrufen. Aber mein Rat wäre, daß er bleibt. Im Augenblick zumindest. Wenn man so was erst mal anfängt, steht man es auch durch. Zwischendurch aussteigen, weil's brenzlig wird – das gibt es nicht. Entweder bringt er es zu Ende, oder er ist sowieso erledigt.«

Der Premierminister gab sich noch nicht zufrieden. »Wir haben also noch keinen Grund zu der Annahme, daß er schon aufgeflogen ist? Aber es wäre heikel, sehr heikel, wenn man ihn in diesem Zusammenhang identifizieren würde.«

»Ich hatte eigentlich angenommen, Herr Premierminister, daß vor dem Startschuß zu diesem Unternehmen solche Fragen geklärt worden wären.«

Der Sarkasmus war ätzend. Der Premierminister knallte den Hörer auf die Gabel, drückte dann den Knopf seiner Gegensprechanlage und verlangte eine Verbindung mit dem Secretary of State in Stormont Castle. Einundvierzigjährige politische Erfahrung hatte ihn gelehrt, Gewitterwolken zu erkennen, lange ehe sie sich über seinem Kopf zusammengeballt hatten. Er wußte, daß es Zeit war, Segel zu raffen und die Luken dichtzumachen. Ein auf persönliche Anweisung des Premierministers eingesetzter Agent, ein junges Mädchen, das sich in einer Zelle aufhängt – das waren besonders saftige Zutaten für einen knalligen politischen Skandal. Er mußte sich langsam eine Defensivtaktik zurechtlegen für den Fall, daß – und das war das Schlimmste, was passieren konnte – ihr Mann aufflog. Dieser verdammte General! Seine Dienstzeit dort war fast vorbei, sein nächster Posten schon bestätigt. Er war auf Nummer Sicher. Da ließ sich leicht raten. Aber wenn er auch auf dem hohen Roß saß – er hatte zähneknirschend zugeben müssen, daß das bisher der beste Tip gewesen war, den sie bekommen hatten. Und trotzdem hatten sie noch Mist gebaut.

»Das hat ihm sicher nicht geschmeckt. Wenigstens ein Lichtblick heute.«

Und jetzt galt es, ein narrensicheres System zu finden. Er würde den Staatssekretär anrufen, der war ja verantwortlich für diese unglaubliche Kommunikationslücke. Für den Fall einer Katastrophe: keine Verlautbarung, die der Beamte nicht abgesegnet hatte. Das mußte auch Lisburn gesagt werden. Wenn alle Stricke reißen, muß man natürlich den Agenten verleugnen... Dann hatte man eben von der Mission überhaupt nichts gewußt.
Der Secretary of State war am Apparat. Der Premierminister verschwendete keine Zeit auf Höflichkeitsfloskeln.
»Ich habe heute von den Schwierigkeiten gehört, von dem Mädchen. Heikle Situation. Wir waren ziemlich schwach in den Mittagsnachrichten, finde ich, zu sehr in der Defensive. Wir müssen positiver auftreten. Ich habe einen Vorschlag. Nur ein Vorschlag, wohlgemerkt, Sie können ja mal sehen, wie Ihre Sicherheitskräfte reagieren. Aber ich meine, Sie sollten etwas sagen so in der Richtung – haben Sie was zu schreiben da? Dann lese ich mal vor, was ich entworfen habe. Also ungefähr so: Das Mädchen war eine bekannte Komplizin des Mannes, den wir im Zusammenhang mit dem Danby-Attentat suchen. Sie wurde ganz korrekt zum Verhör auf die Polizei gebracht und kurz vernommen, dann ist sie zur Nacht in ihrer Zelle sich selbst überlassen worden. Sie müssen betonen, daß niemand Hand an sie gelegt hat. Lassen Sie durchsickern, daß Sie bereit sind, von einem der Krankenhäuser eine unabhängige Autopsie machen zu lassen, wenn Sie meinen, daß das was nützt. Aber mein Gedanke ist, hier Danby wieder ins Spiel zu bringen. Übrigens ist diese Woche der Trauergottesdienst in St. Pauls. Ich hoffe, Sie kommen herüber. Damit wird die ganze Geschichte noch einmal publik. Wenn wir ein bißchen forsch auftreten und selber zum Angriff übergehen, kommen wir durch. Defensivtaktik wäre jetzt das Dümmste, was wir tun könnten.«
Über die Verbindung zwischen dem Mord an dem britischen Minister und dem Tod des jungen Mädchens auf dem Polizeirevier im Falls-Road-Bezirk erschienen große Schlagzeilen in der letzten Ausgabe des *Belfast Telegraph*. Hörfunk und Fernsehen berichteten ausführlich in späteren Nachrichtensendungen darüber. Die wenigen in der Stadt, denen Harrys Existenz bekannt war, wußten nicht recht, ob und wieweit sich diese Enthüllung auf Arbeit und Sicherheit des Agenten auswirken würde. Sie

stellten erleichtert fest, daß der Druck auf ihre Public-Relations-Abteilungen, die bestürmt worden waren, weitere Informationen über die Umstände des Todes herauszugeben, sofort nachließ.
Harry war nicht der einzige Mann in Belfast, der mit Bauern auf dem Schachbrett jonglierte.

Der Schrotthändler wollte es mit Harry versuchen. Offenbar gefiel ihm der Junge. Er habe einen Bruder auf See, erklärte er und fragte Harry, ob er sofort anfangen könne. Von Krankenkassenbeiträgen oder Versicherungsmarken war nicht die Rede, und als Wochenlohn bot er ihm zwanzig Pfund an. Ungefähr einen Monat sollte er auf dem Schrottplatz arbeiten, hieß es, um zu sehen, was da lief. Eine Erweiterung war geplant, neue Laster wurden erwartet. Wenn die kamen, wenn sonst alles klappte, gab es später auch einen Fahrerjob für ihn und mehr Geld
An diesem ersten Vormittag sah sich Harry zwischen den Halden ausgebrannter und verrosteter Wagen um. Das war der Lagerbestand des Schrotthändlers, rauhes, verbogenes Eisenblech in wilden Haufen.
»Ist das Ihr Geschäft?« fragte Harry den geschniegelten kleinen Burschen, der sein neuer Chef war. »Nur Autos? Davon haben Sie genug.«
»Stimmt, Nachschubprobleme gibt's nicht. Du hast's ja sicher auch schon gemerkt, wenn du auch draußen warst. Schreckliche Fahrerei hier. Wenn man die Zahl der Wagen nimmt, heißt es, und die in ein Verhältnis setzt zu der Zahl der Besitzer und der Zahl der Unfälle, ist der Prozentsatz höher als irgendwo sonst in England oder Irland. Die reinsten Verrückten. Und die Cowboys besorgen den Rest. Morgen früh kriegen wir wieder ein Dutzend Autoleichen rein. Wahrscheinlich auch einen Doppeldecker, aber die sind verdammt hart auseinanderzuschneiden.«
Er grinste. Klein, keß, langer Seidenschal um den Hals, Hut im Genick – diese Typen sind doch überall gleich, dachte Harry. Sympathische Gauner.
Der Schrotthändler fuhr fort: »Die Zeiten sind schlecht. Schrotthändler, Baumeister, Glaser – wir sahnen alle ab. Dürft' ich eigentlich gar nicht sagen, aber so ist es doch. Die Army stellt die

ausgebrannten Wagen da oben auf den freien Platz. Wir schicken einen Laster hin und schleppen sie hierher ab. Das ist nicht offiziell, verstehst du, nur so eine Absprache unter der Hand. Sie wollen die Dinger von der Straße haben und wissen, ich schaff sie ihnen schon weg, wenn sie da oben stehen. Heute kommen bestimmt wieder welche dazu.«

Er sah Harry an, und die Heiterkeit verschwand aus seinem Blick. »Die Leute sind mächtig aufgebracht, des Mädchens wegen. Das wirst du merken. Zu Hunderten sind sie hier schon gestorben. Meist geht das nicht tief, da kann der Trauerzug noch so lang sein. Aber das Mädchen, das hat sie richtig wieder auf Touren gebracht.«

»Ist ja auch schrecklich, so ein Mädchen einfach aus dem Haus zu holen«, sagte Harry.

»Die arme Kleine. Sie muß furchtbare Angst vor irgendwas gehabt haben, daß sie sich so was hat antun können. Muttergottes, steh ihr bei. Trotzdem – hier auf dem Platz gilt: Keine Politik, kein Ärger. Das sind hier die Regeln, Harry. Keine Politik, dann kommen wir wenigstens zum Arbeiten.«

Er machte Harry mit den anderen Arbeitern bekannt, sechs alles in allem, und Harry schüttelte ihnen förmlich die Hand. Die neuen Kollegen begrüßten ihn zurückhaltend, aber nicht feindselig. Als der Chef im Büro verschwand, um sich dem Schriftkram zu widmen, konnte Harry ungehindert herumstöbern. Einmal war er auf seinem Zickzackkurs durch die Autowracks nur zweieinhalb Meter von einem russischen Raketenwerfer entfernt. Es war ein RPG 7, komplett mit zwei Raketen, in Sackleinwand und Plastik eingepackt, im Kofferraum eines Wagens eingeschlossen. Bei dem ständigen Kommen und Gehen hier auf dem Schrottplatz war es ein gutes Versteck. Nachts kam man ohne weiteres herein. Die Provo-Einheit, an die das Geschütz ursprünglich ausgegeben worden war, hatte festgestellt, daß es ungenau und unzuverlässig arbeitete, und hatte es daraufhin, sorgfältig gegen Nässe geschützt, dort deponiert. Jetzt waren sie auf der Suche nach einer moderneren Bedienungsanleitung, vorzugsweise nicht in russischer oder arabischer Sprache.

Wie hatte der kleine Schrotthändler gesagt: Keine Politik, kein Ärger. An diesem ersten Tag hielt sich Harry getreulich an das Gebot. Er brauchte sich dabei nur nach seinen Arbeitskollegen

zu richten. Die hatten die Ruhe weg. Die hohe, schwarze Rauchsäule aus einem brennenden Bus wurde geflissentlich übersehen.
Der Rest der ersten Woche, die Harry dort verbrachte, verlief völlig ereignislos. Er wurde, was belanglose Gespräche mit seinen Arbeitskollegen betraf, bis zu einem gewissen Grade akzeptiert, aber damit war auch schon Schluß. Seine wenigen Versuche, die Unterhaltungen auszuweiten, wurden freundlich überhört, und er drängte sich nicht auf. Theresas Tod und die Aufnahme einer regelmäßigen Arbeit, dachte Harry, bedeuteten wohl den Beginn der nächsten Phase. Er hatte jetzt keine heiße Spur zu verfolgen, also blieb ihm nur die Aufgabe der langfristigen Infiltration. Drei Wochen. Welcher Idiot hatte gesagt, es wäre in drei Wochen zu schaffen? In drei Monaten, wenn er Glück hatte. Aber es entspannte ihn. Es tat gut, jeden Tag einen bestimmten Weg gehen zu müssen, eine Arbeit zu haben, die ihn tagsüber beschäftigte. Besser, als in dieser verdammten Pension herumzusitzen. Da kriegte man ja einen Koller.
Und jeden Tag wurde er von Seamus Duffryns Freiwilligen auf seinem Weg von der Pension Delrosa zum Schrottplatz und zurück beobachtet.

Downs wusch sich in der Küche am Ausguß das Gesicht, eine Montagmorgenwäsche, als seine Frau mit bleichem Gesicht hereinkam, die Tür hinter sich und dem Geschrei der spielenden Kinder zumachte.
»Es war eben im Radio. Von dir. Von dem Mädchen. Dem Mädchen, das sich umgebracht hat.«
»Wieso von mir? Was meinst du damit?«
»Dieses Mädchen aus Ballymurphy, es heißt, sie hat mit dem Mann in Verbindung gestanden, der das Attentat in London gemacht hat.«
»Aber von mir direkt war nicht die Rede?«
»Du hast in Verbindung gestanden, haben sie gesagt. Warst mit ihr zusammen.«
»Wie hieß sie denn?«
»Theresa irgendwas. Ich hab's nicht so genau gehört.«
»Kenn ich nicht.«
»Sie ist vernommen worden über ihn, haben sie gesagt, weil sie

eine bekannte Komplizin war. Genau so haben sie es gesagt. Komplizin. Gott sei ihrer Seele gnädig, der armen Kleinen. Sie war ja noch ein Kind.«

»Also ich kenn sie nicht, und nun gib Ruhe.«

»Aber im Radio haben sie's gesagt... laut und deutlich... wo jeder verdammte Idiot es hören kann.«

»Ist alles Quatsch. Scheiße.«

»Wenn du brüllst, lügst du immer. Wer war sie? Was hatte sie damit zu tun?«

»Ich kenn sie nicht, sag ich dir. Ich kenn sie nicht, wirklich.«

»Billy, ich bin nicht blöd. Du bist lange in der Stadt gewesen, ehe du zu mir zurückgekommen bist. Ich hab dich nicht gefragt, wo du vorher warst. Wer ist sie?«

»Wie, sagst du, hat sie geheißen?«

»Spiel nicht den Unschuldigen. Du hast es genau gehört.«

»Wenn sie in Ballymurphy wohnt, da hab ich mal übernachtet. Ich bin gekommen, als es schon dunkel war, die Familie hat vor der Glotze gesessen. Ein junges Mädchen war dabei. Ein ganz junges Ding, die hat mir Essen aufs Zimmer gebracht. Um halb sechs bin ich schon wieder weg.«

»Ach, Essen hat sie dir aufs Zimmer gebracht?«

»Ja, hat sie. Verdammt, verhör mich nicht wie die Scheißbullen.«

»Und nur deshalb hat man sie verhaftet und verhört, nur weil sie dir was zu essen gebracht hat? Den Vater haben sie sich nicht geschnappt, der gibt Interviews. Nur das Mädchen haben sie geholt.«

»Halt den Mund«, fuhr er sie an. Er wollte raus. Bloß weg hier.

»Du sagst mir jetzt, wer das kleine Aas war und was sie dir bedeutet hat!«

»Eben ist sie noch ein Kind, jetzt ist sie plötzlich 'n kleines Aas. Nichts war sie. Nichts. Hat gequatscht. Gesungen hat sie, die blöde Kuh.«

»Woher hat sie gewußt, wer du bist?«

Sie schrie ihm die letzte Frage ins Gesicht. Sie hätte sie gern zurückgenommen, als die Worte heraus waren und ihn getroffen hatten. Plötzlich war er nicht mehr laut, nicht mehr aggressiv. Bettelte, flehte stumm. Zwing mich nicht zu antworten. Ein ertapptes Kind. Ein hohler Sieg.

»Tut mir leid«, sagte sie. »Vergiß es.«
Sie wandte sich ab, zur Wohnzimmertür, hinter der die Kinder sich stritten, eins hungrig war, eins weinte.
»Ich will dir sagen, wie es war...« Sie schüttelte den Kopf, aber er fuhr fort: »Dies eine Mal, dann frag mich nie mehr danach. Selbst wenn ich sie gewollt hätte, ich hätte nicht gekonnt. Ich war einfach fertig. Eiskalt, wie erfroren. Ich hab gezittert. Ich konnte nichts für sie tun. Sie hat mich gefragt, ob ich das gewesen bin in London. Ich hab sie geschlagen. Ins Gesicht. Dann ist sie in ihr Zimmer gegangen. Danach hab ich sie nur noch einmal gesehen. Bei der Tanzerei am Samstag. Wahrscheinlich hat sie mich da auch gesehen.«
Er ging zu seiner Frau hinüber, nahm sie in die Arme. Die Kinder weinten immer noch, lauter jetzt. Er zog ihren Kopf an seine Schulter. Sie reagierte nicht, aber sie lehnte sich an ihn, nachgiebig, völlig passiv.
»Und da muß sie geredet haben«, fuhr Downs fort. »Auf dem Heimweg. Muß gesagt haben, daß sie den Mann kennt, der in London war. Und da hat so'ne Ratte, so'n Schwein gesungen. Ein Scheißspion, ein Spitzel. In unserem eigenen Kreis, bei unseren Feten gibt's so'n Schwein, das dich verpfeift. So muß es gewesen sein.«
»Vergiß es. Wir müssen all das vergessen. Sonst bleibt uns gar nichts mehr.«
Er hielt sie lange im Arm, dort in der dunklen Küche, beleuchtet nur von der einen, unzulänglichen Birne, die ohne Schirm an der Schnur hing. Zuerst weinte sie, leise, undramatisch. Behielt ihren Kummer für sich, benutzte ihn nicht als Waffe, um ihn niederzuknüppeln. Dann beherrschte sie sich, hielt ihn ganz fest. Nichts würde anders werden, nichts würde sich ändern in seinem Leben.
»Du gehst wieder raus?«
»Wenn sie mich brauchen.«
»Du könntest Schluß machen. Hast doch genug getan.«
»Das geht nicht.«
Er brauchte sie jetzt, um Kraft zu tanken. Wenn die Maschine wieder lief, würde er zurückkehren in seine eigene böse, einsame Welt. Zu der sie nicht gehörte.
Sie war eine von vielen. Eine von vielen Frauen, die so wenig

Einfluß auf ihre Männer hatten, daß es sinnlos, unpassend gewesen wäre, sie zu bitten, nicht mehr auf die Straße zu gehen. Immerhin war sie noch besser dran als die meisten. Sie hatte ihren Mann noch daheim. Der Bus, der jeden Donnerstagmittag am oberen Ende der Ypres Avenue auftauchte, war eine nur zu bekannte Erscheinung. Er brachte die Frauen nach Long Kesh, ins Lager, wo sie eine halbe Stunde lang, durch einen Tisch getrennt, mit ihren Männern reden durften.

An diesem Abend öffnete Billy Downs die Tür, als es dreimal klopfte. Ein junger Mann gab ihm einen Umschlag und verschwand wieder in der Dunkelheit. Seine Frau, die das Klopfen erkannt hatte, blieb in der Küche. Sie hörte ihn das Licht in der Diele anknipsen, ein paar Minuten stehenbleiben, hörte, wie Papier zerrissen wurde, einmal und noch einmal.
Er ging ins Vorderzimmer und warf die Papierfetzen, die einmal ein Briefblatt gewesen waren, ins Feuer. Es war eine Nachricht von der Brigade. Kurz und sachlich. Zunächst sollte er zu Hause bleiben. Man glaubte, daß das Mädchen sich erhängt hatte, ohne einen Hinweis zu geben.

Davidson hatte eine schlechte Woche hinter sich. Das vertraute er dem jungen Mann an, den man zu seiner Unterstützung abkommandiert hatte. Mit der Katastrophe um das Mädchen hatte es angefangen. Auch der Staatssekretär hatte sich gemeldet, ihm erklärt, wie er sich einzunebeln gedachte für den Fall, daß das Unternehmen auf Grund lief. Davidson hatte versucht, mit der Panne wegen des unpassenden Quartiers und dem Reinfall wegen des Mädchens zu kontern, war aber damit nicht durchgekommen. Harry hüllte sich nach seinem ersten Anruf sechs Tage lang in Schweigen. Davidson und sein Adjutant saßen im Büro, lasen Zeitung, kochten Kaffee, futterten Fisch und Pommes frites aus der Tüte, Indisches aus der Tüte, Chinesisches aus der Tüte. Die Nummer, die sie Harry gegeben hatten, wurde ständig freigehalten.
Als er sich dann am Samstagnachmittag meldete, war die Wirkung elektrisierend. Davidson fuhr aus seinem Sessel hoch, kippte ihn zur Seite, wischte einen Kaffeebecher vom Tisch, als er nach dem Hörer angelte. Papiere flatterten zu Boden.

»Hallo, ist dort drei-sieben-null-vier-sechs-acht-eins?«
»Harry?«
»Wie geht's der Familie?«
»Sehr gut. Wie ich höre, haben sie sich sehr über die Ansichtskarten gefreut.«
Davidson lag auf den Knien, den Kopf auf der Höhe der Schublade, in der der Kassettenrekorder stand. Er zog die Schnur heraus und stöpselte sie ins Telefon. Das Band lief.
»Gibt's was Neues?«
»Leider nein. Ich grabe mich gerade ein bißchen ein. Ein paar Tage wird's wohl hier ruhig bleiben, da versuche ich, ein bißchen Routine in meinen Tagesablauf zu bringen.«
»Wir machen uns Sorgen um Sie, wegen des Mädchens. Wir haben uns überlegt, ob wir Sie herausholen sollen.«
»Ach wo! Ich gewöhne mich doch gerade ein.«
»Wir sind alle der Meinung, daß Sie sich an diesem Wochenende sehr gut gehalten haben. Aber wir hätten gern eine Möglichkeit, mit Ihnen Kontakt aufzunehmen. Für Sie mag es gut und schön sein, so wie es ist, aber wir machen uns langsam lächerlich. Sitzen hier wie bestellt und nicht abgeholt und warten, bis Sie sich melden.«
»So finde ich es aber am besten. Gebranntes Kind scheut das Feuer. Ich erinnere nur an die Bude, die Sie für mich in petto hatten. Es wird ganz schön knifflig sein, hier noch mehr rauszuholen, und ich möchte es nun mal so haben. Sie denken vielleicht, daß das albern ist, aber das kann ich nicht ändern.«
Davidson wechselte resignierend das Thema. »Hat die andere Seite schon was gemerkt?«
»Ich glaube nicht, jedenfalls ist mir noch nichts aufgefallen, genau kann man das natürlich nicht wissen. Viel mehr macht mir zu schaffen, wo unsere nächste Chance herkommen soll, aus welcher Richtung. Ich hab einen Riesendusel gehabt neulich – und Sie sehen ja, wohin das geführt hat. Auf dem Präsentierteller wird mir so was nicht noch mal geboten.«
»Sie verfolgen also im Augenblick keine bestimmte Spur?«
»Nein, ich buddele mich einfach ein. Bereite mich auf die Belagerung vor.«
»Vielleicht ist es Zeit, daß Sie zurückkommen. Sagen wir am Wochenende. Hat doch keinen Zweck, wenn Sie da rumsitzen und

Ihre Zeit vertrödeln. Wir wissen, daß es verdammt schwierig ist da drüben. Aber Sie haben den Leuten von der Army und der Abwehr einen Tip gegeben, aus dem sie jetzt eigentlich selbst was machen müßten. Kommen Sie zurück. Fahren Sie zum Flugplatz und setzen Sie sich in die erstbeste Maschine –«
Es klickte in der Leitung, dann war das Freizeichen wieder da. Hoffnungslos drückte er die Stoptaste des Kassettenrekorders. Das Gespräch war vorbei.
Idiot. Da hatte er schön danebengehauen. Den Mann vor den Kopf gestoßen, wo er gerade einen Schuß Ermutigung gebraucht hätte. Riesentrottel. Er hätte einen Befehl daraus machen sollen, keinen Vorschlag, oder gar nicht davon anfangen dürfen. Der Fall war jetzt genaugenommen Sache der Army. Spuren genug hatte das Mädchen doch bestimmt hinterlassen.
Davidson sah durch das nackte, vorhanglose Fenster. Draußen war es jetzt dunkel. Er dachte an Harry, wie er die Falls Road hinauf zurück in sein Pensionszimmer ging. An den Schatten und den Trümmern und den Menschengruppen und Soldaten vorbei – der Hinterlassenschaft der wieder aufgeflackerten, jetzt schon eine Woche anhaltenden Straßenkämpfe, die er ausgelöst hatte. Harry, Junge, paß bloß auf.

12. Kapitel

An der Spitze der Belfaster IRA-Brigade war man sich darüber einig, daß die Kampagne sich in einer kritischen Phase befand. Es wurde immer schwieriger, die Kampftätigkeit in Schwung zu halten. Die Führung konstatierte, daß die Bevölkerung, auf die man doch so sehr angewiesen war, wenn die Angriffe Erfolg haben sollten, Ermüdungserscheinungen zeigte. Die Kluft zwischen der Bevölkerung an der Basis und ihren Beschützern – als solche sahen sich die Provisionals – wurde immer größer. Die Geldspenden für die Familien der Gefangenen flossen spärlicher, Türen, die sonst als Fluchtweg für den Heckenschützen oder den Bombenleger offengeblieben waren, wurden jetzt verriegelt, und über die vertraulichen Leitungen der Polizei, denen die Denunzianten ihre anonymen Informationen anvertrauten, kamen immer häufiger Tips, die nur aus dem katholischen Kernland stammen konnten.

In dem Maße, wie der Druck auf die Führung der Provisionals bis fast zur Unerträglichkeit zunahm, verschwanden die Reste von Ritterlichkeit und Kameradschaftlichkeit aus dem Kampfgeschehen. Früher einmal hatte ein britischer Offizier im Turm seines Panzerkampfwagens strammgestanden, den rechten Arm grüßend erhoben, wenn der Sarg eines IRA-Mannes, mit der irischen Trikolore bedeckt, vorbeigetragen wurde. Einst wurden britische Soldaten, wenn sie nach einer ausgiebigen abendlichen Zechtour in Jeans und Sportsakkos versehentlich in die Bogside geraten waren, gefangengenommen und unversehrt ihren verlegenen Vorgesetzten zurückgegeben.

Damit war es jetzt vorbei. Je verzweifelter sich die IRA gegen die wachsende Stärke und Erfahrung der gegen sie angetretenen Sicherheitskräfte zur Wehr setzte, desto bösartiger und desto mehr auf Schockwirkung angelegt waren die Überfälle.

Es war der Brigadechef, der, wenn auch zögernd, entschied,

Billy Downs aus dem Ardoyne und aus seiner Untätigkeit zu holen. Man war sich einig, daß er, sparsam eingesetzt, am wertvollsten war, aber nur zweiundsiebzig Stunden nach der ihm überbrachten Weisung erhielt er neue Befehle.
Das von der Brigade verhängte Todesurteil galt einem Inspektor der RUC. Sein Tod galt als vorrangig und als so wichtig, daß man sogar riskierte, eine Trumpfkarte der Bewegung aufzudekken.
Der Polizist, dessen Erschießung sie beschlossen hatten, war Howard Rennie, vom CID an den Special Branch versetzt. Nach ihren Akten kam er aus den Bergen der Grafschaft Antrim, nahe der Küste. Er war bis vor kurzem in Belfast unbekannt gewesen. Erst neuerdings war aus den Lagern und Gefängnissen etwas von einem Kriminalbeamten in das Informationssystem durchgesikkert, der seine Vernehmungen so gekonnt führte, daß – und das war allein ihm zuzuschreiben – mehrere Verdächtige nicht dichtgehalten hatten.
Danach hatte die Abwehrabteilung der Brigade noch lange gebraucht, um Rennie zu identifizieren, sein Büro in der Castlereagh-Kaserne zu lokalisieren und einen Plan gegen ihn auszuarbeiten. Die endgültige Entscheidung, ihn zu liquidieren, war gefallen, als der Bericht eines Abwehroffiziers der Kompanie vorlag; der Mann hatte Befehl gehabt, die Nummernschilder und Autotypen der Polizeifahrzeuge zu notieren, die nach dem Selbstmord des Mädchens in ihrer Zelle das Polizeirevier verlassen hatten. Der eine Wagen ähnelte im Modell und in der Farbe dem Auto, das der Kriminalbeamte fuhr. Daß er an den Ereignissen jener Nacht beteiligt war, genügte, ihn in der Prioritätenliste einige Stellen nach oben zu befördern. Sein Tod würde der Bewegung nur Beifall einbringen.
Sie gaben Billy Downs die Akte zum Lesen, aber nicht zum Behalten. Der Besucher, der spät abends zu ihm kam, nachdem die Frau und die Kinder nach oben gegangen waren, sollte sie wieder mitnehmen, wenn Downs mit Lesen fertig war. Seine Frau kam die Treppe herunter, um zu sehen, wer gekommen war, erblaßte bei dem Anblick des jungen, langhaarigen Mannes in Jeans und schwerem Steppanorak, der ihren Blick erwiderte und sich dann wortlos abwandte. Sie verschwand in der Küche. Daß sie jetzt im Vorderzimmer nichts zu suchen hatte, wußte sie. Als sie wieder

hinaufging, hörte sie die beiden Stimmen im Gespräch, hastig, gedämpft, dringlich.
Der Kurier zeigte Downs ein Photo von Rennie. Es war fünf Jahre alt, ein Gruppenbild. Sie hatten es in dem umfangreichen Archiv eines Photographen in der Kleinstadt ergattert, in der Rennie damals stationiert gewesen war. Sie hatten ziemlich fest damit gerechnet, daß sie ein solches Bild finden würden, als sie, Revolver in der Hand, das Geschäft des Photographen betreten hatten. In seinem Archiv herrschte Ordnung – sie bekamen, was sie suchten. Das Photo zeigte eine Gruppe von Polizisten, die allesamt ihre Beförderung zum Sergeant feierten. Viel konnte Downs damit nicht anfangen, denn durch die Vergrößerung hatte es stark gelitten. Aber zumindest hatte er jetzt eine ungefähre Vorstellung von dem Körperbau, dem Haar und der Gesichtsform des Polizisten, den er umbringen sollte. Der Kriminalbeamte fuhr einen flaschengrünen Triumph 2000, aber die Akte über Rennie verzeichnete mindestens acht verschiedene Nummernschilder, die er abwechselnd benutzte. Downs las, daß Rennie in einem kleinen Einfamilienhaus in Dunmurry wohnte, am Ende einer Sackstraße. Direkt an der Wendeschleife. Ungünstig für die Beobachtung, ungünstig für einen Hinterhalt. In der Akte stand, daß er eine Tür mit direktem Zugang vom Haus zur Garage benutzte. Seine Frau machte das Garagentor von innen auf, und er fuhr morgens gleich hinaus. Wenn Rennie heimkam, stand das Garagentor immer offen. Der Polizist war bewaffnet.
Sein Besucher erläuterte ihm, daß es problematisch sein würde, ihm eine Falle zu stellen. »Wird nicht einfach sein, die Kanaille zu kriegen. Die sind nie einfach zu fassen. Sie fahren oft zusammen – nehmen sich gegenseitig ins Büro mit. Fahren immer verschiedene Strecken. Bewaffnet sind sie auch. Einer erwischt dich bestimmt, wenn du's auf der Fahrt versuchst. Die wissen, wie man mit 'ner Kanone umgeht. Rennie ist ein geübter Schütze. Und clever – ganz schön vertrackt, das Aas festzunageln. In seiner Straße kannst du dich auch nicht festsetzen. Überall Weiber, die am Fenster hocken, weil sie sonst nichts zu tun haben. Die würden dich sehen und sofort am Telefon hängen. Und du hast auch keine Zeit, dir was zurechtzulegen, für nächste Woche, für nächsten Monat, für irgendwann. Sie brauchen den Kerl, und

zwar schnell. Befehl von der Brigade, Sonderauftrag, und sie wollen dich dafür haben.«

Die ungeputzten, knöchelhohen Stiefel standen neben dem Sessel. Die Jeans waren zerknautscht, seit seiner Heimkehr weder gewaschen noch gebügelt. Das weiße Hemd hatte er ausgezogen. Es war dreckig, der Kragen abgestoßen. Das Feuer war heruntergebrannt, es würde bald ausgehen, wenn man nicht nachhalf. Er hatte, als der Kurier weg war, das Licht ausgemacht, um sich besser auf diesen Rennie konzentrieren zu können, den Gegner, den sie ihm ausgesucht hatten. Er hatte sich viele Einzelheiten der Akte eingeprägt, verbiß sich in die Aufgabe, die sie ihm gestellt hatten: einen Aktionsplan auszuarbeiten. Wie ein Mathematiker, der eine komplexe Formel zu lösen versucht, erwog er in seinem Sessel Methoden und Möglichkeiten des Mordes an Rennie. Er war überrascht, daß sie ihn geholt hatten, aber was das bedeutete, war klar. Es war ein eminent wichtiges Unternehmen, er war ein eminent wichtiger Agent.
Seine Frau blieb oben. Sie wußte, daß sie jetzt nicht nach unten gehen durfte, wo sich ihr Mann abkapselte und sich mit Fragen der Angriffstaktik und der Mordwaffe herumschlug.
Sie schlief unruhig in dieser Nacht, wurde gleich zu Anfang von einem bösen Alptraum gequält. Sie sah ihren Mann von einer Geschoßgarbe niedergemäht, groteske Soldatengestalten beugten sich über ihn. Das Leben strömte aus ihm heraus in die Gosse. Füße stießen und traten nach ihm. Als sie die Hand ausstreckte, weil sie wissen wollte, ob er inzwischen heraufgekommen war, griff sie ins Leere. Wieder im Halbschlaf, hörte sie erneut die Schüsse, immer wieder, sah den Todeskampf, die Schmerzen ihres Mannes. Und dann trugen Erschöpfung und Angst sie über die Traumphase hinweg in einen Tiefschlaf, der bis zum Morgen dauerte.
So fand er sie, als er, den Plan schon halbfertig im Kopf, nach oben kam. Ganz schön raffiniert, was du da vorhast, sagte er sich. Daß er auf diese Lösung eines technischen Problems gekommen war, freute und erregte ihn.
Er legte sich auf den Rücken, die Ellbogen auf dem Kissen, die Hände unter dem Kopf verschränkt, ging seinen Plan noch einmal durch, prüfte jede Phase auf mögliche Schwachstellen hin.

Er war müde, aber so gehobener Stimmung, daß er keine fand. Jeder Schritt des Attentats wurde kontrolliert, Punkt für Punkt durchgecheckt, bis auf den letzten – den Mord selbst. Das eigentliche Töten, das Abdrücken und den Schuß – das sperrte er aus seinen Gedanken aus.
Er machte sich nur selten Gedanken darüber, welchen Wert seine Morde für die Bewegung haben mochten, der er diente. Die Aufgaben, die Pläne bekam er von seinen Vorgesetzten. Andere bestimmten über die Moral. Andere hegten den Haß. Andere verwandelten seine Taten in Siege. Er führte seine Befehle aus – Expertenarbeit garantiert. Der Soldat in seiner Armee.
Es gab Leute in der Bewegung, Männer, die er kannte oder von denen er gehört hatte, die angeblich die physische Seite des Tötens genossen. Da gab es Geschichten, wie sie die Opfer nach dem Urteil des Scheingerichts geistig fix und fertig gemacht hatten. Führten ihnen die Waffe vor. Machten alles bereit zur Exekution – und schossen dann mit ungeladenem Revolver. Opfer wurden zusammengeschlagen, mit Messern und brennenden Zigaretten gefoltert. Das war nichts für Billy Downs. Seine Morde waren anders. Clever. Durchgeplant. Keine kleinen Fische. Die Führung kannte und respektierte seine Einstellung. Das Ritual überließ er den anderen. Er gehörte an die Front. Seine Gedanken kehrten zum Aufbau und zur Durchführung des Mordprojekts an Rennie zurück. Seine Pläne eilten weit voraus. Es war schon fast hell, als er einschlief.

In einem Zimmer über einer Fischbratstube in Monaghan, schon in der Republik, aber hart an der Grenze, hielt der Armeerat seine erste Sitzung seit vierzehn Tagen ab. Acht Männer saßen am Tisch. Sachlich, Stifte und Notizbücher vor sich. Ausführlich wurde besprochen, was sie vorhin in der Tagesschau gesehen hatten, den Film, auf den Stufen von St. Paul's aufgenommen, der zeigte, wie die Minister und Kabinettsmitglieder zu dem Trauergottesdienst für Henry Danby erschienen waren.
»Das nennen die Sicherheit? Verdammt mieser Schutz.«
»Sie hatten alle 'nen Gorilla dabei, aber anscheinend jeder nur einen. Bis auf den Alten. Der hatte zwei. Die reinsten Filmstars, langsam kennt man sie alle.«
»Wäre ganz einfach, da wieder einen Mann anzusetzen.«

»Verdammt lasch. Und das nennen die Zeitungsfritzen einen undurchdringlichen Sicherheitskordon. Daß ich nicht lache.«
»Es wäre nur eine Wiederholung. Hat 'ne Menge Vorbereitungszeit gekostet beim letzten Mal. Und Personal. Und was hat's gebracht? Bei dem Schwein Danby hat das ja noch eingeleuchtet, aber bei einem anderen? Wozu?«
»Es hat uns allerlei gebracht, daß wir Danby erwischt haben. Daß wir unseren Mann nicht haben schnappen lassen, das sieht nicht schlecht für uns aus.«
»Den Danby konnte niemand leiden. Von den anderen in der Clique gibt's keinen, bei dem sie so reagieren würden. Das Schwein war wirklich verhaßt. Selbst die Protestanten fanden ihn widerlich.«
»In London können sie die Politiker einfach nicht abschirmen. Unmöglich. Die müssen raus, müssen sich zeigen. Sie können nicht hinter verschlossenen Türen regieren. Das geht vielleicht im Weißen Haus, aber nicht in der Downing Street.«
»Überlegen wir doch mal, was gewonnen wäre, wenn wir wieder in London zuschlagen«, ließ sich der Generalstabschef vernehmen und beendete damit das Wortgerangel am Tisch.
Er mischte sich nur selten in das Gespräch ein, zog es vor, die Meinungen eine Weile hin und hergehen zu lassen, während er die Vorschläge abwog und sich dann schließlich auf eine Seite schlug. Er war ein harter Mann und hielt sich selten mit Erwägungen auf, die nicht direkt das Endergebnis betrafen. Wie ein Rentabilitätsexperte oder Super-Refamann verlangte er Wert für Arbeit. Er hatte eine gründliche militärtaktische Schulung hinter sich, hatte es in einem Fallschirmjäger-Regiment der britischen Armee bis zum Unteroffizier gebracht. Jetzt war er Mitte dreißig. Er hatte Einsätze in Aden und Borneo hinter sich. Bei Beginn der Unruhen war er vorzeitig ausgeschieden, hatte kurze Zeit als Maler und Anstreicher gearbeitet und war dann in den Untergrund gegangen. Als seine Kameraden ihn zum Führer der Provisionals gewählt hatten, wußten sie, daß er einen harten, rücksichtslosen Kampf führen würde. Die Vertreter eines fortgesetzten Zermürbungskrieges gegen die öffentliche Meinung in Großbritannien hatten sich durch möglicherweise Kompromißwillige bedroht gefühlt. Der neue Generalstabschef war ihre Garantie. Er war kein Stratege, aber er hatte auf den Straßen um

die Lower Falls Road, aus denen er kam, einiges an Taktik gelernt. Er hatte das Attentat auf Danby sanktioniert und war mit dem Erfolg sehr zufrieden.
Der Quartiermeister nahm den Ball auf. »Das ist immer das Dumme bei diesen Knüllern. Du startest 'ne große Sache, ziehst sie durch, und wohin führt das Ganze? Doch nur zu immer mehr Gewalt.«
Der ältere Mann aus der Gruppe, ein Veteran von 1956, der jetzt in Cork wohnte, sagte: »Das ist dann wenigstens mal ein Paukenschlag. Wie viele Bomben, wie viele Soldaten wiegen einen britischen Kabinettminister auf?«
Der Quartiermeister, der ihm gegenübersaß, war unbeeindruckt. »Und die Reaktion? Beim nächsten Mal nehmen die hier doch alles auseinander. Das überleben wir nicht. Die machen uns fertig. Hier ebenso wie im Norden.«
»Das müssen wir eben abwägen. Was wird in einem solchen Fall aus der Organisation? Die laufen doch dann Amok, schlagen uns kurz und klein.« Der Sprecher war aus Derry, ein junger Mann aus der Creggan-Siedlung. Einmal interniert, durch eine Amnestie anläßlich der Ernennung eines neuen Secretary of State freigekommen. Er hatte auch in den Gefängnissen der Republik gesessen. Jetzt war er in der Grafschaft Donegal ebenso im Untergrund wie in dem Straßengewirr des Creggan-Bezirks. »Es nützt uns jetzt gar nichts, wenn wir hergehen und Kabinettminister aus Westminster umlegen; wir müssen den Boden zurückgewinnen, den wir verloren haben, als die Army in die Bogside und in den Creggan eingedrungen ist. Auf die Bevölkerung drüben in England müssen wir setzen, die ist nämlich kriegsmüde geworden. Schlapp sind die, ohne Mumm. Die bekommen es langsam satt, immer wieder dasselbe zu hören – noch ein Soldat, noch ein Polizist, noch 'ne Bombe, noch ein Spitzel. Die Wiederholung, die geht ihnen auf die Nerven. Nicht noch ein spektakulärer Mord. Da gehen sie nur auf die Palme. Beleidigt ihre verdammte Würde. Verbündet sie gegen uns. Anöden müssen wir sie.«
»Je wichtiger der Mann ist, den wir kriegen, desto besser.« Der Sprecher war aus Belfast. Er stammte aus der neuen Schule und hatte es weit gebracht seit Einrichtung des Lagers Long Kesh. Er hatte mitleidlose Augen, weit auseinanderstehend über seiner Frettchen-Nase, und dünne, blutleere Lippen. Er rauchte Kette,

zündete eine Zigarette an der Kippe der vorhergehenden an. »Warum nicht gleich den Alten? Die glauben doch nie, daß wir es ernst meinen. So weit treiben die das nie, die Scheiß-Micks, sagen sie. Wenn wir den Alten selber abknallen, da wachen sie garantiert auf.«
Es wurde still am Tisch. Jetzt griff der Generalstabschef ein, machte Schluß mit der Unentschlossenheit, den abstrakten Überlegungen, rief die Versammlung zur Ordnung.
»Wir werden darüber nachdenken. Der Gedanke ist attraktiv. Sehr attraktiv. Das wäre der totale Krieg. Davie und Sean, ihr beschäftigt euch mal damit. In vierzehn Tagen legt ihr uns was auf den Tisch, was Konkretes. Nicht nur so hingepfuscht, schon ein paar Einzelheiten. Klar?«
Sie wandten sich anderen Fragen zu.

Die Verhaftungswelle rollte scheinbar unaufhaltsam weiter, man traf sich häufig im Crumlin Road-Gefängnis und in Long Kesh wieder. Der Abwehroffizier der Provisionals, für den der Bericht über das Gespräch zwischen dem Brigadier und dem Kriminalbeamten beim Mittagessen in dem großen Hotel bestimmt gewesen war, wurde festgenommen, ehe ihn die Meldung erreichte. Nach einer Verhaftung verlagerten die noch Aktiven Waffen, Sprengstoff, Ausrüstung und Akten an andere Stellen, damit der frühere Kamerad, wenn er im Verhör weich wurde, nicht das Versteck verraten konnte.
Die Meldung, zwei eng beschriebene Blätter, wurde in einem sicheren Haus in der Nachrichtenkette aufbewahrt, während das Third Battalion nach einem neuen Mann für den Posten suchte. Der Engpaß war erst nach über einer Woche beseitigt. Als der neue Mann endlich dazu kam, den Rückstand aufzuarbeiten, mußte er sich durch einen ganzen Tisch voller Berichte und Schriftstücke kämpfen. Erst am zweiten Tag fiel ihm der Brief des Kellners in die Hand.
Der Neue war intelligent genug, um die Tragweite der Meldung sofort zu begreifen. Er las sie sorgfältig:

Der Mann mit dem dünnen Schnurrbart sah aus wie ein Offizier, und aus der Küche habe ich auf dem Parkplatz den großen Ford stehen sehen, mit dem uniformierten Begleitschutz auf dem Beifahrersitz. Der andere sprach gerade, als die Musik aufhörte. Das war ein Polizist, glaube ich. Und da habe ich gehört, wie er gesagt hat: Einen Spezialagenten einzuschleusen, ohne uns ein Wort zu sagen... Er muß gemerkt haben, daß ich danebenstand, er hat aufgehört und nichts mehr gesagt, bis ich weg war. Er hat ein sehr besorgtes Gesicht gemacht...

Das war das Kernstück der Meldung. Der Abwehroffizier hatte sie einmal gelesen, war ein Stück weitergegangen, hatte die Stelle noch einmal überflogen. Er sah die Szene vor sich. Militär und Polizei, nicht eingeweiht, schwer gekränkt, froh, sich mal ausweinen zu können. Fraßen sich voll, weit weg von den ›Feind-hört-mit‹-Parolen. Hier durfte man am ehesten eine größere Indiskretion erwarten, hier konnten sie ihr großes Maul nicht halten. Deshalb war ja auch der Kellner in das Hotelpersonal eingeschleust worden.
Getarnte Agenten, die für die Armee oder D 16 arbeiteten, waren den Provisionals besonders unsympathisch. Sie schätzten den Umfang der gegen sie gerichteten Geheimdienst- und Überwachungsoperationen sehr viel höher ein, als er in Wirklichkeit war. Seit jeher haßten sie die Armeestreifen in Zivil, die nachts mit neutralen Wagen durch die Nebenstraßen der Gettos rollten, auf der Jagd nach den Anführern der Bewegung. Aber das, dachte der Abwehroffizier, klang nicht nach Rekruten in Jeans und Pullis, mit einer Kanone in der Hosentasche, das mußte etwas Wichtigeres sein. Wenn ein Brigadier und ein Top-Bulle nicht eingeweiht und deshalb gekränkt waren, bedeutete das erstens, daß es sich um eine streng geheime Aktion handelte, und zweitens, daß die beiden sie für wichtig genug hielten, um informiert zu werden. Die Geschichte mußte für die Scheißengländer so brisant, so heikel sein, daß sie selbst ihre eigenen großen Tiere im dunkeln tappen ließen.
Weiter unten in dem Bericht des Kellners kam noch ein Abschnitt, in dem es hieß, der Ton des Gesprächs am Mittagstisch sei kritisch gewesen.
Der Offizier schrieb drei Zeilen auf einen Extrazettel, heftete ihn an den Bericht und schob ihn in einen einfachen braunen Umschlag. Ein Kurier würde ihn noch in dieser Nacht zu dem nächsthöheren Mann der Kette bringen, einem Kameraden im Brigadestab.
Vierundzwanzig Stunden später lernte er Seamus Duffryn kennen. Duffryn hatte eigentlich vorgehabt, seine Nachricht durch einen Kurier zu schicken, aber nachdem der neue Mann ernannt

worden war und seine Unruhe wegen dieses Harry McEvoy sich immer mehr verstärkt hatte, war es – so riskant das auch war – zu dem persönlichen Treff gekommen.
Sie hatten sich in einem Pub im Herzen des kaputten, verwüsteten Dreiecks der Lower Falls verabredet. Als sie ihre Biergläser in Empfang genommen hatten, führte Duffryn den Kameraden zu einem Ecktisch. Sie steckten die Köpfe dicht zusammen, und er erzählte von dem Fremden, der in der Pension aufgetaucht war. Suchte Arbeit. War angeblich lange draußen gewesen. Hatte diesen komischen Akzent, der den Leuten zuerst aufgefallen war, der aber nach neuesten Berichten gar nicht so merklich war. Als Duffryn den Akzent erwähnte, sah der Bataillonsoffizier ihn gespannt an. Der Jüngere erläuterte die Schnitzer, die dem Fremden beim Reden unterliefen. Seine Leute, erklärte Duffryn, die McEvoy beschatteten und ihn in den Pubs sprechen hörten, sagten, daß der Akzent jetzt fast gar nicht mehr zu hören war. Ausgebügelt, setzte Duffryn hinzu. Er hatte die Sache langsam satt, er wollte eine Entscheidung. Entweder erklärte man den Burschen für unverdächtig, oder eine genauere Observierung mußte angeordnet werden, – und das brachte wieder Personalprobleme. Duffryn selbst hatte einen Versuch gemacht, McEvoy zu beobachten; drei Abende hintereinander hatte er sich in das Pub an der Ecke gesetzt, in dem der Fremde, wie es hieß, gelegentlich ein Bier trank, aber er war an diesen Abenden allein geblieben. Der Mann war nicht aufgetaucht.
»Ich weiß nicht so recht, was das bedeutet«, sagte der Mann vom Bataillon. »Das weiß man nie so genau bei diesen Sachen. Vielleicht ist er tatsächlich ein eingeschleuster Agent. Vielleicht ist er aber auch ganz harmlos. Es spricht gegen den Burschen, daß sein Akzent sich bessert. Muß er ja! Mit jedem Tag, den er hier verbringt, wird er perfekter. Uns ist noch was zugegangen, vor ein paar Tagen, was darauf hindeutet, daß sie einen Mann eingeschleust haben könnten. Wenn das stimmt, muß es ein verdammt großer Fisch sein. Ein verdammter Walfisch, wenn wir das richtig sehen.«
Er überlegte; sollte er den jungen Duffryn noch weiter in das Geflecht der Berichte und Informationen einweihen, das er langsam zu durchschauen begann? Er entschied sich dagegen. Nur die notwendigsten Informationen, das war die goldene Regel der

Bewegung. Mehr als das, was er schon wußte, brauchte Duffryn nicht zu erfahren.
»Das genügt. Von jetzt ab – und das ist wichtig, ich bitte mir aus, daß das wortwörtlich genommen wird – ist Schluß mit der Beschattung von McEvoy. Soll er mal ein bißchen allein herumgondeln. Ich will nicht, daß der Bursche aufgescheucht wird, ehe wir soweit sind. Wir lassen ihn einfach eine Weile in Ruhe, und wenn's sein muß, schnappen wir ihn uns, wenn alles ganz ruhig und friedlich ist. Ich will, daß da vorsichtig rangegangen wird, sehr vorsichtig, verstanden? Notiert nur, wann er die Pension betritt und verläßt, das ist alles.«

Harry hatte vor dem Abruf seiner Bewacher nichts von ihnen gemerkt. Er ahnte deshalb nicht, daß er einen Schatten abgeschüttelt hatte, als er sich durch die Menschenmenge im Einkaufszentrum der Innenstadt zu einer Telefonzelle gedrängt hatte, um Davidson anzurufen. Am Freitagabend – er hielt sich schon fast drei Wochen in der Stadt auf – war er am Friedhof vorbei auf dem Weg zum Broadway, seine Lohntüte in der Hüfttasche. Seine Arbeitskollegen hatten anscheinend keinen Verdacht geschöpft. Er hatte für Samstag, für seine Verabredung mit Josephine, einen Leihwagen bestellt.
An diesem Freitagabend fand an der Kreuzung der Falls Road eine Sinn-Fein-Versammlung statt, und nach dem Essen schlenderte Harry hin, um sich die Reden anzuhören. Es waren ein paar vertraute Gesichter auf dem Lastwagen, der als Rednertribüne diente. Die Rhetorik war einfach und wirkungsvoll, die Botschaft von brutaler Deutlichkeit. Unter den Engagierten würde es kein Nachlassen des Kampfes geben, der Krieg würde bis zum Abzug der Briten weitergehen. Die Verbrechen der britischen Armee, der Stormont-Verwaltung, der Freistaat-Regierung wurden aufgezählt, aber die drei- oder vierhundertköpfige Menge reagierte bestenfalls lauwarm. Die hören dieses Zeug schon an die fünf Jahre, überlegte Harry. Wer jetzt noch was Neues bieten will, muß schon ein verdammt guter Redner sein. Die Armee hielt sich auf Distanz, und Harry ging nach den ersten vier Reden heim. Er hatte geklatscht wie die anderen und im Chor Beifall geschrien, aber niemand sprach mit ihm. Er war wie Luft für sie. Herrgott, wie kommt man in diese verdammte

Bande rein? Wie soll das alles in den sagenhaften drei Wochen passieren, von denen Davidson getönt hat? Es dauert Monate, bis sie das Gesicht kennen, die Herkunft, alles andere. Verdammter Kram.
Ein mühseliger Weg. An diesem Wochenende würde er Davidson nicht anrufen. Gab ja nichts zu melden. Die Burschen hatten ihn hergeschickt, jetzt konnten sie ruhig mal ein bißchen im eigenen Saft schmoren. Die Spur des Mannes, den er jagte, war inzwischen eiskalt. Es würde sehr langsam gehen, und dann mußte er sich gelegentlich wohl auch Gedanken über seine eigene Sicherheit machen. Aber eins stand fest, er würde nicht rausgehen, nicht brav zum Flughafen fahren. Einmal einfach nach Heathrow bitte, ich hab die Hosen voll, und mein Führungsoffizier auch, besten Dank.
Nein, so nicht! Jetzt wird hiergeblieben, Harry. Bis zum Schluß.

13. Kapitel

Sie wartete an der Ampel, an der Kreuzung Grosvenor und Falls, als er in dem gemieteten Cortina anhielt. Groß und schlank stand sie in der dünnen Sonne, das Haar vom Wind verweht, und trotz des Mantels aus Schafspelzimitation über Pullover und Jeans – er hatte ihr gesagt, sie sollte sich warm anziehen – zitterte sie. »Los, mach auf, ich bin schon halb erfroren hier draußen.« Vielleicht ein bißchen distanziert, vielleicht etwas zu burschikos, aber die Alarmglocke schrillte nicht so laut, wie Harry befürchtet hatte.

Lachend griff er über den Beifahrersitz hinweg zur Tür, schloß auf und öffnete sie. Josephine stieg ein, ein Bündel aus Zottelmantel und kalter Luft, das ihm die kümmerliche Wärme stahl, die er zusammengebracht hatte, seitdem er den Wagen abgeholt hatte.

»Alles okay, Goldschatz?« Er beugte sich herüber, um ihr einen Kuß zu geben, aber sie wandte den Kopf ab, so daß nur ein brüderlicher Schmatz auf die Wange daraus wurde.

»Laß das jetzt. Wo fahren wir hin?« Sie richtete sich auf und begann sich anzuschnallen.

»Du willst mal wieder aufs Land, hast du gesagt. Irgendwohin, wo wir Platz haben und uns ein bißchen auslaufen können. Was schlägst du vor?«

»Fahren wir zu den Sperrins. Ungefähr eine Stunde die Straße nach Derry und Dungiven hinunter. Richtig wildromantisch ist es da, typisch Ulster. Du kennst doch die Slogans, die an den Proddy-Mauern standen, ehe es losging mit den Unruhen: ›Den blauen Himmel von Ulster tauschen wir nie gegen die grauen Nebel der Republik.‹ Da über den Sperrins ist er, der blaue Himmel.«

»Na, wenn's für die Protestanten okay ist, wird's für uns zweitklassige Micks auch gut genug sein.«

»Ich bin dort aufgewachsen. Mein Dad hatte ein Stück Land.

Nicht viel, aber genug zum Leben. Man tut sich schwer da unten. Du mußt alles selber machen. Wir haben Torf gestochen und hatten ein paar Hühner und Schafe. Verdammt dämliche Biester. Ständig sind sie uns weggelaufen. Wir hatten keine Kanalisation, kein Gas, keinen Strom, kein Wasser, als ich zur Welt kam. Er ist jetzt tot, mein Alter, und meine Mam ist nach Belfast gezogen.«

»Habt ihr euch überhaupt mit Politik befaßt? Dein alter Herr vielleicht?«

»Ach wo. Nicht die Spur. Die meisten Farmer in der Gegend waren Protestanten, aber das war eigentlich egal. Der Markt war ›interkonfessional‹, so hieß das damals. Die Schule war getrennt, und die Tanzereien auch. Mit protestantischen Jungs durfte ich nicht ausgehen, als ich noch zu Hause wohnte. Aber das liegt Jahre zurück. Da unten hat's keine Politik gegeben, nur harte Arbeit.«

Er fuhr langsam aus der Stadt hinaus auf die M2-Schnellstraße, die schon nach Minuten aufs offene Land führt, die Stadt mit ihrem Rauch, den galgengleichen Kränen und grauen Schieferdächern hinter dem Black Mountain zurückläßt, der den Süden der Stadt beherrscht. Harry sah zum ersten Mal, seit er mit dem Flughafenbus hereingekommen war, die Felder und Hecken, Farmen und Häuser. Der krasse Unterschied überwältigte ihn. War das wirklich ein vom Bürgerkrieg zerrissenes Land? Sekundenlang wurde der friedliche Eindruck durch die mit Steinen gefüllten Benzintonnen vor einem Pub gestört, aber das war nur ein Augenblick, fast unbewußt, gleich darauf verdrängt von den Bergen und den grünen Winterfeldern.

Josephine schlief, den Kopf gegen die Strebe gelegt, die Vorder- und Hintertür trennte, den Sicherheitsgurt wie ein pompöses Ordensband über der Brust. Harry ließ den Blick von der endlosen, leeren Straße zu ihr wandern.

»Fahr einfach die Straße nach Derry entlang und weck mich, wenn wir oben auf der Glenshane-Höhe sind«, hatte sie gesagt.

Die Straße glitt schnurgerade durch die Landschaft, bis sie nach Toome und zum Bann kamen. Der Fluß führte Hochwasser – das machte der Winterregen – und stemmte sich mit aller Kraft gegen die mittelalterlichen Aalfangkäfige, von deren Inhalt die

Stadt lebte. Harry nahm Gas weg und manövrierte den Wagen vorsichtig, fast im Schrittempo, über die Bodenschwellen vor der kleinen, weiß getünchten Polizeistation. Eine meterlange Wellblechmauer und Wälle aus Sandsäcken umgaben die Gebäude. Sie machten einen verlassenen Eindruck. Nichts zeigte sich hinter der Befestigung. Nach Toome gab er wieder Gas. Auch jetzt gab es keine Kurven, und er hatte die Straße für sich allein. Vor ihnen lag die lange Steigung zum Glenshane im Herzen der Sperrins. Wenn es regnete, schlugen die Tropfen waagerecht gegen die Scheibe, aber es waren nur leichte, gelegentliche Schauer.
Als er zu der Hügelkette kam, die das protestantische Farmgebiet im Hinterland von Ulster von den katholischen Orten Dungiven und Derry trennt, entdeckte Harry rechts einen nassen, verlassenen Rastplatz. Er fuhr hinauf. Ein Schild bezeichnete die Paßhöhe. Dreihundert Meter über dem Meeresspiegel. Er hielt an und rüttelte Josephines Schulter.
»Nichts von blauem Himmel und gelobtem Land! Sieht aus, als wenn es gleich anfängt zu gießen«, sagte er.
»Schadet nichts«, meinte sie. »Los, Mr. McEvoy, wir laufen ein bißchen, und wir reden ein bißchen. Erst laufen wir. Da hinauf«. Sie deutete nach rechts, wo die stumpfe Bergkuppe sich in die schwarzen Wolken hineinschob.
»Ganz schön weit«, sagte er und zog sich einen dicken Anorak an.
»Tut dir nicht weh. Komm schon.«
Sie ging voraus, über die Straße, die Böschung hinauf, durch ein Loch in dem billigen Maschenzaun, durch das sich eine lange Reihe von Wanderern ihren Weg gebahnt hatten.
Weiter vorn führte ein Trampelpfad hinauf zum Gipfel, ursprünglich angelegt von den Torfstechern, ausgetreten von Kaninchen und Schafen. Der Wind war stärker hier in dem ungeschützten Gelände und stürzte sich auf sie. Josephine hatte sich bei Harry untergehakt, hielt sich einen halben Schritt hinter ihm und benutzte ihn gleichzeitig als Schutzwall und als Rammbock gegen den Wind, der jetzt fast Sturmesstärke erreicht hatte. Hoch oben ließ sich ein Bussard majestätisch von den Stößen und Strömungen des Windes tragen. Die breiten Schwingen hielten ihn mit minimalem Kraftaufwand in fünfzig Meter Höhe über den schmalen Spuren der Tiere, von denen der Vogel lebte.

Der Wind stach Harry ins Gesicht, wehte ihm das Haar von den Ohren weg und peitschte ihm um Nase und Augen.
»Seit Jahren bin ich nicht mehr in so einem Wind gewesen«, schrie er dem Mädchen über die wenigen Zentimeter zu, die sie trennten.
Keine Antwort. Nur der Wind packte und beutelte ihn.
»Ich sage, ich bin seit Jahren nicht mehr in so einem Wind gewesen. Es ist großartig.«
Sie stellte sich auf die Zehenspitzen, so daß ihr Mund an seinem Ohr war.
»War es auf See nicht auch manchmal so? Hat's die ganzen Jahre, wo du zur See gefahren bist, nicht auch mal einen Sturm gegeben?«
Die schneidende Frage war wie ein Keulenschlag. Mach einen Rückzieher. Sieh zu, daß du rauskommst.
»Das war anders. Auf See ist der Wind immer anders als hier.«
Schlecht. Dumm. Nicht gut, nicht überzeugend. Er spürte, wie sich in ihm alles zusammenzog, während er weiterging, sich gegen den Wind stemmte. Er saß in der Klemme, war in die Enge getrieben. Leichtsinn. Der Kardinalfehler. Er warf einen Blick zurück. Sie hatte sich in seinen Anorak vergraben. Er wandte den Kopf, um ihr in die Augen sehen zu können, und fand, was er erwartet hatte: Spott, eine Portion Ratlosigkeit, eine Portion Belustigung. Sie hatte ihn ertappt. Hatte – was ihm klargeworden war, sobald die Worte heraus waren – begriffen, daß hier etwas nicht stimmte. Er wiederholte sich noch einmal Satz für Satz, versuchte, den Fehler wiedergutzumachen, den angerichteten Schaden abzuschätzen. Als er es zum zweiten Mal gesagt hatte, da hatte sie es genau gewußt. Beim ersten Mal vielleicht noch nicht. Beim zweiten Mal bestimmt. Da war es ja auch deutlich genug gewesen.
Sie stiegen schweigend das letzte Stück bis zum Gipfel. Die tiefhängenden Wolken, ein schwarzweißes Mosaik, glitten langsam über ihnen dahin, während sie sich vor der Gewalt des Sturms aneinander festhielten. Trotz der schweren Wolkendecke war das Tageslicht von großer Klarheit. Der Horizont war unglaublich weit. Im Norden und Süden erhoben sich Berge, nach Osten und Westen führte die Straße zurück in die Zivilisation der Hügelfarmen.

Ein paar Meter jenseits der Steinpyramide, die den Gipfelpunkt bezeichnete, hatte der Regen im Laufe der Jahre eine Rinne ausgewaschen. Sie rutschten hinunter und buddelten sich in den lockeren Boden ein, bis sie endlich geschützt waren. Lange Zeit blieb sie in seinem Mantel vergraben, an seine Brust geschmiegt, so daß er nur ihr schwarzes, windgezaustes Haar sehen konnte. Durch die dicken Kleidungsstücke hindurch spürte er ihre Wärme. Für Harry war das ein Augenblick der Schönheit und Isolation, und er empfand eine große Zärtlichkeit für Josephine. Sie zerriß den Zauber unvermittelt, brutal und schnell.
»Da hast du dir einen ganz schönen Schnitzer geleistet, Harry, was? Hätte ich nicht von dir erwartet.«
Noch immer wandte sie ihm ihr Gesicht nicht zu. Er konnte ihre Augen nicht sehen. Es traf ihn. Er sagte nichts.
»Warst ganz schön konfus, stimmt's? Jedenfalls deine Geschichte war's. Ein Seemann, der noch nie in einem Sturm wie auf den Sperrins war? Riesenpanne, Harry!«
Ihre Stimme war jetzt gelockert. Gelassen, beiläufig. Sehr sachlich. »Harry!« Mit einem Ruck sah sie zu ihm auf. Große Augen, spöttisch und durchdringend, schauten ihn an. »Ich hab gesagt, daß du dir da einen schönen Schnitzer geleistet hast. Nicht den ersten. Aber einen richtigen Knüller diesmal. Dein Leben ist eine verdammte Lüge, Harry – stimmt's?«
Laß es gehen, beschwor er sie stumm. Treib es nicht so weit, daß ich etwas erklären oder etwas tun muß. Laß mir ein Schlupfloch für ein Achselzucken, laß die Tür offen!
In der Stadt hätte er ernsthaft daran gedacht, sie zu töten, die Finger um diesen langen, weißen Hals zu legen, die Gefahr zu beseitigen, die sein Unternehmen in Frage stellte. Aber auf dem Berg war das etwas anderes. Hier auf dem Hochmoor, in einer selbstgebauten Höhle, um die der Wind sein wildes Lied heulte, schien es Harry lächerlich, eine Zeitverschwendung, ihr zu widersprechen. In seinen Anweisungen war nicht die Rede davon gewesen, daß er Mädchen den Hals umdrehen sollte. Es war eine logische Lösung, aber nicht hier. Es paßte nicht in die Landschaft.
»Für Fremde sieht's hier schlecht aus heutzutage, Harry. Und wenn unsere Jungs rauskriegen, daß deine Geschichte nicht so astrein ist, wie sie sein sollte, ist das noch schlechter für dich.

Ganz schlecht, wenn sie merken, daß du gar nicht so harmlos bist, wie sie gedacht haben. Wir sind nämlich nicht alle blöd hier. Ich bin nicht blöd. Die ist nur 'ne Irenmieze, hast du wohl gedacht, und läßt sich schnell mal aufs Kreuz legen, die kann nicht rechnen, aber nach dem Samstagabend war's nicht schwer, zwei und zwei zusammenzuzählen. Viel hab ich dir nicht erzählt. Nur ein bißchen Klatsch, und schon holt die halbe britische Armee am Sonntag ein kleines Mädel vom Mittagstisch weg. Was haben die wohl mit ihr zu bereden gehabt? Weiß der Himmel! Weißt du es, Harry? Jedenfalls hat's gereicht – das arme Ding hat sich aufgehängt, Gott sei ihr gnädig. Besonders auf der Hut bist du nicht gewesen, Harry, stimmt's?«
Die Augen, die ihn festhielten, waren noch immer ganz hell, ganz gelassen, warteten auf seine Reaktion. Während er zuhörte, wurde sie härter und kühner. Jetzt würde sie gleich zuschlagen. Jetzt kam der Knalleffekt. Ihrer Sache sicher, begann sie ihm einzuheizen:
»Daß da irgendwas nicht stimmt mit dir, war ja wohl klar. Keine Familie – aber du kommst direkt nach Belfast zurück. Dabei hast du keine Freunde, keine Bekannten. Wenn einer zurückkommt, um hier zu arbeiten, sucht er sich doch lieber ein ruhiges Plätzchen in einem Vorort. Zum Kämpfen bist du nicht gekommen, jedenfalls nicht für die Provos. Die ziehen nicht von einer Pension aus in den Krieg. Die Stimme – die ist mir nachgegangen, bis Theresa gestorben ist. Dann hab ich darüber nachgedacht und bin draufgekommen. Der Akzent. Jetzt ist er gut. Ganz fließend. Richtig Belfast – aber zuerst war das nicht so. Ich hab nicht viel Hoffnung für dich, Harry, nicht, wenn die Provos dich in die Finger kriegen. Es gibt welche, die können sich aus so was rausreden, aber dir geb ich keine Chance, Es sei denn, du verschwindest.«
Harry wußte, daß er sie töten müßte. Fasziniert betrachtete er die weiche Haut, die zarten Linien, die sich rechts und links bis zur Halsgrube herunterzogen, die Andeutung einer Ader unter der glatten Oberfläche. Aber er sah keine Angst, keinen Schrekken in ihrem Gesicht, keine Todeserwartung.
Sie hatten Harry ausgesucht, weil sie ihn für einen harten Burschen hielten, für einen Profi, der tun würde, was notwendig war, der, wenn es um sein eigenes Überleben ging, bis zum Äu-

ßersten gehen würde. Er konnte einen Mann umbringen, spontan oder kühl kalkulierend, und wenn die Augen des Mannes Furcht verrieten – dann ging es um so leichter, dann gab es keine Komplikationen.
Die langen, schwarzen Haarsträhnen spielten um ihr Gesicht, wehten über ihre Augen, legten sich um ihren Mund... ihre Wärme an seinem Körper...
In Aden hatte es keine Frauen gegeben, die hätten sterben müssen. Er hatte keine Erfahrungen auf diesem Gebiet. Harry hatte einmal gehört, daß man, um im Nahkampf töten zu können, instinktiv reagieren muß. Eine zweite Chance gibt es nicht, der Wille zu töten verflüchtigt sich schnell und kehrt nicht zurück, sofern man kein Psychopath ist.
Seine Hände waren steif und nutzlos in den dicken Handschuhen, und der Augenblick war vorbei. Er sah auf das Moor hinaus, auf das aus den Lücken in der Wolkendecke breite Sonnenstreifen fielen. Er hatte gezögert – und verspielt. Der Bussard schwebte noch immer hoch über ihm, und sie redete noch immer.
Sie ist groß, aber nicht stark, dachte er. Sie würde ihn nicht abschütteln können. Er konnte sie jetzt töten. Während sie quatschte. Es würde lange dauern, bis man sie fand. Vielleicht bis zum Frühjahr. Sie würde sich ein bißchen wehren, doch sie hatte keine Chance. Aber sie wußte, daß er ihr nichts tun würde. Das merkte er. Sie hatte keine Angst. Der Augenblick, in dem er Hand an sie hätte legen können, war vorbei, unwiderruflich.
»Wenn ich öfter zu den Buchmachern gehen würde«, sagte sie, »würde ich sagen, daß du ein richtig lahmer Gaul bist. Ich würde niemandem raten, darauf zu setzen, daß du ins Finish kommst. Das ist mir ernst, Harry. Ich versuch nicht bloß, dich ins Bockshorn zu jagen oder so. So ist das nun mal. Ich an deiner Stelle würde immer 'ne frische Garnitur Unterwäsche bei mir haben – falls du mal die Hosen voll hast. Nun sitz nicht so blöd rum. Sag was, Harry.«
»Was gibt's da viel zu sagen? Was willst du hören? Wenn du nach Portadown gehst und dort mit den Leuten redest, werden sie dir bestätigen, wer ich bin. Ja, ich war lange draußen. Deshalb der komische Akzent. Jetzt hab ich mich akklimatisiert. Die Sache

mit dem Mädchen – tja, die kann ich mir nicht erklären. Wie käme ich zu so was? Ich weiß nichts darüber.«
Er hätte nicht sagen können, weshalb er die vor ein paar Minuten getroffene Entscheidung, sich nicht in eine Komödie der Täuschungen zu verstricken, rückgängig gemacht hatte. In seinen Worten lag keine Glaubwürdigkeit, keine Überzeugungskraft, und das teilte sich dem Mädchen mit.
»Quatsch«, sagte Josephine. Sie lächelte ihn an und legte ihren Kopf wieder gegen den rauhen Stoff seines Anoraks. »Da mußt du dir schon was anderes einfallen lassen, Harry. Ich glaube dir nicht, du glaubst ja selber nicht, was du sagst. Du bist kein guter Lügner. Wer dich ausgesucht hat, egal wofür, der hat ganz schön danebengegriffen.«
»Dann laß es gehn! Vergiß es!« Gott, wie rührend! War das alles, was er dem Mädchen zu sagen hatte?
»Wer bist du, Harry? Was willst du hier? Du hast Theresa denunziert, nachdem ich von dem Mann gesprochen hatte, der das Attentat in London begangen hat. Bist du deshalb hier? Du bist kein Feld-Wald-und-Wiesen-Agent. Du bist mehr – hoffe ich jedenfalls. Ich möchte doch gern, daß mein Freund ein bißchen was Besonderes ist. Wie heißt es so schön... Der Mann, der Großbritanniens gesuchtesten Gangster zur Strecke gebracht hat?« Sie lachte spöttisch auf.
»Aber mal ernsthaft, Harry, bist du das? Ein bißchen was Besonderes? Geht es – um das Danby-Attentat?«
Sie gab ihm jetzt Zeit. Er war noch nicht so weit. Dann kam ihr ein neuer Gedanke. »Brauchst keine Angst zu haben. Ich singe nicht, wenn du das denkst. Das ist eine Nationaleigenschaft. Die Ulster-Katholiken verpfeifen niemanden. Aber auf Spitzel reagieren sie hier sauer, Harry. Wenn sie dich finden – ach du lieber Gott... Und den wirst du brauchen, deinen lieben Gott.«
Harry rappelte sich auf. »Da gibt's nicht viel zu sagen. Was erwartest du von mir? Daß ich beichte, dir dramatische Enthüllungen biete? Daß ich dich niederbrülle? Daß ich weggehe und dich hier allein lasse? Daß ich dich erwürge? Was, zum Teufel, soll ich sagen?«
Er verließ die schützende Rinne, ging zurück zum Gipfel, wo der Wind ihn packte und rüttelte, in heftigen Stößen, so daß er stehenbleiben, manchmal sogar zurückweichen mußte. Der Re-

gen war stärker geworden, während sie in ihrem Unterschlupf gesessen hatten, er peitschte jetzt gegen seinen Körper. Harry sah nur auf seine Füße, Kopf vorgebeugt, Kapuze des Anoraks übergestülpt, während er über Ginster und Heide stolperte, ausrutschte, hinfiel, weil er nicht auf das Gelände achtete. Er war hundertfünfzig Meter weit gekommen, als sie ihn einholte und sich bei ihm einhakte. Sie gingen zusammen hinunter zum Wagen, liefen eilig den ausgeschwemmten Pfad entlang.
Die letzten paar Meter rannten sie. Zitternd blieb Josephine an der Beifahrertür stehen, während er nach den Schlüsseln suchte. Es regnete jetzt in Strömen, und sobald sie im Wagen waren, schaltete er die Heizung ein. Das Wasser rann in breiten Bächen an den Scheiben herunter, und sie waren hier so isoliert und ungestört wie oben auf dem Berg.
»Was machst du, wenn du ihn findest?« fragte sie.
»Willst du das wirklich wissen – oder hackst du noch auf mir herum?«
»Nein, ernsthaft. Was machst du dann?«
»Ich bringe ihn um. Ziehe ihn aus dem Verkehr. Gefangennahme ist nicht drin. Wir tun so als ob, und das Unternehmen ist auf dieser Basis aufgebaut. Aber wenn wir nah genug an ihn herankommen, ist er ein toter Mann.«
»Einfach so.«
»Nicht einfach so. Zuerst muß ich ihn mal haben. Nach der Tanzerei habe ich gedacht, es wär geschafft. Aber jetzt geht's nicht weiter. Eine richtige Sackgasse. Vielleicht ist das auch nur Gerede, daß ich ihn umbringe. So sollte es sein, aber wahrscheinlich spielt es sich ganz anders ab. Sie werden ihn verhaften, und dann hab ich überhaupt nichts mehr damit zu tun.«
»Bist du deshalb gekommen? Weil ein Mann in England einen Politiker abknallt, holen sie dich her?«
»Deshalb bin ich gekommen.«
»Über tausend sind hier gestorben, seit alles angefangen hat. Und du kommst wegen eines einzigen Mannes. Er war – warte mal, ich rechne gerade – er war ein Zehntelprozent von all den Leuten, die hier ums Leben gekommen sind. Wir haben ihm keine Träne nachgeweint. Keinen hat das hier gerührt. Anmaßender Idiot. Ständig hat er uns im Fernsehen vorgetönt, wie prima er uns die Heckenschützen vom Hals hält. Warum war er

denn so was Besonderes? Sie haben doch keinen solchen Wirbel gemacht, als der Senator in Strabane erschossen worden ist, oder der Mann von der UDR, dem das Land da unten in Derry gehört hat. Warum also bist du gekommen?«

»Es war doch eine Kampfansage, dieses Attentat auf Danby. Sie wollten unsere Reaktion herausfordern, wollten sehen, wie wirksam unser Gegenangriff ist. Dieses Attentat, das war eine Kraftprobe. Wir müssen den Mann kriegen und seine Leute. Entweder wir schaffen das, oder sie haben gesiegt. So sieht's aus.«

»Also nicht nur für Königin und Vaterland? Die Mächte des Guten gegen die Mächte der Finsternis?«

»Damit hat es überhaupt nichts zu tun. Sie haben uns herausgefordert. Uns einen Köder hingeworfen, den wir nicht ignorieren können. Deshalb sind wir hier. Wir müssen den Burschen kriegen, ehe wieder was passiert.«

»Und wer bist dann du, Harry? Für wen arbeitest du? Wer zahlt deinen Scheck?«

»Das kriegst du nicht aus mir heraus. Du weißt schon zu viel. Weshalb, verdammt noch mal, hab ich eigentlich –«

»Und wie ist die arme kleine Theresa da hineingeraten? Du bist hier, um einen Toten zu rächen. Und schon wieder ist jemand umgekommen. Wieviel müssen denn noch was abkriegen, weil sie dir im Weg sind, ehe du endlich aufhörst?«

»Eine ganze Menge.«

»Also selbst im Tod zählen manche mehr als andere.«

»Genau.«

Sie versuchte es von einer anderen Seite, auf eine sanftere Tour.

»Was ist das für ein Typ, der Mann, den du suchst?«

»Viel weiß ich nicht über ihn. Ich habe eine ungefähre Vorstellung von seinem Aussehen, aber keine vernünftige Beschreibung. Seinen Namen kenne ich nicht. Er ist ein eiskalter Bursche und muß ein erstklassiger Schütze sein. Einer ihrer Spitzenleute, aber sie haben ihn bisher aus der Schußlinie gehalten.«

»Als Theresa von ihm gesprochen hat, weißt du, wie sie darauf gekommen ist?«

»Natürlich nicht.«

»Daß sie damit nicht einfach so aus heiterem Himmel angefangen hat, kannst du dir wohl denken. Sie hat zu mir gesagt, daß der

Mann, der den Minister in London abgeknallt hat, bei der Tanzerei war. Die ganze Zeit, zusammen mit seiner Frau. Die sieht so murklig aus, hat Theresa gesagt, daß sie bestimmt nicht auf ihre Kosten kommt. Damit hat es angefangen. Bei der läuft bestimmt nichts außer dem Wasserhahn, hat sie gesagt, und dann hat sie es mir erzählt. Als Bestätigung für das, was sie behauptet hat. Mehr hat sie nicht gewußt.«

»Ist das wahr, Josephine?«

»Sie hätte nicht sterben müssen, allein in einer Zelle, von lauter Bullen umgeben. Sie hat nur das gewußt, was ich erzählt habe. Wahrscheinlich hat sie nicht mal den Namen von dem Typ gekannt.«

Josephines Stimme war wieder laut geworden, als sie Harry die unausgesprochene Anklage ins Gesicht schleuderte. Die Schwäche war vorbei. Ihre hitzige Attacke wirkte wie eine Explosion in dem beengten Raum, in dem sie sich abgekapselt hatten.

»Ebensogut hättest du sie selber umbringen können, Harry. Sie hat nichts, aber auch gar nichts damit zu tun gehabt. Du kommst mit deinen Herausforderungen, mit deinen idiotischen Ideen. Und ein Mädchen stirbt, das überhaupt nichts damit zu tun hat. Hier kommen genug Unschuldige um, ohne daß noch Fremde herkommen und sich einmischen und noch mehr Mist ausbuddeln.«

Aber jetzt war es mit ihrer Fassung vorbei. Sie schluchzte, stoßweise, lautlos. Starrte in die beschlagene Fensterscheibe an ihrer Seite. Es regnete immer noch.

Harry überlegte, was nach seiner Rückkehr nach Belfast zu tun war. Sein Ego war durch die Art, wie das Mädchen ihn durchschaut hatte, ganz schön angekratzt. Er hätte sie doch umbringen sollen da oben auf dem Berg, aber sie hatte gesagt, er sei durch sie nicht in Gefahr, und er glaubte ihr. Doch sein Ego war weniger wichtig als das, was sie ihm eben gesagt hatte. Der Mann, den er suchte, war am Samstag im Klub gewesen.

Sie schüttelte sich, versuchte, ihren Jammer mit einem Schulterzucken loszuwerden.

»Komm, ich brauch was zu trinken. Unten an der Straße ist ein Pub. Man kann sich nicht mit den Toten aufhalten. Nicht in Ulster. Das Leben geht weiter, wie's so schön heißt. Ich hätte schon

längst damit aufhören sollen. Los, wir trinken jeder einen heißen Toddy.«
Sie lehnte sich zu ihm hinüber und gab ihm einen schnellen Kuß, wieder auf die Wange. Dann erneuerte sie ihr Make-up, hantierte schnell und geschickt mit den Sachen aus dem kleinen Beutel, den sie in ihrer Handtasche hatte, übermalte die roten, geschwollenen Stellen um die Augen. »Brauchst keine Angst zu haben, du komischer Held«, sagte sie, als sie fertig war. »Ich verrat dich nicht an die großen bösen Provos. Aber eins sag ich dir – wenn du auch nur einen Funken Verstand hast, bleibst du nicht hier. Sonst müssen sie dir den Orden, auf den du scharf bist, mit in den Sarg geben.«
Sie rollten den Berg hinunter zu dem Pub, das sich mit der dazugehörigen Tankstelle an den Fels schmiegte. Er bestellte, was sie haben wollte – zweimal Irischen Whiskey mit heißem Wasser, Zucker und Zitrone.
Die blasse Sonne, die sie aus Belfast hinausbegleitet hatte, war längst verschwunden, als Harry über die nasse, spiegelnde Straße in die Stadt zurückfuhr. Sie sprachen auf dem ganzen Weg kaum ein Wort, und Harry setzte sie dort ab, wo er sie früh geholt hatte, an der Ecke Grosvenor und Falls. Bevor er anhielt, fragte er sie noch, wo sie wohnte, er wollte sie vor der Tür absetzen. An der Hauptstraße, meinte sie, sei es ihr lieber.
»Wann seh ich dich wieder?« fragte er, während sie ausstieg. Sie mußten es kurz machen, wegen des Verkehrs hinter ihnen.
»Nächste Woche, bei Mrs. Duncan.«
»Und dann gehen wir zusammen aus, was trinken?«
»Vielleicht.«
Sie wußte so viel mehr, als sie hatte wissen wollen oder verkraften konnte. Was als eine Art Spiel begonnen hatte, war so ernst geworden, daß sie fast die ganze Rückfahrt über schweigend vor sich hingegrübelt hatte. Sie war wie der Blitz aus dem Wagen und verschwand, ohne noch einmal zu winken, in den Nebenstraßen des Clonard-Bezirks.
Harry gab den Wagen in der Garage ab und ging zu Fuß zur Pension zurück. Er dachte an das Gespräch, das er damals mit Davidson im Garten geführt hatte. Der Einsamkeitsfaktor. Es hatte sich so erstaunlich angehört, als der Alte sich bemüht hatte, ihm klarzumachen, daß es ein Problem werden könnte. Wie hatte er

noch gesagt? »Wenn Sie das Problem nicht erkennen, kommt garantiert mal der Augenblick, da möchten Sie was über sich erzählen...« Ganz vorsichtig hatte er sich an die Frage herangepirscht, weil ihm die Vorstellung peinlich war, der von ihm ausgesuchte Mann könnte in eine so deutlich gekennzeichnete Fallgrube purzeln; es war ihm peinlich gewesen, überhaupt davon zu reden. Aber Davidson kannte sich eben aus, er war der einzige, der sich auskannte. Wie viele von den anderen konnten sich in die Feindseligkeit dieser Welt versetzen, in ein tagaus, tagein von Angst und Stress und Isolation geprägtes Leben?
Schluß, Harry, bis hierher und nicht weiter. Laß dich nicht infizieren. Der Krebs des Zweifels wuchert schnell. Finger weg, Harry!

Billy Downs beschloß, sich Rennie am nächsten Tag, dem Sonntag, vorzunehmen.
Aus den Berichten der Späher, die den Polizisten vorsichtig beobachtet hatten, ging hervor, daß er am Sonntagnachmittag immer in sein Büro fuhr. Er verbrachte ein paar Stunden dort und kam abends gegen sieben heim. Das paßte Downs in sein Konzept. Er sprach mit seiner Frau nicht über diese Dinge, aber je intensiver er sich mit dem Mord beschäftigte, desto mehr lebten sie in ihrem Haus nebeneinander her wie zwei Fremde unter dem gleichen Dach. Sie verständigten sich durch Gesten und einsilbige Bemerkungen.
Downs war informiert worden, auf welche Weise er in den Besitz des Armalite-Gewehrs gelangen würde, das er für den Anschlag einsetzen wollte; er hatte die geplante Zeiteinteilung nach oben gemeldet und den Tag, an dem das Unternehmen gestartet werden sollte. Sie hatten gemeint, die Armalite sei nicht die richtige Waffe für einen Mord aus nächster Nähe, aber da er es so wünschte, hatte man nicht weiter insistiert.
Die gewaltige Durchschlagkraft der Waffe erregte ihn so sehr, daß eine andere für ihn gar nicht in Frage kam. Die Kugel, die er für Rennie bestimmt hatte, würde den Lauf mit einer Anfangsgeschwindigkeit von 1083 Metern pro Sekunde verlassen. Die statistischen Angaben, die er in einem Prospekt gelesen hatte, bestürzten und begeisterten ihn. Die Armalite wog etwas unter sieben Pfund und paßte gut in den Beutel, den er sich auf der In-

nenseite seines Jacketts zurechtgemacht hatte. Und er war weit von seiner Operationsbasis entfernt. Wenn die Army oder die Polizei ihn erwischten, würde der scharfe Knall der Armalite genügen, die Feinde für die wenigen Sekunden, die er vielleicht zur Flucht brauchte, in Deckung gehen zu lassen. Er hatte – auf alle Fälle – zwei Dreißig-Schuß-Magazine angefordert.

Frost saß, einen Brandy in der Hand, allein in einer Ecke des Kasinos in Lisburn und blätterte die Wochenzeitschriften durch, die er – und darauf war er sehr stolz – regelmäßig las, um auf der Höhe zu bleiben. Unverdrossen arbeitete er sich durch die zerlesenen Exemplare des *Spectator*, *Economist* und *Statesman*. Das war zu einer Art Ritual geworden, so daß andere Offiziere gleichen Ranges, die sich an anderen Abenden sicher zu ihm gesetzt hätten, ihn heute in Ruhe ließen.
Der Kasinokellner kam herüber, blieb einen Augenblick zögernd neben dem Sessel stehen. Dann gab er sich einen Ruck.
»Entschuldigen Sie, Sir, daß ich störe. Ein Reporter von der *Times* ist am Apparat. Sagt, er muß Sie sprechen. Es ist dringend, sagt er. Ich soll Ihnen sagen, daß es ihm leid tut, Sie zu stören, aber er meinte, Sie würden gern hören, was er zu sagen hat.«
Frost nickte, erhob sich und folgte dem Kellner zum Telefon.
»Hier Frost. Ach ja, wir kennen uns. Eine Abschiedsparty im Sommer, stimmt's? Was kann ich für Sie tun?«
Er hörte wortlos zu, während der Reporter ihm den für die Montagsausgaben bestimmten Artikel vorlas. Die Provisorische IRA hatte einem ihrer bevorzugten Reporter in Belfast einen Tip gegeben, daß ihrer Meinung nach die Briten einen neuen Agenten in die Stadt geschleust hatten, der mit einem so heiklen Auftrag betraut worden sei, daß nur der Oberbefehlshaber, General Fairbairn, davon Kenntnis erhalten habe. Die Provos behaupteten, das Unternehmen habe große Verärgerung bei den britischen Offizieren im Hauptquartier hervorgerufen. Am Montag würde der Artikel in Dubliner und auch in britischen Zeitungen erscheinen, und die IRA würde die Bevölkerung zu besonderer Wachsamkeit aufrufen, um des Spions habhaft zu werden. Es handle sich, sagen die Provos, um eine Sondermission, mit keinem anderen bisher eingeleiteten Unternehmen vergleichbar.
»Ich erwarte keinen Kommentar von Ihnen, Oberst. Das ist ein

privater Anruf, ich wollte Ihnen nur sagen, was sich anbahnt. Gute Nacht.«

Der Oberst bedankte sich tonlos. Dann drückte er auf die Knöpfe, bis sich die Vermittlung meldete.

»Guten Abend, hier Frost. Den General unter seiner Privatnummer, bitte.« Als er die Verbindung hatte, sagte er dem General, daß er ihn sofort sprechen müßte. Nicht die Spur einer Entschuldigung, daß er den ranghöchsten Militär Nordirlands so spät abends gestört hatte. Das wäre nicht Frosts Stil gewesen. Seine Frühwarnantennen vibrierten schon in der Ahnung eines möglichen saftigen Geheimdienstskandals.

Der General und Frost sprachen eine Stunde lang miteinander und vereinbarten ein weiteres Treffen am Sonntagvormittag um acht. Bis dahin würden weitere Informationen vorliegen. Sie gedachten sich dann mit dem Verteidigungsministerium in Verbindung zu setzen und Harrys sofortigen Rückruf zu verlangen, ehe sie ihn – und das wäre höchst peinlich! – mit einer IRA-Kugel im Hinterkopf aus einer Hecke ziehen mußten.

Auf der anderen Seite der Stadt, in Mrs. Duncans Pension, lag Harry im Bett und schlief. Die Brutalität, mit der das Mädchen ihn enttarnt hatte, hatte ihn einigermaßen aus dem Gleichgewicht gebracht. Nach seiner Rückkehr hatte er die Teppiche und Dielenbretter an der Stelle, wo der Revolver versteckt war, hochgehoben. Die Smith and Wesson mit den sechs geladenen Kammern lag jetzt, in ein Handtuch gewickelt, unter seinem Kopfkissen in der Ecke an der Wand. Der Tag war eine einzige Katastrophe gewesen, ein Trümmerfeld. Hier in der Realität der Stadt, den harten Revolverlauf in Griffnähe, war er sich selbst ein Rätsel. Heller Wahnsinn, was sich da oben in Wind und Regen zwischen ihm und dem Mädchen abgespielt hatte. Total bescheuert!

14. Kapitel

Am Sonntagmorgen war Harry wieder früh auf, und schon vor acht hatte er das Haus verlassen und war auf dem Weg in die Stadt, zur Telefonzelle, um Davidson anzurufen. Diesmal nahm er den Revolver mit. Er steckte in der Jackentasche, der dicke Anorak machte seine scharfen Konturen unsichtbar. Die Entscheidung, die Waffe mitzunehmen, hatte er ohne Nachdenken getroffen, aber als er jetzt mit geladenem Revolver durch die Straßen ging, wurde ihm seine Lage noch deutlicher bewußt. Zum ersten Mal, seit sie ihn aus Deutschland eingeflogen hatten, war er verunsichert. Daran war das Mädchen schuld. Da quatschte er eine Menge Blödsinn oben auf dem Berg, während er sich hätte konzentrieren sollen; und dann hatte er sie letzte Nacht laufen lassen, zurück in das Labyrinth, das sie mit seinen Gegnern teilte. Völlig verrückt. Es ärgerte ihn. Vielleicht spielte dabei auch der Gedanke mit, daß die Spur, vor einer Woche noch heiß, jetzt kalt geworden war.

Die Smith and Wesson schlug ihm gegen den Schenkel, während er die Falls Road hinunterging, dem Telefon und seinem Gespräch mit Davidson entgegen. Niemand beobachtete ihn, nachdem er die Pension verlassen hatte: Die Befehle des Abwehroffiziers vom Bataillon wurden streng befolgt.

Er wählte die Nummer vier-sieben-null-vier-sechs-acht-eins. Es klickte ein paarmal, dann hörte er es am anderen Ende anschlagen. Der Gesprächspartner meldete sich.

»Hier Harry. Wie geht's der Familie?«

Auch Davidson war früh da, er hatte schon auf den Anruf gewartet. »Sehr gut. Sie haben sich über die Postkarten gefreut.«

»Ich hab da ein kleines Problem.« Pause. »Das Mädchen hat mich enttarnt. Die Puppe, die mir geholfen hat bei der Sache, die ich Ihnen letzte Woche durchgegeben habe. Na, das war ja 'ne schöne Pleite.« Pause. »Also, durch diesen Tip ist mir das Mädchen jetzt draufgekommen. Es weiß, wo ich hingehöre. Nicht, wer ich bin, aber was wir hier wollen. Ich möchte, daß Sie die Kleine da rausholen. Sie zunächst mal aus dem Verkehr ziehen. Das können Sie doch machen, nicht? Sie hat mir gesagt, daß der Mann, den wir suchen, vor vierzehn Tagen bei der Tanzerei war. Ich hab ihn so halb und halb wiedererkannt. Aber auf dem Phantombild hat das Gesicht nicht so ganz gestimmt. Wenn das der Mann ist, hat die Army ihn mitgenommen, aber das sah mir ganz nach Routine aus. Sie haben sich da nämlich eine ganze Menge von den Burschen geschnappt. Er hatte ein Mädchen bei sich, vermutlich war das seine Frau, in einem gelben Hosenanzug. Haben Sie das alles?«

»Alles auf Band, Harry. Noch was?«

»Verdammt, was wollen Sie denn noch? Nein, das ist im Augenblick alles. Hören Sie, ich will nicht, daß die Kleine fertiggemacht wird. Ich möchte bloß, daß sie da rauskommt, damit ihr nichts passiert. Sie heißt Josephine Laverty, wohnt mit ihrer Mutter in einer der kleinen Straßen im Clonard, von der Springfield Road aus rechts. Sie werden sie schon finden, aber machen Sie ein bißchen Dampf dahinter.«

»Wir lassen uns was einfallen, keine Angst.«

»Mehr ist sonst eigentlich nicht. Es ist bein bißchen klamm hier im Augenblick, aber ich glaube, ich hab mich ganz schön eingewöhnt. Wenn Sie's mit dem Material, das ich Ihnen eben gegeben habe, nicht schaffen, dauert's sehr lange. Haben wir dafür Zeit?«

»Wir haben massenhaft Zeit, wenn Sie glauben, daß es sich wirklich lohnt, Harry. Aber Sie haben recht, diesmal müßte es klappen. Verdammtes Kuddelmuddel, die Sache mit dem anderen Mädchen. Ihr Tip ist hier drüben sehr gut angekommen. Die waren alle sehr zufrieden. Und Sie selbst sind in Ordnung? Keine Verfolger, keine verdächtigen Fragen? Wir schätzen, daß die Burschen sich inzwischen schon hätten sehen lassen, wenn sie Ihnen auf die Spur gekommen wären. Das sage ich nicht bloß, um Sie aufzumuntern. Wenn niemand um Sie rumstreicht, können Sie, glaube ich, davon ausgehen, daß alles in Ordnung ist.«

»Nein, ich habe nichts gemerkt«, sagte Harry. »Übrigens habe ich Arbeit. Einen Job auf einem Schrottplatz in Andersonstown. Gut bezahlt. Also, dann werde ich mal wieder.«

»Hören Sie, Harry, eins muß ich Ihnen noch sagen. Ich bin ganz schön zur Sau gemacht worden wegen Ihres Quartiers, weil wir nicht wissen, wo Sie stecken. Das ist nicht nur ungewöhnlich, es ist auch unprofessionell. Sehr unprofessionell.«

»Die ganze Geschichte ist unprofessionell«, gab Harry zurück. »Daran wird sich nichts ändern. Sie werden es mir doch nicht befehlen – oder? Es würde wahrscheinlich nichts helfen, und außerdem ist es mein Kopf. Trotzdem – schönen Dank für alles. Wiederhören, Meister.«

»Wiederhören, Harry. Ich versteh Sie schon. Aber damit steh ich ziemlich allein da. Geben Sie acht auf sich und hören Sie fleißig Nachrichten. Sobald Sie erfahren, daß wir ihn haben, ziehen Sie Leine. Wenn Sie können, rufen Sie mich vorher an. Auf jeden Fall sausen Sie zum Flughafen, als wenn Sie eine Bombe im Hintern hätten. Und – geben Sie auf sich acht.«

Harry legte auf, trat hinaus in die Kälte und machte sich eilig auf den langen Heimweg die Falls Road hinauf. Es lag ihm viel daran, daß sie Josephine aus dem Sumpf herausholten, und zwar schnell, ehe sie so tief drinsteckte, daß sie sich nicht mehr selbst befreien konnte. Ehe sie dem anderen Mädchen folgte, das er hineingezogen hatte.

Aber an diesem Sonntag ging alles nicht so schnell.

Zwanzig Minuten, nachdem Harry aufgelegt hatte, rief Davidson den Staatssekretär an. Der Beamte wollte gerade zur Kirche fahren. Zuerst das Negative, pflegte Davidson zu sagen. Erst einen kleinen Tritt, dann das Kaninchen aus dem Zylinder. Es ist ihnen lieber so. Der Agent lehnte es immer noch ab, einen Kontaktpunkt zu nennen. Nein, keine Weigerung, eine schlichte Ablehnung. Einen Befehl möchte ich vermeiden. Hab ihm gesagt, daß es albern ist, aber mehr kann ich schließlich nicht tun. Es ist, wie er sagt, sein Kopf. Unser Skandal, wohlgemerkt, wenn es ihn erwischt, aber immerhin sein Kopf. Jetzt das Bonbon. Gute Informationen von unserem Mann. Das wird dem Boss gefallen.

»Moment mal«, fuhr der Beamte dazwischen. »Mich haben in der Nacht alle möglichen Leute angerufen. Der General war dran und dieser Frost von der Abwehr. Sie wollen unseren Mann

raushaben und machen ein Riesentheater. Sie glauben, daß er enttarnt worden ist.«
Davidson biß sich auf die Zunge. Er hörte, wie am anderen Ende der Leitung die Familie aufgefordert wurde, schon vorzugehen.
»Da muß irgendwo eine undichte Stelle sein. Wie ein Sieb, dieses Land. Die Zeitungen haben von der anderen Seite einen Tip bekommen, wir hätten ein großes Tier eingeschleust. Unsere Leute sind ganz schön durcheinander. Auf jeden Fall lautet der Befehl, den Mann rauszuholen, sonst geht der General zum Premier, hat er gesagt. Einen Trost haben wir – die Männer da drüben sagen, daß ihrer Meinung nach die IRA keinen Namen hat. Aber das wird nicht lange auf sich warten lassen. Und Sie haben keine Ahnung, wo wir ihn uns holen können?«
»Ich weiß nur, daß er für einen Schrotthändler in Andersonstown arbeitet. Sonst nichts.«
»Damit können wir vor Montagmorgen nichts anfangen.«
»Er hat wieder gute Arbeit geleistet, unser Mann. Der Bursche, den wir suchen, war auf dem Tanzvergnügen, das Harry neulich besucht hat. Die Streife hat ihn mitgenommen und offenbar wieder laufenlassen, oder sie haben ihn wegen einer anderen Sache weiter in Haft –«
»Ich bitte Sie, Davidson! – Ich bin zu Hause, ich will zur Kirche. Es hat keinen Sinn, mir diese ganze Geschichte am Telefon zu erzählen. Reden Sie direkt mit Frost. Der ist bestimmt im Büro und tanzt da herum. Großer Tag für ihn. Aber wenn dieser Harry sich wieder meldet, holen Sie ihn raus. Das ist jetzt ein Befehl.«
Davidson hatte immer zugeben müssen, daß er Spaß an dem komplizierten Drum und Dran der Vorbereitung eines Agenten auf das Geschehen im feindlichen Lager hatte. Darüber konnte er jetzt nachdenken, nachdem das Gespräch zu Ende war und sein Vorgesetzter über die Landwege brauste und bestimmt zu spät zum Gottesdienst kam. Davidson war in dem alten Albanien-Team gewesen. Er hatte Monate mit der Ausbildung griechischer und türkischer Agenten in Zypern verbracht. Drei Jahre hatten sie ihn an die Regierung von Singapur ausgeliehen, wo er unentwegt lächelnde kleine Polizisten in der Kunst unterwiesen hatte, wie man Stadtgebiete infiltriert und Agenten hinter den

feindlichen Linien hält. In seinem reichen Erfahrungsschatz klaffte eine Lücke. Das begriff er jetzt. Die Leute, die er hinausgeschickt hatte oder hatte hinausschicken lassen, waren alle – so sah es Davidson – Ausländer gewesen. Die Bindung zu den Männern, die sich seine Vorträge anhörten oder nach seinen Befehlen arbeiteten, war locker und in keiner Weise verpflichtend.
Bei Harry war das ganz anders geworden. Die Gefahr, in der er seinen Agenten jetzt wußte, lähmte Davidson in einem Ausmaß, das ihn fast beschämte. Er hatte sich lange als eine zähe, fast skrupellose Persönlichkeit gesehen, als den Mann am Drücker, der seine Agenten ohne Sentimentalität oder persönliche Gefühle hinausschickt. Seine Verteidigungswälle bröckelten, merkte er, während er an seinen Mann auf der anderen Seite der Irischen See dachte, dem der Feind immer näher auf den Pelz rückte.
Und nicht genug damit, daß Harry davon nichts ahnte – eben noch hatte Davidson ihm versichert, alles sei in Ordnung und sähe gut aus. Das machte ihn verletzlich.
Davidson dachte mit wachsendem Widerwillen daran, wie Harry nach Dorking gebracht worden war. Schöne Chance hatte er gehabt, einen Rückzieher zu machen. Der Premierminister persönlich hat Vollmacht gegeben, dieses Team zusammenzustellen, und wir haben Sie als den geeignetsten Mann ausgesucht... Wie hätte er sich da drücken sollen? Sie hatten ihn mit dem Flugzeug auf eine hoffnungslose Mission geschickt. Wenn er nicht bald rauskommt, ist er Nummer Tausendsoundsoviel, der sich die Radieschen von unten besieht.
Er griff zum Telefon und rief Frost direkt an, im Büro, wie man ihm gesagt hatte. Der aktive Abwehroffizier ließ den Zivilisten am anderen Ende der Leitung nicht darüber im unklaren, was er von Bürohengsten hielt, die Agenteneinsätze ohne Koordinierung und Know-how organisierten. Davidson ließ die Gardinenpredigt geduldig über sich ergehen. Immer wieder unterbrochen, las er Frost das Stenogramm von Harrys Anruf vor. Er schloß mit einem Paukenschlag.
»Mit dem ersten Tip, den wir an Sie weitergegeben haben, hat er etwas sehr Brauchbares geliefert. Unser Team war enttäuscht, daß nicht viel dabei herausgekommen ist. Diesmal müßten Sie's eigentlich packen, was, alter Junge?«

Frost biß nicht an. Es war ein saftiger, zappelnder Köder, aber sein Büro stand voller Leute, und es war nicht der Tag für Streitereien am Telefon. Das hatte Zeit, bis der Tanz vorbei und der Fall zu den Akten gelegt war – jedenfalls das, was dann noch übrigblieb. Er telefonierte mit dem Polizeirevier in der Springfield Road und ordnete an, eine gewisse Josephine Laverty aus dem Clonard-Bezirk zu suchen und festzunehmen. Dann beschäftigte er sich mit dem Mann, der am Samstag vor vierzehn Tagen in Militärgewahrsam gewesen und jetzt wahrscheinlich wieder auf freiem Fuß war. Mußte ein eiskalter Typ sein, dachte der Oberst anerkennend. Zwischen diesen Telefonaten sagte er seine sonntägliche Golfrunde ab.

Es war ja nicht das erste Mal, daß was schiefging, überlegte Davidson. Da waren die endlosen Nächte gewesen, als sie die Albaner mit dem Fallschirm in den Marschen zwischen dem Meer und Tirana abgesetzt hatten. Vergeblich hatten sie mit ihren Kollegen vom CIA auf das Schnattern der Funksignale und die O.K.-Meldung gewartet. Als die zypriotischen Agenten, die ihm unterstanden, verschwunden waren, hatten sie Tage in quälender Ungewißheit verbracht, bis die Leichen aufgetaucht waren – meist gefoltert und immer mit einer Kugel im Hinterkopf. Aber das waren nur Ausländer, die Beschuldigungen waren kurzlebig und die Rückschläge gedämpft gewesen. Wenn sie Harry verloren, würde das hohe und öffentliche Wellen schlagen. Eine wilde Jagd nach Sündenböcken würde einsetzen, das stand für Davidson fest. Der Staatssekretär würde sich rechtzeitig diskret zurückziehen, sich auf seinem fliegenden Teppich aus der Gefahrenzone entfernen. Der Dumme, der die Kastanien aus dem Feuer holen mußte, würde er sein.
Er rief seinen Assistenten aus dem Vorzimmer herein, in dem sich der Mann zum Glück die meiste Zeit über aufhielt, und wies ihn an, auf die Telefone aufzupassen. Er sollte sämtliche Anrufe, ausnahmslos, auf Band nehmen, ganz egal, auf welchem Apparat sie ankamen. Davidson selbst verließ das Haus. Sonntagmorgen in Covent Garden. Ein bißchen Sonne auf den Obergeschossen der hohen Häuser. Stapel von Obst- und Gemüsekisten. Davidson ging zu dem kleinen Lebensmittelhändler, der geöffnet hatte, um die großen grauen Wohnhäuser nördlich vom Markt-

platz zu bedienen. Er kaufte Brot, Milchkartons, Kaffee und Kekse, Butter und Lemon Curd, jenen typisch englischen Brotaufstrich, den er seit seiner Internatszeit vor fünfunddreißig Jahren gern aß. Auf mehr Kocherei war sein Büro nicht eingerichtet. Niemand hatte angerufen, während er fort gewesen war. Er telefonierte mit seiner Frau, sagte ihr, daß er ein, zwei Tage in London bleiben würde, sie sollte sich keine Sorgen machen. Ihre Antwort hörte sich nicht übermäßig besorgt an. Im Schrank hinter seinem Schreibtisch stand ein Feldbett, gräßlich unbequem, aber besser als nichts. Es würde eine lange Wache werden, und niemand würde ihm dabei Gesellschaft leisten außer dem faden jungen Mann, den man ihm zur Unterstützung geschickt hatte. Davidson hatte rasch gemerkt, daß sie seinen Assistenten nicht vollständig über das, was sich hier abspielte, informiert hatten. Er selbst hatte nicht die Absicht, ihn aufzuklären. Sie waren jetzt auf Bereitschaftsdienst, rund um die Uhr.

Die Jungen liefen im Zickzack zwischen den in Reih und Glied ausgerichteten hohen Fichtenstämmen hin und her, stolperten in pausenlosem Katz- und Mausspiel über den federnden Teppich aus Nadeln und Zapfen. Ihre Stimmen waren schrill und laut, als müßten sie sich gegen den Ansturm des kalten Windes wehren, der ankündigte, daß es auf der großen Ebene östlich von Hannover nun wirklich Winter wurde. Hierher fuhr Harry immer gern mit ihnen, im Hochsommer versuchten sie sich in den Bächen im Forellenangeln und verlebten die Wochenenden in einer Blockhütte, zum Winterbeginn liefen sie tüchtig herum, damit ihnen warm wurde, und wenn der Schnee kam, nahmen sie die Schlitten mit. Manchmal stöberten sie einen Fuchs auf, der sich in dem spärlichen, verkümmerten Unterholz unter den Fichtenkronen versteckt hatte und hoffte, der Entdeckung zu entgehen. Wenn er dann die Nerven verlor und die Flucht ergriff, gab es eine lärmende, ungeschickte Jagd, bei der der Boden unter ihnen federte, bis ihr Opfer sich in Sicherheit gebracht hatte. Dabei gerieten sie dann tief in den Wald hinein, und wenn der rotbraune Blitz endgültig verlorengegeben werden mußte, blieben sie stehen und dachten nach und überlegten, in welcher Richtung die Schneise lag, an der sie ihre Mutter, Mary Brown, verlassen hatten. Heute hatte sie belegte Brote und Würstchen mitgebracht und

ein Thermosgefäß mit Tomatensuppe, das würden sie dann später an einem der Holztische auf dem Gelände neben dem Parkplatz essen.
Von weitem hörte sie die Kinderstimmen, während sie auf dem breiten Weg neben einer größeren, älteren Frau herging. Das war ihre Mutter. Eine Woche nach Harrys Abreise hatte Mary ihr einen Brief geschrieben, in die englischen Midlands. Der dreiseitige Brief war als Notsignal, als Hilferuf verstanden worden. Man hatte sich arrangiert. Vater konnte sich eine Woche allein behelfen, er würde sich selber etwas zu essen machen und vor der Winterpause den Garten in Schuß bringen.
Wenn die Kinder im Bett lagen, kam das Gespräch häufig und nicht unabsichtlich auf die plötzliche Abreise von Harry zurück, und jetzt, als sie wieder außer Hörweite waren, ging es weiter.
»Es ist so schwer zu begreifen«, sagte Marys Mutter, »daß angeblich niemand dir etwas sagen kann. Man sollte doch denken, daß jemand den Mumm oder die Höflichkeit besessen hätte, mal mit dir zu reden.«
»Nichts«, erklärte Mary, »kein Wort, seit sie gekommen sind und einen Koffer für ihn gepackt haben. Sie haben den ganzen Kleiderschrank umgewühlt, bis unten hin, wo die alten Sachen lagen, die Hälfte wollte ich diese Woche zum Basar geben. Sie haben Zeug mitgenommen, das er nur noch im Garten getragen hat oder zum Anstreichen oder Kelleraufräumen oder so. Wir haben zwei Postkarten von ihm bekommen, irgendwo vom Persischen Golf, aber sonst nichts.«
Die Postkarten zeigten ein berittenes Kamel-Korps des Sultans und eine Moschee mit goldener Kuppel. Die Texte waren kurz und banal: »Mir geht's gut, kriege eine sehr rote Nase von der Hitze, glaube nicht, daß es hier Weihnachten schneit, viele liebe Grüße an die Jungs und an dich, mein Liebling, Harry.« Und: »Schwänze diese Woche die Kirche. Vermisse euch alle sehr. Tut mir leid, dieser Quatsch, aber das klärt sich alles, wenn ich wieder daheim bin. Viele Grüße an alle, Harry.« Die Karten waren lange unterwegs gewesen und schmückten jetzt den Kaminsims im Wohnzimmer.
»Aber erzähl mir doch noch mal genau, Kind, was sie gesagt haben, als du im Büro nachgefragt hast.« Mutter hatte die aufreizende Angewohnheit, endlose, wörtliche Wiederholungen von

Gesprächen zu verlangen, die sie bereits tausendmal gehört hatte.
»Nur das, was ich dir schon gesagt habe. Daß eine Meldung aus London gekommen ist, daß sie hier alle ebenso im dunkeln tappen wie ich. Daß Harry mindestens sechs Wochen und wahrscheinlich höchstens acht weg sein wird. Und wenn ich irgendwie knapp werde oder Probleme habe, kann ich mich jederzeit an den Familienoffizier wenden. Es ist ein schrecklicher alter Langweiler – ein Major, den sie bei der Beförderung übergangen haben. Ehe ich den anrufe, muß es wirklich ganz schlimm kommen. Ich glaube, sie wissen wirklich nichts.«
»Es muß mit der Sache damals in Aden zu tun haben. Dem Einsatz, für den er das Kriegsverdienstkreuz bekommen hat. Dein Vater und ich waren sehr stolz für dich...«
»Ich glaube nicht, daß es damit zusammenhängt«, unterbrach Mary. »Das liegt Jahre zurück, und Harry war damals ganz erledigt. Er war wochenlang krankgeschrieben. Er redet nicht viel darüber. Aber nach dem, was ich gehört habe, muß es grauenhaft gewesen sein. Er hat mitten unter ihnen gelebt, dabei sprach er nicht mal fließend arabisch. Leidlich, aber nicht fließend.«
»Ein Geheimdienstauftrag muß es aber sein.«
»Muß es ja wohl.« Sie trug das Haar hochgesteckt, der Wind zerrte es aus der großen Schildpattspange an ihrem Hinterkopf hervor und wehte es ihr ins Gesicht. Sie hatte sich nicht genug Zeit genommen, es ordentlich zu befestigen, weil sie es eilig gehabt hatte, den Proviant zurechtzumachen und die Kinder für den Ausflug anzuziehen. Sie hatte kaum Make-up aufgelegt, der Lippenstift war verschmiert. Gut, daß Harry sie nicht so sah. »Aber ich glaube nicht, daß er sich jetzt für so etwas freiwillig melden würde, und ich verstehe beim besten Willen nicht, wieso sie ausgerechnet ihn an den Golf schicken, wo sie doch so viele Leute haben. Es ist so sinnlos. Ich hatte gedacht, mit dem Spuk hätte er längst abgeschlossen.«
»Jetzt dauert es ja nicht mehr lange, nur noch ungefähr vierzehn Tage«, tröstete ihre Mutter.
»Das haben sie gesagt. Wir müssen es ihnen wohl abnehmen.«
Mary Brown brachte es nicht fertig, ihrer Mutter anzuvertrauen, wie unglücklich sie war. Lange Ehejahre und vorher eine Ausbildung an der Handelsschule in London hatten die Beziehung

verflachen lassen. Ihre Ehe war vertraulich – darüber klatschte sie nicht. Am meisten schmerzte die Erkenntnis, daß sie sich eingebildet hatte, den Mann, mit dem sie so lange lebte, in- und auswendig zu kennen; dabei stellte sich jetzt heraus, daß es da doch eine unerforschte Ecke gab.
»Zumindest wissen wir, daß er sich allein behelfen kann«, sagte ihre Mutter, die spürte, wie die Rolläden heruntergingen.
»Hoffentlich ist er darauf nicht angewiesen. Komm, wir holen die Kinder zurück, dann können wir essen.«
Sie rief die Jungen, und als sie verdreckt wieder aus dem Wald auftauchten, gingen sie alle zum Wagen zurück.

Am gleichen Mittag wurde Duffryn in ein Haus in Beachmoont beordert und von dem Abwehroffizier des Bataillons angewiesen, McEvoy wieder schärfstens zu überwachen. Eine Gruppe würde sich heute nachmittag eine Freundin von McEvoy vornehmen, sagte man Duffryn, ein Mädchen, das mit ihm ausgegangen war, Josephine Laverty aus dem Clonard.
Ein paar hundert Meter weiter, in der Springfield Road, stellte die britische Einheit, die Befehl hatte, das Mädchen zu holen, erstaunt fest, daß weder sie noch ihre Mutter in diesem Bezirk gemeldet waren. Das war nicht weiter verwunderlich, da das Haus auf den Namen von Josephines Onkel, Michael O'Leary, lief. Kurz nach drei meldete die Einheit, daß sie das Mädchen nicht hatte finden können. Inzwischen war ein entscheidender Teil der zur Verfügung stehenden Zeit verstrichen.

Nach dem Anruf von Frost bei dem für Ardoyne zuständigen Stützpunkt bis zur Identifizierung von Billy Downs vergingen über zwei Stunden. Zuerst mußten die Männer, die an der Razzia im Klub beteiligt gewesen waren, ausfindig gemacht werden. Der Leutnant, der die Razzia geleitet hatte, war zu einem Wochenendurlaub nach Norfolk geflogen und meldete sich nicht am Telefon. Der Unteroffizier erinnerte sich, daß er die Ausgänge überwacht hatte, aber er konnte wenigstens die sechs Soldaten nennen, die sich die Männer zur Befragung vorgenommen hatten. Schütze Jones war jetzt in Berlin, aber Obergefreiter James Llewellyn, der auf der anderen Seite des Bataillonsbezirks Streife ging, wurde dort von einem Saracen abgeholt. Natürlich gab es

keinen schriftlichen Bericht. Dieser und Jones mit dem, was er erlebt hatte, waren die einzigen Beweise für die Begegnung, und beide waren jetzt verschwunden. Llewellyn starrte auf das von London herausgegebene Phantombild, das aus dem Wachzimmer heraufgebracht worden war.
»Das ist der, dem's ähnelt. Das ist Downs. Die Ähnlichkeit ist nicht sehr groß. Auf dem Bild ist er nicht so ohne weiteres zu erkennen. Aber wenn er dabei war, muß es Downs sein. Seine Frau war auch da, in Gelb. Sie ist auf ihn zugelaufen.«
Nachdem sie nun den Namen hatten, machten sie sich über die Kartei her. Billy Downs, Ypres Avenue 41. Seine Aussage, er sei in Cork bei seiner Mutter gewesen, war nachgeprüft worden. Die Garda hatte ausnahmsweise mal schnell geschaltet und ihn entlastet. Sie sagten, er habe sich in der fraglichen Zeit dort aufgehalten. Man hatte sich für ihn interessiert, weil er nicht zu Hause war. Ansonsten war er sauber, nichts über ihn bekannt. Das Netz im Hauptquartier wurde weiter gespannt, erfaßte den Polizisten, der ihn nach jener Nacht im Morgengrauen verhört hatte.
»Er war sehr cool. Nicht mal Schweiß an den Handflächen. Ich habe extra hingesehen.«
Es war schon Nachmittag, als sie sich wieder bei Frost meldeten.
»Ich glaube, wir haben den Mann gefunden, den Sie suchen. Es ist ein gewisser Billy Downs, ohne ›e‹ am Ende. Ypres Avenue, Frau und Kinder. Sehr ruhig nach unserer Beobachtung. Arbeitslos. Die Garda hat das Alibi geprüft, das er uns als Erklärung für seine lange Abwesenheit gegeben hat. Die Geschichte stimmte. Es gab sonst keinen Grund, ihn dazubehalten. Im übrigen – die Männer, die ihn gesehen haben, sagen, daß er den Bildern, die Sie ausgegeben haben, nicht ähnlich sieht. Soll ein viel volleres Gesicht haben. Vielleicht sagen Sie uns, was wir tun sollen. Wir haben einen Zug abrufbereit. Wir können die Straße gut beobachten. Ich habe einen Posten im Dach einer Fabrik, ganz oben.«
»Mich würde interessieren, ob Mr. Downs zur Zeit daheim ist«, knurrte Frost in den Hörer.
»Moment.« Während er am Apparat wartete, hörte Frost von weitem, wie im Einsatzraum der Einheit über Funk bei dem Beobachtungsposten rückgefragt wurde. »Leider Fehlanzeige. Sie notieren, wer kommt und wer geht. Wir glauben, daß Downs

sein Haus, also Nummer 41, vor etwa fünfundzwanzig Minuten verlassen hat. Genau um 15.05. Aber er führt ein ziemlich regelmäßiges Leben. Ist wahrscheinlich bald wieder zurück.«
»Behalten Sie das Haus im Auge«, entschied Frost, »aber greifen Sie noch nicht zu. Diese Nummer ist den ganzen Abend und die ganze Nacht durch besetzt. Sobald Sie ihn sehen, geben Sie mir Bescheid.«

Downs rollte in einem Wagen die Lisburn Road hinauf, als der Beobachtungsposten, der die Ypres Avenue im Blickfeld hatte, Anweisung erhielt, nach ihm Ausschau zu halten. Es gab mehrere spätere Eintragungen in dem Schreibheft, in dem die beiden Soldaten notierten, was sich in der Straße tat. Sie hatten ihn bemerkt, sobald er in seiner Haustür erschienen und den Hügel hinauf zu einem der vorgeschriebenen Ausgänge aus dem Ardoyne-Bezirk gegangen war. Als der Befehl über Sprechfunk an die Soldaten ging, hatte Downs gerade das katholische Kernland verlassen, stand in dem Niemandsland oben an der Crumlin Road und wartete auf den Wagen, der ihn abholen sollte. Dieses Gebiet war weder katholisch noch protestantisch, die Nebenstraßen rechts und links waren durch große, mit Parolen beschmierte Wellblechplatten abgesperrt. Zwei Welten, durch eine vierspurige Straße geteilt, mit Barrikaden, die verhindern sollten, daß die Leute sich gegenseitig an die Gurgel fuhren. Auf einer Seite stand: »Hoch die Provos«, »Briten raus«, auf der anderen »Scheißpapst« und »UVF«.
Es war ein unbehagliches Gefühl, am hellen Tag an einer so befahrenen und häufig von Militärfahrzeugen benutzten Straße zu warten, und die Erleichterung war ihm anzusehen, als der Cortina neben ihm hielt und der Fahrer sich zur Seite beugte, um die Beifahrertür aufzumachen. Der Wagen war vor fünfunddreißig Minuten in der Falls gestohlen worden.
Gleich darauf fuhren sie wieder, quer durch die City. An der Kreuzung, im Zentrum des ausgedehnten, gutbürgerlichen Vororts, bogen sie links ab, fuhren eine der kleinen Straßen hinauf, die durch ein Wäldchen hinaus aufs Land führten, in die Downs. Zwischen den Bäumen hielten sie an.
Der Fahrer schloß den Kofferraum auf und übergab das Armalite-Gewehr. Es steckte in einer durchsichtigen Plastikhülle.

Downs überprüfte das Schloß. Es war nicht die Waffe, die er bei seinem Anschlag auf die Streife benutzt hatte, sie war von einem ganz anderen Quartiermeister ausgegeben worden. Aber sie hatte den gleichen Ursprung, Howa Industries, Nagoya, Japan. Gedacht war sie als Jagdwaffe, und das erstaunte ihn. Was für Tiere jagte man mit einer so leistungsstarken Tötungsmaschine? Er schob den Riegel am Schaft zurück, um zu probieren, ob das Klappscharnier funktionierte. Zusammengeklappt verkürzte sich die Waffe um 27,5 Zentimeter auf unter 90 Zentimeter, so daß er sie bequem in die gepolsterte Innentasche seines Jacketts stecken konnte. Er nahm die beiden Magazine entgegen, sah sie kurz an und schob eins tief in den Führungsschlitz an der Unterseite des Gewehrs. Er holte eine Kugel in den Lauf, prüfte mit dem Daumen, ob die Waffe gesichert war. Der Freiwillige am Steuer beobachtete diese Vorbereitungen fasziniert.
Downs schob das Gewehr mit eingeklapptem Lauf tief in die versteckte Tasche.
»Ich weiß nicht, wie lange es dauern wird«, sagte er. »Hau bloß nicht ab oder mach sonst was Idiotisches. Du bleibst hier. Auf jeden Fall bis Mitternacht.«
Mehr sagte er nicht, ehe er in der tiefer werdenden Dunkelheit verschwand, um die 750 Meter zu Rennies Haus zu Fuß zurückzulegen.
Während der Fahrt hatte Downs nicht ein einziges Wort von sich gegeben. Der Halbwüchsige, der in dem Wagen zwischen den Bäumen zurückblieb, rutschte zähneklappernd tiefer in den Fahrersitz und wartete auf seine Rückkehr.

Wegen der regelmäßigen Besuche im Büro am Sonntagnachmittag, bei denen Rennie seinen Papierkram aufarbeitete, kam es jetzt nicht mehr zu Auseinandersetzungen zwischen ihm und seiner Frau Janet. Zuerst war das anders gewesen, vorwurfsvoll hatte es geheißen, er vernachlässige die Familie. Die zunehmende Verschlechterung der öffentlichen Sicherheit in der Provinz hatte sie veranlaßt nachzugeben.
Es hatte sich jetzt so eingespielt, daß sie und die beiden Töchter, Margaret und Fiona, allein Tee tranken, vor dem Fernseher saßen und auf ihn warteten, bis er kurz vor dem Schlafengehen heimkam.

Im Laufe der letzten vier Jahre hatte Janet Rennie sich an die Probleme gewöhnt, die eine Polizistenehe mit sich brachten. Der Anblick des Schulterhalfters war ihr vertraut, das über dem Stuhl hing, wenn er am Samstag eine Stunde länger als sonst schlief, ehe sie gemeinsam ihre wöchentliche Einkaufsfahrt zu dem Supermarkt vor der Stadt antraten. Auch an die Nummernschilder in der Garage hatte sie sich gewöhnt, die er abwechselnd an seinem Wagen anschraubte, und an die Sicherheitsschlösser an allen Türen, innen und außen. Abends wurden sie in strenger Rang- und Reihenfolge zugeschlossen, damit ja keins vergessen wurde. Die persönliche Waffe des Polizisten lag in der halb geöffneten Schublade des Nachttischs, auf dem das Telefon stand, das häufig bis tief in die Nacht hinein keine Ruhe gab.

Die Beförderung und die Versetzung nach Belfast waren zuerst hart gewesen. Die häufigen Beerdigungen von Polizisten, an denen sie teilnahmen, und die hohe Gefährdung in der Stadt hatten sie eingeschüchtert. Aber aus der Angst war ein tief verwurzelter Haß auf den Feind, die IRA, erwachsen.

Janet Rennie hatte sich inzwischen längst mit dem Gedanken vertraut gemacht, daß ihr Mann die Unruhen vielleicht nicht überleben würde. Es war durchaus denkbar, daß er von einem der jungen Männer mit den brennenden Augen und den kalten Gesichtern ermordet werden würde; die Photos dieser IRA-Leute sah sie auf den Deckeln der Akten, die er abends und an den Wochenenden mit nach Hause brachte. Sie schreckte nicht vor der Vorstellung zurück, daß auch sie vielleicht eines Tages in dem schwarzen Austin Princess hinter der Fahne und der Militärkapelle zu einem grauen Dorffriedhof fahren würde. Wenn seine Heimkehr sich verzögerte, machte sie sich ans Stricken, das neben dem Fernseher ihre Therapie war. Er blieb oft lange aus. Selten kam er vor acht oder neun – und das war dann ein guter Abend. Aber sie war stolz auf seine Arbeit und teilte bis zu einem gewissen Grade sein Engagement.

Die Töchter, sieben und fünf, knieten in dem hellen, warmen Wohnzimmer des Bungalows auf dem Schaffellteppich vor dem Kamin und starrten auf die Mattscheibe, als es draußen klingelte.

»Mama! Mama! Es hat geklingelt«, rief Margaret, zu vertieft, um sich vom Bildschirm zu trennen.

Janet Rennie machte in der Küche Sandwiches, ganz in Anspruch genommen von der Sardellenpastete und der gefälligen Anordung der kleinen Weißbrotdreiecke. Diese Sonntagstees genossen sie immer sehr – mit Begeisterung spielten die Mädchen und ihre Mutter »feine Leute«. Ärgerlich überlegte sie, wer das wohl sein konnte. Welche der Nachbarinnen würde ausgerechnet zur Teestunde hereinplatzen?
Es klingelte wieder.
»Komm doch, Mama, es ist vorn an der Haustür.« Margaret stand ergeben auf. »Soll ich gehen?«
»Nein, ich mach das schon. Du bleibst drin, und so spät abends geht ihr nicht mehr auf die Straße mit euren Fahrrädern.«
Sie wischte ihre Hände an dem Tuch ab, das neben dem Abwaschtisch hing. Von Anfang an setzte sie sich über die Grundregeln des von ihrem Mann festgelegten Verfahrens hinweg. Als ihre Hand zum Sicherheitsschloß ging – es war immer abgeschlossen –, merkte sie, daß die Kette nicht vorgelegt worden war, nachdem die Kinder vom Spielen mit ihren Freundinnen zurückgekommen waren. Eigentlich hätte sie vorgelegt sein sollen. Sie hätte sie vorlegen sollen, ehe sie öffnete. Aber sie ließ Vorschrift Vorschrift sein und machte auf.
»Entschuldigen Sie, sind Sie Mrs. Rennie?«
Sie betrachtete den mittelgroßen Mann, der auf ihrer Schwelle stand, Hände in den Jackentaschen, mit einem offenen Lächeln, das dunkle Haar sauber gescheitelt.
»Ja, das bin ich.«
Sehr leise sagte er: »Hände hinter den Kopf und kein Geschrei! Keine Bewegung. Ich weiß, daß die Kinder hier sind.«
Sie sah hilflos zu, wie er aus seinem offenen Jackett die häßlich gedrungene schwarze Form der Armalite zog. Er hielt die Waffe in einer Hand, den Schaft noch umgeklappt, und schubste die Frau mit dem Lauf zurück in die Diele. Die Szene kam ihr seltsam unwirklich vor, wie aus einem Film. Sie konnte nichts machen, das wußte sie. Er kam auf sie zu, über den Teppich, an der Treppe vorbei, stieß die Tür mit seinem Absatz zu. Klappernd fiel sie ins Schloß.
»Wer ist es denn, Mama?« Fionas Stimme kam hinter der geschlossenen Wohnzimmertür hervor.
»Wir gehen jetzt da rein. Denken Sie dran: Eine falsche Bewe-

gung, und ich bring Sie um. Sie und die Kinder. Vergessen Sie das nicht, wenn Sie die verdammte Heldin spielen wollen. Wir setzen uns da rein und warten auf Ihren Mann, dieses Schwein. Alles klar?«

Der schmale Lauf der Armalite bohrte sich ihr ins Fleisch, oberhalb der Hüfte, während er an ihr vorbei zur Wohnzimmertür ging und sie öffnete. Die Mutter war schon halb im Zimmer, als sich Fiona umdrehte, etwas sagen wollte, erstarrte, als sie den Mann mit dem Gewehr sah. Selbst für ein Kind, das erst in drei Monaten fünf wird, war die Situation sonnenklar. Das Mädchen erhob sich auf die Knie, in ihr Gesicht trat ein Ausdruck des Entsetzens. Wie in Zeitlupe registrierte die ältere Schwester den Umschwung der Stimmung. Mit großen Augen, plötzlich sehr ernst, sah sie erst das Gesicht ihrer Schwester, dann ihre Mutter, deren Schultern wie von einer großen Last gebeugt waren, dahinter Downs mit dem kleinen, glänzenden Gewehr in der rechten Hand.

Zu verängstigt, um zu schreien, blieb das ältere Mädchen wie versteinert stehen, bis die Mutter da war, die Kinder an sich zog und mit ihnen zum Sofa ging.

Die drei klammerten sich aneinander, während sich Downs auf der anderen Seite des Zimmers in Rennies Sessel fallen ließ. Von dort aus hatte er die Familie, die sich in der äußersten Ecke des Sofas zusammengedrängt hatte, um so weit wie möglich von ihm entfernt zu sein, direkt im Blickfeld. Er hatte auch ungehinderte Sicht auf die Wohnzimmertür und auf das Fenster dahinter. Von dort erwartete er das erste Anzeichen von Rennies Rückkehr, das Scheinwerferlicht seines Wagens.

»Ich warne Sie zum letzten Mal, Frau. Eine Bewegung, ein Trick, und ihr seid alle drei tot. Glauben Sie bloß nicht, Mrs. Rennie, daß nur Sie in Gefahr sind. Das wär nämlich ein Irrtum, 'ne ausgesprochene Fehlkalkulation. Wenn ich Sie erschieße, sind die Kinder auch dran. Wir lassen den Fernseher laufen, und Sie sitzen still. Und denken Sie dran: Ich beobachte Sie. Die ganze Zeit. Also Vorsicht. Verstanden, Frau?«

Billy Downs machte eine Pause, ließ seine Worte in dem kleinen Zimmer wirken.

»Und jetzt warten wir mal«, sagte er.

15. Kapitel

Die vier Männer, die sich Josephine Laverty vornehmen sollten, hatten – im Gegensatz zur britischen Armee – keinerlei Schwierigkeiten gehabt, sie zu finden. Der Älteste der Gruppe, und gleichzeitig ihr Anführer, schlug mit breitem Lächeln vor, Mrs. Laverty sollte in die Küche gehen, sich eine Tasse Tee machen und sich recht viel Zeit dabei lassen.
Sie brachten Josephine hinauf in ihr Schlafzimmer, wo die Mutter bestimmt nichts hören konnte. Einer der Jüngeren zog die Vorhänge vor, sperrte die dünnen Sonnenstrahlen aus, und stellte sich ans Fenster. Ein anderer bezog Posten an der Tür. Der dritte Freiwillige stellte sich hinter den Stuhl, auf den sie sich hatte setzen müssen. Den Anführer, den sie Frank nannten, behandelten sie mit Achtung und Vorsicht.
Das Mädchen hatte wenig Reserven für ein Verhör. Franks erste Frage war harmlos genug gewesen, und er war ebenso verblüfft wie die anderen drei über ihren Zusammenbruch.
Sie war eine der Unbeteiligten, das war vielleicht die Erklärung. Eine der wenigen in der Stadt, die versuchten, ihr Leben neben den Unruhen her zu führen. Ihr fehlte es an Engagement, und daraus war eine tiefe Angst vor Gewalttaten erwachsen, die für viele andere zur zweiten Natur geworden und deshalb nicht mehr so erschreckend waren. Wo keine politische Überzeugung war, blieb nur der Selbsterhaltungstrieb, und vor der unausgesprochenen Brutalität der Männer, die sie umstanden, gab es kaum Hilfe. Kalte, grausame Gesichter, fahl, ausdruckslos, gewöhnt und geübt im Zufügen von Schmerz. Sie konnten nur aus einem Grund zu ihr gekommen sein... Wegen Harry. Lieber, schöner, geschwätziger Harry. Sie sah auf die Hände, groß, schmutzig, mit abgebrochenen Fingernägeln, rauh und verarbeitet. Die Stiefel, hart und zerschrammt, schmutzig von dem Regen draußen. Diese Männer würden ihr wehtun, sie stoßen, treten. Und wofür? Für einen Aufschub von ein paar Minuten. Sie

würde ihnen sagen, was sie wissen wollten. Sie waren aus einer anderen Welt, diese Burschen, die um sie herumstanden, sich zwischen ihren Habseligkeiten bewegten, als hätten sie das Recht dazu. Das haben sie ja auch, dachte sie. Gestern auf den Sperrins war sie in diese ihre Welt hineingezogen worden, und deshalb waren sie jetzt hier.

»Dieser McEvoy, mit dem du gehst. Wer ist das?«

Es war keine Antwort gekommen, nur die plötzliche Auflösung. Sie hatte den Kopf in den Schoß gelegt, Wangen und Augen und Ohren in den Händen vergraben.

»Wer ist das?« beharrte Frank. »Wer ist er, woher kommt er?«

»Ihr wißt, wer er ist. Weshalb kommt ihr zu mir? Ihr wißt es ganz genau.«

Frank ging auf und ab, kurze Schritte, pausenlos, immer wieder mit einem Ruck zu dem Mädchen hin, wenn er sie aus den Augen verlor, hin und her zwischen Fenster und Tür, vorbei an dem Bett, auf dem Josephines Sachen verstreut waren.

»Ich will's von dir wissen.« Sehr betont. Wie eine Eule die kaum geborene Maus, ein Wiesel das Kaninchen, beherrschte er das geduckte Mädchen auf dem harten Stuhl vor sich.

»Ich will's von dir wissen, hörst du? Ich hab nicht viel Zeit.«

Josephine schüttelte den Kopf – es war fast eine Reflexbewegung – und wich zurück, als er mit der geballten Faust zuschlug. Ihre Knöchel bremsten die Wucht des Hiebs, aber durch die gespreizten Finger, die über ihren Augen lagen, sah sie, wie das Blut durch die Platzwunde auf ihrem Handrücken quoll.

Frank erkannte, daß dieser angebliche Routineauftrag sich zu einer reichlich komplizierten Angelegenheit ausgewachsen hatte. Die Angst und das Zögern des Mädchens hatten ihn alarmiert. Ihre Unfähigkeit, eine klare Frage zu beantworten. Frank kannte McEvoy nur als Mieter in der Pension, in der Josephine gelegentlich arbeitete, mit dem sie ein-, zweimal ausgewesen war. Ganz hübsche Puppe, wahrscheinlich hatte er sie vernascht, aber bloß deshalb hockt man doch nicht da und heult.

»Ich werde ungeduldig, Mädchen. Dem bist du doch nichts schuldig. Wir können verlangen, daß du zu uns hältst.«

Er überlegte, ob er sie noch einmal schlagen sollte.

Sie nickte, kaum merklich zuerst, dann entschiedener, in einer

Geste der Zustimmung und der Kapitulation. Frank hielt sich zurück. Er würde sie nicht noch einmal schlagen müssen.
Sie richtete sich auf, rang um Beherrschung, suchte nach den richtigen Worten.
»Er gehört zu den Briten. Das habt ihr doch gewußt. Er ist Brite. Ich weiß nicht, was er macht, aber sie haben ihn hergeschickt, damit er hier bei uns lebt. Er sucht den Mann, der den Politiker umgebracht hat. Drüben in London. Das ist sein Job – den Mann zu finden. Er hat gesagt, wenn er ihn findet, liquidiert er ihn.«
Sie schwieg, und in dem verdunkelten kleinen Zimmer wurde es ganz still. Unten hörte sie ihre Mutter in der Küche hantieren, mit Geschirr klappern.
Josephine begriff die Ungeheuerlichkeit dessen, was sie gesagt hatte. Sie hatte ihm doch versprochen, daß sein Geständnis bei ihr sicher sein würde. Ein Fausthieb, und sie hatte ausgepackt. Sie wußte es noch, es war vor dem Pub am Glenshane gewesen. Da hatte sie es ihm versprochen, als sie ihm gesagt hatte, er sollte abhauen.
Frank sah sie scharf an.
»Er hatte einen Agentenjob hier? Er ist ein britischer Agent? Ist hier eingeschleust worden? Heiliger Himmel!«
»Ihr habt's gewußt? Ihr habt's doch gewußt? Sonst wärt ihr ja nicht gekommen...«
Es war jetzt fast dunkel im Zimmer. Josephine konnte die Männer kaum noch erkennen, nur den am Fenster, schwarz abgehoben gegen eine zu früh angezündete Straßenlaterne. Ihre Mutter rief hinauf, ob die Besucher Tee wollten. Niemand antwortete. Die alte Frau blieb noch einen Augenblick unten an der Treppe stehen, wartete auf die Antwort. Dann ging sie zurück in die Küche, hatte die Situation akzeptiert, vielleicht sogar begriffen, und konnte doch nichts tun.
Noch ein letztes Mal schwankte Josephine, auf wessen Seite sie sich schlagen sollte. Erziehung, Tradition, Herkunft, das alles fiel schwer ins Gewicht gegen das, was ihr an Harry so gefallen hatte – sein Lachen, seine Reife, sein Bett. Aber da war Theresa mit den zuckenden Füßen und der Strumpfhose, die sich fester um ihren Hals legte, da war der obszöne, elende Tod in der Zelle – und damit hatte Harry verspielt. Sie sprach weiter.

»Er war's, der Theresa ans Messer geliefert hat, die Kleine, die sich aufgehängt hat. Sie hat gesagt, daß sie mit dem Mann zusammengewesen ist, der das Attentat in London gemacht hat, aber daß es mit ihm nicht geklappt hat. Harry hat der Army den Tip gegeben. Er hat gesagt, daß der Mord eine Herausforderung für die Briten war und daß sie den Mann kriegen müssen, der es gemacht hat. Und daß sie ihn umbringen müssen. So ungefähr. Sie wollten eben zeigen, wer am Drücker ist. Gestern hat er mir das gesagt.«

Die Freiwilligen sagten nichts, ihre Phantasie lief auf Hochtouren, angekurbelt durch die Aussage des Mädchens. »Wie nah an den Mann ist er denn herangekommen, den er gesucht hat?« fragte Frank. »Wußte er, wie er heißt? Wo er wohnt, wie er aussieht? Wieviel hat das Schwein gewußt?«

»Er glaubt zu wissen, wie er aussieht, hat er gesagt.« Sie sah wieder Theresa vor sich, hörte sie kichern, als sie alle in dem engen Raum vor dem Waschbecken in der Toilette beieinandergestanden hatten. Das war die Rechtfertigung, das genügte... das Gesicht des Mädchens zu sehen. Sie würgen zu hören. »Er hat gesagt, daß er ein erstklassiger Schütze sein muß und ein eiskalter Bursche, so hat er ihn genannt. Ja, und sie suchen einen Mann, hat er gesagt, den sie bisher aus der Schußlinie gehalten haben. Genauso hat er es ausgedrückt.«

»Und du, wie bist du diesem hochqualifizierten britischen Killer auf die Spur gekommen, meine Kleine?«

»Auf ganz blöde Art bin ich ihm auf die Spur gekommen. Ihr müßt mir glauben. Wir sind gestern auf den Sperrins gewesen. Er hatte erzählt, daß er in der Handelsmarine gewesen und überall rumgegondelt ist, aber der Sturm da oben hat ihn ganz schön mitgenommen. Reichlich schlapp, hab ich gesagt, wenn er so viel auf See gewesen ist, wie er behauptet hat. Da hat er mir nichts mehr vorgemacht. Ich glaube, er wollte es loswerden.«

Gerissenes kleines Luder, dachte Frank.

»Ist er regelmäßig in Verbindung mit seinem Führungsoffizier?«

»Das weiß ich nicht.«

»Ist er bewaffnet?«

»Weiß ich auch nicht. Eine Kanone hab ich nie bei ihm gesehen. Ich hab euch alles gesagt, was ich weiß. Ehrlich wahr.«

»Sie haben ein kleines Problem, Miß Josephine.« Franks Stimme war eine scharfe Klinge, metallisch, kalt und glatt. »Du hast mir noch nicht erklärt, wie es kommt, daß dieser britische Agent das über Theresa erfahren hat und das, was sie über den Mann in London erzählt hat. Vielleicht brauchst du dazu ein bißchen Zeit, du Nutte. Verräterisches kleines Luder.«
Er kam ganz nah an sie heran. Sie roch Tabak und Bier in seinem Atem, alten Schweiß in seinen Sachen. Er hatte sich an diesem Tag nicht rasiert, sein Gesicht war ein Stachelwald.
»Also überleg mal schön«, sagte er. »Und dann erzähl's den Jungs, die warten nämlich auf eine Antwort. Für uns bist du nichts, Dreck, Abschaum, Mist. Du hast jemanden aus den eigenen Reihen verpfiffen, ein Mädchen, das sich lieber aufgehängt hat als mit den Scheißbriten zu reden. Das hast du verraten. Und deinen Liebsten hast du auch verraten. Wir sorgen dafür, daß es sich rumspricht, verlaß dich drauf, und der Army geben wir auch einen Tip. Irgendwo findest du schon was, wo du unterkriechen kannst, aber glaub nicht, daß einer einen Finger rührt, um dir dahin zu helfen, du blöde Kuh. Aber wenn die Jungs mit dir fertig sind, wirst du's dir sowieso zweimal überlegen, ehe du vor 'nem Briten noch mal die Hosen runterläßt.«
Frank wandte sich ab und ging zur Tür. Zu dem Mann, der dort Posten stand, sagte er: »Diesmal nur 'ne Lektion, Jamie. Nichts Bleibendes und nichts, was man sieht. Sie soll sich's nur merken und lange dran denken. Danach haut ihr ab. Wenn wir euch später brauchen, wissen wir ja, wo ihr seid. Vor dem Haus trennt ihr euch. Und du, du bemaltes Miststück, wenn du nur einen Funken Verstand in deinem verräterischen Hirn hast, sagst du nichts von dem, was heute abend hier passiert ist oder von dem, was läuft.«
Er ging durch die Tür, die steile Treppe hinunter. In der Diele sah ihn die alte Frau, die sich in ihrem Stuhl am Kamin umgedreht hatte. Er lächelte ihr zu.
»Keine Angst, Oma. Ich finde allein raus. Bleib du nur sitzen.«
Die drei Jüngeren verließen eine Viertelstunde nach ihm das Haus. Sie ließen Josephine auf dem Bett liegen, zusammengekrümmt, nach Luft ringend, die Hände in den Leib gekrampft. Lange lag sie dort und kämpfte mit aller Willenskraft gegen die

Schmerzen an. Ihre Sachen lagen in den Zimmerecken verstreut, so wie die Männer sie ihr vom Leib gerissen hatten.
»Direkt auf's Nackte, du Miststück, wo's wehtut und wo's anhält.«
Sie hatte damit gerechnet, vergewaltigt zu werden, statt dessen wurde sie verprügelt. Sie rollte sich zusammen, in Embryo-Stellung, die Arme schützend über ihre Brüste und den Unterleib gelegt, Schenkel zusammengepreßt. So blieb sie liegen, als sie fort waren. Sie kam bald wieder zu Atem, aber der lange, tiefgehende Muskelschmerz blieb und die Qual des Verrats. Verrat an Theresa. Verrat an Harry.
Vielleicht hatten die Männer Hemmungen gehabt, eine Frau zusammenzuschlagen, vielleicht hatte der Anblick ihrer Nacktheit sie irritiert, jedenfalls hatten sie nicht gründlich gearbeitet. Die Wirkung ließ bald nach. Jetzt hatte sie Zeit zum Nachdenken. Frank war bestimmt sofort in die Pension gegangen, um sich Harry zu holen. Sie würden ihn mitnehmen, foltern, später dann erschießen, vielleicht erst morgen früh. Jeder Gedanke daran, Harry zu warnen, war demnach sinnlos. Sie hatten ihn ja sicher schon, aber wollte sie ihn überhaupt warnen? Eine gute Nummer – und was macht der Kerl? Münzt das Bettgeflüster zu einem militärischen Geheimdiensttip um. Sollte er doch sehen, wo er blieb!
Als ihre Mutter spätabends die Treppe hinaufkam, lag Josephine noch immer zusammengekrümmt und hielt sich noch immer den Leib. Ihre Haut war jetzt eiskalt. Die alte Frau streifte ihr das Nachthemd über den Kopf, steckte ihre Füße unter die Decke. Sie verbrachte ein paar Minuten damit, die Sachen vom Fußboden aufzuheben, wobei sie für die zerrissenen Kleidungsstücke nicht mehr Interesse aufbrachte als für die anderen, die in einem unordentlichen Haufen auf dem Boden lagen.

Am Sonntagabend rief Davidson zweimal bei Frost an. Mit Einbruch der Dunkelheit kam man sich in dem Londoner Büro im ersten Stock vor wie in einem Bunker. Der für Telefonate nach draußen bestimmte Apparat stand auf dem Boden neben dem jetzt aufgeschlagenen Feldbett.
Er wurde kurz abgefertigt. Informationen lagen noch nicht vor, man hatte ihm ja versprochen, ihn zu benachrichtigen, sobald

etwas bekannt wurde. Davidsons Angriffslust war verflogen. Er ließ es zu, daß Frost sich sehr eindeutig über eine Operation äußerte, die so stümperhaft war, daß man mit dem eigenen Agenten nicht einmal Kontakt aufnehmen kann, wenn man ihn herausholen muß.
Trotz seiner bitteren Bemerkungen war Frost jetzt soweit alarmiert, daß er in der Springfield Road anrief, sich den Kommandeur ans Telefon holen ließ und unterstrich, daß die Laverty unverzüglich aufgespürt werden mußte.

Von ihrem Ausguck hoch über dem Ardoyne-Bezirk sahen zwei Soldaten auf die Ypres Avenue hinunter. Straßenlaternen gab es nicht, die waren schon längst den Unruhen zum Opfer gefallen, aber sie behielten die Haustür von Nummer 41 mit dem starken Nachtzielfernrohr im Auge, das alles in einen grünlichen Dunst tauchte und durch das sie den Eingang sehr klar erkennen konnten. Stündlich gaben sie über Funk die gleiche Meldung durch. Niemand hatte durch den Vordereingang das Haus betreten.

Frank ließ sich in dieser Nacht bei der Pension Delrosa nicht sehen. Mit dem Fahrrad war er nach Andersonstown gestrampelt, zu seinem Bataillonschef. Es wurde verabredet, daß er um Mitternacht zum Kommandeur der Brigade Belfast gebracht werden würde. Frank wußte, wie er hieß, kannte ihn aber nicht persönlich.

Von seiner Wohnung aus hatte der Staatssekretär veranlaßt, daß ein Photo von Harry nach Belfast geschickt wurde. Am nächsten Morgen, dem Montag, würde es an die Soldaten ausgegeben werden, die Razzien bei den Schrotthändlern von Andersonstown durchführen sollten. Den Grund für die Durchsuchungen würden weniger als ein halbes Dutzend Leute in der Provinz erfahren, aber jeder Suchtrupp würde mehrere Neun-mal-Zwölf-Vergrößerungen von Harrys Bild bei sich haben. Ursprünglich hatte ihn das Photo in Uniform gezeigt, aber die hatten sie wegretuschiert.

Der große Fernsehapparat in der Ecke lief lautstark weiter. Sängerscharen und ernsthafte Pfarrer mit beginnender Glatze brachten die Sonntagsbotschaft von Hoffnung und Nächstenliebe, Friede auf Erden und den Menschen ein Wohlgefallen in die guten Stuben. Die Familie saß ganz still auf dem Sofa und beobachtete den Mann mit dem Armalite-Gewehr.

Die Bilder drangen nicht in das Bewußtsein von Janet Rennie, die unverwandt den Mann mit der Waffe auf den Knien anstarrte, aber die Kinder konzentrierten sich oft minutenlang auf die Mattscheibe, bis ihnen mit einem Ruck wieder das Schreckliche auf der anderen Seite des Teppichs bewußt wurde. Diese Angst war etwas Neues für die beiden Mädchen, es war eine Angst, mit der sie nicht fertig wurden, die sie nicht begreifen konnten. Sie klammerten sich an ihre Mutter, warteten. Was würde geschehen, was würde sie tun? Für die beiden Mädchen vertrat der Mann ihnen gegenüber eine völlig fremde Welt. Kaum einmal ließen ihre Blicke sein Gesicht los, sie waren wie fasziniert von der fahlen, farblosen Haut, die wie tot wirkte. Das machte ihnen den Unterschied zwischen dem Eindringling und ihrer Welt deutlich. Gesundheit und pralle Frische, Leben und Farbe, wie sie es von den Vätern ihrer Freunde kannten und von den Besuchern, die ihr Vater mit heimbrachte – das alles fehlte hier. In den ersten zwanzig Minuten nach dem Eindringen von Downs hatte Fiona, die sehr wohl wußte, daß sie mit ihrem Charme einiges erreichen konnte, versucht, den Fremden mit einem Lächeln zu gewinnen. Das zahnlückige Kleinmädchengrinsen war einfach Luft für ihn gewesen. Sie hatte es nur dieses eine Mal versucht und sich dann noch enger an die Mutter geschmiegt.

Er ist nie an die Sonne gekommen, dachte Margaret, die Ältere. Er ist eingesperrt gewesen und aus dem Verschlag entkommen, in dem sie ihn gehalten haben – wie ein Tier. Der Mann kam von jenseits der Mauer, aber sie wußte wenig von den Gründen für die Trennung, für die Absperrungen. Sie betrachtete die tiefliegenden Augen, die so konzentriert und wachsam waren, unbeteiligt durch den Raum gingen, ihn durchstreiften wie Scheinwerfer auf dem Wachturm eines Gefängnisses, ohne Ordnung, ohne Sinn, aber immer in Bewegung, immer auf der Hut, ständig auf das Unvorhergesehene gefaßt. Sie registrierte, was er anhatte. Eine Jacke mit einem gestopften Riß am Ärmel und Manschetten, an denen Knöpfe fehlten. Hosen ohne Bügelfalten und mit speckigen Stellen an den Knien, ausgefranst an den Aufschlägen und untenherum dreckig. Für die Kinder waren Anzüge für Sonntag da oder fürs Büro, aber nicht, um sich damit schmutzig zu machen. Auch die Schuhe kamen ihnen komisch vor. Der Regen auf den winterlichen Straßen hatte sie einigermaßen saubergewaschen, aber sie waren wie das Gesicht, glanzlos, mißbraucht.

Margaret begriff, daß mit der Waffe in Downs' Schoß ihr Vater getötet werden sollte. Ihre Schwester, zwanzig Monate jünger, konnte diese Gleichung nicht lösen, sie quälte sich in einer Hölle ratloser Erwartung und unverständlicher Schrecklichkeit. Margaret hatte genug Kontakt mit den Jungen aus ihrer Schule, die sich auf dem Schulhof in allen möglichen Kriegsspielen austobten, um in der Waffe ein Armalite-Gewehr zu erkennen.

Er muß ein harter Bursche sein, dachte Janet Rennie. Für so etwas schicken sie nur einen von den ganz Großen. Der wird sich durch Argumente oder Diskussionen kaum soweit ablenken lassen, daß man ihn aus dem Gleichgewicht bringen kann. Er ist hart genug, um seine Drohung wahr zu machen. Sie sah den billigen Trauring an seinem Finger. Hat sicher selber Kinder, die vermehren sich ja wie die Kaninchen, diese Katholiken. Aber meine schießt er trotzdem tot. Sie spürte durch ihre Bluse hindurch, wie die Kinder ihren Arm umkrampften. Doch sie blieb ruhig, starrte weiter Downs an. Er zeigte keine Reaktion, nur die Gleichgültigkeit des Profis, des Experten, der eine Aufgabe hat und einen Termin, der etwas zu früh gekommen ist und deshalb noch warten muß. Schneller als die Kinder hatte sie den Mann abgeschätzt, nach Schwächen abgeklopft. Jetzt fesselte sie die Waffe, die über seinen Knien lag. Wäre er nervös, stünde er sehr unter Stress, dann würde sie die Unruhe an seinen Fingern erkennen oder den feuchten Schimmer von Schweiß auf dem Schaft oder dem Lauf sehen. Aber nichts regte sich, nichts schimmerte.

Er hielt die Waffe locker, die linke Hand auf halber Höhe des Schafts, die Finger leicht um das schwarze Plastik gelegt, das den harten gezogenen Stahl des Laufs umschloß. Seine Hand war knapp oberhalb des Magazins, und ihr Blick wanderte zu jener Stelle, wo die Kugeln in ihrem Behälter bereitlagen. Downs hatte gleich, nachdem er sich gesetzt hatte, das Gewehr entsichert, mit einer schnellen Bewegung des rechten Zeigefingers, der sich jetzt

um den Halbmond des Abzugsbügels krümmte. Er sitzt da wie ein Klempner, der einen Voranschlag machen will, dachte sie, oder wie ein Versicherungsvertreter. Ohne die Anspannung, die sie eigentlich erwartet hätte. Ungefähr eine halbe Stunde, ehe ihrer Rechnung nach ihr Mann heimkommen mußte, beschloß sie, ihn in ein Gespräch zu verwickeln.
»Wir haben keinen Streit mit Ihnen und Sie nicht mit uns. Wir haben Ihnen nichts getan. Wenn Sie jetzt gehen, hält Sie niemand auf. Das wissen Sie. Sie können noch weg, ehe mein Mann kommt.« Das war ihr Auftakt. Schlecht, dachte sie, damit lockst du keinen Hund hinter dem Ofen hervor.
Er betrachtete sie belustigt, distanziert.
»Wenn Sie das wirklich tun, was Sie vorhaben, erwischt man Sie. Heute kriegen sie immer ihre Leute. Das ist eine Tatsache. Dann sitzen Sie für den Rest Ihres Lebens im Lager. Wollen Sie das wirklich?«
»Geschenkt, Mrs. Rennie. Hören Sie sich lieber die Choräle an.«
Sie stieß nach. »Damit kommen Sie nicht weiter. Zu den Provisionals gehören Sie, stimmt's? Ihr seid doch am Ende. Noch ein grausamer Mord, völlig sinnlos. Das hilft euch auch nicht mehr.«
»Halten Sie den Mund.« Er sagte es leise. »Halten Sie den Mund und sitzen Sie still.«
Sie griff wieder an. »Warum kommen Sie hierher? Warum zu uns? Wer sind Sie?«
»Schade, daß Ihr Alter Ihnen nicht erzählt hat, was er macht, wenn er morgens zur Arbeit geht. Na, jetzt ist es ein bißchen zu spät dazu. Beruhigen Sie sich und bleiben Sie, wo Sie sind.«
Er winkte ihr mit dem Gewehr, noch immer gelassen, noch immer beherrscht. Es war eine sehr abschließende Bewegung. Bleib auf dem Sofa, bei den Kindern. Er spürte, daß jetzt die Krise für sie kam und daß sie es wußte. Mit wachsender Verzweiflung nahm sie das Thema wieder auf.
»Aber ihr seid jetzt am Ende. Bald ist alles vorbei. Eure großen Männer sind alle weg. Bald gibt es einen Waffenstillstand, und dann kommen die Verhandlungen. Noch mehr Tote helfen niemandem.« Bleib ruhig, kriech nicht vor ihm, rede mit ihm wie mit deinesgleichen, mit vernünftigen Argumenten. Du hast der

Armalite nichts entgegenzusetzen, aber du mußt so tun, als hätte er nicht alle Trümpfe in der Hand.

»Wir sind nicht am Ende. Es ist nicht vorbei. Wir haben mehr Leute, als wir einsetzen können. Es gibt keine Verhandlungen und keinen Waffenstillstand. Kapiert? Nichts. Nicht, solange Schweine wie Ihr Mann hier lebend rumlaufen.«

Die Kinder neben ihr fuhren zusammen, als sie den geduckten Fremden so von ihrem Vater sprechen hörten. Janet Rennie war eine intelligente Frau, die Erfahrungen einer Kindheit auf dem Land hatten sie hart gemacht. Daß sie um das Leben ihres Mannes kämpfen würde, lag auf der Hand. Das Problem war gewesen, eine Stelle zu finden, an der sie den Hebel ansetzen konnte. Zum ersten Mal seit fast zwei Stunden hatte sie wieder Hoffnung. Sie beobachtete noch immer die Hände, das Gewehr. Die Hände hatten die Stellung auf der Armalite geändert. Sie lagen nicht mehr locker auf, sondern umklammerten die Waffe. Greif an. Wie soll er denn zurückschlagen, ehe Rennie heimkommt?

»Ihr Jungs habt keine Zukunft. Eure besten Leute sind eingesperrt. Die Bevölkerung hat euch satt. Das wissen Sie. Selbst in euren eigenen Rattenlöchern haben sie genug von euch...«

»Sie haben ja keine Ahnung... nicht die blasseste Ahnung. Sie wissen nichts. Nichts. Seien Sie still, halten Sie die Schnauze...«

Sie reizte ihn, legte Spott in ihre Stimme, um die Furcht zu überspielen. »Sie wollen euch nicht mehr. Ihr seid nur eine Minderheit, die dem Volk auf der Tasche liegt. Ohne eure Kanonen seid ihr überhaupt nichts...«

»Was wißt denn ihr«, schrie er sie an. »Was wißt denn ihr von unserem Rückhalt? Ihr seht doch bloß, was euch die verdammte Glotze zeigt. Ihr wißt ja nicht, wie das Leben ist in den Falls, wo Mörderschweine wie Ihr Alter unsere Jungen und Mädchen zusammenschlagen. Wir tun dem Volk einen Gefallen, wenn wir einen Dreckskerl wie deinen Alten umlegen.«

»Mein Mann hat nie jemanden umgebracht«, erklärte sie, ruhig und sicher.

»Das hat er dir gesagt, was?« Sehr deutlich, leise und zischend. »Schade, daß du ihn nicht gefragt hast, was er mit der Kleinen zu reden gehabt hat, die sich in Springfield in der Zelle aufgehängt hat.«

Sie hatte sich auf den Höhepunkt vorbereitet. Jetzt sah er voller Genugtuung, wie alles zusammenbrach. Sie hatte von dem Fall gelesen, allerdings war daheim nicht davon gesprochen worden. Sie sprachen selten über Dienstliches. Der Gegenschlag traf sie hart, nahm ihr Kraft. Die Hände. Halt dich an die Hände, auf die mußt du dich konzentrieren. Die Hände sind deine einzige Hoffnung. Die Knöchel seiner linken Hand, die den Lauf umkrampften, waren weiß. Er hielt das Gewehr mit beiden Händen, hob es hoch, als er sich mit dem rechten Jackenärmel über die Stirn wischte. Er schwitzte.

»Nullen seid ihr! Das ist alles, was ihr fertigbringt: In fremden Häusern herumsitzen, ein Schießeisen in der Hand, und Frauen und kleine Kinder bewachen. Eine Ratte bist du, eine kriechende, verlauste kleine Ratte. Das soll die große Bewegung sein? Leute in ihren Häusern abzuknallen?«

Ihre Stimme hämmerte auf ihn ein, sie sah, wie der Zorn in seinnen Hals stieg, seine Unterkiefer verspannte, wie die Adern anschwollen. Es kann nichts passieren. Was kann das Gewehr jetzt ausrichten? Sämtliche Nachbarn würden es hören, hinter den dünnen Wänden aus Backstein und Zement in dem Wohnsilo, der nur ein paar Meter von ihrem Bungalow entfernt war.

»Sie haben das in den falschen Hals gekriegt, Mrs. Rennie. Ihr verdammter Alter mag sagen, was er will – aber die Provos macht ihr nicht kaputt, wenn ihr ein paar einsperrt. Wir gehören zum Volk. Wissen Sie das nicht? Das Volk hält zu uns. Ihr habt verloren, ihr seid die Verlierer. Eure Art zu leben, eure gottgegebene Überlegenheit, das ist ein für allemal vorbei. Ihr seid erledigt, nicht wir. Wir gewinnen, weil das Volk uns unterstützt. Gehen Sie nach Andytown, in die Murph, nach Ardoyne oder Turf Lodge. Gehen Sie hin und fragen Sie, wie das ist mit der Provo-Herrschaft. Und dann fragen Sie, was die da von den Scheißbullen halten.«

Er schrie, hatte sich halb aus dem Sessel mit dem geblümten Bezug erhoben. Das Gewehr hatte er jetzt nur in der rechten Hand, aber der Finger lag noch immer nah am Abzug. Mit dem linken Arm fuchtelte er über seinem Kopf herum.

Der Haß zwischen den beiden war unüberbrückbar. Daß sie angesichts des Gewehrs so ruhig blieb, daß sie ihn dazu gebracht hatte, sie anzubrüllen, daß er so schnell die Beherrschung verlo-

ren hatte – das alles steigerte seine Wut. Ihr Abscheu vor den Republikanern, der ihr schon in die Wiege gelegt worden war, gab ihr Kraft. Fast sachlich erwog sie das Für und Wider eines sofortigen Überrumpelungsversuches. Er hielt die Waffe umklammert, aber nicht auf die Familie gerichtet. Nein, sie hätte es nicht geschafft. Sie spürte, wie die Kinder sich an sie klammerten. Wenn sie plötzlich quer durch den Raum rannte, würde sie die beiden mitschleifen wie zwei Bleigewichte.
Er war jetzt nicht mehr so ruhig, und sie sah an seinen Augen, daß dieser geschlossene Raum ihn beklemmte, daß während der Wartezeit dort in dem Sessel das für ihn so wichtige Gefühl der Initiative und der Macht hohl geworden war. Sie mußte daran denken, wie einmal ein Katholikenjunge am Laden ihres Vaters aufgetaucht war. Er drückte sich dort herum, schlug die Zeit tot, hatte vielleicht einfach nichts zu tun. Ihr Vater hatte ihn am Kragen gepackt und gebeutelt wie einen Hund, um aus ihm herauszubekommen, was er dort an der Ecke, vor dem Laden, zu suchen hatte. In dem Gesicht des Jungen, dieses Schuljungen, hatte Angst gestanden, die Angst einer Ratte, die in der Falle sitzt. Er nahm es hin, daß man ihn so behandelte, rannte wie gehetzt davon, als er losgelassen wurde, war wohl noch froh, einer Tracht Prügel entgangen zu sein. In den Augen des Mannes vor sich las sie das Wissen, daß er die Situation nicht mehr beherrschte.

Als Rennie in die Sackstraße einbog, sah er sofort, daß das Licht in der Garage nicht brannte. Er bremste vierzig Meter vor der Wendeschleife, stellte Motor und Scheinwerfer ab. Der Bungalow machte einen völlig normalen Eindruck. Die Vorhänge waren vorgezogen, aber ein dünner Streifen Licht fiel durch den Spalt, an dem sie nicht ganz aneinandertrafen, aus der Diele drang Helligkeit durch das bunte Glasfenster. Alles, wie es sein sollte.
Aber kein Licht in der Garage. Seit Monaten hielten sie es jetzt so, daß Janet etwa eine Stunde, ehe sie ihn zurückerwartete, in die Küche ging und von dort aus das Licht anknipste. Ihre Garage war immer leer, ohne das Gerümpel, das ihre Nachbarn darin zu lagern pflegten. Kein Versteck für einen Attentäter.
Der Kriminalbeamte saß im Wagen und sah hinaus, gab sich ein

paar Minuten Zeit, einfach das Haus anzuschauen und nach verdächtigen Einzelheiten – abgesehen von dem fehlenden Licht in der Garage – zu suchen. Auch oben brannte kein Licht. Ungewöhnlich? Vielleicht, vielleicht auch nicht. Meist badete Fiona um diese Zeit, aber da oben war alles dunkel. Noch ein Warnsignal.

Nach so vielen offiziellen Polizeibestattungen, an denen Howard Rennie im Laufe der Jahre teilgenommen hatte, fragte er sich natürlich gelegentlich, auf welche Weise es ihn wohl einmal erwischen könnte. Es gab nur eine Möglichkeit – aus den Grabschriften der Toten ging es klar hervor: Leichtsinn. Irgendwo, irgendwann, manchmal nur in einer Winzigkeit, waren sie nachlässig geworden. Nicht alle, aber die meisten, wurden zu sicher, verfielen in eine bequeme Routine, begannen an ihre eigene Sicherheit zu glauben. Ein paar waren exakt geplanten Anschlägen zum Opfer gefallen, aber die meisten boten sich, wie Rennie sehr wohl wußte, als Zufallsziele an.

Deshalb hatte er eine Beleuchtung in der Garage anbringen lassen, die jetzt hätte brennen sollen, und deshalb fiel ihm auf, daß sie nicht eingeschaltet war.

Seine Frau war sorgfältig und gewissenhaft. Nicht der Typ, sich mit dem Garagenlicht zu vertun. Bei dem Leben, das sie zu führen gezwungen waren, steckten sie oft in der Zwickmühle. Wie weit sollten sie, als Familie, ihre persönlichen Sicherheitsvorkehrungen treiben? Einerseits konnte etwas wirklich Ernstes vorgefallen sein, so daß seine Frau nicht, wie vereinbart, das Licht hatte einschalten können. Andererseits war sie vielleicht zur Nachbarin gegangen, um sich Zucker oder Milch zu borgen, und war noch zu einem kleinen Schwatz geblieben, während die Kinder spielten oder vor dem Fernseher saßen.

Aber Vergeßlichkeit sah ihr ganz und gar nicht ähnlich.

Rennie stieg vorsichtig aus, lehnte die Wagentür an, ohne sie zufallen zu lassen, und griff nach der Walther PKK im Schulterhalfter.

Er hatte sie vor der Heimfahrt von Castlereagh geladen und überprüft, vergewisserte sich aber jetzt noch einmal, ob sie auch gesichert war. Auf Zehenspitzen schlich er zum Gartentor. Es war aus Gußeisen und klemmte seit eh und je. Es klapperte und ließ sich nur mit einer ruckartigen Hebebewegung öffnen. Rennie zwängte sich deshalb lieber am Torpfosten vorbei durch die Hecke und schlich an den Rosen vorüber auf den Rasen. Zur Haustür führte ein Kiesweg, und er hielt sich im Gras, weil er jedes Geräusch vermeiden wollte. Der Spalt zwischen den Vorhängen, durch den das Licht fiel, war nicht so breit, daß er durchsehen konnte.

Als er zum Fenster kam, hörte er keine Stimmen, nur die Choräle aus dem Fernseher. Rennie trat vom Rasen auf die geflieste Schwelle. Die Walther hatte er in der rechten Hand, mit der Linken holte er den Sicherheitsschlüssel heraus und schob ihn vorsichtig ins Schloß. Aufpassen, Junge. Das ist der kritische Augenblick. Wenn du jetzt Lärm machst, ist die Sache geplatzt – wenn da überhaupt was war. Sekundenlang kam er sich idiotisch vor, wie er so auf Zehenspitzen durch seinen eigenen Vorgarten schlich. Hatten die Nachbarn ihn gesehen? Die Tür ging auf, gerade so weit, daß er sich hindurchschieben konnte. Jetzt zur Wohnzimmertür. Sie war nur angelehnt, und durch den etwa zwei Zentimeter breiten Spalt drang wie durch einen Trichter das Finale der Sendung mit schallendem Chorgesang. Als es wieder still geworden war, hörte er seine Frau: »Ein großer Held bist du, was? Mit deinem verdammten Gewehr! Das brauchst du, damit du dich als Mann fühlst...«

Die Stimme, schrill und aggressiv, genügte, um das winzige Geräusch zu überdecken, mit dem Rennie sich gegen die Tür lehnte. Der Mann im Sessel merkte nichts, bis die Tür sich auf ihn zubewegte.

Downs sah die Bewegung lange vor der Frau und den Kindern. Sein Körper versteifte sich, krampfhaft rang er darum, sich wieder in die Hand zu bekommen, sich zu konzentrieren, nachdem das Streitgespräch quer durchs Zimmer schon längst seine Selbstbeherrschung aufgeweicht hatte. Er hob noch das Gewehr in Feuerstellung, als Rennie schon geduckt und schnell ins Zimmer kam, sich auf den Teppich warf und in einer einzigen Bewegung auf den schweren Sessel zwischen Kamin und Fenster zurollte.

Die Bewegung war zu schnell für Billy Downs. Er schoß dreimal auf die Stelle über der Tür. Erst dann bremste er sich, merkte, daß der Polizist gar nicht mehr dastand. Er rappelte sich aus dem tiefen weichen Sessel auf, in panischem Entsetzen, weil er

geschossen und nicht getroffen hatte und nicht wußte, wo sein Opfer war.
Das metallische Klicken von Rennies Sicherung und der eine Schuß, der an seinem Ohr vorbeipfiff und die Balkontür hinter ihm traf, verriet es ihm.
Rennie war kein Scharfschütze. Er hatte an Schießkursen für Faustfeuerwaffen teilgenommen, bei denen meist Straßenszenen simuliert wurden. Nur einmal hatten sie geübt, wie man einen geschlossenen Raum stürmt. Wenn du reinkommst, hatten sie gesagt, duck dich, geh zu Boden, roll weiter, bis du Deckung findest. Du bist schwer zu treffen, solange du in Bewegung bist. Den ersten Schuß hatte er abgeben können, als er sekundenlang auf der linken Seite balancierte und den rechten Arm frei hatte, um in die ungefähre Richtung des dunklen Schattens auf der anderen Seite des Teppichs zu schießen. Aber sein Schwung trug ihn weiter, bis er gegen den schweren Sessel stieß. Er lag auf der rechten Seite, die Walther drückte sich gegen seinen Schenkel, und er merkte, daß er zwischen Wand und Sessel eingeklemmt war. Er wandte den Kopf, sah zum ersten Mal mit qualvoller Klarheit den Mann, seine Frau und seine Kinder, während er sich hilflos bemühte, seinen Körper herumzudrehen. Sein Leben hing von dieser Bewegung ab.
Downs hatte jetzt das Gewehr an die Schulter gelegt, zielte am Lauf entlang, mühte sich nicht groß mit dem komplizierten Visier. Er machte sich bereit zum Schuß. Warte, Bullenschwein, warte. Jetzt! Da war der Triumph des Auftrags. Da lag der verdammte Bulle am Boden, wie eine Schnecke so weich und fett und verwundbar. Und tot.
»Nein«, brüllte Rennie. »Nein, bleib da!«
Für die beiden Kinder zerfiel das Zimmer zu einem Splitterbild aus Rasanz und Lärm. Als Fiona ihren Vater sah, knapp vier Sekunden, nachdem er durch die Tür gekommen war, flüchtete sie sich vom Sofa quer durchs Zimmer zu ihm.
Er war der Augenblick, in dem der Mann hatte schießen wollen.
Sekundenlang wurde die verschwommene, unklare Sicht auf den Mann, den er töten wollte, von dem karierten Kleid, den langen blonden Haaren verdeckt.
Er zögerte. Starrte auf den Körper des Polizisten, wartete

fieberhaft – gleich ist das Kind hinter ihm, ist weg. Er mußte jetzt schießen, es war ein ideales Ziel. Noch immer zögerte er.
Er sah die Kleine gestochen scharf, so klar wie die erstarrt dastehenden Kinder damals auf der Straße in London. Die hatten nichts mit diesem verdammten Krieg zu schaffen. Das Gesicht des Mädchens, das jetzt näher an ihren Vater herankroch, konnte er nicht sehen, nur das bunte Kleid, die schneeweißen Söckchen, die gesunde, pulsierende rosa Haut der Beinchen. So was konnte man doch nicht kaputtmachen. Rennie bemühte sich krampfhaft, das Kind unter sich zu ziehen, es zu decken. Downs war das klar. Wenn der dicke Bulle das geschafft hatte, würde er selber schießen. Downs wußte das. Es nützte nichts. Man erschießt doch kein Kind, das konnte er einfach nicht. Er spürte, wie die Realität des Zimmers ihm entglitt, er dachte jetzt an seine Frau. Die Kinder daheim... nicht so sauber geschrubbt wie die hier, aber sonst ebenso... Wenn seine Frau wüßte, daß er ein Kleines abgeschlachtet hatte... Er sah, wie der kleine Körper unter der massigen Gestalt des Polizisten verschwand, wie der andere den Arm hob, zielte.
Hinter dem Mann waren die Balkontüren, große Fenster, leichte Holzrahmen. Er wirbelte herum, machte einen Satz auf die Mitte von einer der Glasscheiben zu. Die Wand aus Holz und Glasquadraten gab nach. Rennie, das Kind flach unter sich, leerte seinen Revolver in Richtung des Fensters.
Es war der fünfte oder sechste Schuß, der Downs am Muskel des linken Arms erwischte, direkt über dem Ellbogen. Der Aufschlag schleuderte ihn vorwärts durch das Hindernis aus Holz- und Glassplittern, über den gepflegten Innenhof zu dem sorgsam gemähten Rasen im Garten.
Glühend heiß durchfuhr ihn der Schmerz, während er über den Rasen rannte. Hinten, zwischen dem Gemüse, das noch in den Beeten war, klemmte er sich das Gewehr unter den verletzten Arm, quälte sich mit Hilfe des rechten Arms über den Zaun, landete auf einem kleinen Querweg.
Keuchend lief er den Weg hinunter und über ein Feld, um zu der Straße zu kommen, auf der das Auto stand. Die Angst vor der Gefangennahme trieb ihn vorwärts und auch die Erkenntnis, daß sie ihn nach dem mißlungenen Attentat hart anfassen würden. Wie bei einem Fuchs, der ohne Beute flieht, wenn man ihn im

Hühnerstall ertappt hat, war auch bei ihm der Wunsch zu überleben das beherrschende Gefühl. Das Geschehen dort im Haus, die Anstrengung der Flucht, der Schmerz in seinem Arm erzeugte einen Wirrwarr von Bildern, die ihm durch den Kopf zogen. Und immer wieder kam eins zurück, riesengroß, der blonde Kopf des Mädchens, der sich in seine Schußlinie schob, während der Kriminalbeamte am Boden lag. Das Bild verschmolz mit der Erinnerung an die stumm und starr dastehenden Kinder in London, als er auf ihren Vater geschossen hatte. Wieder und wieder, wie in einer Filmschleife, kam das Gesicht der Kleinen quer durchs Zimmer, wie sie sich auf ihren liegenden Vater geworfen hatte. Hätte er geschossen – der Gedanke kam, während er sich dem Wagen näherte – hätte er den Polizisten getötet. Vielleicht hätte er das Kind getroffen; das war unentschieden. Er hätte den Polizisten getötet; das war sicher. Er hatte gezögert, und deshalb war sein Opfer noch am Leben. Es war Schwäche, und er hatte gedacht, darüber wäre er erhaben.
Der Junge am Steuer schlief. Jemand rüttelte heftig seine Schulter, und über sich sah er das verstörte, blutverschmierte Gesicht des Mannes.
»Los, wirf die Scheißkarre an. Trödle nicht rum. Fahr sie weg aus diesem verdammten Rattenloch.«
»Willst du das da nicht –« Der Junge deutete auf die noch nicht zusammengeklappte Waffe, unterbrach sich, als er das Blut an dem Arm sah, der die Waffe hielt.
»Mach schon! Quatsch nicht dämlich, sondern fahr los.«
Der Junge gab Gas und brauste auf die Straße in Richtung Andersonstown.
»Alles gut gegangen?« fragte er.

16. Kapitel

Der Brigadestab Belfast traf sich in einem städtischen Zweifamilienhaus in dem Gewirr von Avenues, Crescents, Walks und Terraces, aus denen das weitläufige Wohngebiet Andersonstown besteht. Hier bot sich ein wesentlich anderes Bild als im Falls- und Ardoyne-Bezirk. Bäume auf den Straßen, Vorgärten, dahinter hübsche Backsteinhäuser, eins ins andere verschachtelt. Es sah aus, als sei der Krieg nicht mit der gleichen Gewalt über diese Gegend hereingebrochen wie über die älteren Schlachtfelder, die näher an der Innenstadt lagen. Aber dieser Eindruck täuschte. Dies war die Provo-Basis, hier hatten die Brigade-Offiziere und obersten Bombenmacher ihre Schlupfwinkel, hier versteckten sich Heckenschützen von einem Einsatz zum anderen, hier gaben fünftausend Wähler in britischen Parlamentswahlen einem Sympathisanten der Provisionals ihre Stimme. Tee für die Truppen war hier selten, und es waren die zähen und erfahrenen Bataillone, die man hier dem einsatzfreudigsten und unversöhnlichsten Gegner gegenüberstellte.
Das Haus, in dem sich die Brigade traf, war mit Bedacht ausgewählt worden. Es hatte sich nämlich herausgestellt, daß Haustür und Hintertür durch einen Knick, den die Straße an dieser Stelle machte, und durch einen kleinen Abhang der Beobachtung des etwa dreihundert Meter weit entfernten Army-Camps entzogen waren. Man konnte das Haus von hinten völlig gefahrlos betreten.
Die Brigadechefs waren Schlüsselfiguren der Kampagne in den wichtigen städtischen Zentren Nordirlands. Manche, wie Joe Cahill und Seamus Toomey, waren weltweit bekannt geworden, berühmt als die Männer, die die Guerillakriege Südostasiens, des Nahen Ostens und Lateinamerikas auf westeuropäische Verhältnisse zugeschnitten hatten. Durch Beförderung waren jüngere Leute an diese Posten nachgerückt, trotz ihrer Jugend alle miteinander Verfechter einer harten Linie... Adams, Bell, Con-

very ... Alle hatten sich beträchtliche Fertigkeit in der Kunst der Tarnung und Verkleidung angeeignet. Wenn einer von ihnen verhaftet wurde, war das für die zuständige britische Einheit ein Anlaß, im Kasino Runden zu schmeißen und Trinksprüche auszubringen, und in der nationalen Presse hieß es wieder einmal, die Provisionals seien kurz vor dem Zusammenbruch. Aber schon eine Woche, nachdem ein Brigadechef im Internierungslager verschwunden war, erschien ein anderer junger Mann auf der Bildfläche und übernahm das Kommando. Während ihrer Amtszeit, und mochte sie noch so kurz sein, prägten sie den Stil des Kampfes. Der eine bevorzugte Autobomben, ein anderer beschränkte die Anschläge auf militärische und polizeiliche Ziele oder konzentrierte sich auf besonders aufsehenerregende Unternehmen wie Großfeuer, Schießereien großen Stils und Ausbrüche.

Jeder hinterließ seine Spuren, und alle gingen sie in die Mythologie der Bewegung ein. Der einzige gemeinsame Nenner war ihre Fähigkeit, sich fast ungeschoren in dem weitläufigen Andersonstown zu bewegen. Das Militär kannte ihre Namen, aber die Gesichter waren verschwommene Flecken, die meist aus längst veralteten Photos stammten. Einer hatte seine Frau angewiesen, alle Familienbilder zu vernichten, auf denen auch er zu sehen war, und hatte sämtliche Einsatzbefehle hinter Vorhängen und Dekken verborgen gegeben, damit seine Leutnants unter dem Druck eines Kreuzverhörs keine genaue Beschreibung von ihm geben konnten. Der berühmteste dieser Befehlshaber war ein Meister der Verstellung gewesen. Das ging so weit, daß ein junger Offizier, der mit einem Suchtrupp das Haus betreten hatte, in dem der Brigadechef gerade dem Reporter einer Londer Sonntagszeitung ein Interview gab, sich sehr höflich bei ihm für die Störung entschuldigt hatte.

Bei einem Teil der Bevölkerung erweckten die Namen dieser Männer uneingeschränkte Bewunderung. Bei weniger Wohlgesonnenen beschworen sie eher Angst herauf. Es gab genug Leute mit kaputten Kniescheiben, genug an Häuserwände geschmierte Parolen ›Spitzel werden erschossen‹; die Botschaft war so deutlich, daß sie nicht allzuoft wiederholt werden mußte.

Daß es dennoch einige wenige gab, die den unvermeidlichen Sack über den Kopf und die Erschießung riskierten, überraschte

die Abwehroffiziere der Armee immer wieder. Meist bewegte die Aussicht auf Geld die Männer dazu, in einer Telefonzelle einen geflüsterten Tip weiterzugeben, aber es ging nicht einmal um große Summen. Selten war der Wunsch ausschlaggebend, das Land von den Provisionals zu befreien. Wer so dachte, schwieg, verhielt sich ruhig und ging seiner Wege. Hundertprozentig konnten sich also der Brigadechef und seine ranghöchsten Offiziere nie auf die Bewohner von Andersonstown verlassen, und deshalb begannen sie mit ihrer Sitzung erst um Mitternacht, obgleich sie alle innerhalb der letzten siebzig Minuten einzeln das Haus betreten hatten.
Keiner von ihnen war bewaffnet. Alle waren sie wichtig genug, um mit Haftstrafen bis zu zwölf Jahren rechnen zu müssen, wenn man eine Schußwaffe bei ihnen fand. Wenn sie verhaftet wurden, ohne daß man ihnen eine strafbare Handlung nachweisen konnte, war nur eine Internierung im Kesh möglich – und da gab es immer mal wieder eine Amnestie.
Sie richteten sich in einem Schlafzimmer nach hinten heraus ein, während die Dame des Hauses unten eine Kanne Tee brühte, die sie auf einem Tablett hinaufbrachte. Auch Trinkbecher, Milch und Sahne brachte sie mit. Sie hörten auf zu sprechen, als sie hereinkam, und schwiegen, bis sie das Tablett auf dem flachen Deckel einer Kleidertruhe abgestellt und sich wieder zur Tür gewandt hatte.
»Vielen Dank, Ma'm«, sagte der Brigadechef, und die anderen nickten und murmelten zustimmend. Sie ging nach unten, um sich eine Näharbeit vorzunehmen und sich vor den Fernseher zu setzen. Wenn das Programm vorbei war, pflegte sie in ihrem Sessel zu schlafen, bis der letzte Mann das Haus verließ und ihr sagte, die Sitzung sei aus. Die Frau stellte keine Fragen und bekam auch keine Erklärung außer der, die ja offensichtlich war: Durch die Lage ihres Hauses bot es sich als Treffpunkt für die Männer förmlich an.
Bei Beginn der Sitzung befanden sich sechs Männer im Zimmer. Der Brigadechef saß mit zwei von seinen Leuten auf dem Bett, einer stand daneben. Frank und Seamus Duffryn saßen auf zwei Holzstühlen – außer dem Bett und der Truhe waren das die einzigen Einrichtungsgegenstände im Zimmer. Der derzeitige Kommandeur war seit über einem halben Jahr im Amt, und sein

Gesicht war bekannter als das von vielen seiner Vorgänger. Maskierung lehnte er ab, das war ihm zu theatralisch. Aus der Tasche seines dunklen Anoraks holte er eins jener kleinen Transistorradios, das man sich mit einer Kordel ans Handgelenk hängen kann. Er konnte so mit dem Apparat am Ohr durch die Straßen gehen und sich stets über die Tätigkeit seiner Einsatzkommandos, der ASUs (Action Service Units) auf dem laufenden halten.

Die entscheidenden Abhörzeiten für ihn waren die Frühnachrichten um 7 Uhr 30, die Zusammenfassung um 12 Uhr 55 und dann die Sendung um fünf Minuten vor Mitternacht. Täglich zählten die BBC-Nachrichten aus Nordirland bis ins letzte Detail die Erfolge und Fehlschläge seiner Männer auf. Schießereien, Entführungen, Sprengsätze, Waffenfunde, Steinwürfe, alles das war für ihn registriert und chronologisch geordnet. Die wichtigste Meldung dieses Abends war der Bericht über eine Schießerei in dem Haus eines Kriminalbeamten in Dunmurry. Gespannt lauschten die sechs Männer der gepflegten englischen Stimme des Sprechers.

Der Attentäter hat offensichtlich Mrs. Rennie und ihre beiden Kinder in ihrem Haus einige Stunden lang mit vorgehaltener Waffe in Schach gehalten und auf die Rückkehr ihres Mannes aus dem Büro gewartet. Wie ein Polizeisprecher mitteilte, schoß der Eindringling auf Mr. Rennie, als dieser das Wohnzimmer betrat. Mr. Rennie ging hinter einem Sessel in Deckung, und in diesem Augenblick rannte seine jüngere Tochter auf ihn zu. Anscheinend lief das Kind dem Terroristen direkt ins Schußfeld, der daraufhin aufhörte zu schießen und flüchtete. Mr. Rennie erklärte den Kriminalbeamten, er habe damit gerechnet, daß die Kleine ums Leben kommen würde, als sie sich in Bewegung setzte, da der Attentäter in diesem Augenblick habe abdrücken wollen. Es heißt, daß die Familie einen Schock erlitten hat; sie verbringt die Nacht bei Freunden.
Im Bezirk Shantallow in der Stadt Londonderry hat ein Sprengsatz einige Leichtverletzte...

Der Brigadechef stellte das Radio ab.
»Verdammt, das sieht dem Downs aus Ardoyne aber nicht ähnlich. Der verliert doch sonst nicht die Nerven. Wieso macht er so was?«
»So ein Idiot! Dieser Mord an Rennie war wichtig. Immerhin haben wir viel Zeit in die Planung gesteckt und eine Menge Arbeit. Und dann geht's schief. Vielleicht wollen sie uns bloß reinlegen«, ließ sich der Quartiermeister der Brigade vernehmen.
»Hört sich nicht so an. Downs hat's vermasselt, sehr einfach.

Daß sie uns reinlegen wollen, halte ich für wenig wahrscheinlich. Dieser Sauhund Rennie ist entweder tot oder lebendig. Wir schicken jemanden hin, der ihn abknallen soll, aber er lebt. Es war also ein Schlag ins Wasser, da gibt's gar nichts. Entscheidend ist, daß unser Mann die Sache nicht zu Ende bringen konnte.«
Er überdachte die Entscheidung, die er treffen mußte. Die anderen warteten. Er allein wußte von der Verbindung zwischen Danby in London und Downs aus Ardoyne. Vielleicht würde er später die anderen einweihen, entschied er, aber jetzt noch nicht. Je weniger Mitwisser, desto besser. Einige Brigadechefs praktizierten Mitbestimmung. Das war nichts für den Mann, der jetzt wieder das Wort nahm.
»Weiter im Text. Wie steht's mit dem Mann, den sie eingeschleust haben? Was liegt vor?«
»Ich glaube, daran ist nicht zu tippen.« Das war Franks Stichwort. Frank gehörte seit der Abspaltung von den Officials, den ›Sticks‹, wie sie diesen Zweig der IRA nannten, zu den Provisionals, aber zum ersten Mal war er in so erlauchter Gesellschaft. Es machte ihn etwas nervös. »Die Puppe, mit der er im Bett war, hat alles ausgespuckt. Unglaublich, was er ihr erzählt hat. Sie haben ihn rübergeschickt mit dem Auftrag, den Mann aufzuspüren, der Danby erschossen hat, sagt sie. Sie hat ihm von der Kleinen erzählt, die sie in Springfield zur Polizei gebracht haben und die sich dann erhängt hat. Die hat er verpfiffen, deshalb haben die Bullen sie abgeholt. Sie hat's ihm angeblich auf den Kopf zugesagt, gestern nachmittag. Und er hat's zugegeben.«
Der Abwehroffizier der Brigade saß neben dem Kommandeur auf dem Bett. Hartes Gesicht, Lippen wie ein Bleistiftstrich, unruhig hin- und herhuschende Schweinsäuglein.
»Wie heißt er, der Engländer?«
»Er gibt sich hier als Harry McEvoy aus. Ob das sein richtiger Name ist, bezweifle ich –«
»Natürlich nicht. Ist auch egal. Die haben wohl nicht alle Tassen im Schrank da drüben, daß sie einen Mann allein zu uns zum Schnüffeln schicken.«
Duffryn schaltete sich ein.
»Aber es paßt alles zu dem, was wir aus dem Hotel hatten. Das Gespräch zwischen Army und RUC. Wo sie sich darüber ausgelassen haben, daß die aus London einen Mann rübergeschickt

haben, ohne den hohen Tieren was davon zu sagen. Wir haben sie dabei erwischt, wie sie darüber gejammert haben. Muß irgendein Quatsch sein, den so'n Schreibtischhengst im Ministerium ausgecheckt hat.«

Duffryn war für den Kommandeur bisher eigentlich nur ein Name gewesen. Er sah ihn interessiert an.

»Du bist zuerst auf den Mann gekommen, stimmt's? Durch seinen Akzent, nicht? Wo steckt er jetzt? Wer behält ihn im Auge?«

»Er ist in der Pension, in der er sich eingenistet hat. Pension Delrosa, in einer Querstraße vom Broadway. Sie gehört Mrs. Duncan. Die ist in Ordnung. Er hat ein Hinterzimmer. Haustür und Hintertür werden zur Zeit beobachtet, und vor etwa einer Stunde habe ich den Jungs gesagt, sie sollen ihn beschatten, wenn er das Haus verläßt. Aber sie sollen sich auf keinen Fall erwischen lassen.«

»Und diese Puppe, mit der ihr geredet habt – wird die ihn nicht warnen?«

»Wir haben ihr gesagt, sie soll's lassen. Ich glaube, das hat sie kapiert. Die unternimmt nichts«, sagte Frank.

Der Kommandeur zündete sich die vierte Zigarette in einer knappen halben Stunde an, nahm einen tiefen Zug.

»Ich glaube, wir sollten mit ihm reden, ehe wir ihm den Sack über den Kopf ziehen. Schnappt ihn euch und bringt ihn her. Dann reden wir mal mit ihm. Arbeitet er?«

»Auf einem Schrottplatz. Er verläßt so um acht, vielleicht ein paar Minuten danach, das Haus und geht zu Fuß hin.«

»Holt ihn euch unterwegs. Auf der Hauptstraße. Setzt ihn in einen Wagen und bringt ihn nach Whiterock, zum Crescent, zu dem Haus, das wir da benutzen. Ich will nicht, daß er umgelegt wird, es sei denn, er haut sonst ab. Wohlgemerkt – ich will, daß wir mit ihm reden können.«

Für Frank und Seamus schien der Abend damit zu Ende. Sie standen auf, aber der Kommandeur winkte ihnen, sich wieder zu setzen. »Wo ist Downs jetzt?«

Der Quartiermeister der Brigade antwortete: »Sie haben es gemeldet, kurz bevor ich wegging. Die Verletzung ist leicht, es hat ihn am Arm erwischt. Fleischwunde. Der Doktor in der 'Murph flickt ihn gerade zusammen. Er ist soweit okay, ist aber noch nicht nach Hause gegangen. Der Doktor will ihn in den nächsten Stunden noch im Auge behalten.«

Der Brigadekommandeur sprach in die leere Luft hinein.

»Was sagt man, wenn ein Fahrer einen Unfall gebaut hat? Mit einem Lastwagen, Bus, Schwertransporter? Schickt ihn gleich wieder raus. Rumsitzen, Zappeln, Jammern? Kommt nicht in Frage. Ran an den Feind. Downs kann hier mitmachen. Seine Nerven waren nicht besonders letzte Nacht. Er braucht das, damit er wieder auf Zack kommt. Muß sich ein bißchen am Riemen reißen. Bringt ihn in einer Stunde her. Downs kann den Burschen abservieren, nachdem wir mit ihm geredet haben.«

Die Vorstellung belustigte ihn: Der Fuchs stellt sich gegen den Hund, der ihn gehetzt hat...

Für Frank und Seamus war die Lagebesprechung beendet. Sie verließen das Haus durch die Hintertür. Dreihundert Meter weiter stand ein Wagen, der Zündschlüssel steckte. Frank würde zu dem Arzt fahren und Seamus in der Nähe seiner Wohnung absetzen.

Seamus hatte Angst – zum ersten Mal, seit er sich der Bewegung angeschlossen hatte. Vor einem Vierteljahr war er bei einem Verhör dabeigewesen. Ein Junge aus Lenadoon. Angeklagt, Kameraden aus der Bewegung an die Army verraten zu haben. Die erstickten Schreie des jungen Burschen, die von den Wändern widerhallten, gellten ihm noch in den Ohren. Sie hatten ihn an einen Stuhl gefesselt und seinen nackten Bauch mit Zigarettenenden verbrannt. Über den Kopf hatten sie ihm eine mehrfach gefaltete Decke gelegt, um den Lärm zu dämpfen. Jedesmal, wenn die glühende Asche auf seine Haut traf, hatte er geschrien, aus einer tiefen, tierischen Verzweiflung heraus, nicht mit der Hoffnung auf Befreiung. In dieser Nacht hatte sich Seamus Duffryn engagiert, und morgen würde er sich wieder engagieren. Sein Schreibkram – das zählte nicht. Das hier, das zählte, und da gehörte man entweder dazu, oder man war draußen. Eine grauenhafte, beschämende Erregung hatte ihn durchzuckt, als er sah, wie die hellgrauen Hosen des Jungen sich dunkel färbten. Dampf war aus den Hosen aufgestiegen, als der Urin an den Beinen des Jungen herabgelaufen war. Dann hatten sie ihm den Sack über den Kopf gezogen und den Revolver ge-

spannt. Im Augenblick des Schusses schrie der Junge noch immer, aber ganz unkontrolliert.
Wenn McEvoy wirklich zur britischen Army gehörte, wie würde er sich halten, überlegte Duffryn, Der andere war ein Niemand aus Lenadoon gewesen. McEvoy, das war was anderes. Wie würde er das Verhör verkraften und das rituelle Ende?
Morgen abend würde er es erleben. Er eilte durch die Nacht seinem Haus zu, wo seine Mutter auf ihn wartete.

Harry hatte nach seinem Anruf in London den Rest des Tages auf seinem Zimmer verbracht. Vor Anbruch der Dunkelheit sah er, ohne etwas wahrzunehmen, in das abstrakte Muster der Dächer und Mauern hinaus, das vor seinem Fenster lag. Er war nicht zum Tee heruntergekommen und hatte auf Mrs. Duncans Fragen nur geantwortet, er habe das Gefühl, bei ihm sei eine Erkältung im Anzug. Er würde sich zeitig hinlegen, rief er durch die Tür. Sie hatte ihm etwas Heißes zu trinken bringen wollen, aber durch die geschlossene Tür hindurch konnte er sie davon überzeugen, daß das nicht nötig war.
Er wollte allein sein, einmal wenigstens die ständige Spannung loswerden, sich unter Menschen bewegen und die Lüge leben zu müssen, die man für ihn geplant hatte. Dieses Mädchen... Es hatte ihn durcheinandergebracht. Hatte sein mühsam gewonnenes Gleichgewicht zerstört. Enttarnt von einem dummen Ding, das einfach nicht aufhören konnte zu reden. Auf dem Berg, in Wind und Regen, wie in einer verdammten Zigarettenreklame... Und er hatte das ganze Unternehmen geschmissen. Lächerlich und – schlimmer! – so verdammt unprofessionell. Er grübelte. Stundenlang. Er hatte sich auf ein Mädchen verlassen, von dem er nicht mal wußte, wo es wohnte. Was zum Teufel würden sie in London denken, nachdem er um Sonderbehandlung für seine Puppe gebeten hatte? Verrückt werden würden sie. Und würden glauben, daß er Mist gebaut hatte. Natürlich würden sie das. Und sie würden ihn herausholen wollen.
Er hatte regelmäßig die Nachrichten gehört, auf die Routine-Ansage gewartet, die den Schlußpunkt setzen würde. Verhaftung... der im Zusammenhang mit den Ermittlungen gesuchte Mann... Attentat in London... großes Unternehmen... ver-

traulicher Hinweis... erscheint vor Gericht. So hieß das immer. Aber bisher – nichts. Er hatte sich überlegt, was er tun würde, wenn er hörte, daß sie den Mann hatten. Raus aus der guten Stube, sofort, ohne Abschied, ohne Packen, ohne Gepäck, hin zur Falls Road, rechts hoch, vor dem Krankenhaus wieder rechts, hinunter zur Broadway-Kaserne, und hinein in die gute Stube... Aber ohne Meldung konnte er nicht Schluß machen. Er mußte bleiben, den Auftrag zu Ende führen. Ohne Verhaftung war es eine totale, trostlose Pleite. Um zu erzählen, wie alles in die Binsen gegangen war, brauchte er nicht zurückzukommen. Egal, was Davidson sagte. Keine Verhaftung, keine Heimkehr. Aber wo steckte bloß die verdammte Army? Warum war nicht schon alles erledigt? Sie waren doch groß genug. Hatten genug Leute und Waffen und Wagen. Er ist da draußen, er wartet nur darauf, daß ihr ihn euch holt. Die Nachrichten aus dem Inland gingen weiter. Nichts aus Nordirland.
Harrys Frustration verstärkte sich, nagte an seiner Vernunft, an seiner antrainierten Ruhe. Wieviel Informationen hatte er in den letzten zwei, drei Wochen an London weitergegeben? Was wollten sie denn noch? Es hätte alles im Sack sein können, fix und fertig, versandbereit... Und jetzt wieder diese blödsinnige Warterei. Die Informationen, die er über Josephine bekommen hatte – verdammter Dusel das – waren wahrscheinlich sowieso alles, was er hier würde ergattern können. Der Adrenalinspiegel sank... er wollte raus... er wollte es hinter sich haben... aber erst, wenn es ordentlich erledigt war.
Im Morgengrauen wickelte er die Smith and Wesson aus. Er schloß die Tür ab, nahm die Waffe auseinander, breitete ein Taschentuch auf dem Bett aus und legte die Teile darauf. Mit einem zweiten, benutzten Taschentuch aus seiner Hosentasche säuberte er das Schloß, dann setzte er den Revolver wieder zusammen. Morgen würde er ihn mit zum Schrottplatz nehmen. In der Tasche, in der auch seine belegten Brote steckten. Sie wirkte wie ein Medikament, die Kanone, ein Aufputschmittel besonderer Art. Es war schiefgegangen. Nichts im Radio, gegen alle Erwartungen. Die verdammte Puppe – die war der Haken. Hübsches Gesicht, hübsche Figur, hübsches Mädchen – aber damit war die ganze Geschichte aufgeflogen. Das war der einzige Punkt, wo was schiefgegangen war, aber das hatte genügt. Mädchen trat-

schen eben, und sie wird ebensowenig den Mund halten können wie die anderen. So, wie sie über Theresa geredet hat, redet sie auch über mich. Ein Mann allein in einem möblierten Hinterzimmer. Der Revolver war eine Rückversicherung, die Katastrophe war nicht mehr ganz so niederschmetternd.

Dann legte er sich hin und dachte dort im Dunkeln lange Zeit an Deutschland, an die Familie, an sein Zuhause, an die Leute, mit denen er arbeitete. An die anderen Offiziere, so locker, so gelassen. Keiner von ihnen wußte, wo Harry steckte, die wenigsten hätte es interessiert. Er beneidete sie und spürte doch einen Widerwillen gegen dieses leichte Leben. Jene anderen, die nicht an der Front standen wie er jetzt, betrachtete er mit tiefem Mißtrauen. Nur selten dachte er an die Frau und die Kinder. Er brauchte Zeit dazu, es fiel ihm sonderbar schwer, sich das Bild der Familie, seines Heims in dem NATO-Stützpunkt vorzustellen. Die Kluft zwischen ihrer und Harrys Welt war zu tief, zu schwer zu überbrücken. Er war zu müde, zu erledigt.

Sein letzter Gedanke brachte ihm Trost und verhalf ihm zum Schlaf. Natürlich war der Mann schon in Haft, aber sie verhörten ihn noch. Es würde mindestens sechsunddreißig Stunden dauern. Sie würden nichts überstürzen, sie würden es gründlich machen wollen. Morgen abend würden sie es bekanntgeben, und dann konnte er heim, heraus aus diesem Loch, noch achtundvierzig Stunden vielleicht, dann war er draußen.

In den frühen Morgenstunden dieses Montags, während Harry im Halbschlaf lag, immer wieder durch Träume unterbrochen, und während der harte Kern der Brigade in Andersonstown auf Downs wartete, überflog Davidson in seinem Büro in Covent Garden die ersten Londoner Ausgaben der Zeitungen.

Times und *Guardian* meldeten aus Nordirland, daß die Provisorische IRA behauptete, die britische Abwehr habe einen Spezialagenten in die katholischen Gebiete eingeschleust, und die Bevölkerung in diesen Gebieten sei zu besonderer Wachsamkeit aufgerufen worden. Beide Korrespondenten, unter deren Namen die Artikel erschienen, betonten, mit dieser Behauptung, ob zutreffend oder nicht, würde das ohnehin minimale Vertrauensverhältnis zwischen den Bewohnern der Minderheitengebiete und den Sicherheitskräften weiter untergraben. Es gab noch viele andere Meldungen, die sich gegenseitig den Platz streitig machten – Außenpolitik, Wirtschaftsfragen, die Klatschgeschichten, über die sich Davidson immer so ärgerte. Der Belfaster Artikel war nicht besonders auffällig aufgemacht, aber für den Beamten, der ihn auf seinem Feldbett las, war es ein vernichtender Schlag. Von Zeitungspapier halb zugedeckt, sah er sein Telefon an. Sollte er irgendjemanden anrufen? Konnte er überhaupt irgend etwas unternehmen?

Die Trottel hatten es immer noch nicht fertigbekommen, diesen Downs und das Mädchen Josephine aufzuspüren. Fast einen ganzen Tag hatten sie Zeit gehabt. Erfolg gleich Null. Da konnte man bloß staunen. Nun ja, der Krieg war eben schon zu lange vorbei, die Organisation klappte nicht mehr, zu viele Zivilisten waren dabei, die nie im Dreck gesteckt hatten. Ohne die Verhaftung war das Unternehmen gestorben – und er mit. Diesen Frost, diesen arroganten Hund, konnte er beim besten Willen nicht noch einmal anrufen, sich nicht noch einmal seinem Sarkasmus aussetzen. Die Zeiger der Wanduhr über der Tür standen auf kurz nach zwei. Einen Augenblick tröstete er sich damit, daß vielleicht Harry den Bericht lesen und schleunigst von selbst Leine ziehen würde.

Nein, das konnte er sich aus dem Kopf schlagen. Wer in einer Schrotthandlung arbeitet, kauft sich weder die *Times* noch den *Guardian*, das paßt nicht zur Tarnung.

Davidson versuchte, sich das Problem aus dem Kopf zu schlagen, und schloß die Augen. Er tastete mit erhobener Hand herum, bis er an die Schnur kam, die vom Lichtschalter herunterhing. Als er endlich einschlief, war er sich über seine unmittelbare Zukunft klargeworden. Vorzeitige Pensionierung, beruflich in Ungnade gefallen. Und das alles nur, weil diese Trampel von der Army es nicht schafften, einen einzigen Mann aufzuspüren. Es war ausgesprochen unfair.

Frost war kurz nach Mitternacht zu Bett gegangen, hatte es aber nicht gewagt fest einzuschlafen, weil er einen Anruf erwartete. Sie mußte doch kommen, die Meldung, daß sie entweder den Mann oder das Mädchen gefunden hatten. Das schrille Läuten riß ihn hoch. Die Einheit im Ardoyne berichtete, daß sie niemanden das Haus in der Ypres Avenue hatten betreten oder ver-

lassen sehen. Er gab Befehl, um 5 Uhr 30 zur Durchsuchung auszurücken.
Danach schlief er beruhigt. Er wußte, daß Montag ein heißer Tag werden würde, ein richtiger Stinker.

Der Arzt hatte die Wunde gereinigt. Es war nicht viel passiert, das sah er deutlich, als er mit Watte und Benzin das verkrustete Blut am linken Oberarm weggewischt hatte. Neben der Pockenimpfnarbe war ein kleines Stück Fleisch herausgerissen worden. Einschuß und Ausschuß lagen nahe beieinander, bildeten fast eine Wunde. Nach gründlicher Reinigung legte der Arzt einen leichten Mullverband über die blasse, betäubte Haut.
»Sie können sich ein bißchen bewegen. Das heißt – wenn es sein muß. Aber nach Möglichkeit schonen Sie sich jetzt mal etwas. Setzen Sie sich im Hinterhof in einen Sessel und ruhen Sie sich aus oder so.«
»Ist es ernst? Bleibt was zurück?« fragte Downs.
»Wenn Sie achtgeben, geht alles in Ordnung. Da brauchen Sie sich keine Sorgen zu machen. Aber Sie dürfen es nicht gleich übertreiben. Ernst werden kann es nur, wenn es in den ersten Tagen eine Infektion gibt. Aber da passen wir eben ein bißchen auf, nicht?«
Der Arzt hatte seit Beginn der Unruhen Kontakt mit der Bewegung, allerdings nur am Rande. Er stellte keine Fragen, verlangte wenig Antworten. So ungefähr einmal alle vierzehn Tage hörte er den Kiesel einmal, zweimal an sein Schlafzimmerfenster schlagen, und im Morgenrock ließ er dann einen Verletzten ein, dessen Verwundung zu heikel war, um ihn ins Krankenhaus zu bringen. Vor drei Jahren hatte er ihnen seinen Standpunkt unmißverständlich klargemacht. Es war sinnlos, ihm Leute zu bringen, die schon halbtot waren. Die bringt ihr besser ins Royal Victoria, hatte er gesagt. Bei so schweren Verletzungen sind sie sowieso für Monate weg vom Fenster, und dann ist eine erstklassige ärztliche Versorgung im besten Krankenhaus gescheiter als die provisorische Betreuung, die ich ihnen bieten kann. Er behandelte kleinere Schußwunden, konnte Kugeln entfernen, Wunden reinigen und dafür sorgen, daß keine Sepsis eintrat.
Er sympathisierte mit den Provisionals, gab ihnen außer dem nächtlichen Notdienst aber keinerlei materielle Unterstützung.

Vielleicht hätte er sich, wenn er im Getto geboren worden wäre, ihnen angeschlossen, aber er kam aus den Bergen und hatte nach dem Abschluß der Oberschule Medizin studiert. Obgleich sie seine Sympathie besaßen, fand er, daß er sich doch deutlich von den harten Männern mit den brennenden Augen unterschied, die zu ihm zur Behandlung kamen.
Downs saß sehr bleich auf seinem Stuhl. Das Hemd war an der linken Seite heruntergerissen, seine Jacke, durchlöchert und blutig, hing über der Stuhllehne. Er hörte, wie es leise an der Haustür klopfte. In der Diele gab es eine geflüsterte Auseinandersetzung. Das hörte er ganz genau. Er drehte sich um und sah, wie sich zwei Männer an dem Arzt vorbei ins Zimmer drängten.
Der eine war groß, er trug Jeans und einen Rollkragenpullover. »Zum Chef. Er wartet in Andytown. Will dich sofort sprechen...«
Der Arzt protestierte. »Schaut euch doch an, in was für einem Zustand er ist! Das seht ihr doch selber. Er müßte eigentlich die ganze Nacht hierbleiben und sich dann zu Hause hinlegen. Er ist im Schock.«
»Geht nicht. Er wird bei einer Sitzung gebraucht. Es bleibt doch nichts nach, wenn wir ihn mitnehmen?«
»Es dauert länger, bis er sich wieder erholt, und außerdem erhöht sich die Infektionsgefahr.«
»Sie können ihn sich morgen noch mal ansehen. Jetzt müssen wir weg. Los!«
Das galt Downs; zweimal ließ er seinen Blick von dem Boten zum Arzt wandern – würde er nicht energischer werden? Der Arzt kam ihm nicht entgegen, übersah die flehentliche Bitte in den Augen des Mannes. Der Große und sein Kamerad faßten Downs unter den Achseln und trugen ihn vorsichtig, aber energisch zur Tür.
»Das werdet ihr vielleicht brauchen, um ihn ein bißchen aufzumöbeln, wenn was von ihm verlangt wird«, sagte der Arzt. »Nicht mehr als zwei auf einmal, danach muß er schlafen. Die helfen ihm für ein paar Stunden, aber danach ist es doppelt wichtig, daß er sich ausruht.«
Aus dem hohen Wandschrank im Hinterzimmer nahm er eine braune Glasflasche, halb mit Tabletten, halb mit einem Wattebausch gefüllt.

Sie sagten immer, daß sie noch mal vorbeikommen würden, aber die wenigsten taten es. Wenn weitere Behandlung nötig wurde, gingen sie in den Süden, wo sie mehr Ruhe hatten und vor den ständigen Fahndungen der Army sicher waren. Der Arzt sah noch, wie sie den Mann zum Wagen trugen, in den Fond setzten, an die Armstütze in der Mitte der Sitzbank lehnten. Noch vor dem Mittag würden sie die Tabletten brauchen, darauf hätte er wetten mögen.
Die Fahrt vom Haus des Arztes zu dem Treff in Andersonstown dauerte zwanzig Minuten. Sie halfen dem Verletzten aus dem Wagen und durch die Hintertür. Es war derselbe Weg, den auch die anderen nächtlichen Besucher genommen hatten. Gereizt schüttelte er die Begleiter ab, als sie in der Spülküche angekommen waren, und ging allein, ihren Anweisungen folgend, die Treppe hinauf und durch die zweite Tür links von dem kleinen Korridor.
Nur der Brigadechef war noch da und wartete auf ihn.
»Wie geht's, Billy? Haben sie dich gut verarztet?«
»War halb so schlimm. Es ist nur eine Fleischwunde, eigentlich nur ein Kratzer. Das Ding ist glatt durchgegangen. Ich hab jetzt einen Verband drum, und der Doktor sagt, es ist sauber.«
»Ich hab was darüber im Radio gehört. Sie haben gesagt, daß du keinen Schuß hast landen, daß du ihn nicht hast treffen können. Es heißt, daß sein Balg dazwischengegangen ist und du nicht geschossen hat. Stimmt das?«
»So einfach ist das nicht.« Himmelherrgott! Kein Verhör jetzt! Kein warum und wozu und wie und wann, jetzt, zu nachtschlafender Zeit. »Ich hab einmal geschossen, daneben, und als ich ihn richtig im Schußfeld hatte, kam die Kleine angerannt. Sie war direkt vor ihm, vor seinem Körper und seinem Kopf. Ich konnte ihn nicht sehen, deshalb hab ich nicht geschossen.«
Der Brigadechef rauchte noch immer, in dem Glasascher vor ihm häuften sich die Filterenden, halb vergraben in dem grauen Staub, den er pausenlos abklopfte. Was danebenging, lag in einem Kreis um den schief auf der Bettdecke stehenden Ascher herum.
»Wenn du einfach geschossen hättest, Kind hin, Kind her, dann hättest du ihn erwischt, ja? Wenn du die Sache einfach durchgezogen hättest, wäre Rennie tot, stimmt's?«

»Haben sie das gesagt im Radio?« Downs war aufgebracht über diesen Empfang. Zweifel und Fragen war er nicht gewöhnt. »Sagt das Rennie im Radio? Daß ich ihn hätte umlegen können, wenn ich durch das Kind durchgeschossen hätte?«
Was bildet sich dieser Mistkerl eigentlich ein, dachte Downs. Wann ist denn dieser Schlappschwanz schon mal mit einem Kommando draußen gewesen? Wann hat er seine Haut zu Markte getragen? Die können gut reden, die großen Tiere, die geben ja nur die Befehle, schicken halbe Kinder mit Bomben in die Supermärkte. Geh doch mal nachts auf die Straße, dann merkst du selbst, wie das ist, das schweigende Warten, der schreckliche Lärm des Kampfes, das 9-Millimeter-Geschoß, das dich trifft. Und dann komm wieder und frag mir Löcher in den Bauch. Zorn stieg in ihm auf, aber nicht stark genug, um ihn laut werden zu lassen, die eingebleute Disziplin zu durchbrechen. Einen Brigadechef schreit man nicht an. Das ist Meuterei.
»Ich weiß nicht, was Rennie sagt«, antwortete der Kommandeur. »Im Radio hieß es, das Kind sei dazwischengekommen, und du hättest nicht geschossen. Das ist alles. Ich kritisiere dich nicht. Ich habe keinen Anlaß zur Kritik.«
Gerissener Hund. »Wär auch noch schöner! Rennie war 'ne harte Nuß. Der hat sich verdammt schnell bewegt!«
»Ein paar Leute, die die Tatsachen nicht so gut kennen wie wir, könnten, wenn sie nur die halbe Wahrheit hören, auf den Gedanken kommen, Billy Downs hätte Mist gebaut, wäre schlapp geworden. Wenn sie nicht den richtigen Überblick haben und nicht so recht Bescheid wissen, könnten sie sagen, Billy Downs hat einen Auftrag bekommen, und wenn eins von den Bullenbälgern dazwischenkommt, schießt er nicht.« Downs kannte den Kommandeur nur ganz flüchtig, er war aus einem anderen Stadtteil. Sie hatten vorher kaum etwas miteinander zu tun gehabt, aber der Rang trennte sie, er mußte ihn ausreden lassen. »Diese Leute könnten sich an den Fall Sean Russell von der UDR in New Barnsley erinnern. Der hatte alle seine Kinder am Hals hängen. Zwei sind dabei verletzt worden, aber Russell war tot. Der Befehl hatte gelautet, ihm umzulegen. Wir wissen alle, daß es nicht fair wäre, deine Eskapade von heute nacht damit zu vergleichen. Und wir wissen, daß deine Nerven so gut sind wie eh

und je. Daß du einer unserer besten Leute bist. Das wissen wir, nicht wahr, Billy?«
»Sie wissen, daß es Quatsch ist«, sagte Downs. »Ich bin nicht schlapp. Ich hab nicht die Nerven verloren. Wir kämpfen nicht gegen Fünfjährige. Sollen wir kleine Mädchen totschießen, wollen Sie das wirklich? Verlangen Sie, daß ich durch das Kind hätte durchschießen sollen? Hatten Sie das von mir erwartet?«
»Jetzt werd nicht sauer, Billy. Wir müssen nur vermeiden, daß Leute, die die näheren Umstände nicht kennen, auf solche Gedanken kommen. Sie könnten sagen, daß es viel Zeit gekostet hat, so nah an Rennie heranzukommen, und daß dann der Mann am Drücker alles vermasselt hat... weil ein Kind dazwischengekommen ist. Das ist Unsinn, Billy.« Die Stimme tönte weiter, die ständige Wiederholung des Fehlschlags zermürbte Downs. Er mußte schlafen, sich ausruhen, er wollte raus hier, weg von diesem Mistkerl mit seinen bohrenden, ermüdenden Tiraden.
»Wir wissen, daß es nicht stimmt, Billy. Wir wissen, daß du guten Grund hattest, nicht zu schießen. Wir wissen, daß du das Ziel nicht hast sehen können. Wir wissen, daß du Rennie nicht im Visier hattest. Wer diese Meinung teilt – das weiß ich allerdings nicht. Aber genug davon. Bis morgen abend kommt damit niemand mehr durch, nicht wahr, Billy? Morgen haben wir einen kleinen Job für dich, und wenn der erledigt ist, haben wir ihnen das Maul gestopft.«
Downs wandte den Blick ab. Die Schraube war fest genug angezogen, er war kaputt. Verunsichert. Der Chef hatte das Selbstbewußtsein aus ihm herausgequetscht.
»Ich bin der einzige aus der Brigade, der über London Bescheid weiß. Wir haben es geheimgehalten, zu deiner Sicherheit. Hat recht gut geklappt – bisher. Aber jetzt ist eine Komplikation eingetreten. Die Briten haben einen Mann eingeschleust, der dich ausfindig machen soll. Einen Agenten. McEvoy. Harry McEvoy. Wohnt im Broadway. Bei den Briten in der Führung hat's schon Krach gegeben deswegen. Wir glauben, daß London ihn hierhaben wollte, Lisburn aber nicht.«
Er ließ seine Worte nachwirken, sah, wie die Farbe in das Gesicht des Mannes zurückkehrte, wie wieder Angst in seine Augen trat, seine Hände sich verkrampften, unruhig wurden.
»Dieser Agent hat den Auftrag, dich zu finden. Vielleicht soll er

dich umbringen, vielleicht soll er dich schnappen, vielleicht soll er ihnen sagen, wo sie hingehen müssen. Wir schätzen, daß er dich umbringen will. Er ist schon ganz nah an dir dran gewesen. Das war der Bursche, durch den die Army auf das Mädchen gekommen ist, das sich dann erhängt hat. Wir glauben, daß die Kleine das getan hat, um dich nicht zu verraten. Es war Rennie, der sie verhört hat. Er hat mit ihr geredet, bis sie soweit war, daß sie sich lieber aufgehängt hat. Du hast ihn nicht umbringen können, als sein Balg dir in den Weg gelaufen ist. Du hattest keinen Grund, ihn zu schonen. Du bekommt jetzt die Chance, Billy, den Leuten zu zeigen, was in dir steckt. Morgen werden wir uns diesen Burschen holen, der auf dich angesetzt ist, wir werden mit ihm reden, und dann werden wir ihm den Sack über den Kopf ziehen. Danach kommst du dran. Du wirst ihn erschießen, wie du Danby erschossen hast, wie du Rennie hättest erschießen sollen.«

Downs fühlte sich jetzt schwach, der Sarkasmus des Vorgesetzten hatte ihn ausgelaugt. Er nickte. Schweiß lief von seinen Leisten über seinen Körper.

»Wenn es vorbei ist, schicken wir dich in den Süden, nach Donegal. Da kannst du dich ausschlafen und wieder fit werden. Heute nacht bleibst du in Andytown. Du wirst jetzt hingebracht, und um sechs Uhr fünfzehn holen sie dich ab. Sie bringen die Waffen mit. Damit, schätze ich, ist dann alles erledigt. Das ist genau die richtige Antwort für Leute, die sagen, daß Billy Downs schlapp geworden ist.«

Er wollte raus, und das war seine Chance. Sie zeigten ihm den Weg. Den Weg zu einer sauberen Lösung, nicht so, daß man ein halbes Leben lang ständig über die Schulter schauen, ständig im Untergrund leben mußte. Den offiziellen Weg. Noch ein Tag, noch ein Job. Dann raus. Sollten die Cowboys weitermachen. Die Helden, die wild herumballerten, die kleine Kinder erschossen. Die seelenruhig in den Schrei einer Fünfjährigen hineinknallten. War das die Revolution von Pearse, von Connolly, von Plunkett? Noch ein Tag – und dann überließ er den Cowboys die Szene.

17. Kapitel

Die lange Nacht ging ihrem Ende zu, als die Kompanie B die Ypres Avenue stürmte. Die Panzerwagen-Kolonne hatte sich ein paar hundert Meter vor der Straße geteilt und war, gesteuert von koordinierten Funkmeldungen, gleichzeitig am vorderen und hinteren Ende der tristen Reihenhäuser angekommen. Die ersten Soldaten sprinteten an den Hintereingängen entlang und bezogen alle fünfzehn Meter auf den mit Schutt übersäten Durchgängen Stellung. Auf den Landrovern montierte Scheinwerfer strichen über die Fassaden, während als erste Reaktion auf den Lärm und das Gerumpel oben in den Häusern das Licht anging.
Der Major der Kompanie hatte nur einen kurzen Einsatzbefehl erhalten. Sie hatten ihm den Namen des Gesuchten genannt – Billy Downs hieß der Mann – und die Adresse. Er sollte mehrere Häuser durchsuchen. Der Major war dreiunddreißig, absolvierte seine vierte Dienstzeit in Nordirland und hatte als Kompaniechef bei seinem letzten Einsatz auf der Insel in South Armagh miterlebt, wie vier seiner Männer durch eine Rohrbombe umgekommen waren. Er haßte die Provisionals abgrundtief und unversöhnlich. Während manche seiner Kameraden zumindest Achtung vor dem Können der Gegenseite hatten, hegte er für die Opposition nur bodenlose Verachtung.
Weshalb Downs gesucht wurde, hatte man ihm nicht gesagt, ebensowenig, was für eine Stellung er in der IRA bekleidete. Er hatte den Grund für die Razzia nur erraten, als sie das Photo von der Wand des Wachzimmers genommen und ihm in die Hand gedrückt hatten. Es war das Phantombild, das vor fünf Wochen, nach dem Attentat in London, ausgegeben worden war und die Fahndungsliste nach wie vor anführte. Der Abwehroffizier, der eigens aus Lisburn gekommen war, sah Begreifen über das Gesicht des Majors zucken, als er das Photo betrachtete.

Nachdem die Straße abgeriegelt war, hatten die Soldaten Zeit, sich langsam und sorgfältig vorzuarbeiten. Nummer 41 war das dritte Haus, an das sie kamen. Die Soldaten hämmerten mit ihren Gewehrschäften an die Tür. Die wenigen, die das Bild des Gesuchten gesehen hatten, waren gespannt, wer ihnen aufmachen würde.
Von oben hörte man Weinen, das sich langsam, aber sicher zu einem durchdringenden Gebrüll steigerte. Das Gepolter gegen die hölzerne Türfüllung hatte die Familie nachdrücklich geweckt. Die Frau von Downs kam an die Tür, dünn und zerbrechlich in Nachthemd und baumwollenem Morgenrock. Eine kleine Gestalt hob sich oben an der Treppe gegen das Licht ab, als sie die Riegel zurückschob, aufschloß und sich den Soldaten in den Weg stellte. Die Männer, breite Gestalten in ihren Stiefeln und Helmen und Flakjacken, drängten sich an ihr vorbei. Sie rannten die Treppe hinauf, ihre Ausrüstung verfing sich am Treppengeländer, knallte scheppernd dagegen. Ein Leutnant und zwei Feldwebel. Alle drei hatten das Bild gesehen, alle drei wußten, weshalb sie hier waren. Der Offizier, den Browning gespannt und mit einem Riemen an seinem Körper befestigt, warf sich mit der linken Schulter gegen die Tür des vorderen Schlafzimmers und stürzte zum Fenster. Der Mann hinter ihm machte Licht, richtete sein Maschinengewehr auf das Bett.
Zwei Gesichter starrten die Eindringlinge an. Weit aufgerissene Augen, geöffnete Mäulchen. Regungslos. Die Soldaten beklopften die Kinderkörper, tasteten die Betten um die kleinen Hügel herum ab. Sie sahen unter das Bett und in den Schrank. Andere Verstecke gab es in diesem Zimmer nicht.
Sie waren hart und schnell hereingekommen, jetzt blieben sie, gebremst in ihrem Schwung, stehen.
Der Leutnant trat an die Treppe und rief herunter: »Nicht da, Sir.«
»Warten Sie, ich komme rauf.«
Der Major rannte die Treppe hinauf und sah sich gründlich um.
»Stimmt, jetzt nicht, aber er war hier, oder sie ist eine dreckige kleine Schlampe. Da, seine Unterhosen, Unterhemd, Socken. Kann mir nicht vorstellen, daß die schon lange hier rumliegen.«

Am Fenster lag das Häufchen zerknüllter Wäsche, unter dem Stuhl, auf dem Downs abends seine Jacke und seine Hosen aufzuhängen pflegte.

»Bringt sie rauf«, bestimmte der Major. »Und holt die Jungs für die Dielenbretter. Er ist noch nicht lange weg. Vielleicht sogar noch im Haus. Wenn ja, verlange ich, daß er gefunden wird, egal, wo er steckt. Sucht im Dach, im Keller, wenn sie einen haben. Überall.«

Sie betrat das Zimmer. Die beiden jüngeren Kinder hingen ihr wie Affen über den Schultern, Finger im Mund. Sie waren blaß wie ihre Mutter und zitterten in der Kälte, aus dem warmen Bett herausgerissen.

»Wo können wir wohl Ihren Mann erreichen, Mrs. Downs?«

»Hier ist er nicht. Ihr habt eure verdammten Nasen reingesteckt, und ihr seht es selber. Jetzt schert euch weg.«

»Aber seine Sachen sind hier, Mrs. Downs, das sehen wir beide. Ich kann mir nicht vorstellen, daß eine ordentliche Hausfrau wie Sie schmutzige Unterwäsche allzulange auf dem Boden herumliegen läßt.«

»Kommen Sie mir bloß nicht auf die Tour«, fauchte sie ihn an. »Er ist nicht hier, das sehen Sie ja. Nehmen Sie Ihre Leute mit und ziehen Sie Leine.«

»Das Dumme ist nur, Mrs. Downs, daß wir meinen, Ihr Mann könnte noch hier sein. Das würde nämlich erklären, daß seine Sachen hier auf dem Boden liegen. Wir werden uns leider noch ein bißchen umsehen müssen. Ich verspreche Ihnen, daß wir dabei so wenig Durcheinander wie möglich anrichten werden.«

»Was seid ihr doch für Helden, wenn ihr eure Tanks dabeihabt und eure Kanonen. Verdammt groß und verdammt mutig.«

Der Soldat mit der Brechstange murmelte eine Entschuldigung, während er an ihr vorbeiging. Er hob eine Ecke des abgetretenen Teppichs hoch und stemmte mit durchdringendem Knirschen die Dielenbretter am Ende des Zimmers auf. An vier verschiedenen Stellen hob er die Bretter hoch, dann verschwand er bis zur Hüfte in den Öffnungen. Der Major und seine Leute warteten, bis er mit seiner Taschenlampe zum letzten Mal auftauchte und – ganz der enttäuschte Experte – meldete, daß er unter dem Fußboden nichts gefunden hatte. Mit Leitern stiegen sie dann

hinauf in den Dachboden. Die Balken über dem Major und der Frau bebten, und die Lampe schaukelte wild.
»Da oben ist auch nichts, Sir.«
Im Erdgeschoß war der Fußboden aus Stein und Fliesen und blieb deshalb unversehrt, während der Experte die Wände mit seinem Hammer noch Hohlräumen abklopfte. Der Kohlenschuppen draußen im Hof wurde ausgeräumt, die Holzverkleidung unter dem Abwaschtisch weggenommen.
»Nichts, Sir.«
Das war für die Frau das Stichwort für einen neuen Ausfall. »Seid ihr jetzt fertig, ihr Schweine? So viele Leute für ein einziges kleines Haus und eine arme Frau, die hier mit ihren Kindern allein ist. Dazu braucht ihr 'ne ganze Mannschaft und eure verdammten Kanonen und Saracens...«
»Wissen Sie, weshalb wir ihn suchen?« schlug der Major zurück. »Wissen Sie, was er getan hat? Wir machen weiter, bis wir ihn gefunden haben. Und wenn wir jede Woche das Haus auseinandernehmen müssen, irgendwann kriegen wir ihn schon. Sagt er Ihnen nicht, wohin er nachts verschwindet? Sagt er Ihnen nicht, was er letzten Monat gemacht hat? Fragen Sie ihn das mal gelegentlich.«
Mit großen Schritten verließ er das Haus, gefolgt von seinem Suchtrupp. Es war drei Minuten nach sechs. Die meisten Razzien endeten so, mit Fehlschlägen und Enttäuschungen. Er wußte das und hatte noch nie die Beherrschung verloren, war noch nie so in Harnisch geraten wie hier bei dieser Frau in Nummer 41. Zweierlei tröstete ihn: Es mußte mal gesagt werden – und der Abwehroffizier, der mitgekommen war, hatte es nicht gehört.
Als die Soldaten fort waren, kamen die Nachbarn, umringten die Frau und bejammerten den angerichteten Schaden. Niemand wußte, welche Bedeutung Billy Downs bei den Provisionals hatte, gerade deshalb würde sich die Nachricht von dem unerhörten Übergriff der Army schnell in der Gemeinde herumsprechen. Den Nachbarinnen, die gekommen waren, um die Kinder anzuziehen, beim Aufräumen, Teekochen und Frühstückmachen zu helfen, fiel auf, wie still ihre Freundin war. Ganz eingeschüchtert von dem, was geschehen war. Das war sonst nicht üblich. Normalerweise wurden die Soldaten bei ihrem Abzug mit einem

Hagel wüster Beschimpfungen und Obszönitäten überschüttet. Die Frau aber schwieg.
Als die Freunde und Nachbarn abgezogen waren, um ihre eigenen Familien zur Arbeit oder zur Schule zu schicken oder auch nur die Kinder anzuziehen und zu füttern, gellten ihr die Worte des Offiziers in den Ohren. Still ging sie im Haus herum, während die Kinder im Gänsemarsch hinter ihr hertrabten, und sah nach, welche ihrer Habseligkeiten beschädigt, beschmutzt oder entfernt worden waren.
Das war die Bestätigung. Herrgott, genau das hatte sie gefürchtet. Schon in jener ersten Nacht, als er aus London heimgekommen war, hatte sie darauf gewartet. Seine Überzeugung, daß ihn ja niemand kannte, war also nur ein Hirngespinst gewesen. Er war wie eine Ratte, die in der geschlossenen Scheune wartet, bis am Morgen der Bauer kommt, mit seiner Flinte und seinen Hunden. Dieser hochgewachsene Offizier mit dem frischen Gesicht, mit den Schmutzflecken auf der Wange, mit dem dünnen Schnurrbärtchen und dem stinkfeinen Akzent,– dieser Mann, der sie haßte, hatte ihr genau gesagt, was sie zu erwarten hatte. Er hatte nur das ausgesprochen, was ihre Angstträume und Halluzinationen ihr gezeigt hatten, wenn sie nachts neben ihrem Mann lag. Sie würden nach ihm suchen, immer wieder, und sie würden nicht nachlassen, bis sie ihn gefunden hatten.
Letzte Nacht hatte er nicht neben ihr geschlafen. Im Hinterzimmer hörte sie die Frühnachrichten. Schüsse auf einen Kriminalbeamten... ein Eindringling getroffen... am frühen Abend. Das war die Hauptmeldung. Wer damit etwas zu tun gehabt hatte, hätte inzwischen wieder zu Hause sein müssen. Ihr Mann war meist um diese Zeit wieder daheim, er hätte ihr sonst etwas gesagt.
Während sie im Gang und auf den Treppen und oben im Korridor herumarbeitete, dachte sie an ihren Mann. Verwundet, verstümmelt, allein in der dämmernden Stadt. Am schlimmsten war es, daß sie so hilflos mit ansehen mußte, wie die Dinge ihren Lauf nahmen.
Neuigkeiten sprechen sich schnell herum in der Stadt. Mit der Geschwindigkeit afrikanischer Buschtrommeln verbreitete sich in dem weitläufigen Gebiet der Straßen und Gassen die Nachricht, daß in dem Reihenhaus in der Ypres Avenue eine Razzia

stattgefunden hatte. Knapp eine Stunde, nachdem der Major das Haus verlassen hatte und zu seinem gepanzerten Landrover gegangen war, erreichte die Neuigkeit Billy Downs. Der Brigadestab hatte entschieden, daß er es erfahren sollte. Es könnte ihn, fanden sie, für den bevorstehenden Auftrag nur noch stärker motivieren.

Der Wecker holte Harry aus dem tröstlichen Traum zurück in das dunkle Zimmer. Er hatte von daheim geträumt, von seiner Frau und seinen Kindern, von dem provisorischen Garten hinter dem Haus, von Ferien in Holzbungalows im Wald, vom Angeln in der morgendlichen Kühle vor Sonnenaufgang, von Forellen, zum Frühstück frisch gegrillt. Mit dem Erwachen kam das Wissen, daß es wieder einmal Montag war. Drei Wochen, auf den Tag genau, seit er das Herrenhaus in Dorking mit dem Blick auf die Hügelkette und auf den Gemüsegarten verlassen hatte. Genau einundzwanzig Tage. »Ich muß von allen guten Geistern verlassen gewesen sein«, sagte er halblaut in das leere Zimmer hinein.

Übers Wochenende hatte er sich Josephines Vorwürfe noch einmal durch den Kopf gehen lassen. Sie hatte ihn beschuldigt, sich in etwas einzumischen, was ihn im Grunde genommen nichts anging, hatte ihm vorgeworfen, daß er einem Menschen den Tod gebracht hatte, statt sich herauszuhalten. Dumme Ziege – das hätte sie auch dem Mann sagen sollen, der mit seiner Kalaschnikow in London aufgetaucht war.

Er überdachte seine Lage und die voraussichtliche Entwicklung. Er wollte Schluß machen. Aber ordentlich. Mit einer Schießerei, mit dem Tod des Mannes, dessen schwarzweiß gezeichnetes Gesicht das Phantombild zeigte. Das war keine emotionelle Entscheidung, es hatte nichts mit wilden Rachgelüsten zu tun. Es war einfach so, daß ein solcher Abschluß der einzig endgültige war, weil sonst der Auftrag unvollständig blieb.

In Aden, im guten, alten Aden, war es so viel einfacher gewesen. Da war es um britisches Leben gegangen, damit ließ sich alles rechtfertigen. Ein klares Feindbild: Araber, Kanaker... Aber wer war hier der Feind? Warum war er der Feind? Mußte man die Antwort wissen, um ihn vom Leben zum Tod zu befördern? Das wühlte und arbeitete, pausenlos, unbeantwortet, wie Steine

in einer Kaffeemühle, knirschend, nicht hineingehörend, unverdaulich.
Obgleich Harry ursprünglich aus einem Landstädtchen kam, das nur knapp eine Autostunde von Belfast entfernt lag, hatte ihn im eigentlichen Sinne erst die Army geformt und die Einflüsse seiner Kindheit überdeckt. Wie seine Kameraden im Kasino war er noch immer verblüfft über das Stehvermögen der Gegenseite. Aber an diesem Punkt trennten sich ihre Wege. Für die anderen Offiziere waren die Männer hier der Feind, für Harry noch immer die Opposition. Man konnte sie töten, wenn das notwendig oder aus taktischen Gründen erforderlich war, aber sie blieben die Opposition. Um sie zu töten, brauchten sie keine Feinde zu sein.
Aber wie schafften sie es bloß? Was gab ihnen die Kraft, auf der Straße, wenn sie sich gegen ein britisches Infanteriekorps stellten, ihr Leben zu riskieren? Wie kamen sie dazu, auf fast alle Annehmlichkeiten des Lebens zu verzichten, um in den Untergrund zu gehen? Wieso glaubten sie, das gottgegebene Recht zum Töten zu haben und einen Mann vor den Augen seiner Familie foltern zu dürfen?
Es sind keine Helden. Verdammte Irre, sagte er sich, während er seinen Pullover über den Kopf zog. Sie lehnen all das ab, wofür normale Menschen streben und arbeiten, und entscheiden sich dafür, gegen eine massive Übermacht anzugehen. Aber damit hatte er, Harry, nichts zu tun. Bei dem Mann, den er suchte, war die Sachlage völlig klar. Er war ein Mörder. Er war eine Herausforderung. Einfach und sauber. Darauf konnte Harry sich konzentrieren.
»Eine Tasse Tee, Mr. McEvoy?« Mrs. Duncans Stimme an der Tür unterbrach seinen Gedankengang. »Was möchten Sie zum Frühstück? Sie können alles haben, wenn Sie's schaffen. Würstchen, Speck, Tomate, Eier, und ich habe auch Zwieback –«
»Nur Toast und Kaffee, danke. Ich komme gleich runter.«
»Das hält doch nicht lange vor. Es ist unfreundlich draußen.«
»Es reicht, Mrs. Duncan, danke. Wirklich, das ist genug. Ich komme sofort.«
»Ganz wie Sie wollen. Das Badezimmer ist frei. Der Kaffee ist frisch gebrüht, und ziehen Sie sich warm an. Es ist kalt.«
Nachdem er sich rasiert hatte, brauchte er nicht mehr lange zum

Anziehen. Den Pullover hatte er schon an, er war feucht von Seife und Waschlappen. Dazu kamen ausgeblichene Jeans, Sokken, Stiefel, Anorak. Er nahm das Handtuch von der Stange im Badezimmer mit in sein Zimmer und breitete es nach dem Anziehen auf dem Bett aus. Mit seinen 65 mal 50 Zentimetern war es größer als das, in dem die Smith and Wesson steckte. Er packte den Revolver wieder aus und wickelte ihn in das neue Handtuch.

Idiotisch, dachte er. Saubere Handtücher als Verpackung für eine Kanone... Ein Handtuch brauchte er, damit sich auf dem Weg zur Arbeit die Konturen in der tiefen Anoraktasche nicht abzeichneten. Aber ein sauberes Handtuch hätte er nicht gebraucht. Das war einfach Army-Routine: Am Montagmorgen gibt's alles frisch. Wäre ein Witz, wenn sie ihn an einer Straßensperre anhalten würden. Er dachte daran, wie eine ganze Garde enttäuschter Rekruten ihn würde übergeben müssen. Allzu traurig wäre er nicht darüber. Gestern abend, spät noch, hatte er beschlossen, die Kanone in die Jackentasche zu stecken, er kam dort besser an sie heran als in der Umhängetasche; die Tasche, in der auch seine Brote und die Thermosflasche steckten, lag den ganzen Tag in der Aufenthaltsbaracke herum, wer weiß, wer da vielleicht herumschnüffelte. Eingewickelt wirkte der Revolver leicht und formlos, allerdings war er noch immer sperrig und schwer zu übersehen, größer als ein Brillenetui, größer als die zwanzig Zigaretten und die große Schachtel Streichhölzer, die die meisten Männer mit sich herumtrugen.

Er flitzte in die Küche.

»Morgen, Mrs. Duncan, alles in Ordnung?«

»Danke, soweit ja, ich kann nicht klagen. Bestimmt nur Toast und Kaffee?« Sie machte ein enttäuschtes Gesicht, als er nickte. Harry war während der Sieben-Uhr-Nachrichten im Badezimmer gewesen. Durch die geschlossene Tür hatte er unten ihr Radio laufen hören, hatte aber keine Worte unterscheiden können.

»Was Neues in den Nachrichten?«

»Nichts besonderes, immer dasselbe. Das geht ewig so weiter. Ein Polizist hat einen Mann aus seinem Haus gejagt und ihn angeschossen. Das ist jedenfalls seine Darstellung. In Dunmurry war das, da werden die Unionisten sich wieder mausig machen.

Die ändern sich doch nie. Bande! Die geben uns doch nichts, wenn wir's uns nicht holen!«

Harry lachte. »Den großen Mann haben sie also noch nicht, den Provo-Boss?«

»Gesagt, Mr. McEvoy, haben sie jedenfalls davon nichts, und das bedeutet, daß sie ihn noch nicht haben. Sonst würden sie es schon herausposaunen. Aber so ist das heute mit den Nachrichten, nichts als Ärger. Man überlegt sich, was sie gebracht haben, bevor es angefangen hat mit den Unruhen. Ich kann mich kaum mehr erinnern. Sie müssen ja wohl irgend etwas anderes gehabt haben, worüber sie reden konnten, aber das haben sie jetzt anscheinend völlig vergessen.«

»Also kein großer Mann im Netz...«

»Die wirklich Großen kriegen sie nicht, immer nur die kleinen Fische.«

»Ich frage nur, weil ich oben auf dem Schrottplatz in einer Zeitung gelesen habe, daß sie sich daranmachen, den großen Fisch zu angeln.«

»Das erzählen sie jede Woche, und herauskommen tut dabei überhaupt nichts.«

Harry hatte große Hoffnungen in eine Verhaftung des Mannes gesetzt. Seit seinem Anruf in London bei Davidson waren einundzwanzig Stunden vergangen. So schwierig konnte es doch auch nicht sein, den Burschen zu fassen. Damit sollte die Army wohl noch fertig werden. Wahrscheinlich hatten sie ihn, sagten aber noch nichts, ja so mußte es sein. Es war klar, daß sie noch nichts gesagt hatten, dazu war es noch zu früh, natürlich, das war es. Die Erklärung war billig, aber zumindest half sie ihm übers Frühstück hinweg.

Heute, am Montagmorgen, war er der einzige Gast. Zur Teezeit würden die Reisenden und die anderen wieder den Aufenthaltsraum bevölkern. Dann hatte er die Pension nicht mehr für sich wie an den Samstagen und Sonntagen. An den Wochenenden war er sich richtig wie der Herr im Haus vorgekommen. Größenwahnsinnig.

»Kommt Josephine heute nachmittag?« fragte er sachlich, beiläufig.

»Ich denke schon, Mr. McEvoy. Müßte eigentlich rechtzeitig kommen, um mir bei den Vorbereitungen zum Tee zu helfen und

ein bißchen beim Aufräumen, was ich nicht geschafft habe. Sie hat diese Woche wieder Frühschicht. Wollten Sie sie sprechen?«
Gerissen, die Alte, dachte Harry. Ganz nebenbei gefragt, als wäre es ihr hinterher noch eingefallen.
»Ich hatte ihr versprochen, ihr ein Buch zu leihen«, schwindelte Harry geläufig.
»Wenn Sie von der Arbeit kommen, wird sie hier sein. Heute werde ich sie brauchen. Es ist alles belegt. So muß es ja sein, aber es bringt eben auch Arbeit.«
»Und Geld, Mrs. Duncan.« So eine kleine Vertraulichkeit konnte er sich schon erlauben.
»Ihre Brote sind da drüben auf dem Sideboard.« Sie ließ sich nicht aus der Reserve locken. »Bovril, weil Sie das so gern mögen, scheußliches Zeug, und in der Thermosflasche ist Kaffee. Ich hab Ihnen auch ein hartes Ei dazugelegt und einen Apfel.«
»Sie sind schlimm, Mrs. Duncan! Wollen Sie einen Elefanten aus mir machen?« Solche Witzchen gefielen ihr. Sie lachte noch mit ihm, während er schon in der Diele war und zur Haustür ging.
»Haben Sie genug an? Wir wollen doch nicht, daß Sie sich einen Schnupfen holen.«
»Keine Sorge, Mrs. Duncan.«

Der Premierminister begann seinen Tag am liebsten mit seinen Zeitungen, einer Tasse Tee und den ersten Hörfunk-Nachrichten. Er machte sich den Spaß, für diese erste Nachrichtensendung den kommerziellen Sender ITV einzustellen. Denen, die sich darüber wunderten, erklärte er, daß er nicht mit der BBC verheiratet sei, daß er Kapitalist sei und sich als Chef einer kapitalistischen Regierung verpflichtet fühle, auch einen auf kapitalistischer Basis arbeitenden Sender zu hören. Das Radio war Hintergrundgeräusch für seine Lektüre, die gesprochene Version von Musikberieselung. Er konnte nicht darauf verzichten, haßte die Stille, aber von seinen Zeitungen konnte ihn wirklich nur eine Sensationsmeldung ablenken. Sein Appetit auf bedrucktes Zeitungspapier war ungeheuer. Mühelos gelang es ihm, die Tausende von Worten, aus denen seine tägliche Nahrung bestand, zu konsumieren, extrahieren, registrieren oder ignorieren. Zu dem Stoß, der auf seinem Schoß lag, gehörten auch die *Western Mail* und der *Scotsman*. Gern hätte er auch den *Belfast News Letter* gehabt, aber die Druckzeiten und Probleme des Transports über die Irische See machten das unmöglich. Also ließ er sich – als Kompromißlösung – den *Telegraph* vom vorhergehenden Nachmittag herüberschicken. Er durchforstete Politik, Diplomatie, Wirtschaft, hielt sich eine Spur länger bei den Klatschkolumnen auf, als er nach außen hin hätte zugeben mögen, und überblätterte die Sportseiten. Sein Tempo war enorm, nichts wurde zweimal gelesen, wenn es nicht von besonderer Bedeutung war.

Die dichten, herrischen Augenbrauen zogen sich zusammen. Die Konzentration verstärkte sich. Auf dem unrasierten Gesicht zeichneten sich Bestürzung und Ärger ab.

Die *Times* brachte es auf Seite zwei, nicht sehr ausführlich. Acht Abschnitte. Keine Verfasserzeile.

Er fand die gleiche Story im *Guardian*, ein bißchen länger, darüber den Namen des ständigen Korrespondenten. Die Länge des Artikels war für den Premierminister weniger wichtig oder bedeutsam. Es war der Inhalt. der ihn so erschütterte. Drei-, viermal las er, daß ein britischer Agent von der Provisorischen Irisch-Republikanischen Armee identifiziert und die Bevölkerung in den Gettos aufgerufen worden war, auf der Hut zu sein.

Herr des Himmels! Fünf Wochen waren seit dem Attentat auf Danby vergangen. Empörung und Erbitterung waren abgeflaut, mit dem Trauergottesdienst endgültig vorbei. Die ganze unselige Geschichte geriet langsam in Vergessenheit, um so besser, nichts war davon durchgesickert, daß Danby selbst gefordert hatte, die Leibwache abzuziehen. Und jetzt sollte das alles noch einmal von vorn anfangen, vielleicht gar in konzentrierterer Form! Der Himmel mochte wissen, was da vielleicht noch alles zutage kam! Mit einem Ruck warf er die Decke zurück und lehnte sich übers Bett. Auf der Seite liegend konnte er einfach nicht telefonieren. Er hängte sich den Morgenmantel über die Schultern, setzte sich auf die Kante des Einzelbetts, in dem er seit dem Tod seiner Frau schlief, ließ die Füße baumeln und griff zum Hörer.

»Guten Morgen, Jennifer, es geht schon wieder los.« Immer ein freundliches Wort für die Mädchen in der Zentrale, das wirkte

Wunder bei ihnen. »Den Secretary of State für Nordirland, bitte. Möglichst schnell, seien Sie so nett.«
Er wartete zweieinhalb Minuten und nahm sich andere Zeitungen vor, ohne sich recht konzentrieren zu können. Dann summte das Telefon.
»Der Secretary of State, Sir, ist gerade mit dem Flugzeug unterwegs. Vor etwa acht Minuten ist er in Northolt gestartet. In Aldergrove wird er in einundvierzig Minuten erwartet. Er hat sich heute schon zeitig auf den Weg gemacht, weil er zu einem Industrieviertel in Londonderry muß, irgendeine Einweihung. Ein Hubschrauber steht schon bereit, um ihn hinzubringen. Das ist zunächst mal sein Programm.«
»Er soll mich sofort anrufen, wenn er in Aldergrove ankommt. Auf einer abhörsicheren Leitung.«
Er überlegte, ob er mit dem Verteidigungsministerium oder General Fairbairn in Lisburn telefonieren sollte. Nein, wenn er das tat, brachte er das ganze Protokoll durcheinander. Falls die Bombe tatsächlich hochging und ihm die Brocken um die Ohren flogen, konnte der Secretary of State ruhig auch seinen Kopf hinhalten. Es war, dachte der Premierminister, eine Zeit für gerade Bälle.

Am anderen Ende der Stadt war Davidson beim Rasieren. Naß. Mit Pinsel und frischer Klinge. Er hatte bei Tageslicht noch einmal die Zeitungen gelesen. Da ihn nachts das Telefon nicht herausgeklingelt hatte, wußte er, daß in Belfast Billy Downs und das Mädchen noch auf freiem Fuß waren. Es war in dieser Phase für ihn schwer zu beurteilen, wie groß die Gefahr war, in der sich Harry befand. Logik hin, Logik her – er kam nicht um den Schluß herum, daß die Lage schon etwas mehr als kritisch sein mußte. Das sagte er laut vor sich hin. Sein Assistent war im Vorzimmer, konnte ihn also nicht hören. Die Worte rollten ihm von der Zunge und erfüllten ihn mit einem fast sexuellen Lustgefühl, wie es Aufregung und Anspannung mit sich bringen. Da stand er in Hose, Socken, Unterhemd, vor ihm die Schüssel mit lauwarmem Wasser... es war fast wie im Krieg. Bei der Aktion Albanien, dem Unternehmen Zypern. Aber wie ließ sich das damit in Einklang bringen, daß sich die vorgeschobene Basis diesmal in Covent Garden, London W 1, befand?

Er tupfte sich das von der scharfen Klinge und dem kühlen Wasser gerötete Gesicht ab. Während er sein Hemd anzog, wählte er das Hauptquartier in Lisburn direkt an. Als die WRAC*-Telefonistin sich meldete, verlangte er Frost. Der Abwehroffizier war schon im Büro.
»Morgen, Oberst, wollte mich nur nach dem neuesten Stand erkundigen. Wird vermutlich einige Besprechungen heute vormittag geben, die Leute wollen ja wissen, was läuft. Positives hat es wohl nicht gegeben, sonst hätten Sie mich sicher angerufen.«
»Sehr richtig, Mr. Davidson.« ›Mister‹, – nun ja... Immer korrekt. Ließ sich nicht an den Wagen fahren. »Es gibt nichts Neues. Wir haben das Mädchen nicht gefunden. Das Haus von Downs haben wir durchsucht. Vor einer Stunde ist der Bericht gekommen. Er war nicht daheim, muß aber vor ein paar Stunden noch dagewesen sein. Es ist denkbar, daß er in der Klemme steckt. Ein Mann, auf den seine Beschreibung zutrifft, hat gestern abend das Haus eines Kriminalbeamten überfallen, ist aber nicht zum Zuge gekommen. Der Beamte glaubt, den Kerl bei der Flucht mit einem Schuß aus seinem Revolver erwischt zu haben. Auf dem Fluchtweg haben wir ein, zwei Blutspuren gefunden, aber bis der Untersuchungsbericht vorliegt, kommen wir da nicht viel weiter. War nicht soviel, daß sich daraus auf eine ernsthafte Verletzung schließen ließe. Was Ihren Mann betrifft, nehmen wir uns in etwa vierzig Minuten die Schrotthändler in Andersonstown vor. Mehr habe ich nicht.«
»Halten Sie es für wahrscheinlich, daß Downs bei dieser Schießerei gestern beteiligt war oder nicht?«
»Es gibt Ähnlichkeiten, aber eine positive Identifizierung liegt nicht vor. Das Haar ist anders als auf dem Photo, sagt die Frau des Kriminalbeamten. Sie war lange mit ihm zusammen. Das Gesicht ist ähnlich. Der Beamte selbst kann nicht viel dazu sagen. Die meiste Zeit war er vollauf damit beschäftigt, sich Deckung zu suchen und seine Kanone zu ziehen – und dann ist ja auch auf ihn geschossen worden. Er hat nicht so genau hinsehen können. Wir haben das Bild bekommen, das Sie uns geschickt haben, die Einheit hat es mit, die versuchen wird, Ihren Mann aufzugabeln.«
»Besten Dank, Oberst.«
»Keine Ursache, Mr. Davidson. Wir werden kaum noch einmal

* Women's Royal Army Corps.

Gelegenheit haben, Ihrer Organisation einen ähnlichen Dienst zu erweisen.«
Davidson legte auf.
»Blöder, arroganter Hund. Verdammt, glaubt der Mann vielleicht, wir machen uns hier einen guten Tag?«
Das hatte er so wütend gesagt, daß sein Assistent aufwachte, der jenseits der Trennwand im Sessel an der Tür geschlafen hatte. Der jüngere Mann schüttelte sich schlaftrunken.
»Was Neues?«
»Nichts. Nicht mal so viel wie ein verdammter Fliegendreck.«

Die Männer, die in der Abwehrabteilung Dienst taten, bewegten sich leise und bemühten sich, Frosts Aufmerksamkeit nicht auf sich zu lenken. Er lümmelte sich in seinem Sessel, die Augen halb geschlossen, halb zur Decke gewandt. Der Oberst schätzte Ordnung und Methode und hielt sich – und zwar sehr eng! – an seine eigenen ungeschriebenen Regeln. Von anderen erwartete er, daß sie es ihm dabei sklavisch nachtaten. Harry McEvoy hatte gegen die Regeln verstoßen. Theorie, Vorbereitung und Ausführung des Unternehmens McEvoy widersprachen allem, was in diesem Geschäft erforderlich war. Seine Untergebenen spürten den Zorn, der in dem Oberst wühlte, und hielten wohlweislich Abstand.
Frost wußte, wo der Hase im Pfeffer lag. Dieser idiotische Zwist zwischen Ministerien und Dienststellen! Da wurden auf höchster Ebene Punkte gesammelt, und zwar auf Kosten des Mannes da draußen in vorderster Linie. Er, Frost, hatte sich in dieser Hinsicht ebenso schuldig gemacht wie die anderen. Aber der Streit mußte eben so beigelegt werden, daß es keine Wiederholungen gab. Amateure! Dem Premierminister und dem General gehörten kräftig die Köpfe zurechtgesetzt. Aber Rivalitäten resultieren nicht aus einer Siegesfeier, sie kommen nicht an die Oberfläche, solange alles glatt geht, sie sind das Ergebnis lange andauernden Mißerfolges.
Das Tickern des Fernschreibers, die Schritte seiner Leute, Türenklappen, gedämpfte Gespräche – das alles konnte seinen Gedankengang nicht stören.
Nur weil wir alle hilflos herumzappeln, auf dem Trockenen sitzen, nach einem Ausweg suchen, den es nicht gibt, kommt ein so

hirnrissiges Vorhaben überhaupt zustande. Nach fünf endlosen Jahren des Krieges, mit der Aussicht auf wer weiß wie viele weitere, ist es unvermeidlich, daß man den Profis die kalte Schulter zeigt, daß die Außenseiter auch ein Wörtchen mitreden wollen. Völlig klar. Und das müssen wir jetzt damit bezahlen, daß dieser arme Teufel, McEvoy oder wie er in Wirklichkeit heißen mag, da draußen herumläuft und sein Leben aufs Spiel setzt – für wen eigentlich?

Frost richtete sich auf. »Holen Sie mir bitte Kaffee. Schwarz. Und sehen Sie zu, daß heute vormittag genug Nachschub da ist.«

Er war müde, ausgelaugt. Wie alle hier.

Die Postkarte lag auf dem Vorleger, die Bildseite nach unten, als Mary Brown zur Haustür ging, weil der Briefschlitz geklappert hatte.

»Eine Karte von Daddy, Kinder«, rief sie nach hinten, wo die Jungen gerade frühstückten.

»Kein Brief, Mammi?« rief der Ältere zurück.

»Nein. Nur eine Karte. Ihr wißt ja, wie schreibfaul euer Vater ist.«

Die Karte zeigte eine Marktszene. Männer in Kaffiyehs und Futahs hinter den Schmuckständen starrten ausdruckslos ins Leere.

»Hoffe, euch alle bald zu sehen. Noch immer sehr heiß und nicht viel zu tun. Viele liebe Grüße, Harry.« Das war alles, was auf der Karte stand, mit Kugelschreiber und mit Harrys großen Buchstaben geschrieben.

Josephine Laverty war spät dran. Sie eilte, halb rennend, halb laufend, die Falls Road hinunter zu der Fabrik, in der sie arbeitete. Sehr schnell konnte sie nicht gehen, ihr taten noch immer alle Rippen weh. Auch sie hatte die Frühnachrichten gehört und ziemlich ungerührt auf die Meldung gewartet, daß Harry McEvoy mit dem Gesicht nach unten, einen Sack über den Kopf, tot aufgefunden worden war. Daß er nicht erwähnt wurde, überraschte sie. Einen verrückten Augenblick lang hatte sie heute früh überlegt, ob sie im Delrosa nach ihm sehen sollte, aber die Entschlußkraft fehlte, und was sie einmal für ihn empfunden hatte, war versunken.

Vielleicht würde sie heute nachmittag bei Mrs. Duncan vorbeigehen, um ihr bei den Teevorbereitungen zu helfen. Vielleicht auch nicht, aber das konnte sie sich immer noch überlegen. Harry McEvoy – das war jetzt so unwichtig. Vergiß ihn. Den Lauscher im Bett, durch den ein Mädchen ums Leben gekommen ist. Vergiß den Saukerl.

Mit den Photos von Harry bewaffnet, begannen die Soldaten aus Fort Monagh ihre Razzien bei den fünf Schrotthändlern in Andersonstown. Keinem der Beteiligten war gesagt worden, warum sie den lächelnden Mann auf dem Photo holen sollten, der sein Haar kürzer trug, als das sonst bei ihren Kunden üblich war. Der Befehl lautete, den Mann sofort zum Bataillons-Hauptquartier zu bringen und dort zu übergeben. Die Unteroffiziere – beim Militär das, was die Vorarbeiter in der Fabrik sind, und wie diese meist gut informiert – wunderten sich, daß so viele Leute eingesetzt wurden, um einen Mann zu suchen, dessen Bild nicht an der Wand des Einsatzraumes hing, dessen Name völlig neu war. Sie bekamen regelmäßig einen Stoß Photos in die Hand gedrückt, die zehn Spitzenreiter der Woche, die dreißig Spitzenreiter des Monats, vier für jeden Wochentag. Sie waren auf kleine Karten aufgezogen und wurden vor den Streifengängen an die Soldaten ausgegeben, damit sie sich die Gesichter einprägen konnten. Aber dieses Gesicht war nie dabeigewesen.
Auf den Schrottplätzen stellten sich die Arbeiter, die vor den Soldaten gekommen waren, mürrisch an die Barackenwände und hoben die Hände über den Kopf, während sie durchsucht und dann mit dem Photo verglichen wurden. Von den fünf Plätzen kam zunächst einmal eine Fehlanzeige. Aber die Soldaten würden sich mindestens bis neun dort postieren in der Hoffnung, daß der Mann, den sie suchten, noch kam, daß er sich einfach verspätet hatte.
Auf Harrys Arbeitstelle gab es ein großes Staunen, als man das Photo herumzeigte. Er hatte sich nie engagiert, nie politisiert, ein ganz gewöhnlicher Mann, zu alt, um noch Cowboy zu spielen. Der kleine Schrotthändler betrachtete die Panzerwagen und Soldaten. Demnach, schätzte er, mußte Harry ein wichtiger Mann sein. Er beschloß, den Mund zu halten. Er bestätigte, daß er das Photo kannte, daß er einen gewissen Harry McEvoy be-

schäftigte, daß der Mann kürzlich bei ihm angefangen hatte. Das war alles. Sollten sie das übrige selber herauskriegen.
»Wo wohnt er?« wollte der Leutnant wissen, der den Einsatz leitete.
»Keine Ahnung. Hat er nicht gesagt. Irgendwo da unten, mehr hat er nicht von sich gegeben.«
»Er muß doch irgendeine Andeutung gemacht haben, wo er wohnt?«
»Nichts.«
»Wie steht's mit den Rentenmarken, der Versicherung?«
Der Schrotthändler machte ein verlegenes Gesicht. Die Antwort war deutlich genug.
Der Leutnant war neu in Nordirland. Sein Gegenüber schien Geld zu haben, was Besseres zu sein, fast solide.
»Hören Sie, wir brauchen diesen Mann dringend«, sagte er leise, so daß es die anderen nicht hören konnten.
»Tja, dann müssen Sie eben auf ihn warten.«
Aber die Zeit verstrich, die Soldaten duckten sich wartend hinter den Autoleichen und abgewrackten Bussen, doch das Gesicht von dem Photo zeigte sich nicht. Selbst der kleine Schrotthändler wurde langsam unruhig, als Harry nicht auftauchte. Seine erste Reaktion war gewesen, daß hier eine Verwechslung vorliegen mußte. Daß aber Harry ausgerechnet jetzt, da die Streitkräfte ein Empfangskomitee für ihn bereitgestellt hatten, durch Abwesenheit glänzte, war verdächtig. An seinem neuesten Mitarbeiter mußte mehr dran sein, als er gedacht hatte.
Die Soldaten meldeten sich über Funk, warteten noch ein paar Minuten und fuhren dann mit leeren Händen zum Fort Monagh zurück.

18. Kapitel

Der Secretary of State führte das Telefongespräch mit Downing Street im RAF-Empfangsgebäude in Aldergrove, einem flachen Backsteinbau. Sie hatten angeboten, ihn mit dem Wagen zu den Offiziersquartieren zu bringen – er hätte dort das Telefon des Obersten der Luftwaffe benützen können. Aber er hatte dankend abgelehnt. Mit einer Botschaft der Art, wie sie jetzt auf ihn wartete, pflegte der Premierminister ihn selten zu behelligen. Es mußte schon etwas Wichtiges sein, und eine prompte Reaktion empfahl sich.

Es dauerte einige Minuten, ehe das Gespräch durchkam. Zuerst mußte noch der Verwürfler zwischengeschaltet werden, der die Sicherheit des Gesprächs gewährleistete und verhinderte, daß ein zufälliger Telefonbenutzer die Unterhaltung mithörte. Als in dem Büro hinter der dünnen Zwischenwand der Apparat läutete, zog sich das militärische Personal diskret zurück. Die Begleitmannschaft des Ministers blieb.

»Guten Morgen, Sir. Sie wollen mich sprechen?«

»Ich halte Sie nicht lange auf. Wie gründlich haben Sie heute früh Ihre Zeitungen gelesen? Insbesondere den *Guardian* und die *Times*? Die Provisionals behaupten, sie hätten einen Agenten von uns identifiziert, sie warnen die Bevölkerung. Bißchen melodramatisch, das Ganze, aber immerhin besorgniserregend.«

»Tut mir leid, das hatte ich noch nicht gesehen.«

»Wir machen uns hier Gedanken«, fuhr der Premierminister fort, »daß es sich um den Burschen handeln könnte, den wir wegen Danby eingesetzt haben. Wenn sie ihn schnappen und er redet, könnte das ein bißchen unangenehm werden.«

»Wäre etwas peinlich, das ist wahr. Tja, dann werden wir eben veranlassen, daß die Leute, die ihn kontrollieren, ihn sofort herausholen. Sie sollen ihn zurück nach England schaffen, und zwar ein bißchen plötzlich. Sehr einfach.«

»Genau da liegt das Problem«, sagte der Premierminister.

»Kaum zu glauben – aber die Burschen, die ihn von London aus steuern, können ihn nicht erreichen. Anscheinend meldet er sich nur, wenn er was zu sagen hat.«
Der Secretary of State verzog das Gesicht. »Bißchen ungewöhnlich, was? Um nicht zu sagen einzigartig. Nicht das übliche Vorgehen. Das bedeutet im Klartext, daß er vielleicht gar nicht weiß, daß er aufgeflogen ist – wenn es sich tatsächlich um ihn handelt. In diesem Falle dürften wir wohl nicht mehr allzuviel von ihm hören.«
»Da liegen Sie gar nicht so weit daneben.«
»Und was machen wir jetzt? Pardon, ich formuliere es anders: Wie lauten Ihre Weisungen?«
»Ich wollte Sie nur informieren. Viel können wir ja nicht tun. Für den Fall, daß der Damm bricht, müssen wir eben mit Sandsäcken bereitstehen.«
»Wenn die Flutwelle kommt, dürfte sie ganz schön Tempo draufhaben.« Der Secretary of State schmunzelte ein bißchen über das Mißbehagen des Regierungschefs.
»Das könnte heikel werden.« Die Stimme des Premierministers klang alt, erschöpft und sehr weit weg.
»Bin froh, daß es nicht mein Deich ist.« Der Mann in Aldergrove hielt inne, um seine Worte wirken zu lassen. »Na ja, warten wir erst mal ab, was daraus wird. Vielleicht ist es nur ein Versuchsballon. So was machen sie oft. Ich werde aufpassen, ob sich ein Sturm zusammenbraut. Auf Wiederhören, Herr Premierminister.«
Er zog keinen seiner Leute ins Vertrauen, als die Gruppe das Gebäude verließ und zu dem großen Puma-Helikopter ging, um den Flug nach Londonderry anzutreten. Seinen Army-Verbindungsoffizier bat er, ihn zu informieren, wenn es an diesem Tag irgendwelche Mordopfer geben sollte.
»War sowieso eine hirnverbrannte Idee«, murmelte er vor sich hin, während er sich anschnallte und die Rotorflügel schneller wurden; aber das hörte nur sein Leibwächter, ein Detektiv von Scotland Yard, der neben ihm saß.

Der Hinterhalt war gelegt.
Es war ein bewährter, erschreckend simpler Dreh. Ein gestohlener Ford Escort parkte sechzig Meter oberhalb der Pension

Delrosa, knapp vor der Falls Road-Kreuzung. Der Wagen war leer, denkbar unverdächtig. Die Nummernschilder waren vorher ausgetauscht worden. Harry würde auf der gegenüberliegenden Seite des Gehsteigs entlangkommen und in die Hauptstraße einbiegen, beobachtet von drei Männern, die sich hinter den Spitzenvorhängen des Hauses, vor dem der Wagen parkte, postiert hatten. Sobald Harry um die Ecke gebogen war, konnten die Männer das Haus verlassen, den Wagen starten, hinterherfahren und ihr Opfer überrumpeln. Es war eine schnelle, wirksame Methode, die sich in den letzten Jahren als narrensicher erwiesen hatte. Die drei in dem Zimmer hinter den Spitzenvorhängen waren Downs, Frank und Duffryn. Sie waren noch nicht bewaffnet, aber im Handschuhfach des Escort lag eine Luger, und unter dem Fahrersitz eine zusammengeklappte Armalite, beide griffbereit, geladen und gespannt.
Für Frank und für Duffryn war diese Situation neu. Beide waren noch nie mit einem derartig wichtigen Auftrag betraut worden, und die Spannung, unter der sie standen, zeigte sich daran, wie oft beide vortraten, den dünnen Vorhang beiseite schoben und auf die gegenüberliegende Straßenseite spähten. Sie sprachen leise und abgehackt miteinander, vermieden es, den Blick und die Aufmerksamkeit von Downs auf sich zu lenken, der sich im Hintergrund hielt. Weder Frank noch Duffryn kannten den Namen ihres dritten Mannes, nur vage seinen Ruf als Scharfschützen. Mit diesem Gedanken hatten sie sich während der Nacht, in den wenigen Stunden bis zu ihrem Treff, getröstet.
Seit Downs den Auftrag bekommen hatte, war er recht schweigsam geworden. Er hatte Wut und Enttäuschung hinuntergeschluckt und war jetzt gespannt wie eine Bogensehne vor dem Schuß. Auch die Wunde machte ihm zu schaffen. Zwar halfen die Tabletten etwas, aber er fühlte sich trotzdem schwach und vor allem aus dem Gleichgewicht gebracht.
Frank und Duffryn erwarteten die Führung von dem dritten Mann, aber er kapselte sich ab, die Qualitäten, die sie sich von ihm erhofften – Selbstsicherheit und Können –, teilten sich ihnen nicht mit. Er trug einen weiten, lockeren Pullover, den linken Arm hatte er darunter in einer Schlinge, der linke Ärmel hing leer herab. Er wußte, daß er für so eine Schießerei eigentlich nicht fit genug war, aber es ging ja nur darum, den Mann zu schnappen,

schlimmstenfalls gab es einen Nahkampf, das würde er schon durchhalten. Als Rückenstärkung hatte er ja die anderen beiden, die fit und kräftig waren. Er würde vorn sitzen, auf dem Beifahrersitz, Duffryn sollte fahren, und Frank würde auf der kurzen Strecke vom Broadway nach Whiterock mit dem Engländer hinten sitzen.

»Er ist spät dran«, sagte Frank. »Lange kann's nicht mehr dauern. Er ist ein großer Bursche. Gar nicht zu verfehlen. Der einzige Gast in der Pension.«

»Wieviel Vorsprung lassen wir ihm, nachdem er um die Ecke ist?« fragte Duffryn. Er hatte die Antwort schon dreimal gehört, aber er fragte immer wieder, unsicher wie ein Schuljunge, der seiner Lehrerin Löcher in den Bauch fragt, damit sie nur ja nicht vergißt, daß er da ist.

»So gut wie gar keinen«, erwiderte Frank. »Höchstens ein paar Meter. Wir holen ihn uns an der Kurve am Friedhof, dann brauchen wir ihn höchstens hundert Meter zu schleppen.«

»Hoffentlich springt die verdammte Karre an.« Duffryn lachte schwächlich und warf einen Blick auf Downs. »Hast du so was schon mal gemacht?«

Duffryn sah das bleiche, ausgemergelte, haßvolle Gesicht. Spürte das Maß der Wut und der Feindseligkeit.

»Ja«, sagte Downs.

»Und es klappt wie geplant? Ich meine, wenn man's aufschreibt und einen Zeitplan ausarbeitet und so weiter, sieht das alles immer so einfach aus, nicht? Aber geht's auch immer so leicht?«

»Manchmal ja. Manchmal auch nicht.«

»Ich möchte bloß wissen –« Wie ein verdammter Wasserhahn, dachte Downs, während Duffryn weiterschwatzte, tropf, tropf, tropf... »Ich möcht bloß wissen, was machen wir, wenn 'ne Streife vorbeikommt, während wir ihn uns schnappen... Mann, was machen wir da bloß...«

Das letzte sagte er mehr zu sich selbst. Mehr und mehr drückte ihn die Sorge, ob ihr mürrischer, verletzter dritter Mann Format genug hatte, Frank und ihn zum Erfolg zu führen. Aber dann schüttelte er entschlossen seinen Zweifel ab. In diesem Augenblick gab es Frank einen Ruck, und er ging vorsichtig ein Stück näher ans Fenster heran.

»Er kommt! Da kommt der Scheißengländer.«

Duffryn schob den Freund beiseite, er wollte es selber sehen. Der Große da hinten, verwischt und unscharf, der die Gartenpforte zur Pension Delrosa zumachte, das war der Feind. Fast die ganze Nacht über hatte er an ihn gedacht, an ihn und an seine Exekution, und da kam er nun, ging geradeaus, ohne nach rechts und nach links zu sehen. Tut, als ob ihm die Straße gehört, dachte Duffryn.
»Weg vom Fenster, ihr Trottel«, zischte der Mann hinter ihnen.

Harry schritt schnell aus. Er wußte, daß er es heute früh hatte langsam angehen lassen, und er wußte, daß er zu spät zur Arbeit kommen würde, auch wenn er jetzt noch so schnell lief. Mrs. Duncans Beredsamkeit hatte ihn aufgehalten und ihre Sorge, ihm unbedingt frischen Kaffee vorzusetzen, der ewig gebraucht hatte, bis er durchgelaufen war. Er ging rasch die vertraute Straße hinauf, die Umhängetasche mit den Broten und der Thermosflasche wippte auf seiner Schulter, das Gewicht des eingewickelten Revolvers schlug gegen seine rechte Hüfte.
Er registrierte den Wagen, einen von mehreren, die auf der anderen Straßenseite standen. Ein kleiner Wagen, sauber und gepflegt, aber irgendwie anders, auffällig... Richtig: Der Zündschlüssel steckte. So was Blödes, wer läßt im Falls-Bezirk den Schlüssel stecken? Doch nur, wer wirklich bloß ganz kurz ins Haus geht, nicht mal schnell zum Austreten.
Harry ging an dem Wagen vorbei zur Kreuzung Falls Road, wo die katholische Bevölkerung in die Stadt strömt und wo der Verkehr sich zu stauen beginnt.
Die Fahrbahn an Harrys Seite war allerdings fast leer, nur gelegentlich flitzte ein vereinzelter Wagen an ihm vorbei. Er war ein pünktlicher Mensch. Das verdankte er der Army und der Erziehung seiner Tante. Daß er sich an diesem Morgen verspätet hatte, ärgerte ihn. Er warf einen Blick auf sein linkes Handgelenk. Wie spät war er eigentlich dran? Ein unterdrückter Fluch – er hatte seine Uhr vergessen. Wo? Nicht in seinem Zimmer, nicht beim Frühstück... Richtig – im Badezimmer, nach dem Rasieren. Er war schon dreißig Meter die Falls Road hinauf, die Pension lag etwa siebzig Meter hinter ihm um die Ecke. So ein Mist! Nur hundert Meter, um sie zu holen. Er schwankte. Hundert

Meter hin, hundert Meter her. Zweihundert Meter. Nicht der Rede wert. Man fühlt sich so nackt ohne Uhr. Nicht so schlimm wie ohne Brille oder mit offenem Reißverschluß an der Hose, aber es ist doch ärgerlich. Harry drehte sich auf dem Absatz herum und marschierte zurück zur Pension Delrosa.

Als er um die Ecke kam, stand Duffryn neben der Fahrertür, die Hand am Griff, dabei, den Wagen aufzumachen. Frank saß schon hinten, und der Mann, der als letzter aus dem Haus gekommen war, befand sich auf halbem Weg zwischen Haustür und Wagen.

Sekundenlang standen alle vier wie versteinert.

Harrys Gedanken rasten. Krampfhaft versuchte er, das Gesicht, das ihm so vertraut vorkam, in eine bekannte Situation, vor einen bekannten Hintergrund zu stellen. Wo war das gewesen? Woher kannte er das Gesicht? Los, besinn dich!

Bruchteile von Sekunden währte das Zögern. Dann rastete das Bild ein. Die Tanzerei... die Frau in Gelb... die Army-Razzia... Und während all das wiederkam, verschmolz das Gesicht auf der Straße mit dem Schwarzweiß des Phantombildes. Die Struktur der Wangenknochen stimmte. Mehr als damals im Klub deckten sich die Konturen mit dem in London so sorgfältig aufgebauten Eindruck. Vielleicht lag es an dem Stress, unter dem Downs in den letzten Stunden gestanden hatte, vielleicht an den Wundschmerzen, jedenfalls ähnelten endlich die Züge dem Gesicht, das die alte Dame im Park gesehen und das Mädchen in der Untergrundbahnstation angestarrt hatte, als es sich bemühte, das Gleichgewicht zu behalten.

Die erste Bewegung. Harry griff in die Anoraktasche, steckte beide Hände tief hinein, um die Pistole herauszuziehen. Er zerrte an dem weißen Frotteestoff, legte die Schwärze des Revolvers frei, das Korn des Visiers riß einen breiten Stoffstreifen heraus. Zehn Meter von ihm entfernt warf sich Duffryn hinter dem Wagen zu Boden, halb betäubt vom Anblick der Kanone in der Hand des Feindes. Frank streckte sich nach vorn über die Lehne des Vordersitzes zum Handschuhfach, in dem die Luger lag, beugte sich über die hindernde Kopfstütze. Downs bückte sich, schlich sich geduckt hintenherum an den Wagen heran. War verschwunden, steuerte die rechte hintere Tür an, hinter der seine geliebte Armalite lag.

Gezielte Schüsse, Harry. Nicht einfach herumballern. Zielen. Dann triffst du die Kerle auch. Er ließ mit einer Schulterbewegung die Tasche auf den Gehsteig fallen, spreizte die Beine, hob den Revolver, zielte. Knie leicht gebeugt, Körpergewicht nach vorn, beide Arme ausgestreckt, Revolver in Augenhöhe. Klassische Tötungsposition. Abzug drücken, nicht verreißen. Ganz behutsam. Der Daumen der rechten Hand tastete sich vor, erreichte den Sicherungshebel, drückte ihn nach vorn.
In dem Dreieck, das seine Arme mit dem Revolverlauf bildeten, lag der verrenkte Körper von Frank, der nach der Luger angelte. Harry konzentrierte sich, während der Mann, die Waffe in der Hand, wieder auf den Rücksitz rutschte, und gab den ersten Schuß ab. Die linke Seite des hinteren Fensters zersplitterte, Frank zuckte, als ihn die Kugel in den Hals traf. In seiner Anstrengung, an die Luger heranzukommen, hatte er Harry nicht klar erkennen können. Mit einem Ausdruck der Verwirrung sackte er auf dem Rücksitz zusammen, ein roter Bach rann auf seinen Hemdkragen herab. Der Schuß an sich war nicht tödlich, würde aber zum Tode führen, wenn Frank nicht sofort ins Krankenhaus kam. Harry konnte ihn jetzt nicht mehr sehen. Er blieb regungslos stehen, sah sich nach dem nächsten Ziel um. Kommt raus, ihr Schweine, zeigt euch. Wo ist der verdammte Bursche, den wir suchen? Wer hat die nächste Kanone? Wer schießt jetzt? Ruhig, Harry. Du stehst da wie ein Laternenpfahl, du Idiot, völlig ungeschützt. Hol dir Deckung.
Harry kniete auf dem Gehsteig nieder.
»Kommt raus, Hände über dem Kopf. Beim ersten Fluchtversuch schieße ich.«
Gut so, Harry. Zeig den Burschen, wer hier am Drücker ist.
Downs und Duffryn hockten nebeneinander auf der anderen Seite des Wagens.
»Lauf den Hügel runter«, flüsterte Downs. »Mit einer Faustfeuerwaffe kriegt er dich nicht. Aber lauf, zum Teufel. Mach schon!«
Er zog Duffryn an sich vorbei, schob ihn ins Freie, aus dem Schutz des Wagen hervor. »Lauf, Kleiner, lauf im Zickzack...«
Duffryn kam in wilder Panik aus seiner Deckung hervor. Unbeherrscht, in dem schrecklichen Gefühl, daß ihn nur Leere um-

gab, sprintete er die Straße hinunter in Richtung Delrosa. Er hatte vor, sich mal rechts, mal links zu halten und dabei das Tempo zu wechseln. Damit erreichte er nur, daß er langsamer wurde und ein um so besseres Ziel bot. Harry schoß viermal. Schon als er zum zweiten Mal abdrückte, spürte er, daß dieser Mann noch nie in einer solchen Lage gewesen war. Er hörte Duffryn beim Laufen schluchzen und jammern, die abgerissenen Laute gingen in einen Aufschrei über, als die dritte Kugel ihn zwischen den Schulterblättern traf. Duffryn sauste geradewegs gegen einen Laternenpfahl, lehnte sich, alle Viere von sich gestreckt, sekundenlang dagegen, rutschte dann langsam herunter und fiel unten zu einem formlosen Häufchen Elend zusammen. Die vierte Kugel – die eigentlich nicht mehr nötig war – schlug in den schlaffen Körper. Duffryn würde überleben. Keine der Kugeln hatte eine kritische Stelle getroffen.

Jetzt, als er lag, als die Jagd zu Ende war, wich die Verwirrung, der junge Abwehroffizier konnte wieder klar denken. Der Feind würde ihn umbringen, völlig klar. Irgendwie schien das gleichgültig. Er hatte Schmerzen, aber nicht so viel, wie er gedacht hatte. Erstaunt stellte er fest, daß er sich kaum das Gesicht des Engländers vorstellen konnte, der ihn niedergeschossen hatte. Die Sachen, die er anhatte, die sah er, und den Revolver, den er in beiden Händen gehalten hatte, und den Rückschlag, als er Frank getroffen hatte. Aber da war kein Gesicht gewesen. Die Kanone hatte es verdeckt. Er hatte seinen Feind nicht einmal gesehen. Und jetzt war es zu spät.

Sobald Duffryn sich in Bewegung gesetzt hatte, öffnete Downs vorsichtig die vordere Tür des Escort, stemmte sich zum Fahrersitz hoch und startete den Wagen. Die vier Schüsse, die Harry auf den Köder abgegeben hatte – den Hasen, der ihn hatte ablenken sollen – hatten Downs genügend Zeit gegeben, um in Richtung Falls Road loszufahren.

Harry schwenkte den Revolver weg von dem Jungen am Boden, hin zu dem rollenden Wagen. Er sah, wie Downs den Kopf tief über das Lenkrad beugte, dann, wie er sich noch tiefer bückte, unter dem Armaturenbrett verschwand. In diesem Augenblick drückte er ab, wußte dabei instinktiv, daß er zu hoch zielte. Die Kugel traf das Wagendach, trat auf der anderen Seite aus und blieb in der Wand des Hauses gegenüber stecken. Zähl deine

Schüsse, hatten sie ihm eingebleut. Daran hatte er sich gehalten: Er war am Ende, die Kammer war leer, erledigt, aus der Traum. Noch drei Patronen in der Umhängetasche, ganz unten, unter der Butterbrotdose und der Thermosflasche. In fieberhafter Eile öffnete er die Kammer, warf die Patronenhülsen aus, die klappernd und aufblitzend auf den Gehsteig fielen. Er schob die drei Ersatzpatronen mit den verkupferten Enden und den grauen, stumpfen Spitzen hinein.

Downs hatte sich in den Verkehr der Falls Road eingefädelt. Er bemühte sich verzweifelt, die Wagen um sich herum abzuhängen, aber es gelang ihm nicht, aus dem Strom auszuscheren, der sich über die katholische Einfallstraße in die Stadt ergoß. Ganz instinktiv rannte Harry hinter ihm her, den Revolver in der Hand. Er sah, wie Wagen ihm auswichen, als er auf die Fahrbahn stürzte, hörte Motoren aufheulen und Bremsen quietschen. Die Fahrer versuchten, Abstand zu ihm zu gewinnen. Als habe er eine ansteckende Krankheit, als könnte er durch bloße Berührung töten. Sein Mann war schon ein gutes Stück vorangekommen, bis Harry die rettende Idee kam. Neun Wagen hinter Downs kam ein Cortina, der mit den anderen dahinkroch und zögerte, an dem mit seinem Revolver herumfuchtelnden Mann vorbeizufahren. Harry rannte zur Beifahrertür. Sie war nicht verschlossen. Er sah dem Fahrer in die Augen, brüllte ihn an.

»Das Ding ist geladen. Sie folgen dem Wagen dort! Dem weißen Escort da vorn, so dicht wie möglich. Keine Mätzchen, wenn Ihnen Ihr Leben lieb ist. Ich bin Army, aber wenn Sie mich hängenlassen, kann ich darauf keine Rücksicht nehmen.«

Donald McKeogh, siebenundzwanzig Jahre alt, Vertreter für Plastikmaterial, außerhalb von Dungannon wohnhaft, sechzig Kilometer über die Schnellstraße, gab eine automatische, benommene Antwort. Der Wagen schob sich vorwärts, der Fahrer war noch immer völlig betäubt. Harry sah, wie der Escort davonzog.

»Mach keine Faxen, du Klugscheißer«, schrie er in das Gesicht wenige Zentimeter vor sich. Um seiner Forderung noch mehr Nachdruck zu verleihen. schoß er einmal durch das Wagendach. McKeogh gab Gas, vor ihnen tauchte die Ampel an der Springfield Road auf. Er hatte kapiert, Harry würde seine Aufforderung nicht noch einmal wiederholen müssen. Möglich, daß

er gesehen hat, wie ich auf die Fahrbahn gelaufen bin, überlegte Harry, aber er wird kaum mitgekriegt haben, welcher Wagen sich auf seine Spur setzt. Sehr unwahrscheinlich. McKeogh scherte rechts aus, überfuhr unter wütendem Gezeter der anderen Autofahrer die weiße Mittellinie und hatte den Vorsprung auf fünf Wagen verringert, bis sie an die Ampel kamen.
In der Smith and Wesson waren noch zwei Schuß.

Billy Downs hatte nicht lange zu überlegen brauchen, wohin er sich wenden sollte. Daß es ihm nicht gelungen war, den Engländer zu töten, diktierte seine Entscheidung. Er wollte heim. Er war aufgeflogen, erledigt. Aus.
Und müde war er. Er brauchte eine Ecke, in der er die stechenden Schmerzen und bitteren Enttäuschungen der letzten Stunden überschlafen konnte, er wollte irgendwohin, wo es Ruhe und Stille gab, keine Kanonen, keine Schüsse, kein Blut. Vor allem wollte er weg von dem Lärm der Waffen, die um seine Ohren ballerten, bei dem sich seine Gedärme verkrampften und dann schlaff wurden wie eine ausgeleerte Blase, flau und voller Winde. Weg von dem allen – und da gab es nur eine Möglichkeit. Heim. Zu seiner Frau. Zu den Kindern. Nach Hause. In die Ypres Avenue. Logik und Willenskraft und Beherrschung, die Eigenschaften, die ihm zu dem Londoner Einsatz verholfen hatten, waren ihm entglitten. Keine Emotionen mehr, kein Gefühl. Selbst das leise, blubbernde Husten von Frank im Fond konnte ihn nicht erschüttern.
Er hatte versagt. Versagt hatte der Mann, den sie für so wertvoll gehalten hatten, daß ihm nur die bedeutendsten Einsätze anvertraut worden waren. Versagt hatte der Elite-Killer. Und – viel wichtiger! – versagt hatte er bei der Mission gegen den Feind, der darauf aus war, *ihn* zu töten, zu liquidieren, eliminieren, exekutieren. Die Worte klopften im Takt mit der Armwunde. Verdammt, tat das weh. Ein böser, gefährlicher Schmerz, der ihn anfiel, sich wieder zurückzog, mit verdoppelter Kraft wiederkehrte, an seiner Stärke und Entschlossenheit nagte.
Die Armalite lag noch unberührt im Wagen, unter dem Sitz, sie war nutzlos geworden, hatte ausgespielt. Die Tage der Armalite waren vorüber, damit löste man nichts. Es war vorbei. Abgeschlossen, erledigt, ein halbes Leben entfernt.

Er tat sich schwer beim Fahren. Alle paar Sekunden mußte er den linken Arm zum Schalthebel ausstrecken, selbst das Schalten vom zweiten in den dritten Gang verschlimmerte den Schmerz. Er legte sich eine Route zurecht. Hinunter nach Divis, dann am oberen Stadtrand entlang zur Unity-Siedlung, weiter zum Carlye-Circus. Dort konnte er parken, auf dem Kreisel. Von da kam er zu Fuß zum Ardoyne, und der Wagen mit Frank stand nahe am Mater, dem katholischen Krankenhaus. Da würde man Frank rasch finden, und er würde die Behandlung bekommen, die er brauchte. Es gab keine Straßensperren, und er rollte im Verkehr mit. Frank lag so tief, daß man ihn nicht sah, die Einschüsse im Wagen veranlaßten niemanden zum Eingreifen.
Er brauchte neun Minuten zum Circus, wo Crumlin und Antrim Road zusammentrafen und wo man Wagen unbewacht abstellen konnte. Er fuhr auf den Platz und hielt an. Um auszusteigen, mußte er sich mit der Rechten hochstemmen. Dann sah er nach hinten in den Fond. Franks Gesicht war sehr weiß, eine große Blutlache hatte sich neben seinem Kopf auf dem Plastiksitz ausgebreitet. In seinen Augen stand gerade noch so viel Leben, daß Downs sah: Frank hatte ihn erkannt.
»Keine Sorge, Frank. Du bist ganz nah am Krankenhaus. In fünf Minuten bist du drin. Ich rufe da an. Ich geh jetzt, aber mach dir keine Sorgen. Mach's gut. Alles okay, dir passiert nichts. Kann sich nur noch um ein paar Minuten handeln.«
Frank konnte nichts sagen.
Downs ließ den Motor laufen und die Fahrertür offen, als er ging. Da würde bald einer hineinschauen. Das zersplitterte Fenster würde ihnen endgültig verraten, was los war. Die Armalite lag noch unter dem Fahrersitz, die Luger neben Frank. Er rannte die Crumlin Road hinauf, ließ rechts das Mater Hospital hinter sich, ein riesiges, ziegelrotes Gebäude, dann kam das Gefängnis. Hohe Mauern, Stacheldrahtverhaue, Wachtürme aus Stahlbeton und, alles beherrschend, das große Tor. Downs lief vorüber, vorbei an den Wachsoldaten, vorbei an den Polizisten mit ihren Flakjacken und Stirlings, die das Gerichtsgebäude gegenüber bewachten. Niemand achtete auf ihn.
Als er sich dem höchsten Punkt des langgestreckten Hügels und damit der Sicherheit von Ardoyne näherte, wurde aus dem Sprint ein Trott, dann wenig mehr als ein Stolpern. Wie Bleige-

wichte hingen seine Beine an ihm, während er seine Füße vorwärtsschleppte und Meter für Meter Chaos und Katastrophe hinter sich ließ. Sein Atem kam in schluchzenden Stößen, verzweifelt bemühte er sich, in Gang zu bleiben. Er hatte sich nur noch ein Ziel gesetzt: es bis nach Hause zu schaffen, zu seiner Frau, sich an ihre schützende Wärme zu retten. Der Circus, das Krankenhaus, das Gefängnis lagen weit hinten, als er die Stahlblechwände erreichte, die Shankhill von Ardoyne trennen. Hier hatte er am vergangenen Nachmittag gestanden und auf den Wagen gewartet, der ihn zu Rennies Haus bringen sollte. Verdammtes Bullenschwein. Verdammte Bälger. Da war alles in die Binsen gegangen. Das Kind im Weg, mitten im Schußfeld, keine klare Sicht auf den Bullen, nur der Kopf von dem Balg. Er keuchte, rang nach Luft, legte die vierzig Meter im Schrittempo zurück. Sie hatten recht. Er hatte die Nerven verloren. Billy Downs, vom Generalstabschef persönlich ausgewählt, hatte Mist gebaut. Wegen eines Kinderkopfes.
Und dann heute vormittag... Frank, mit einem Loch im Hals... der junge Spund, den sie ihm mitgeschickt hatten, zerfetzt auf dem Gehsteig... Und du, du Mistkerl, hast ihm noch gesagt, er soll laufen, damit du dich rühren kannst. Das hat er getan, und da hat's ihn erwischt.

Bei der Verfolgungsjagd quer durch die Stadt war McKeogh ein paarmal im Verkehrsstrom zurückgefallen, hatte den weißen Escort völlig aus den Augen verloren, hatte ihn dann wieder erspäht, weit vorn, wie er sich zwischen Lastern, Lieferwagen und Personenwagen durchquälte. Dann hatte Harry den Vertreter angebrüllt, ihn bedroht, und McKeogh hatte Gas gegeben. Daß sein Entführer zur Army gehörte, schien ihm zweifelhaft, allerdings war er sich nicht klar darüber, ob er ihn zur IRA oder zur protestantischen Miliz rechnen sollte. Daß der Mann ihn umbringen würde, wenn er den gebrüllten Befehlen nicht gehorchte, stand für ihn fest. Als sie aus der Stadt herauskamen und den Circus erreichten, war der Escort verschwunden. Vier Hauptstraßen laufen hier zusammen, unter anderen die Crumlin Road, die zum Ardoyne führt, und die Antrim Road, Zufahrtsstraße zu der näher gelegenen ebenso katholischen New Lodge. Ein Unterschlupf in der New Lodge war schneller zu erreichen, und

Harry deutete dorthin. McKeogh fuhr um den Kreisel herum und bog in die breite Straße ein. Sie waren eineinhalb Kilometer gefahren, waren schon über den schwer angeschlagenen Eingang zum Getto hinaus, da befahl Harry die Umkehr.
»Versuchen Sie's in der Crumlin Road, dort muß er sein.«
»Er kann uns abgehängt haben und trotzdem in dieser Straße stecken. Wenn er die Crumlin Road genommen hat, ist er inzwischen schon aus der Stadt heraus, dann ist er in Ligoniel, auf halbem Wege zum Flugplatz«, sagte McKeogh.
»Ich weiß, wo er sein kann. Kümmern Sie sich um Ihre Fahrerei«, herrschte Harry ihn an. Wenn er Downs jetzt wieder erwischte, hatte er Glück gehabt. Das wußte er genau, aber das brauchte ihm kein verdammter Autofahrer zu erzählen. Sie sahen beide den Escort nicht, der noch immer zwischen den anderen Wagen auf dem Circus stand, und bogen in die lange Crumlin Road ein. Harry hatte sich vorgelehnt, sah nach rechts und nach links, während McKeogh die Straße hinaufbrauste. Oben stieß Harry einen Schrei aus, triumphierend wie ein Jagdleiter, der die schon verloren gegebene Beute wieder erspäht hat.
»Da ist er, an der Mauer.«
McKeogh nahm Gas weg, fuhr an den Gehsteig.
»Wer ist denn der Kerl?« fragte er.
Harry sah ihn an, antwortete nicht, stürzte aus dem Wagen. Er rannte über die Straße und verschwand vor McKeoghs Augen durch die Lücke in der Wellblechmauer. Downs hatte einen Vorsprung von weniger als hundert Metern.

Die Nachricht von der Schießerei, mit der es angefangen hatte, eilte durch die Stadt. Der erste Offizier, der die Straße betrat, wurde von einem Obergefreiten zu der tränenüberströmten Mrs. Duncan gebracht. Unter heftigem Schluchzen und Schnauben erzählte sie ihre Geschichte.
»Er war gerade weggegangen, zur Arbeit, der Mr. McEvoy, da hab ich die Schüsse gehört und bin zur Tür gerannt. An der Ecke steht mein Mr. McEvoy mit einem Revolver, ein Mann versucht, die Straße entlangzurennen, in diese Richtung, und wird niedergeschossen. Mr. McEvoy hat einfach gezielt und geschossen. Dann ist ein zweiter Mann in den Wagen gestiegen und wollte wegfahren, und auf den hat Mr. McEvoy auch geschossen, ich

weiß nicht, ob er ihn getroffen hat. Es ist alles so schnell gegangen. Dann ist Mr. McEvoy auf die Fahrbahn gelaufen und hat gewinkt und Leuten in ihren Wagen was zugerufen. Und dann bin ich wieder ins Haus gegangen.«
»Wer ist dieser Mr. McEvoy?« fragte der verwirrte Subalternoffizier automatisch.
»Mein Mieter, wohnt seit drei Wochen hier. Still wie eine Maus, und ein Gentleman, ein sehr ordentlicher Mieter. Nie hat er mit jemandem gesprochen, und plötzlich hat er einen Revolver in der Hand und drückt ab, immer wieder.«
Der Krankenwagen schaffte Duffryn ins Hospital, ein im Laufe des Tages ausgegebenes Bulletin bezeichnete seinen Zustand als kritisch.
Frost, der noch immer im Einsatzraum der 39. Brigade in Lisburn saß, sah die Berichte über Telex hereinkommen. Schnell hintereinander sprach er mit dem General, dem Brigadechef in Londonderry – der den Secretary of State gleich nach seiner Ankunft informieren sollte – und schließlich mit Davidson in London. Der Inhalt der Telefongespräche war in allen drei Fällen im wesentlichen gleich.
»Nach den ersten Meldungen sieht es so aus, als hätten sie heute früh McEvoy aufgelauert. Irgendwie ist das schiefgegangen, und unser Mann hat mindestens einen von ihren Burschen erwischt. Der liegt verletzt im Krankenhaus. Ein zweiter ist mit einem Auto entkommen. Zuletzt ist McEvoy gesehen worden, wie er in der Falls Road stand und die alte Masche probiert hat, sich für die Verfolgung einen Privatwagen zu schnappen. Die Geschichte wird immer grotesker. Er war in einer kleinen Pension in einer Nebenstraße der Falls untergebracht, im Broadway-Gebiet. Jetzt also läuft er wieder frei herum. Ich wette, daß es bis zum Mittag hier einigen Wirbel geben wird.«
Vier Minuten später tickerte der Fernschreiber wieder. Am Carlyle Circus war ein Wagen mit mehreren Einschüssen aufgefunden worden, aus dem Fond hatten sie einen Mann mit schweren Schußverletzungen geborgen.
»Dieser McEvoy ist einer von unseren Leuten«, sagte Frost zu dem Major aus seiner Abteilung, der neben ihm stand.
»Der arbeitet für uns?« fragte der andere erstaunt. Die Schreiber, Unteroffiziere und Diensthabenden spitzten die Ohren.

»So einfach war das nicht. Er hat für unsere Seite gearbeitet, aber nicht für uns, nicht für diese Abteilung. Eine verwickelte Geschichte und eine ziemliche Pleite. Es läuft darauf hinaus, daß der Premierminister einen Außenseiter einschleusen wollte, einen Mann mit einer guten Tarnung, nicht vorbelastet. Er sollte hier arbeiten, aber von London aus gesteuert werden. Seine Aufgabe war fest umrissen. Er sollte den Mann aufstöbern, der Danby ermordet hat. Ich glaube, das hat er geschafft – mit allem Drum und Dran. Der Bursche heißt Billy Downs, er stammt aus dem Ardoyne. Sein Haus wird jetzt beobachtet, wir haben es heute früh durchsuchen lassen.

Ergebnis gleich Null. Aber die Sache lief nicht so, wie sie sollte. Dieser McEvoy hat wenig Vertrauen zu seinem Führungsoffizier gehabt und nicht viel mehr zu uns. Verdenken kann ich's ihm nicht. Ich hab mit diesem Führungsoffizier gesprochen, ein selten blöder Hund. Die Situation war geradezu skurril. McEvoy hat seinen Führungsoffizier angerufen und Informationen durchgegeben, rückte aber nicht damit heraus, wo man sich mit ihm in Verbindung setzen konnte. Zwischen seinen wöchentlichen Meldungen kein Wort von ihm. Revolutionäre Taktik, okay. Dann bekam die Gegenseite Wind davon – wie sie daran gekommen sind, ahne ich nicht, der Witz des ganzen Unternehmens sollte ja die strikte Geheimhaltung sein, trotzdem haben es die Provos spitz gekriegt. Die Notiz in den Zeitungen heute früh, das war die Spitze des Eisbergs.«

Der Major nickte. Er hatte den Artikel, ausgeschnitten und mit Anmerkungen versehen, schon zur Kenntnis genommen.

Frost fuhr fort: »Anscheinend haben also die Jungs heute früh McEvoy aufgelauert und versucht, ihn auf dem Weg zu der Arbeit, die er sich besorgt hatte, zu schnappen. Cool ist er, unser Mann. Es hat eine richtige Schießerei gegeben. McEvoy hat mindestens einen erwischt. Vielleicht noch mehr. Sie haben einen Burschen halbtot in einem Wagen neben dem Mater Hospital gefunden, es waren auch Waffen im Auto. Vielleicht besteht da eine Verbindung. Durchaus möglich.«

Einer der Diensthabenden kam mit einem Telefonwagen auf den Oberst zu, ein Lichtsignal im Hörer blinkte.

»Gespräch für Sie, Sir.«

Frost griff nach dem Hörer, meldete sich, hörte über eine Minute

wortlos zu. Dann dankte er dem Anrufer, bat ihn ruhig, nichts von der Stelle zu bewegen, und versprach sofort zu kommen.
»In der Ypres Avenue hat es eine Schießerei gegeben, das ist die Straße, in der Billy Downs wohnt. Sieht ein bißchen aus wie *High Noon*, überall Leichen.« Frost sprach knapp und gesammelt. »Ich werde mal hinfahren, halten Sie bitte die Stellung und rufen Sie im RUC-Hauptquartier an, Special Branch. Lassen Sie sich Rennie geben, Howard Rennie. Vielleicht will er auch hinkommen. Ich werde etwa eine Viertelstunde brauchen. Aber wenn Sie was von McEvoy hören, sagen Sie mir gleich Bescheid.«
Er war verschwunden, ehe der Major den Beleidigten spielen und sich darüber beklagen konnte, daß er nicht eingeweiht worden war. Daß Frost sich auch sonst ungern in die Karten sehen ließ, war nur ein schwacher Trost. Mit einem Schlage war es im Einsatzraum lebhaft geworden. Nur selten bekam der Stab im ersten Stock des Hauptquartiers etwas von den Aufregungen der Einsätze mit, die draußen liefen. Frost hatte ihnen dazu verholfen, wenn auch auf Kosten seiner berühmten Diskretion. Der Sergeant kam noch einmal mit dem Telefonwagen.
»Ein Gespräch für Oberst Frost, Sir. London, persönlich und dringend. Ein Mr. Davidson. Der Oberst hat ihn vor ein paar Minuten angerufen. Nehmen Sie es?«
Der Major griff sich den Hörer. »Hier ist sein Stellvertreter.« Er wartete, bis am anderen Ende der Leitung die Frage formuliert worden war, und fuhr dann fort: »Wir haben jetzt noch einen Verletzten, außerdem ist eine Schießerei in Downs' Straße im Ardoyne-Bezirk gemeldet worden. Namenlose Opfer scheinen heute früh an der Tagesordnung zu sein. Sie werden sich eine halbe Stunde gedulden müssen, vielleicht haben wir dann die Antworten. Tut mir leid, alter Junge, so ist das nun mal.«

19. Kapitel

Fiebernd in der Qual ihrer Ungewißheit hatte die Frau von Billy Downs zwei ihrer Kinder in die Gemeinde-Kinderkrippe geschickt und die anderen bei ihrer Nachbarin abgegeben. In ihrem abgetragenen grünen Mantel, Einkaufstasche und Geldbörse in der Hand, war sie zu den Läden am Rande des Ardoyne-Bezirk gegangen. Ihre ramponierten Nerven waren zum Zerreißen gespannt.

Die Nachrichtensendung vor knapp zwei Stunden hatte Berichte über die Schießerei im Haus des Polizisten gebracht, ergänzt durch Augenzeugenberichte. Die BBC hatte einen Reporter hingeschickt, und in seiner Story war ausführlich die Rede vom Zögern des Attentäters, dem Dazwischenkommen des kleinen Mädchens und der Verwundung des Eindringlings. Es habe sich eine Blutspur gefunden, hieß es in dem Bericht, und der Polizist sei ein geübter Scharfschütze. Die *Irsih News*, in die sie einen Blick geworfen hatte, als sie die Kleinen drei Häuser weiter abgegeben hatte, brachte ein Photo des in Scheinwerferlicht getauchten hübschen Bungalows und blasse Kriminalbeamte, die an der Haustür Spuren sicherten. Auch in der Zeitung war die Verwundung des erfolglosen Attentäters erwähnt.

Die Männer von der Gemeindeverwaltung würden im Lauf des Tages kommen, um bei der Reparatur der im Morgengrauen von der Army aufgerissenen Diele zu helfen, aber im Augenblick war das Haus ein wüstes Trümmerfeld, und dieser Anblick, zusammen mit dem Lärm der Kinder und dem Bewußtsein, in welcher Gefahr sich ihr Mann befand, machte sie einfach fertig.

Was sie aber am meisten bedrückte, war der Gedanke, daß die Army von ihrem Mann wußte, daß sie ihn identifiziert hatte und daß ihr gemeinsames Leben damit praktisch zu Ende war. Wenn er die Nacht überlebt hatte, war er jetzt auf der Flucht und würde in den Untergrund gehen. Sonst hatte er nur jahrelange Haft im Lager oder im Crumlin Road Gefängnis zu erwarten.

Und wofür?
Sie gehörte nicht zu den militanten Frauen, die mit Trillerpfeifen und klappernden Mülltonnendeckeln auf den Straßen agierten, die durch die Falls Road marschierten, die Soldaten beschimpften und Lebensmittelpakete in die Gefängnisse schickten. Anfangs hatte die Sache der IRA sie nur kalt gelassen. Je mehr sich ihr Mann engagierte, desto stärker war dann bei ihr eine passive Feindseligkeit gegenüber der Bewegung geworden. Der Tod eines Ministers in London, eines Soldaten im Broadway oder eines Kriminalbeamten in Dunmurry konnte sie nicht mitreißen. Ihre Überzeugung war zu schwach, um sie in ihrem Jammer jetzt stützen zu können.
Am Donnerstag war ihr Geldbeutel noch voll von der Sozialunterstützung gewesen. Jetzt war fast alles ausgegeben, sie hatte nur noch genug für Grundnahrungsmittel wie Brot und Milch, dazu einen kleinen Vorrat an Würstchen und Baked Beans und Konserven. Während sie in der Schlange stand, zog sie viele Blicke auf sich. Es hatte sich herumgesprochen, daß die Army bei ihr eine Razzia gemacht hatte, daß sie ihren Mann suchten, daß er in der Nacht nicht daheim gewesen war. Im Laufe der Jahre war das eine vertraute Situation in der kleinen Gemeinschaft geworden, aber daß heute morgen ausgerechnet bei dieser Familie eine Durchsuchung stattgefunden hatte, war der Grund für die Blicke und die geflüsterten Bemerkungen, für die zurückgeschobenen Vorhänge an den Wohnzimmerfenstern. Sie funkelte die Neugierigen an, so daß sie verlegen die Augen niederschlugen, bezahlte die Lebensmittel, suchte das passende Kleingeld in ihrem Geldbeutel zusammen. Dann verließ sie hocherhobenen Hauptes das Geschäft und trat wieder hinaus auf die Straße. Bis zum Beginn der Ypres Avenue waren es vierzig Meter.

Als sie in die schmale, lange Straße einbog, sichtete der Beobachtungsposten sie. Die Soldaten waren im Dach der stillgelegten Fabrik versteckt, die jetzt als Lagerhaus benutzt wurde. Sie betraten und verließen das Gebäude über die Hintertreppe. An manchen Stellen, an denen die Bretter zu stark verrottet waren, kletterten sie über eine Strickleiter hinauf. Am Ziel legten sie ein schweres Vorhängeschloß vor und schlossen sich in dem primitiv ausgebauten Verschlag aus Sandsäcken, Decken und Sackleinwand ein. Sie hatten etwas Schutz und etwas Wärme, das war alles. Um in die Straße hinabsehen zu können, legten sie sich auf den Bauch, mit dem Kopf zur Dachschräge. Ein fehlender Ziegel hatte ihnen zu ihrem Ausguck verholfen. Die beiden Männer im Beobachtungsposten machten zwölf Stunden Dienst und lösten sich mit drei anderen Teams ab. Sie hatten sich allmählich mit der Straße so vertraut gemacht, daß sie jeden Mann, jede Frau und jedes Kind darin kannten. Kommen und Gehen der Bewohner wurden gewissenhaft mit Bleistift in ein Heft eingetragen und jeden Abend vom Nachrichtenoffizier des Bataillons durchgesehen. Jede Woche wurde eine Zusammenfassung der Vorgänge in der Straße zur Auswertung ins Hauptquartier geschickt. Dieses Verfahren wiederholte sich in Dutzenden von Straßen in den katholischen Gebieten von Belfast. Auf dieser Grundlage bauten die Sicherheitskräfte ihre umfassenden Akten über die Minderheit auf.

Obergefreiter David Burns und Schütze George Smith waren seit früh um sechs in der Fabrik. Als sie ihren Posten bezogen hatten, war es noch dunkel gewesen. Bei Schichtwechsel würden schon wieder die wenigen Straßenlampen brennen. Elf Wochen ihrer Dienstzeit in Belfast waren vorbei. Fünf hatten sie noch vor sich. Vierunddreißig Tage, genaugenommen.

Sie hatten sich belegte Brote und eine Thermosflasche mit gesüßtem Tee mitgebracht, außerdem ihr starkes deutsches Fernglas, eine Klappkarte mit einer Photomontage der Gesichter von Männern auf der Fahndungsliste, die Gewehre mit dem Zielfernrohr für Tageslicht und auch das starke Nachtglas. Sie beförderten alles, was sie den Tag über brauchten, über die Strickleiter ins Dach hinauf. Nur das Funksprechgerät und der Eimer für menschliche Bedürfnisse waren feste Einrichtungen.

Burns, wache Augen hinter dem Fernglas, beschrieb die schmale Frau, die in seine Richtung ging.

»Die Kleine von einundvierzig. Muß einkaufen gewesen sein. Lange war sie nicht weg. Kann noch nicht zehn Minuten her sein. Sieht ’n bißchen mitgenommen aus. Den Mann haben sie noch nicht, was?«

Der Soldat schob sich näher an den Ausguck, preßte das Glas gegen die Augenbrauen, verzog das Gesicht vor Konzentration.

»Hey, Smithie, da hinter ihr! Ich glaube, er kommt. Da oben. Rennt ja richtig. Das ist doch ihr Alter, nicht? Sieht so aus. Hier, schau mal selber durch.«
»Kann ich nicht sagen, nicht auf die Entfernung. Wenn er ein bißchen näher ist, wissen wir's genau.« Smith hatte den Ausguck übernommen. »Sollen wir gleich schießen, oder wie?«
»Weiß nicht. Davon haben sie nichts gesagt. Doch, ich glaube sicher, daß er es ist. Ruf mal das Hauptquartier über Funk. Der sieht aus wie nach 'nem Marathon. Fix und fertig ist er.«

Das Trommeln seiner Füße riß sie aus ihren Gedanken. Die hastigen Schritte verscheuchten vor ihren Augen das Bild ihres verwundeten Mannes, ihres verwüsteten Heims. Sie drehte sich nach dem Geräusch um und blieb wie versteinert stehen.
Downs versuchte jetzt zu rennen. Sein Kopf schwankte von einer Seite zur anderen, seine Armbewegungen waren aus dem Takt geraten. Unkoordiniert und wild stolperte er die letzten Schritte zu ihr hin. Die Seitenstiche waren so heftig, daß sie bis zum Magen ausstrahlten. Sein Gesicht war farblos, madengleich, wie aus der Erde gegraben. Mit hohlen Wangen zwang er Luft in seine Lungen, die Augen glitzerten, waren voller Angst. Die Haut glänzte unter einer Schweißschicht. Er wirkte formlos, der weite Pullover, den er über die linke Schulter und den Arm gestreift hatte, verlieh ihm eine groteske Breite. Aber als er auf sie zukam, waren es seine Augen, die sie erschütterten. Ihre Verzweiflung, Einsamkeit und der Hilferuf, der in ihnen stand.
Sie setzte ihre Einkaufstasche auf den Gehsteig, vorsichtig, damit sie nicht umfiel, und streckte ihrem Mann die Arme entgegen. Er fiel torkelnd gegen sie, und sie schwankte unter seinem Gewicht. Zuckend lehnte er sich an sie, rang mühsam nach Atem. Er sagte etwas, aber sie verstand es nicht, sein Mund war an ihrer Schulter, in ihrem Mantel vergraben. Weit weg, an der vordersten Straßenecke, hatte sich eine Gruppe von Frauen versammelt.
»Sie wollten dich holen, heute früh.«
»Ich weiß.«
»Sie haben alles auf den Kopf gestellt, und sie haben gesagt, daß sie wiederkommen. Immer wieder, bis sie dich haben.« Er nick-

te, benommen und betäubt von dem qualvollen Lauf und dem Klopfen in seinem Arm.

»Sie wissen es, nicht? Sie wissen alles. Sie sind nicht so dumm, wie du gemeint hast.«

»Ich hab's erfahren.« Das Sprechen fiel jetzt ein bißchen leichter. Er hatte wieder Luft, konnte freier atmen, das Zittern in den Beinen ließ nach.

Sie drehte sich ein bißchen, weil sich sein mageres Schlüsselbein in ihre Wange drückte, dabei spürte sie, wie er zusammenzuckte und schnell seinen linken Arm wegnahm.

»Da haben sie dich erwischt? Das warst du, letzte Nacht, nicht? In dem Haus von dem Polizisten. Hat er dich erwischt?« Der Schmerz kam und ging, anschwellend, abklingend. »Ist es verbunden worden? Hast du einen Arzt gehabt?« Wieder nickte er.

»Wohin gehst du jetzt? Was hast du vor?«

»Ich geh heim. Es ist vorbei, aus und vorbei. Ich will nur noch nach Hause.«

»Aber sie wollten dich holen heute früh«, schrie sie ihn an, mit hoher Stimme, außer sich, daß er etwas so Einfaches nicht verstehen konnte. »Sie kommen wieder, sobald du über die Schwelle trittst. Sie holen dich. Sie sind überall rumgekrochen, unter den Dielen, im Dach, und haben dich gesucht. Sie haben alles auf den Kopf gestellt.«

Er hörte nicht zu. »Sie haben einen Mann eingeschleust, nur um mich aufzuspüren.« Er sagte es erstaunt, als sei er überrascht, daß der Feind ihn so hoch eingestuft hatte. »Aber wir haben ihn zuerst gefunden. Heute morgen wollten wir ihn uns holen, aber es ist schiefgegangen. Zwei von unseren Jungs hat er erwischt, der Engländer. Und letzte Nacht, das war auch 'ne Pleite. Der verdammte Bulle, der hat –«

»Ich hab's in den Nachrichten gehört.«

»Hat jetzt keinen Zweck mehr wegzulaufen. Ich bin fertig. Wenn ich weitermachen würde, dann wär's was anderes, aber das will ich nicht.«

»Meinst du das ernst? Nicht bloß, weil sie dich angeschossen haben? Wir können dich wegschaffen, die Jungs machen das schon.«

»Das ist endgültig«, sagte er. Er war jetzt sehr müde, zutiefst erschöpft, er mußte sich setzen, der Körper war zu schwer geworden für seine Beine. Er nahm ihre Einkaufstasche in die rechte Hand, legte den verletzten linken Arm über die schmale Schulter der Frau. Sie setzten sich in Bewegung, gingen an den Reihenhäusern vorbei, über den aufgebrochenen, mit Parolen beschmierten Gehsteig. Es war ein grauer Belfaster Morgen, Regen lag in der Luft, der Wind wehte kalt vom Osten, über den Lough Neagh herein. Die beiden gingen vorsichtig über die zerbrochenen Pflastersteine, an den endlosen Haufen von Hundekot entlang, dem Haus entgegen, das Billy Downs' Ziel geworden war.

Der Augenblick der Gemeinsamkeit, den sie sich geschaffen hatten, wurde durch die Schritte hinter ihnen zerbrochen. Instinktiv erkannten beide das Geräusch der Verfolgung. Im Ardoyne wird man mit dieser Gabe geboren.

Die Frauen an der Ecke schwiegen, während Harry an ihnen vorbei den leichten Abhang hinunterrannte, dem Mann und seiner Frau nach. Er hielt den Revolver eng an sich gepreßt, beruhigt durch die Härte der hölzernen, durch Alter und Gebrauch aufgerauhten Griffschalen. Sechs Meter hinter ihnen blieb er stehen. Das Paar fuhr herum.

»Keine Bewegung. Versuchen Sie nicht zu fliehen oder nach Ihrer Waffe zu greifen. Sonst schieße ich«, bellte Harry. Die Festigkeit seiner Stimme, seine Sicherheit überraschten ihn. Er fühlte sich fast distanziert von den Befehlen, die er den beiden zurief.

»Stellen Sie die Tasche hin und kommen Sie auf mich zu, ganz langsam. Hände auf den Kopf. Die Frau bleibt, wo sie ist.«

Stärke zeigen. Aufs Ganze gehen. Es dauert lange, bis du den Kerl hier rausgebracht hast. Laß dich nicht von ihm in die Enge treiben. Halt ihn mit der Kanone in Schach, beobachte seine Hände, die ganze Zeit. Halt den Revolver ruhig. Halt ihn so, daß du ihn zum Schießen nur heben mußt. Entsichern. Prüf mit dem Daumen, ob er entsichert ist. Ja, alles klar. Jetzt mußt du sie trennen, laß sie nicht zusammenstehen, sonst deckt sie ihn. Das wird sie versuchen, das machen sie alle, sie werfen sich dir in den Weg, um ihm einen Meter Vorsprung zu geben. Und schieß. Bei der kleinsten Bewegung: Schießen. Nicht zögern. Selber ganz ruhig stehen. Nicht herumtanzen. Das vermasselt dir den Schuß.

Du hast nur zwei Kugeln. Eine im Lauf, die andere in der nächsten Kammer, mehr ist nicht drin.
Harry beobachtete ihn scharf. Das war also der andere Mann, der Gegenspieler. Schmutzig, eingeschüchtert, verängstigt – ist das der Terrorist? Mehr ist nicht dran an ihm? Das ist der Mörder in Glanz und Glorie? Nicht gerade großartig, nicht toll ohne seine Kalaschnikow...
»Los, herkommen. Ganz langsam – oder ich schieße. Wie heißen Sie?«
»Billy Downs. Sie sind der Engländer, den sie auf mich angesetzt haben? Wegen dem sich das Mädchen umgebracht hat?« Sie hatten ihm gesagt, daß der Engländer nicht gekommen war, um ihn zu verhaften, nicht, um ihn ins Lager zu bringen, sondern um ihn zu töten. Der Überlebenswille setzte wieder ein, langsam aber sicher. »Sie kommen hier nicht raus. Nicht mit mir vor Ihrer Kanone.«
Er sah an Harry vorbei, es wirkte, als nickte er jemandem von weitem zu. Geschickt gemacht. Brav, Billy. Aber du hast es jetzt mit einem Profi zu tun. Ein Rekrut hätte sich vielleicht umgedreht, hätte dir die Drittelsekunde gegeben, die du gebraucht hättest, um ihn anzuspringen. Aber nicht Harry. Schwenk um, Harry. Sieh zu, daß du mit dem Rücken zur Wand stehst, geh zurück, weiter, bis du die Ziegel spürst. Aber beobachte das Schwein. Behalt seine Hände im Auge, die ganze Zeit.
Soldaten in Uniform hätte sich Downs wahrscheinlich kampflos ergeben, wäre in den Panzerwagen geklettert, um den Lebensabschnitt in Gefangenschaft, den sie ihm zugedacht hatten, anzutreten. Aber so – nein! Er konnte sich doch nicht einem Einzelgänger ergeben, den sie aus London hergeschickt hatten, um ihn umzubringen, vor seiner Frau, in seiner eigenen Straße. Davon würde man noch in einem Jahr reden – von dem Tag, an dem ein einzelner Engländer ins Ardoyne-Gebiet gekommen ist und den braven kleinen Billy Downs abgeknallt hat. Von dem Tag, an dem der Junge die Nerven verloren hat.
Er war erschreckend, dieser Engländer, in seinen alten Jeans und dem dunklen Anorak. Mit dem klaren Gesicht. Weicher als die Gesichter, die Belfasts Bitterkeit geprägt hatte. Er war nicht in den ewigen Unruhen aufgewachsen, das sah man an seinen frischen Zügen. Aber er war hart, darüber gab es für Downs keinen

Zweifel. Sie hatten ihn in London auf diesen Augenblick getrimmt, für diesen Augenblick war er hier, und Downs wußte, sein Leben hing von der Fähigkeit ab, in dem ausdruckslosen Mund seines Gegners zu lesen. Wenn er versuchte zu fliehen, hing alles davon ab, wie gut der Engländer schießen konnte und, wenn er schoß, wie zielsicher er war. Er wird schießen, schätzte Downs, aber spät, und dann daneben. Er drehte sich, nur aus der Hüfte, und sehr langsam, zu seiner Frau um. Er war ihr näher, viel näher als Harry, zeigte dem Engländer sein Profil, flüsterte, aus dem ihm abgewandten Mundwinkel, das eine Wort: »Schrei!«

Sie las es aus der Form seines Mundes, aus der Art, wie Lippen und Gaumen den Befehl herausquetschten. Harry sah es nicht, seine Aufmerksamkeit galt nach wie vor den Händen des Mannes, als sie aufschrie. Es war ein Schrei aus der Tiefe. Ein wildes Geräusch für eine so kleine Frau. Einen Augenblick war Harry von Downs abgelenkt, suchte danach, wo der Lärm herkam, wandte den Blick ab.

Downs hatte seine Entscheidung getroffen. Jetzt oder nie, entweder jetzt, oder das Schwein kann sich's aussuchen, kann dich abknallen wie eine Ratte im Käfig. Er gab seiner Frau einen heftigen Stoß in Harrys Richtung, sprintete der Freiheit der offenen Straße zu, hügelabwärts. Mit den ersten beiden Schritten kam er bis zum Gehsteigrand. Ein Adrenalinstoß... jetzt mußte der Schuß kommen. Er senkte den Kopf, zog die Schultern ein. Das war der Augenblick. Entweder schießt er jetzt, oder ich schaffe es. Drei, vier Schritte noch, dann sind Reichweite und Genauigkeit des Revolvers überfordert. Seine Augen waren halbgeschlossen, er sah nichts, als er mit dem linken Fuß hart auf die steile Kante des Gehsteigs traf. Für seinen Hacken hatte er Halt, für die Sohle war nichts da, nur die Spalte zwischen dem Randstein und der Gosse sechzehn Zentimeter darunter. Sein ganzes Gewicht lag auf dem einen Fuß, während er sich vorschleuderte und der Schwung ihn mitriß. Er merkte, wie er aufkommen würde, versuchte, sich noch auf den Rücken zu werfen, aber dazu war keine Zeit, kein Platz. Er schlug mit dem linken Arm auf dem groben Kies der Straße auf, genau an der Stelle, wo Rennies Kugel zweimal das Fleisch zerrissen hatte. Der dünne Mullverband gab keinen Schutz. Mit dem rechten Arm krallte er sich

in die Fahrbahndecke, versuchte sich hochzustemmen, weg von Harry, der auf ihn zukam, den Revolver vorgestreckt...
Harry sah, wie der Schmerz das Gesicht des Mannes verzerrte. Er sah, wie die Hand sich unter den Körper schob. Wenn der Mann eine Waffe hatte, dann dort, unten im Gürtel, wo die Hand jetzt herumsuchte. Die Entscheidung fiel nicht mehr schwer. Er hob den Revolver, zielte mit dem rechten Auge an seinem rechten Arm entlang, über das V der Kimme, an dem schwarzen Lauf entlang zu dem hoch aufragenden Korn und dann weiter zur Brust des Mannes. Er zielte nur so lange, bis seine Hand ruhig war, dann zog er den Abzug behutsam mit dem gekrümmten Zeigefinger zurück. Das Geräusch war nicht laut. Der Revolver gab nur einen leichten Rückstoß, der von dem steif ausgestreckten Arm bis in Harrys Schulter fuhr. Der Körper von Downs zu seinen Füßen begann zu zucken, sich krampfhaft zu winden. Das Blut bahnte sich einen Weg vom Mundwinkel zur grauen Fahrbahn. Wie ein Rinnsal, das über trockenes Erdreich läuft, hielt es Kurs, wurde dicker, breiter und färbte die Straße rot.
Die zweite Kugel war nicht nötig, stellte Harry fest.
»Warum haben Sie ihn erschossen? Er hatte keine Waffe. Warum haben Sie ihn umgebracht?« Sie ging auf Downs zu, sah Harry dabei nicht an. »Sie brauchten nicht zu schießen. Sie hätten ihm nachlaufen und ihn einfangen können. Sie wissen, daß er gestern nacht angeschossen worden ist. Er hat sich nicht wehren können, Sie Britenschwein!«
Sie kniete neben ihrem Mann nieder, riß sich die Strümpfe an der schartigen Oberfläche der Straße auf. Er lag auf der Seite, sie konnte ihn nicht in die Arme nehmen, wie sie es gern getan hätte. Mit beiden Händen strich sie über sein Gesicht, das der Tod nicht gezeichnet hatte, tastete über Nase und Ohren und Augen.
Harry kam sich seltsam unbeteiligt vor. Aber es wurde etwas von ihm verlangt, und gewissenhaft begann er zu erklären:
»Er kannte die Regeln. Er kannte das Spiel, auf das er sich eingelassen hatte. Er ist nach London gekommen und hat den Minister ermordet. Kaltblütig. Hat ihn vor seinem Haus abgeknallt. Und dann ist er untergetaucht. Es war eine Herausforderung für uns. Er muß doch gewußt haben, daß wir die Verpflichtung hatten,

ihn zu fassen. Sie müssen das gewußt haben. Es war eine Kraftprobe. Wir durften nicht verlieren, das konnten wir uns nicht leisten.«
Harry hatte sich oft gefragt, wie wohl dieser Augenblick sein würde. Wie ihm zumute sein würde, wenn der Mann tot war, beseitigt. Er empfand keinen Haß auf die schmächtige Gestalt, die da auf dem rauhen Asphalt lag, keinen Widerwillen. Auch keinen Triumph darüber, daß seine Welt und sein System über das des jungen Mannes gesiegt hatten, den Feind, wie man ihm gesagt hatte, den Bösewicht, das Ungeziefer. Harry spürte nur eine große Leere. So viel Training. So viel Angst. So viel Qual – nur um diese Null zu töten, diesen Mann, der jetzt steif und formlos vor ihm lag. Und jetzt – spürte er überhaupt nichts bei dem Anblick. Er sah wieder die Frau an, die sich noch immer über ihren leblosen Mann beugte, und begann, die leicht ansteigende Straße hinaufzugehen, die aus dem Ardoyne herausführte.
Sie beobachtete ihn, die Hände noch immer auf dem Körper ihres Mannes, als der Schuß fiel. Im gleichen Augenblick, als der Knall kam, sah sie Harry schwanken, scheinbar das Gleichgewicht wiedergewinnen, dann rückwärts taumeln und gegen die Vorderwand eines Hauses prallen, die Arme an die Brust gepreßt. Dann sackte er im Zeitlupentempo vornüber auf den Gehsteig.

Smith lag am Ausguck und gab pausenlos seine Beobachtungen an den Obergefreiten weiter, der über Funk die Meldungen ins Hauptquartier schleuste.
»Da kommt ein Mann auf Downs zugerannt. Mit 'ner Kanone. Sieht aus wie 'n Revolver. 'n kleiner. Die sollen sich 'n bißchen beeilen da unten. Downs hat die Hände hochgenommen. Sie reden miteinander. Nicht viel. Aber irgendwas sagen sie.«
Vom Funkgerät rief Burns herüber. »Dieser andere Bursche... Sie wollen wissen, wie er aussieht.«
»Er trägt Zivil, Anorak und Jeans. Kurzläufigen Revolver hat er, nicht Downs, der andere. Schmuddlig sieht er aus. Versucht abzuhauen, der Downs. Verdammt, da liegt er, ist gestolpert. Ich werd verrückt, er knallt ihn ab, er knallt ihn wirklich ab.«
Hoch oben in dem versteckten Beobachtungsposten hörte Burns den einen Schuß.

»Den Burschen kann ich doch abservieren, nicht, Dave? Er hat gerade das andere Schwein abgeknallt. Fuchtelt mit 'ner Waffe herum, das genügt doch wohl.«
Smith machte sein Gewehr schußbereit. Die gute alte Lee Enfield mit dem großen Zielfernrohr, gleichermaßen beliebt bei Hekkenschützen und bei den Scharfschützen der Army.
»Ich hab ihn gut im Visier von hier. Kein Problem.« Es war ein Selbstgespräch. Smith raunte es in den Gewehrkolben. Burns sah regungslos aus dem hinteren Teil des Beobachtungspostens zu, zwischen Decken und alten Säcken, während Smith die Waffe spannte, sich zurechtsetzte, die Hüften hin- und herschob, um für den Schuß gut postiert zu sein. Er zielte lange, er wollte auf Anhieb treffen. Der Laut des Schusses hallte unter dem Fabrikdach wider.
»Hast du ihn gekriegt?« wollte Burns wissen.
»Und ob! Treffer wie aus'm Bilderbuch.«

Der scharfe Schmerz betäubte Harry. Er spürte nichts, während er bäuchlings auf dem Gehsteig lag. Sein Gesicht war den Häuserwänden, nicht der Straße zugewandt. Grünes Moos kitzelte seine Nase, dahinter lag der zackige Rand einer zerbrochenen Milchflasche, und hoch und gewaltig erhob sich eine Haustürschwelle. Er begriff nicht, was geschehen war. Da war nur der Knall gewesen, dann der hilflose Zusammenbruch, die Stöße, die ihn zu Boden gerissen hatten.
Er zog die rechte Hand, mit der er sich an die Brust gegriffen hatte, vorsichtig hervor. Die Finger waren rot und naß. Es war eine furchtbare Anstrengung. Keine Kraft mehr, keine Energie, eine mühsame Arbeit, auch nur einen Arm zu bewegen. Die Tätigkeit der Muskeln in seinem Bizeps, seinen schweren Schultern, tief hinter dem zerschmetterten Brustkorb brachten den ersten stechenden Schmerz. Das Gesicht, zerschrammt vom Hinfallen, verzerrte sich, die Schneidezähne gruben sich in die weiche Lippe, mit aller Kraft versuchte er, die Zuckungen zu beherrschen.
Mit dem Schmerz kam das Begreifen. Sie haben dich erwischt, Harry. Haben dich abgeknallt, während du Riesentrottel dagestanden hast, überzeugt von deiner Unverletzlichkeit. Hier im Herzen von Ardoyne hast du dich hingestellt, lebensgroß, und

hast gewartet, und sie haben dir den Gefallen getan. Seine Gedanken wurden klarer, während Fleisch und Gewebe um die große, von der Kugel gerissenen Wunde protestierend klopften. So also sah das Ende aus. Hier auf dem feuchten Pflaster, zwischen Unkraut und Glasscherben, zwischen Haß und Ekel. Ein kleines Schwein mit einer Flinte, hier irgendwo versteckt, der Bursche hatte sich Zeit gelassen, hatte den richtigen Augenblick abgewartet, hatte sich nicht beeilt. So also kommt der Tod, Harry. Der tote Billy Downs, die Frau neben ihm – das war irgendwo weit weg, schon fast nicht mehr wahr.
Andere Gesichter waren näher, schärfer... Davidson, in dem Garten bei Dorking... Es wird gefährlich werden, hatte er gesagt. Hatte es ungern gesagt, weil er Angst hatte, ihn zu erschrecken. Mary kam näher, und die Jungen, runde Gesichter, lachend, lärmend, riesengroß... Reiß dich zusammen, Harry, wehr dich.
Der Aufprall des Schusses hatte Harry fast einen Meter zurückgeschleudert, ehe er ihn zu Boden geworfen hatte. Seine Hände waren in tierhaftem Instinkt zu seinem verwundeten Körper gegangen; der Revolver war ihm aus der Hand geglitten, auf die Fahrbahn gefallen und dort liegengeblieben.
Harry begann sich aufzurichten. Er stemmte sich mit der rechten Hand hoch, bis er seinen Unterkörper unter sich ziehen und das Schwergewicht von seinem Arm auf die Knie verlagern konnte. Beim ersten Mal klappte es nicht, er fiel in die große Blutlache zurück. Er versuchte es noch einmal, diesmal war es schon besser, er begann sich mühsam den Hügel hinaufzuarbeiten. Menschen standen jetzt in den Türen, aber niemand bewegte sich, niemand sprach, während der Engländer sich vorbeischleppte. Ein Kind schrie auf, als dem Verletzten das geöffnete Jackett aus den Fingern der linken Hand rutschte und ein Blutstrom auf den Boden, über den Gehsteig spritzte, den seine Knie gleich darauf verschmierten.
Hundert Augenpaare sahen zu, wie Harry vorbeikroch. Sie wußten, daß dies der Versuch eines zum Tode Verurteilten war, der sich nicht mit dem Urteil abfinden mochte. Diese Menschen kannten die Unabwendbarkeit des Todes, wußten, wie ein Mann kämpfen konnte, um den Augenblick hinauszuzögern, und kannten die Anzeichen für Sieg oder Niederlage. Der Engländer,

das wußten sie, kroch seiner Niederlage entgegen. Das Blut sagte ihnen das, sein weißes Gesicht, die blubbernden, unregelmäßigen Atemzüge. Und dann sahen sie, wie die Frau von Billy Downs sich von der Leiche ihres Mannes erhob und mit schnellen, entschlossenen Schritten auf Harry zuging. Sie sahen, daß der Revolver in ihrem Weg lag.
Sie bückte sich und hob ihn auf. Er lag schwer und sperrig in ihrer kleinen Hand. Sie mußte mühsam den Zeigefinger ausstrekken, um nach Gefühl die metallene Kälte des Abzugs zu finden. Sie sah den Revolver nicht an, prüfte ihn nicht, wie es ein Mann getan hätte, der den Umgang mit Schußwaffen gewöhnt ist. Die Leute, die sich in der Schußlinie befanden, wichen in die Sicherheit ihrer Häusereingänge zurück. Die Ungefährdeten blieben; sie wollten sich nichts entgehen lassen.
Einen halben Meter von seinem Kopf entfernt klappte eine Tür. Das Geräusch brach in Harrys Gedanken ein, lenkte ihn von seiner einzigen Sorge ab, sich aus der Ypres Avenue mit ihren Schmerzen herauszuquälen. Und dann hörte er ihre Schritte, die auf ihn zukamen. Sie ging an ihm vorbei, wirbelte herum und versperrte ihm den Weg, bis sein Gesicht dicht vor ihren Beinen war. Harry kippte nach hinten; mit der Hand stützte er sich noch ab, aber das Gewicht lag jetzt auf seinen Hüften. Von dort aus sah er sie ganz, nicht nur Beine und Füße, sondern auch den alten, abgetragenen Mantel, das Gesicht, einst hübsch, jetzt verwüstet vom Kummer und dem Schock der letzten Minuten, ihren kurzen, schmalen Arm, die festgeschlossene, blasse Faust. Und den Revolver, der zu groß für sie war, grotesk.
Der Lauf des Revolvers war ruhig, so ruhig wie ihre Augen, nichts lenkte sie ab von dem Mann, der vor ihr lag.
»Sie hätten meinen Mann nicht zu erschießen brauchen«, sagte sie. »Was war Billy denn für Sie? Ihnen konnte es doch egal sein, was aus ihm wurde. Er war fertig, erledigt, und Sie haben ihn abgeknallt wie eine Ratte in der Gosse. Und sie quatschen von Regeln und Herausforderung. Wo steht geschrieben, daß Sie Billy abknallen mußten, obwohl er verletzt war und unbewaffnet?«
Harry hatte jetzt keine Angst mehr. Die war verflogen, lange schon. Das Sprechen fiel ihm schwer. »Sie wissen, warum er gestorben ist, was er getan hat. Er war gegen uns. Wir waren

beide entschlossen, einander zu zerstören. Er hat das begriffen.«

»Sie haben ja nichts von ihm gewußt – was für ein Mensch er war, wie gut er zu uns gewesen ist. Und Sie kommen hierher, in unsere Straße, und knallen ihn ab, wo er wehrlos ist.«

Harry mühte sich, noch einmal zu ihr zu sprechen. So schwierig, so anstrengend, dieses verzerrte, aufgelöste Gesicht über sich, diese Frau, die die Welt ihres Mannes nicht begriff, diesen Krieg nicht begriff, der auf ihren eigenen Straßen ausgetragen wurde... Dabei war alles so einfach, so simpel. Aber Harry spürte, wie die Erschöpfung in großen Wogen über ihn wegrollte. Er hatte keine Kraft mehr, mit ihr zu diskutieren.

»Sie denken, daß wir alle Tiere sind hier drüben«, fuhr sie fort. »Aber was bedeutet es Ihnen, wenn Danby getötet wird oder ein Soldat oder ein Polizist? Was bedeutet das schon für euch da drüben aus England? Glaubt ihr denn, ihr seid was Besseres als unsere Leute?«

Harry schwieg lange, versuchte seine Gedanken zu sammeln.

»Er hat es verdient zu sterben. Er war ein böser kleiner Schuft. Er ist besser dran –«

Die Finger zerrten am Abzug. In den Knall mischte sich ihr Schluchzen. Harry rollte langsam und exakt auf den Rücken. Oben an der Ypres Avenue erschienen die ersten beiden Saracens.

Die Soldaten sahen sich die beiden regungslosen Männer an, entschieden, daß für beide ärztliche Hilfe zu spät kam, und ließen sie liegen, wo sie gefallen waren. Sowohl Harry Brown als auch Billy Downs lagen in jener steifen, sackähnlichen Stellung, die den Soldaten den Tod signalisierte. Downs lag, einen knappen Meter vom Randstein entfernt, auf der Fahrbahn. Das Blut hatte eine Lache gebildet, die Müll und Trümmer in der Gosse an weiterer Ausbreitung hinderte. Seine Frau stand jetzt wieder neben ihm, hielt noch immer den Revolver in der Hand, locker und ohne besonderes Interesse. Der Zugführer kam auf sie zu und bat sie, hörbar nervös, ihm die Waffe zu geben. Sie öffnete die Finger, der Revolver fiel klappernd aufs Pflaster. Als der Soldat sie wieder ansprach, antwortete sie nicht. Sie stand ganz still, wie gelähmt von ihren Emotionen.

Harry lag rücklings an der Hauswand, mit dem Kopf unter dem

Fenster des Vorderzimmers. Ein Gesicht schaute heraus, alt, aber ohne die Milde des Mitleids, und betrachtete ihn. Die Frauen schoben sich vorsichtig näher an Billy Downs' Frau heran, die Männer taten sich zu kleinen Grüppchen zusammen, überließen das Geschäft des Tröstens und des Keifens ihren Frauen.
In ihren Schals und Kopftüchern und kurzen Röcken standen sie da und schrien den Zugführer an: »Er ist einer von euren Leuten, das tote Schwein da drüben.«
»Ein Scheißengländer ist er.«
»Hat einen abgeknallt, der keine Kanone gehabt hat.«
»Mörderbande!«
»Einen unbewaffneten Mann hat er umgebracht. Vor seiner Frau, und dabei ist er noch nie vorher in Schwierigkeiten gewesen.«
Das Gekreisch schlug über dem jungen Offizier zusammen. Gleich waren sein Kompaniechef da und der Bataillonskommandeur, und dann war er erlöst, aber so lange mußte er ihre Wut über sich ergehen lassen. Mit der Anschuldigung konfrontiert, daß Harry einer der Ihren war, betrachteten die Soldaten neugierig die Leiche des Großen. Sie hatten schon so einiges über die Agententätigkeit in der Army gehört, besonders die Arbeit der Mobile Reconnaissance Force (MRF), aber für die Männer in Uniform war das eine ferne, im Grunde widerwärtige Welt. Die Soldaten hatten ihre Regeln und Vorschriften, an die sie sich zu halten hatten. Und die waren unumstößlich, fast wie das Amen in der Kirche.
Ärgerlich übertönte der Leutnant das Gezeter.
»Wenn ihr sagt, daß der Bursche, der Downs erschossen hat, einer von uns gewesen ist, möchte ich wissen, wer ihn abgeknallt hat!« Es war ungeschickt formuliert und im Zorn herausgeschrien, er erwartete keine Antwort.
Der Chor erwiderte hämisch-zufrieden: »Die Provos haben ihn erwischt. Ein Provo-Schütze. Ein einziger Schuß. Unten von der Straße.«
Das Ende der Straße war menschenleer, beherrscht von der massiven Backsteinmauer und dem grauen Schieferdach der alten Fabrik. Der Leutnant sah hin. Es gab ihm einen Ruck.
»Verdammte Scheiße«, sagte er.

Der Unteroffizier, der inzwischen Harry untersucht hatte, kam zu ihm hinüber. »Der Bursche da auf dem Gehsteig, Sir, ist zweimal getroffen worden. Beim ersten Schuß hohe Mündungsgeschwindigkeit, würde ich sagen, Einschuß und Ausschuß, und eine dicke Blutspur. Sieht aus, als wenn er noch weg wollte, man kann die Spur verfolgen, etwa fünfzehn Meter weit bis zu der Stelle, wo er jetzt liegt. Dann ist noch einmal auf ihn geschossen worden, direkt in den Kopf. Keine Austrittswunde. Muß eine Faustfeuerwaffe gewesen sein, die hat ihm den Rest gegeben.«
»Danke, Unteroffizier. Die Frau, die den Revolver in der Hand hatte, setzen Sie am besten in den Saracen. Seien Sie vorsichtig, sie ist im Schock, und ich kann hier keinen Aufruhr gebrauchen.«
»Zu Befehl – alles genauso, wie wir es vorgefunden hatten«, meldeten sie Frost nach seiner Ankunft.
Der Bataillonskommandeur informierte ihn. »Der Bursche da an der Wand erschießt Downs und wird dann selber erschossen. Ich bin nicht hundertprozentig sicher, wo der zweite Schuß herkam. Ich warte noch auf die Berichte. Aber es deutet einiges darauf hin, daß es mein Beobachtungsposten auf dem Dach war. Wir reden nicht viel über diesen Ausguck, und ich habe mit den Leuten auch noch nicht gesprochen. Anscheinend haben sie den Burschen verwundet, und dann hat die Frau von Downs – sie sitzt jetzt da drüben in dem Panzerwagen – ihn fertiggemacht.«
In Frosts Gesicht regte sich nichts. Sein Blick wanderte über die Straße, registrierte die Gesichter und die Szene. Er ging von einem der regungslosen Körper zum anderen, seine Leibwachen rechts und links wichen ihm nicht von der Seite. Er erkannte Harry nach dem Photo, das am Vorabend aus England gekommen war. Es war eine unmögliche Aufgabe gewesen, aber er hatte sie gelöst. Jetzt, ganz zum Schluß, war alles verpfuscht. Armer Teufel.
Er blieb vor Downs stehen, betrachtete das Profil, verglich es mit dem Bild, das sie herausgegeben hatten. Wir hätten einen Riesendusel haben müssen, um ihn nach dem Photo zu kriegen, dachte der Oberst. Es war nicht gut genug, wir werden daraus lernen müssen. Er ging an der offenen Tür des Panzerwagens vorbei. Mrs. Downs hatte sich tief in den Schatten gedrückt. Sie

saß völlig still, starrte auf die gepanzerten Wände, an denen Spitzhacken, Tränengaskanister, Munitionskästen hingen. Zwei Soldaten bewachten sie.

»Das ist nicht für die Öffentlichkeit bestimmt«, sagte Frost zu dem Bataillonskommandeur, »aber Sie werden es sowieso bald erfahren. Der Premierminister hatte Anweisung gegeben, einen Agenten einzuschleusen, mit einem Sonderauftrag: Er sollte den Mörder von Minister Danby aufspüren, der in London erschossen worden ist vor – wie lange ist das jetzt her? – sechs Wochen etwa. Downs war der Attentäter. Durch ein halbes Wunder und eine ganz unerklärliche Portion Glück hat der Agent ihn tatsächlich gefunden. Hört sich nicht sehr wohlmeinend an, aber so sehe ich es. Er hat ihn gefunden und vor etwa einer Viertelstunde erschossen. Ich glaube, Ihr Beobachtungsposten hat eben den Mann des Premierministers umgelegt.«

Frost verstand sich auf Effekte. Er hielt inne, ließ seine Worte wirken und fuhr dann fort:

»Wir werden es soweit wie möglich herunterspielen, aber ich würde vorschlagen, daß Sie die Verlautbarung Lisburn überlassen. Wenn es Sie tröstet – ich habe selber nicht viel über den Agenten gewußt. Er hat mir nicht unterstanden. Über die Rolle Ihres Postens bei der Geschichte würde ich mir keine grauen Haare wachsen lassen.«

»Ich lasse mir keine grauen Haare –«

Frost unterbrach ihn. »Es ist nicht das erste Mal passiert, und es wird nicht das letzte Mal sein. In der New Lodge haben Marine-Infanteristen ihre eigenen Leute erschossen, die RUC hat unsere Leute abgeknallt und wir ihre. So was kommt vor.«

Der andere überlegte. Sie standen allein auf der Straße, ein gutes Stück von den Bewohnern der Ypres Avenue entfernt. Leibwachen und Truppen waren zurückgetreten, um ihnen die Möglichkeit zum Gespräch unter vier Augen zu geben. Er erinnerte sich jetzt an den Mann, den sie nach Berlin geschickt hatten, an das, was er knapp dreihundert Meter entfernt, in dem Klub mit dem grünen Dach, gesehen hatte. Es gab nichts zu sagen, nichts, was der regungslosen Gestalt an der Wand geholfen hätte, nichts, was mehr bewirkt hätte als unnötigen Ärger. Sachlich, schnell entschlossen wie immer fragte er Frost:

»Spricht etwas dagegen, daß wir hier aufräumen? Unser Photo-

graph ist fertig, und die Leute von der RUC halten sich hier raus.«
»Nein, überhaupt nichts. Bringen Sie die Leichen weg, ehe Presse und Fernsehen antanzen.«
»Wird es ein großes Geschrei geben, weil dieser Downs nicht bewaffnet war, als er abgeknallt worden ist?«
»Glaube ich nicht«, meinte Frost. »Wenn wir einen von den wirklich Großen erwischen, gibt es selten Aufregung. Sie akzeptieren das anscheinend, gehört zu den Spielregeln. Anfangs ging es wild zu, aber inzwischen haben sie es wohl satt, sich ständig zu wiederholen. Sie sind alle unbewaffnet, das ist ja der Witz. Regen sich nicht mehr darüber auf. Mal sehen, was morgen früh in der Todesanzeige steht, in den Zeitungen. Da wird sich zeigen, wie hoch sie ihn einschätzen. Bei einem großen Mann leisten sie sich drei oder vier Spalten. Bin gespannt. Das Brigadekommando gibt was zu, die Bataillone, Kompanien und auch die Internierten. Kostet sie ein Vermögen – und hält die Zeitungen im Geschäft.«
Nebeneinander gingen sie zurück zu Frosts Landrover.

Frost war schon fort, als Rennie vom Bataillons-Hauptquartier in einem Saracen zur Ypres Avenue gebracht wurde. Er kam vorsichtig aus dem Schutz des Truppentransporters hervor und sprang auf die Straße. Seit sechzehn Monaten zum ersten Mal wieder im Ardoyne. Der Special Branch zeigte nicht gern sein Gesicht auf den Straßen von Provo-Land. Rennie fiel auf, und das wußte er. Jeder Zivilist, der fünf Soldaten und einen gepanzerten Dreitonner als Eskorte brauchte, mußte Aufmerksamkeit erregen. Er spürte die Augen an den Türen, ausdruckslos, wachsam, die ihn nicht losließen.
»Sind die Leichen noch da?« fragte er den Bataillonschef.
»Bedaure, die haben wir schon weggeschafft. Meine Leute haben die nötigen Aufnahmen gemacht. Viel ist jetzt nicht mehr zu sehen. Da ist Downs gestorben, wo das Blut auf der Fahrbahn ist. Der andere, dieser McEvoy, ist auf dem Gehsteig erschossen worden, bei Nummer 29. Da ist eine kleine Blutlache.«
»Wer ist McEvoy?« fragte der Kriminalbeamte.
»Dazu wird Ihnen Ihre Dienststelle wahrscheinlich noch Näheres sagen. Im Augenblick ist er wohl ein ziemlich heißes Eisen.

Soll einer von unseren Leuten gewesen sein. Hat Downs bis hierher verfolgt und erschossen. Ich erwarte noch Einzelheiten. Sieht aber ziemlich düster aus. Ich glaube, einer von meinen Beobachtungsposten hat ihn abgeknallt. McEvoy hat mit einem Revolver herumgefuchtelt, er war in Zivil. Es steht so gut wie fest.«

Nach Downs brauchte er nicht zu fragen. Das wilde Gesicht, die aufgerissenen Augen, die ihn vor vierzehn Stunden quer durch sein helles Wohnzimmer angestarrt hatten, waren unvergessen.

Aber Downs war jetzt tot. Rennie bedankte sich bei dem Offizier und machte, daß er wieder in den Saracen kam.

Die von Lisburn herausgegebene Presseerklärung war kurz. Ihre Abfassung dauerte etwas mehr als zwei Stunden. Sie war das Ergebnis einer Reihe von Kompromissen. Die Formulierung war weitgehend das Werk des stellvertretenden Leiters der Armee-Pressestelle. Dieser, ein Zivilist, war vor kurzem aus dem Finanzministerium auf diesen Posten versetzt worden und hatte Erfahrung im Aufsetzen kunstgerechter Kommuniqués.

»Billy Downs, ein bekannter militanter IRA-Mann, wurde um 9 Uhr 10 in der Ypres Avenue, in der er wohnt, erschossen. Er war in eine Schießerei mit einem Mitglied der Sicherheitskräfte verwickelt, einem Offizier, der mit Überwachungsaufgaben in Zivil betraut war. Der Offizier, dessen Name erst genannt werden kann, wenn seine Angehörigen benachrichtigt sind, wurde von einem einzigen Schuß in die Brust getroffen und starb, ehe ärztliche Hilfe ihn erreichte. Downs stand an prominenter Stelle auf der Fahndungsliste der Armee und wurde auch von der Londoner Kriminalpolizei im Zusammenhang mit den Ermittlungen im Mordfall Henry Danby gesucht.«

Das Hauptziel war gewesen, die Erklärung kurz zu halten, sie mit Informationen vollzustopfen und die Presse von dem heiklen Punkt abzulenken. Die Zeitungsfritzen, sagte der Mann von der Pressestelle, als er mit Tippen fertig war, hatten mehr als genug daran zu beißen, ohne daß sie noch nach weiteren Fakten wühlen mußten.

Ein einziger Journalist kam am ersten Tag der Schwachstelle ge-

fährlich nahe; er wußte es allerdings nicht und konnte daher ohne Schwierigkeiten abgewimmelt werden.
»Dieser Downs hatte also eine Waffe?« fragte er den diensthabenden Presseoffizier.
»Muß wohl so gewesen sein, alter Junge. In unserer Erklärung steht, daß es eine Schießerei gegeben hat. Da muß er ja wohl bewaffnet gewesen sein – oder?«
Weitere Fragen wurden nicht gestellt. Das Interesse der Korrespondenten, die sich abends im McGlade Pub trafen, war lebhaft, aber nicht außergewöhnlich, und der Bericht über den Vorfall fiel fair und sachlich aus.
Am Ort wurde geleugnet, daß Downs bewaffnet gewesen sei, und nach der Nachrichtensendung, in der die Presseerklärung verlesen worden war, gab es einen drei Stunden langen Steinhagel. Inzwischen hatte es angefangen zu regnen.

20. Kapitel

Der Premierminister erfuhr es mittags. Die Nachricht war vom Staatssekretär im Verteidigungsministerium mit Blick auf den Geschmack seines politischen Herrn und Meisters abgefaßt worden, und die Reihenfolge, in der sich dem Premier die Ereignisse in der Ypres Avenue darstellten, war sorgfältig bedacht. Erstens, Billy Downs, als Attentäter von Henry Danby identifiziert, war erschossen worden. Zweitens, er war von dem Agenten identifiziert worden, den der Premierminister nach Nordirland entsandt hatte. Drittens, der Agent war bei dem Zwischenfall bedauerlicherweise in die Brust getroffen worden und war seinen Verletzungen erlegen.

Während der Regierungschef die Meldung las, die sein Referent ihm reichte, verschwand sein beflissenes Lächeln, und er zeigte den Bankiers, die mit ihm im Sitzungssaal im ersten Stock der Downing Street Nummer 10 tagten, das Stirnrunzeln des besorgten Landesvaters. Sie suchten nach einem Hinweis darauf, was für eine Mitteilung wohl so wichtig genug sein konnte, die Beratungen über die Entwicklung des floatenden Pfundes zu unterbrechen, die allerdings gerade zu Ende gingen. Der Premierminister registrierte die Erwartungshaltung und beeilte sich, ihre Neugier zu befriedigen.

»Nur zum Abschluß, meine Herren.« Er faltete das maschinegeschriebene Blatt wieder zusammen. »Sie werden es alle morgen früh in der Zeitung lesen, aber es dürfte Sie interessieren, daß wir den Mann, der Henry Danby ermordet hat, gefangen und getötet haben. Er ist heute vormittag in Belfast erschossen worden. Wir verdanken das einem Sondereinsatz, der nur wenige Stunden nach dem Mord an unserem Kollegen von diesem Haus aus eingeleitet wurde.«

Beifälliges Gemurmel erhob sich am Tisch. Handflächen schlugen auf die mit Papieren übersäte Mahagoniplatte.

»Sie werden ebenso bestürzt sein wie ich zu erfahren, daß der

Mann, den wir entsandt hatten, um den Terroristen aufzuspüren, bei dem Schußwechsel selbst sein Leben lassen mußte. Er hatte einige Wochen dort getarnt gearbeitet und offensichtlich eine schwierige Aufgabe höchst erfolgreich und mit großem Mut bewältigt. Das Konzept dieser Geheimdienstunternehmen geht auf den letzten Krieg zurück. Meine Familie arbeitete in Special Operations – Sie wissen, die Leute, die Agenten in die besetzten Länder eingeschleust haben. Ich mußte mit Engelszungen reden, bis Militär und Polizei einwilligten. Aber man sieht, manchmal muß man eben an diese Dinge mit einer ganz neuen Konzeption herangehen. Vielleicht sollten wir diesen General, der da drüben nach immer neuen Truppen schreit, mal herüberholen und in eine Bank setzen, damit er etwas von Etatplanung lernt.«

Es gab allgemeines höfliches Gelächter.

»Er bekommt doch einen Orden, der Mann, den Sie hinübergeschickt haben?« erkundigte sich der elegant gekleidete stellvertretende Vorsitzende der Bank of England. »Sie sorgen doch wohl für die Familie und so weiter?«

»Aber ja, gewiß. Tja, meine Herren, ich denke, wir können für heute Schluß machen. Vielleicht trinken Sie noch etwas mit mir? Ich habe eine Verabredung zum Lunch, aber vorher möchte ich mir doch noch etwas genehmigen.«

Später rief er den Staatssekretär an und gab seiner Befriedigung über die Handhabung der Operation Ausdruck.

»Ich hoffe, daß es die Zeitungen groß bringen«, meinte der Premierminister. »Wenn wir so einen schönen Erfolg haben, dürfen wir unser Licht nicht unter den Scheffel stellen.«

»Sie sollten sich da vielleicht nicht allzu viel erhoffen, Sir«, antwortete der Beamte sehr bestimmt. »Das Verteidigungsministerium hat nur eine kurze Erklärung herausgegeben. Ich glaube, man ist hier der Meinung, daß Agentenarbeit für Ulster ein rotes Tuch ist. Außerdem hätte es um ein Haar auch schiefgehen und die andere Seite hätte unseren Mann zuerst erwischen können. Ich fürchte, sie spielen es eher herunter.«

»Tja, wie Sie meinen... Manchmal habe ich allerdings das Gefühl, daß wir uns zu unserem Glück ruhig etwas gratulieren dürften. Das muß ich schon sagen... Noch eins: Ich möchte, daß der Mann, den wir rübergeschickt haben, einen Orden bekommt. Was ist das übrigens für ein Bursche?«

»Wird erledigt. Er hat schon das Kriegsverdienstkreuz bekommen, in Aden. Wir könnten die Ordensspange dazu geben, aber vielleicht ist das ein bißchen zu dürftig. Ich persönlich wäre für den Order of the British Empire, das OBE. Das George Cross ist dann schon wieder mehr, als unter diesen Umständen üblich ist, man würde darüber reden. Was für ein Bursche? Ziemlich unkompliziert, keine Intelligenzbestie. Loyal, gewissenhaft, viel Mumm. Genau der richtige Mann.«
Der Premierminister bedankte sich und legte auf. Er verließ eilig sein Arbeitszimmer und ging zu dem Humber, der vor der Tür seines Amtssitzes wartete. Er würde zu spät ins Unterhaus kommen.

Vom Armeerat der Provisional IRA, dem obersten Planungsstab des militärischen Flügels der Bewegung, war der Tod von Downs zur Kenntnis genommen worden. Dem Generalstabschef lag ein Brief des Brigadekommandeurs in Belfast vor, in dem von der gesunkenen Kampfmoral des Mannes und von seinem Versagen bei den beiden letzten Einsätzen die Rede war.
Die beiden Ratsmitglieder, die prüfen sollten, inwieweit weitere politische Morde, insbesondere ein Attentat auf den britischen Premierminister, durchführbar und wünschenswert waren, gaben ihren Bericht bei der ersten Sitzung aller Mitglieder nach der Schießerei im Ardoyne-Bezirk.
Sie rieten von der Fortsetzung von Anschlägen im Stil des Danby-Attentats ab. Der Mord hatte sich, sagten sie, katastrophal auf die Sammelaktionen in den Vereinigten Staaten ausgewirkt. Das Photo, das Mrs. Danby und ihre Kinder bei der Beerdigung zeigte, war von den Presseagenturen über den Atlantik und von Küste zu Küste gefunkt worden. Die Sympathisanten der Provisionals in den USA berichteten, daß die Geldeingänge im November und bis in den Dezember hinein merklich zurückgegangen waren. Eine Wiederholung oder eine Verschärfung dieser Taktik, sagten sie, könne unabsehbare Folgen haben. Und Geld war immer ein entscheidender Faktor für die Bewegung. Raketenwerfer und die dazugehörige Munition bekam man nirgends billig, weder in der Tschechoslowakei oder Lybien noch anderswo.
Der Generalstabschef faßte zusammen. In absehbarer Zeit sei

eine Wiederholung des Danby-Attentats nicht vorgesehen. Er setzte hinzu: »Ich stehe nach wie vor hinter dem Anschlag auf Danby. Der Halunke hatte es verdient. Er war ein faires, legitimes Ziel, und die Operation war gut gemacht, gut durchgeführt. Das hat die andere Seite auch anerkannt. Es hat dort kein Triumphgeschrei gegeben, obgleich sie unseren Mann erschossen haben. Sie sind seit über einer Woche erstaunlich ruhig.«
Kritik, die nicht ausgesprochen worden war, während Downs sich noch auf der Flucht befunden hatte, wurde im Rat laut, weil der Generalstabschef die Planung des Attentats monopolisiert hatte. Das sollte ihm in Zukunft angelastet werden und war letztlich einer der Faktoren, die zu seiner Ablösung und nachfolgenden Degradierung führte.

Von der Ehre, Billy Downs zur Strecke gebracht zu haben, blieb kaum etwas an Davidson hängen. Der posthume Ruhm heftete sich behende – auf dem Weg über den Schreibtisch des Staatssekretärs – an den Namen Harry McEvoy.
Frost verfaßte eine lange und ausführliche Beschwerde über die zusätzliche Arbeit, die der unabhängige und so viele Tage lang unbekannte Agent den Sicherheitskräften gemacht hatte. Er zählte die Dienststunden auf, die für die Suche nach Harry auf dem Schrottplätzen und die Fahndung nach dem Mädchen im Clonard-Bezirk erforderlich gewesen waren, und bezeichnete diesen Arbeitsaufwand als unrentabel und unprofessionell. Die Steuerung des Agenten wurde ätzend kritisiert, besonders die Tatsache, daß London sich nicht in der Lage gesehen hatte, den Mann zu erreichen, als sie ihn hatten abziehen sollen. Der Schriftsatz endete mit der Forderung, eine solche Operation in den anderthalb Jahren, die Frost noch im Stab des nordirischen Oberkommandos verbringen würde, nicht noch einmal zu wiederholen.
Der Staatssekretär, dem eine Kopie des Schriftstücks zugegangen war, las es am Telefon Davidson vor. Die Reaktion war, wie nicht anders zu erwarten, gereizt.
»Er vergißt, daß da drüben, in seinem Lager, irgendein Großmaul die Katze aus dem Sack gelassen hat.« Davidson lag bereits ein Protokoll des Verhörs mit dem unglücklichen Duffryn vor. Noch unter Schockeinwirkung hatte der junge Mann beim Spe-

cial Branch sein ganzes begrenztes Wissen über die Provisional IRA und ihre Maßnahmen im Falle Harry McEvoy ausgepackt.
»Er vergißt, daß es unser Mann war, der den Burschen erwischt hat, nicht ihre Soldaten, nicht ihr Special Branch, ihr SIB und SAS und wie sie alle heißen«, brüllte Davidson in den Hörer.
»In einem haben die Leute ja recht«, besänftigte der Staatssekretär. »Daß Sie ihn nicht erreichen konnten, und daß er nicht in dem vorgesehenen Quartier abgestiegen ist, das war nicht ganz vorschriftsmäßig.«
»Bei der Ungeschicklichkeit der Leute da drüben wundere ich mich gar nicht, daß der Mann nicht in das Haus gegangen ist, das sie für ihn ausgesucht hatten. Tatsache ist doch: Wir haben einen Auftrag bekommen, und wir haben ihn erfolgreich ausgeführt. Was soll die verdammte Inquisition?«
Davidson war nicht gesagt worden, wie Harry gestorben war. Das hatte man in London streng geheimgehalten. Nur die notwendigsten Informationen... an diesen Grundsatz hatte man sich rigoros gehalten. Wenn nicht einmal der Premier eingeweiht worden war, fand der Staatssekretär, war nicht einzusehen, weshalb man Davidson eine Sonderstellung einräumen sollte.
»Natürlich war der Einsatz ein Erfolg, aber er hat die Zusammenarbeit zwischen den Dienststellen und auf interministerieller Basis doch sehr belastet. Im Verteidigungsministerium ist man der Meinung, daß man auf solche Operationen in Zukunft verzichten sollte. Das bedeutet – ich bedaure sehr, das sagen zu müssen –, daß das Team, das wir eingesetzt hatten, um unseren Mann zu steuern, aufgelöst werden muß.« Seine Stimme änderte sich nicht, als er diesen Keulenschlag niedersausen ließ. Ihm machte das ja auch keinen Spaß, aber Davidson war so empfindlich, daß man tatsächlich deutlich werden mußte – um so schneller hatte man es hinter sich. Er fuhr fort: »Ich hatte eigentlich gehofft, daß wir uns in Dorking richtig einrichten könnten, wenn die Sache glatt über die Bühne gegangen wäre. Ihn zum festen Stützpunkt ausbauen könnten. Aber das sollte wohl nicht sein.«
Davidson wußte, er war weg vom Fenster. Da half kein Brüllen mehr. »Und was jetzt?« fragte er. »Was geschieht mit mir?«
»Es wird durchaus anerkannt, Davidson, daß Sie sich gut gehal-

ten und besonders bei der Ausbildung unseres Mannes Beachtliches geleistet haben. Sie haben ihn auf eine schwierige und gefährliche Aufgabe vorbereitet, die mit großem Können gelöst worden ist. Sie dürfen nicht alles, was Frost sagt, zu ernst nehmen. Sie haben sehr viel Erfahrung, das merkte man daran, wie Sie den Jungen vorbereitet haben. Überlegen Sie es sich gut und entscheiden Sie nichts überstürzt, aber man ist hier der Meinung, daß wir Ihnen einen guten Posten im Ausland anbieten könnten.«
Der alte Dreh, dachte Davidson. Was hatten sie wohl für ihn vorgesehen? Deckennähen auf den Aleuten?
»Sie haben große Erfahrung in der Terroristenbekämpfung gesammelt«, fuhr der Beamte fort – in Schwung bleiben, nicht unterbrechen lassen –, »na ja, ich will nicht um den heißen Brei herumreden. Hongkong braucht einen Berater. Nein, sagen Sie noch nichts. Die Bedingungen sind erstklassig. Sie bekämen mehr als ich jetzt. Anständige Vergütung, anständiges Quartier, ziemlich selbständiges Arbeiten. Wahrscheinlich könnten Sie von den Spesen leben und den Rest auf die Bank bringen. Sie brauchen mir jetzt noch keine Antwort zu geben. Überschlafen Sie die Sache und rufen Sie mich morgen früh an. Wiederhören. Wir sind alle sehr mit Ihnen zufrieden.«
Das Gespräch war zu Ende.
Davidson tigerte im Büro herum, machte sich an seinen Papieren zu schaffen, wühlte in den Schubladen des alten Holzschreibtisches. Dem zusammengeklappten Feldbett, das in der Ecke stand und das seit Sonntagnacht nicht mehr benutzt worden war, versetzte er einen Tritt. Er brauchte etwa eine Stunde, bis er sich soweit gefaßt hatte, daß er etwas Ordnung in den zornigen Tumult seiner Gefühle bringen konnte. Die Dokumente und Karten des Unternehmens füllten zwei Aktenmappen. Der Rest war Staatseigentum. Das konnte irgendein Idiot aufräumen. Sollten sie doch selber sehen, wie sie zurechtkamen.
Er rief seine Frau an. Sagte nicht viel, nur, daß er früher heimkommen würde, daß es etwas zu besprechen gab, sie würden zusammen zum Essen gehen. Dann schloß er ab. Er hatte sich seit der Schießerei viel Gedanken über Harry gemacht. Als er in seinem Vorortzug saß, war sein Zorn verraucht. In einer Ecke, hinter der Abendzeitung verschanzt, grübelte er über den jungen

Mann nach, der in Belfast gestorben war, den sie übers Meer geschickt hatten, durchdrungen von diesem gottverdammten Optimismus.

Tagelang hatte Mrs. Duncan kaum ein anderes Thema als die merkwürdigen Vorfälle, die dem Tod ihres Lieblingsmieters vorausgegangen waren. Daß der Mann, mit dem sie ihr Badezimmer, ihr Vorderzimmer und gelegentlich auch ihre Küche geteilt und der in ihrem schönsten Hinterzimmer gewohnt hatte, ein englischer Agent gewesen war – das war zu viel, das ließ sich in einem einzigen Gespräch gar nicht abhandeln. Die Nachbarinnen kamen mehrmals, um die Geschichte, die in dem Augenzeugenbericht über die Schießerei vor ihrer Gartentür gipfelte, in Fortsetzungen zu hören.

Die eigentliche Rolle, die sie beim Tod von Harry und Billy Downs gespielt hatte, sollte ihr immer verborgen bleiben. Sie erfuhr nie, daß ihr Schwatz über den Gartenzaun, in dem sie von dem sonderbaren Akzent des Mannes unter ihrem Dach erzählt hatte, der Auslöser gewesen war, daß dieser Hinweis auf geradem Wege zu den Schüssen auf der Straße geführt hatte, durch die sie am Montagmorgen von einem späten Frühstück aufgestört worden war. Ihren Besucherinnen erzählte sie, am meisten habe sie erschüttert, wie sicher und ungerührt Harry die Waffe gehalten habe, als er Duffryn am Laternenpfahl niedergeschossen hatte, nur ein paar Schritte von ihrer Tür entfernt. Die Kälte und Zielstrebigkeit, die jener ruhige Mann, den sie sympathisch gefunden hatte, von dem sie aber wenig wußte, bei der Hinrichtung des jungen Burschen an den Tag gelegt hatte, traf sie tiefer als irgendein anderes Schrecknis der letzten fünf Jahre im Falls Road-Bezirk.

Die Army war am späten Vormittag mit einem Panzerwagen rückwärts direkt bis ans Gartentor herangefahren. Zwei Männer in Zivil hatten gewartet, bis die geöffneten Türen sie vor den Blicken zufälliger Passanten auf den Gehsteigen abschirmten, dann waren sie schnell hineingegangen. Sie hatten Harrys Zimmer durchsucht, langsam und gründlich, während die Soldaten das Haus umstellt hielten und die Straße für sämtliche Wagen sperrten. Als sie abzogen, hatten sie Harrys Habseligkeiten in großen durchsichtigen Plastiksäcken bei sich.

Am gleichen Tag kam Josephine, um beim Essen zu helfen. Es war ein vergeblicher Besuch, denn die Gäste hatten abgesagt. Niemand riß sich nach einem Zimmer, in dem die britische Abwehr gewohnt hatte. Einige telefonierten und entschuldigten sich unter irgendeinem Vorwand, andere blieben einfach weg. Statt dessen bekam Josephine die Ereignisse des Tages zu hören. Sie saß wortlos auf dem harten Küchenstuhl, trank ihren Tee, rauchte eine Zigarette. Auch sie würde niemals erfahren, welchen Anteil sie an dem Drama hatte. Als sie an jenem Abend heimging, glaubte sie, allein ihre Information hätte die Provisionals auf Harrys Spur geführt. In den folgenden Monaten hielt sie sich fern von allen Kontakten zu Politik und Gewalttätigkeit. Die IRA ließ sie in Ruhe, und meist saß sie abends mit ihrer Mutter daheim. Die Erinnerung an die wenigen mit Harry verbrachten Stunden, den Gedanken an seinen und an ihren Verrat versuchte sie aus ihrem Gedächtnis zu verbannen.

Die Beerdigung von Billy Downs war ein großer Tag, größer als alles, was ihm je in seinem jungen Leben widerfahren war. Eine lange Schlange von Verwandten und Freunden folgte dem mit der irischen Trikolore bedeckten Sarg die Falls Road hinauf. Die Army hatte vorgehabt, den traditionellen IRA-Trauersalut über dem Sarg zu verhindern, aber die Prozession wich in die Nebenstraßen der Lower Falls aus, und als sie wieder auftauchte, waren die Schüsse schon verhallt. Die Photographen machte man eiskalt auf die Konsequenzen aufmerksam, die es haben würde, falls sie es wagen sollten zu knipsen.
Acht Männer aus der Ypres Avenue nahmen für die erste Strecke des Weges zum Milltown-Friedhof den Sarg auf ihre Schultern. Mit harten, grimmigen Gesichtern setzten sie sich an die Spitze einer Menge, die von der Polizei auf etwa dreitausend Köpfe geschätzt wurde. Ihnen folgte die Machtdemonstration: junge Burschen und Mädchen in halbmilitärischer Aufmachung, bei der das grüne Motiv dominierte, blitzende Sam Browns, gebrüllte Kommandos, lauter Marschtritt.
Mit Asahi-Kameras, hinter den Sandsäcken auf den Mauern des Andersonstown-Busbahnhofs verborgen, hielten die Streitkräfte die Gesichter der Menge fest, die das düstere, überladene Tor des Milltown-Friedhofs durchschritt. Auf dem Friedhof

selbst hielt dann der Generalstabschef der Bewegung, der ungesehen von seinen Jägern kam und ging, die Grabrede. Sie spielten die ›Last Post‹, und Kinder im Sonntagsstaat tollten und hopsten zwischen den Grabsteinen herum, unter denen andere Helden der Bewegung ruhten.
Je mehr Wochen und Monate ins Land gingen, desto höher wucherten Anbetung und Verehrung um Billy Downs. Sie benannten einen Klub nach ihm und webten sein Bild in ein großes Transparent. Es war zwei Meter vierzig breit und hatte zwei Schlitze, je einen rechts und links, für lange Stangen an beiden Seiten, so daß es hocherhoben in den von den Provisionals organisierten Märschen mitgeführt werden konnte.
Dann kamen die Lieder; in nasalem Klageton klangen sie den schweigend und hingerissen zuhörenden Trinkern in den Pubs von Andersonstown und Ardoyne in den Ohren. Die Lieder waren voller Sentimentalität und trugen dazu bei, die Legende zu festigen, die in Ulster so schnell entsteht. Der tapfere Soldat der Balladen war von einem britischen Mordkommando niedergestreckt worden, vor den Augen seiner Frau und seiner Kleinen. Es war alles so gekommen, wie seine Frau gesagt hatte.

Der Secretary of State hatte den Antrag der Frau von Billy Downs abgelehnt, an der Beerdigung teilnehmen zu dürfen.
An dem Tag der Bestattung ihres Mannes wurde sie in den frühen Morgenstunden aus dem Polizeirevier, in dem sie zunächst in Haft gewesen war, in das Frauengefängnis von Armagh verlegt. Sie war zur Gefangenen der Kategorie ›A‹ erklärt worden, eine automatische Klassifizierung, die von der Anklage, nicht von dem potentiellen Fluchtrisiko, ausging. Ein Wessex-Hubschrauber flog die Frau und ihre Begleitung von Belfast zum Paradeplatz der Gough-Kaserne in der alten Bischofsstadt. Als sie, halb taub von dem Lärm der Rotoren und eingeschüchtert durch die sie umgebenden Bewaffneten, auf die Rollbahn trat, fanden einige der Zuschauer, daß sie doch eine jämmerliche und harmlose kleine Person zu sein schien. Sie trug noch immer den grünen Mantel, den sie am vergangenen Montag zum Einkaufen angezogen hatte. Sie zitterte, während man sie eilig vom Hubschrauber zu dem am Rand des Platzes wartenden Panzerwagen

brachte. Im Gefängnis, gleich hier an der Ecke, würde es wärmer sein, und da würde sie auch einen Becher Tee bekommen.

Harry wurde mit einem Hercules-Transporter der Royal Air Force ausgeflogen, zusammen mit Frachtgut und zwei Soldaten, die Sonderurlaub aus familiären Gründen bekommen hatten. Die beiden Jungen, Teenager und knapp alt genug für den Dienst in Nordirland, hockten in ihren Segeltuchsitzen, in einiger Entfernung von dem Bleisarg, der in Sackleinen gehüllt und mit Gurten am Boden der Maschine befestigt war. An dem Sarg war ein braunes, sauber beschriftetes Schildchen angebracht.
»Hier steht, daß er Hauptmann gewesen ist.«
»Das ist der Mann, der am Montagvormittag in der Schießerei war und den's erwischt hat.«
»Das Kriegsverdienstkreuz hat er auch, steht hier.«
»Hat er nicht einen der ganz Großen von der anderen Seite mitgenommen?«
»War dem Typ seit Wochen auf der Spur. Die Offiziere haben darüber gesprochen. Ich hab's gehört, als ich Dienst im Kasino hatte. Er hatte sich richtig bei denen eingenistet.«
»Also ich war ja zum ersten Mal drüben, immerhin schon fast 'ne ganze Dienstzeit lang, aber 'nen IRA-Mann hab ich nicht zu Gesicht bekommen. Nicht mal so was ähnliches. Bei uns heißt's Streife gehen, bloß immer Streife gehen, aber viel finden wir nie.«
»›Geheimagent‹ hat in den Zeitungen gestanden.«
»Na ja, genützt hat's ihm nichts, was er auch war.«
Damit war das Thema erledigt. Von Harry war nicht mehr die Rede, während die Maschine sie nach Northolt brachte, wo vor sechs Wochen alles angefangen hatte.

Sie begruben Harry Brown auf dem Dorffriedhof in der Nähe des Ortes, in dem die Eltern seiner Frau wohnten. Eine Ehrenwache in frisch gebügelter Uniform war angetreten. Ein Trauersalut wurde über dem Grab abgefeuert. Ein Feldgeistlicher hielt, nach Absprache mit dem Dorfpastor, eine kurze Ansprache. Im Grunde genommen war alles nicht so sehr viel anders als bei der Beerdigung von Billy Downs. Kleiner, weniger steif, weniger sentimental, aber mit den gleichen Zutaten.

Wenige Zivilisten waren anwesend. Die meisten Trauergäste waren Soldaten in Uniform, die stramm standen, während der Hornist den Zapfenstreich spielte. Der Premierminister hatte einen Kranz geschickt, und Davidson hatte seine Reisevorbereitungen unterbrochen, um an der Beerdigung teilzunehmen. Auch Frost war gekommen. Beide traten nicht an das offene Grab und stellten sich auch nicht der Familie vor.
Mary verließ, gestützt von ihren Eltern, den Friedhof. Sie hatte vorher zwei große Brandys gekippt und konnte sich sagen, daß sie sich gut gehalten hatte. Als sie den großen schwarzen Wagen bestiegen hatte, war der öffentliche Teil überstanden. Jetzt durfte sie auch weinen, schwer gegen die Schulter ihrer Mutter gelehnt.
Und sie durfte sagen: »Warum um Himmels willen haben sie ausgerechnet Harry genommen? Ich hatte ihn lieb, er war etwas sehr Kostbares für mich – aber für sie war er doch nichts Besonderes. Sie hätten tausend Leute nehmen können, die besser waren als er. Warum ausgerechnet Harry?«

Als sie alle fort waren, sich in die verschiedensten Richtungen verstreut hatten, die Blumen auf dem Erdhügel zurücklassend, wurde es schon Abend. Und auf der Insel auf der anderen Seite der Irischen See endete der Waffenstillstand, der nur bei Tageslicht beachtet wird. Noch wenige Minuten, und die Nacht hatte sich über die Falls Road gelegt, den Murph, Andytown und die New Lodge. Die jungen Männer würden sich daranmachen, Gewehre und Einsatzbefehle entgegenzunehmen und auf die Straßen zu gehen. Später würde es einen Polizistenmord geben, ein Pub würde in die Luft gesprengt werden. Leben und Tod von Billy Downs änderten daran ebensowenig wie der kurze Auftritt von Harry Brown in dieser seiner Welt.